1800일간의 외출

┃ 목 차 ┃

장/편/소/설

1800일 간의 외출

上

無碍人 無道 지음

따스한 이야기

탄생과 화천
칠성 부관전우회

서기 2003년 10월 1일 18시가 조금 지난 시간, 석애동(昔煐東)은 종로2가에 있는 탑골공원 내 무료 급식소에서 저녁 식사를 해결한 후에 국보 2호 원각사지 10층 석탑이 보이는 벤치에 앉아서 탑을 멍하니 쳐다보고 있는데 잘생긴 40대 후반 중년 신사 차림의 조선일보사 부장 겸 논설 위원인 황민수가 석애동의 옆으로 다가와서 "석 과장님 아니십니까?"라고 하며 아는 체를 했다.

석애동은 황민수 논설위원을 보자 반갑기도 하고, 한편으로 본인의 처지를 한탄하면서 "민수 아닌가? 꽤 오랜만이네! 지금도 조선일보사에서 근무하고 있는가?"라고 하자, 황민수는 "네, 그대로입니다. 과장님을 이곳에서 뵐 줄은 몰랐습니다. 못 뵙게 된 지가 3년 정도 되었죠! 변호사 개업식 때 뵙고, 그 후 변호사 사무실에서 잠깐씩 뵌 적이 있는데, 최근 3년 정도 소식이 끊어져서 과장님을 뵙고 싶었습니다"라고 대답했다.

또한 민수는 석 과장이 변호사 자격정지 2년을 2002년 3월경에 처분받은 적이 있음을 알고 있기에 더욱더 궁금하고 명석한 두뇌와 사리 분별이 분명한 분인데 왜 자격정지 2년 처분을 받았는지 궁금해하고 있었다.

석애동은 해외 원정 도박으로 인하여 변호사 품위손상 및 변호사법 위반 혐의로 벌금 500만 원과 자격정지 2년(2002년 3월 1일~2004년 2월 29까지) 을 선고받고 현재 자격정지 기간에 있었다. 석애동은 민수에게 "나 술 한잔 사 줄 수 있나?"라고 하고 근처 주점으로 자리를 옮겼다.

황민수는 석애동 과장이 군 생활 시 직속 부하였다. 석 과장과 황 부장은 강원도 화천군에 있는 칠성 부대 사단사령부 부관참모부 행정과에서 1978년 2월부터 1979년 4월까지, 15개월을 같이 근무한 전우이며, 그 당시에 석 과장 휘하에서 대학 4년을 졸업하고 입대한 황민수 또래의 55년생, 56년생 출신 5명이 석 과장의 과원으로 성실히 군 복무를 한 사람으로 화천 칠성부관 전우회 모임이 황민수의 주도하에 이루어졌으며, 가끔 모임 시 석애동 과장을 모셨다.

석애동은 51년생이므로 과장님 또는 형님으로 호칭하면서 전우애로 똘똘 뭉쳐 있었다. 이들 5명의 전우는 S대 2명, Y대 2

명, K대 1명으로 비교적 학력 수준이 괜찮은 편이었다.

석애동 과장이 근무한 부관참모부는 육군에서 인사행정 전문 병과이므로 사단 신교대 수료자원과 육군에서 보충되는 병사 중에서 특기를 행정병으로 부여하고 선발해서 부관참모부에 보직할 수 있었기 때문에 우수한 학력 소지자가 많이 있었다. 그 당시 행정과 전체 인원은 하사관 2명(현 부사관), 병 8명이 정원이었다.

황민수가 비상을 걸어 나머지 4명도 호출했다. 허성태, 56년생, K대 법학과 4학년 재학 중 입대하여, 2003년 현재 모 지방검찰청 모 지청장, 박종수 55년생 Y대 경제학과 4학년, 재학 중 입대, 모 은행 지점장을 역임하고 현재 모 은행 사업부 부장, 최우현 56년생 S대 영문학과 4학년 재학 중 입대 현재 모 대학 영문과 교수, 최상진 56년생 S대 경영학과 4학년 재학 중 입대 공인회계사로 현재 모 회계법인 대표 등으로 석 과장 안부 소식에 속속 도착했다.

오랜 기간(25년) 상관이자, 전우 겸 형님과도 같은 석애동 과장을 뵙자, 눈물을 글썽이며, 안부를 묻고, 얼싸안았다. 특히 법조계에 같이 몸담은 허성태는 석 과장을 뵙자, 친형님 이상의 감정으로 눈물을 뚝뚝 흘렸다.

전역 후 사법고시 준비 중에 석 과장이 많은 도움을 주었으며, 사시를 합격하고 검사 임용 후에도 K대 출신이라도, S대 법대 출신 석애동 과장의 전폭적인 지지와 지원이 있었다. 집안 형편이 그리 넉넉하지 않은 관계로 재정적인 지원도 많이 받았다. 석 과장도 허성태의 눈물을 보자 자신도 모르게 눈물이 양볼을 타고 내려왔다. 자랑스러운 옛 부하들을 보자 크나큰 회한의 눈물이 나왔던 것이다.

잠시 진정되자, 서로의 근황을 묻고 연 4회 정도 정기 모임(2000년 이후 연 2회)이 있었으나, 2003년도는 전반기 모임을 하지 못한 관계로 꽤 오랜만에 5명 전원이 모였다.

이 모임에서 석애동은 정신적 지주이자, 모태로서 영원한 회주 겸 명예 회장이다. 1980년대 초반에 석애동이 내무부 사무관으로 재직할 당시 황민수를 만나면서 조직되어, 2003년 지금까지 20여 년간 존속해 오는 중이었다.

석애동은 77년 6월 25일 육군 부관병과 소위로 임관하여 육군 칠성 부대 사단사령부 부관참모부 인사과 인사처리 장교로 8개월을 근무하던 중 갑자기 행정 과장(중위 고참 또는 대위 인가직위)에 78년 2월에 보직 변경이 되었다.

전임 과장이 질병으로 후송되어 공석이 생겼다. 석 과장보다 선배 장교가 있었으나, 3사 출신으로 나이가 어렸으며, 행정고시 출신이라는 점과 서울시청 총무과에 근무한 경력이 고려 요소로 작용해서 부관참모가 석애동 소위에게 행정과장 보직을 주었다.

칠성 부관전우회를 조직한 황민수는 대학교를 졸업 후에 입대함으로써 74학번 박종수와는 대학 동창이고, 나이도 같았으나 10개월 정도 입대가 늦었고, 한 살 아래인 허성태와는 입대 동기였고, 역시 한 살 아래인 최우현, 최상진은 입대 고참이었다. 이러한 이유로 해서 석 과장이 황민수를 안타깝게 생각해서 특별히 신경을 써서 황민수의 군 생활을 지도해 주었다.

석애동 과장 역시 군 임관 선배인 이 중위보다 나이가 3살이나 많았지만 군 임관 선배이므로 예의를 갖추었으며, 이 중위 역시 고교 3학년 때 3사관학교에 입교해서 임관 하다 보니 민간경력 및 학력이나, 나이로 보면 석 과장과는 비교도 되질 않았다.

그 당시 군 장교 임관 규정에는 사시나 행시 출신은 27세 임관 연령을 초과하지 않으면, 소정의 군사 교육과정을 이수하면 장교로 임관할 수 있었다. 그리하여 석애동 과장은 기술, 행정 사관후보생 3기로 입교하였다.

1976년도 1월 사무관으로서 서울 시청 총무과에서 8개월 정도 근무하다가 육군 보병학교에 76년 8월 중순에 입교하여 기초 군사교육 20주, 77년 1월부터 육군 종합행정학교 24주 등 합계 44주간 교육을 이수하여 부관 사관후보생 2기로 임관 한후, 며칠 휴가 후 77년 6월 말경 화천 칠성 부대에 배치되었다.

칠성 부대에서 2주일간의 사단 자체 실무 소집 교육을 사단 보충중대에서 임관 동 연배인 육사 33기, 학군 15기 출신 전입 장교들과 함께 교육을 받던 중, 1 주차 토요일 오전 교육 종료 직후에, 절친 박수한 중위가 찾아왔다. 석애동 과장보다 한 살 아래인 52년생인 박수한은 부산 남일 국민학교(현 초등학교), 부산 경남 중학교 동기 동창이며, 3총사 중 1명이다.

박수한은 부산 고등학교를 졸업 후 육사 31기로 입교하여 75년 3월 1일 자 소위 임관 후 칠성 부대 최전방 GOP 소대장, 연대 작전과 작전장교를 역임하고 사단사령부에 연락장교로 잠시 파견 근무 중이었다.

석애동이 75년도 중앙공무원 연수 교육 1년과 76년도 1월 서울시청 발령, 8월에 보병학교 입교 등으로 75년도 2월 석애동의 졸업식과 박수한의 3월 장교 임관식 때 잠깐 만나고, 2년 반이 지난 지금, 77년 7월 초에 만나게 되었으니, 그 감회는 매우 깊었다.

석애동은 51년 생으로 부산으로 전학하면서 국민학교(현 초등학교) 5학년 과정을 2회 이수하게 됨으로써, 박수한과 동급생이 되었다. 석애동, 김유태, 박수한, 이 세 사람이 운명의 3총사가 1963년 2월 22일 결성되었다. 나이는 석애동이 51년 11월생이고, 김유태는 52년 8월생이고, 박수한은 52년 10월생이다.

석애동이 1963년 2월 5일 부산 중구 대청동에 위치한 남일 국민학교에 전학을 가게 되어 "촌놈, 촌놈"이라고 수한이 애동을 조롱하면서 3총사 결성의 첫 발단이 되었다. 수한은 덩치가 크고 약간 뚱뚱했고, 애동은 평균 키보다 조금 컸으며 체구가 땅땅한 편이고, 유태는 신장이 애동과 비슷하나 몸이 가늘고 야윈 편이었고, 항상 수한의 힘을 이용했다.

2월 중순 어느 날 교실에서 싸움이 시작되었다. 이날도 "촌놈"이라고 놀려대는 수한에 대해 인내하고 있었는데, 애동은 시골 야산을 날다람쥐처럼 뛰어다니며 몸은 단련되어 있었다.

수한은 태권도와 유도 도장을 다녀서 단련된 몸이라, 1차전은 수한 승리, 그다음 날 2차전은 애동의 승리, 이틀 후 3차전도 애동의 승리, 그리고 2월 21일은 유태의 제안대로 씨름을 하게 되었는데 결과는 3판 모두 애동의 승리였다. 다음날, 2월 22일 재차 씨름을 3판 하였는데 역시 애동의 승리였다. 그래서 수한은 패배를 깨끗이 인정하고, 애동이 나이도 한 살 위이므로 석애동, 김유태, 박수한 세 사람은 3총사를 맺게 되었다.

삼총사의 리더는 당연히 애동이었다. "형아야"라고 놀리기도 하고, 재수생(5학년 과정 2회 이수)이라고 가끔 놀리면서 서로의 집에 방문하기도 하면서 절친의 행보를 이어갔다.

석애동(昔煥東)은 경남 마산 시 산호동에서 태어났으나, 창원 동면 석산리 곡목 부락에서 외할머니 이연화의 보살핌 속에서 자랐다. 애동은 부 석은식과 모 김혜정 사이에서 1951년 11월 19일 태어났으나, 생후 100일이 지나면서 부모님의 집인 경남 마산시 산호동에서 경남 창원군 동면 석산리 곡목부락(현 경남 창원시 의창구 동읍 석산리 곡목부락)으로 와서 12년간 살게 되었다.

그 이유는 태어나자마자 심한 가려움증과 불면증, 원인 모를 발진, 칭얼거림 등의 증세가 매우 심하게 나타나서 마산 시내 병 의원을 다녔으나 별반 나아지질 않았다.

애동이 태어난 지 3개월경 봄도 되어가고 해서 애동의 아버지 석은식 소유의 창원 동읍 석산 곡목 과수원집에 방문해서 며칠 지내게 되었는데, 이상스럽게도 잠도 잘 자고 가려운 것이 없어지고, 어머니 김혜정의 젖도 잘 빠는 등의 행동을 보이므로 경남 창원시 성산구에 있는 곰 절(聖住寺)에 어머니 김혜정이 가서 주지 스님께 애동을 보이게 되었다. 애동을 살펴본 주지 스님의 얘기로 부모님과 헤어져 살아야 할 것을 예시 받게 되었다.

또한 애동의 아버지 석은식이 결혼 직전 경주 불국사 주지 스님께 작별의 인사를 드리게 되었는데, 이때 불국사 주지 스님은 석은식에게 "석 거사는 아들 셋을 보게 되는데 그중 아들 하나만 데리고 살게 될걸세"라고 이야기 했다. 그래서 100일 지난 애동은 혜정의 어머니 이연화의 손에서 자라게 되었다.

애동의 부모는 1936년 결혼을 하였으나, 결혼 후 두 사람은 현재의 중학교 과정의 학교에 입학하여 학생 신분이었으므로, 자녀를 3년 정도 늦게 두었다.

어머니 김혜정이 3년 졸업 후에 출산하는 관계로 1940년 첫 딸 석진희를 낳았고, 1942년 둘째 딸 석진영을 낳았으며, 그리고 해방되던 1945년 8월에 장남 석주동을 낳았다. 이어서 정부수립 되던 1948년 8월에 셋째 딸 석진수를 낳았다. 그런데 1950년 6.25 전쟁 발발 한 달 전인 5월에 주남저수지에서 동네 초등학생 형들과 멱 감던 중 여섯 살(만 5세)인 석주동이 사망하게 되었다. 그러므로 1951년도에 태어난 석애동이 장남이 되었다.

애동의 부모는 석주동과 같이 애동을 잃어버리는 일이 발생할까 봐 도시에서 농촌으로 보내서 애동의 외할머니 이연화와 외할아버지 김규현의 지극한 보살핌 속에서 성장하게 되었다. 애동은 분유와 모유를 동시에 먹고 자랐다. 같은 모유도 애동은 마산에서는 잘 빨지 않았는데, 창원 동읍 곡목 과수원집에서는 혜정의 젖가슴이 애동의 입으로 빨려 들만치 거세게 빨곤 하였다.

부모님 두 분 모두 직장과 사업 때문에 바쁜 관계로 주말이나 월 2회 정도 애동을 보러 왔다. 태어날 때 4kg에 육박하였던 관계로 발육 상태가 매우 좋았으며, 곡목 과수원집에 관세음보살 탱화가 있는 방에서 곧잘 놀곤 했고 홀로 사색하는 경우도 종종 있었다.

외조부 김규현은 상산김씨 종손으로서 유교와 도교에 해박

한 지식이 많았다. 가끔 불교에 관해서도 매우 관심이 많았다. 애동이 국민학교(현 초등학교)를 멀리 떨어진 곳까지 다니게 되어 외조부 김규현이 자전거로 통학을 몇 년간 시켜주었다.

애동이 나이 많은 할아버지, 할머니 손에서 성장하다 보니 예의범절과 사리 분별, 상황판단이 매우 어린 나이부터 자리 잡게 되었다. 나이에 걸맞지 않은 어른스러움이 매우 많았다. 또한 애동은 어머니를 그리워하는 마음이 많았으며, 그럴 때마다 외할머니 이연화의 젖을 만지거나, 젖을 빠는 행위로 외로움이나 슬픔을 잊어버리는 독특한 버릇이 생겼다.

농촌 생활로 인해서 이웃이나 동물과는 매우 친할 수밖에 없었고, 협동심과 대자연에 순응하는 것을 몸소 체험하면서 성장해 갔다. 애동의 아버지 석은식이 곡목부락과 석산리 일대에 사는 농민들에게 많은 도움을 준 일로 인해서 애동은 은식의 장남이라는 이유로 혜택을 많이 받고 자라게 되었다.

특히 애동은 리더쉽이 강했으며, 동네 서너 살 형들도 애동의 말을 듣는 편이었다. 학문적으로는 타고난 총명으로 초등학교 1학년부터 전교 1등을 5학년을 마치고 다시 5학년으로 부산으로 전학할 때까지 한 번도 놓친 적이 없었다. 동 학년 전교생은 100여 명으로 시골 학교였다. 신장과 체중이 평균보다도 조금 큰 편이었으므로 당당한 체구였고, 얼굴은 약간 둥글고, 미남형이었다. 석산리와 인근 화양리에서 애동의 인기는 대단했다.

1955년 1월에 동생 석기동이 태어나 마산에서 자랐으며, 애동 홀로 창원 동읍 과수원집에서 성장했다. 1남 3녀는 마산 부모님 집에서 자라며 공부하게 되었고, 애동은 사실상 외할머니 이연화가 어머니와 마찬가지였다. 그 당시 이연화 외할머니 연세는 53세이었는데, 매우 정정한 편으로 애동을 업고 다니면 동네 아낙들은 늦둥이 아들이라고 할 정도로 건강이 좋았다.

애동의 부 석은식은 석탈해왕 후손으로 경주(월성)석씨이며, 모 김혜정은 상산김씨 후손이며 상산김씨 시조는 김알지 후손으로 고려조에 시중을 역임한 김수이며, 상산은 고려시대 현 상주의 옛 지명이다.

애동은 외할머니 이연화의 손에 자란 관계로 외가의 영향을 많이 받고 자랐다. 애동의 아버지 석은식(1917년생)과 어머니 김혜정(1919년생)은 특이하게 만나서 연애결혼 했다. 애동의 어머니 김혜정이 18세 되던 1936년 봄에 보통학교 친구인 박순옥과 함께 경주 여행 갔다가 첫눈에 석은식에게 반했다.

석은식은 불국사 입구 기념품 매장(주로 불교용품)에서 점원으로 있었는데, 키는 보통 사람보다 조금 큰 편이었고, 눈망울이 매우 맑고 깨끗한 사람이었다. 조실부모하여 당숙 집에 점원 생활을 하면서도 자수성가의 의지가 남 달리 있었다. 석은식은 김혜정에게 불국사와 석굴암 여행 가이드를 자청하여, 자세히 안내하고 헤어질 때 염주를 선물하고, 서로 주소를 교환하고, 편지할 것을 약속한 후 헤어졌다.

집에 돌아온 김혜정은 염주를 몰래 숨겨놓고 가끔 목에 걸어보곤 하면서 석은식을 생각했다. 그럴 때마다 편지를 주고받으며, 사랑을 키워갔다. 김혜정의 집안은 상산김씨 종가로서 유교 가풍이 있었으나, 자유분방했으며, 3남 1녀 중 첫째였고, 논과 밭이 제법 많아 석산리 마을에서는 부자(중농)에 속했다.

일제 식민지 시절이라 여자들은 학교에 보내질 않았으나, 애동의 외조부 김규현은 남달랐다. 3km 떨어져 있는 신방 보통학교에 김혜정을 보냈고, 1학년에서 3학년 저학년 때는 외조부 김규현과 외종조부 규태(혜정의 숙부)가 번갈아 가며 자전거로 통학을 시켜주었다.

김혜정(1919년생)은 맏딸이며, 밑으로 남동생 김성호(1922년생), 김성률(1924년생), 김성문(1927년생)이 있었다. 김혜정의 아버지 김규현은 장손이며, 5남으로 고모가 없었고, 집안에 딸이 귀해서 외조부 김규현을 비롯한 외종조부 4명 등이 금지옥엽으로 대해 사랑을 많이 받고 자랐다.

김혜정은 매우 총명했으며, 얼굴도 예쁘고, 남동생들만 있으므로, 쾌활한 성격으로 여장부 모습 그대로이며, 창원군 동면 일원 석산리, 화양리, 용잠리, 덕산리, 봉곡리, 용산리 등에서는 1등 신부감이었다. 이러한 김혜정이 애동의 아버지 석은식과 편지로 비밀 연애를 하고 있었고, 부모님 눈치를 살피며, 연애편지를 주고받던 중 막내 삼촌 김규태(애동의 외종조부 1914년생)에게 들켰다. 그때가 1936년 8월 하순으로 만난 지 100일 정도 되는 날 이었다. 김규태 삼촌이 부모님과 형들 몰래 김혜정과 경주 여행 구실로 애동의 아버지 석은식을 만나기 위해 불국사와 석굴암을 1박 2일로 김혜정과 박순옥, 3명이 이른 아침 창원군 동면 석산리 마을을 출발하였으며, 미리 편지를 띄워 약속 날짜를 맞추었다.

김규태가 기념품 매장에서 보니, 석은식은 키는 평균치 이상이고, 얼굴은 약간 둥글고, 특히 눈망울이 초롱초롱하고 의지가 굳게 보이는 호남 형으로서 비교적 잘생긴 편이었다. 체구는 당당하며, 점원 일을 오랫동안 해서인지 힘도 제법 쓰게 생겼다. 김혜정과 친구 박순옥은 석은식과 만났고, 김규태는 기념품 가게 주변 사람에게 은식의 됨됨이와 생활 태도, 집안 내력, 생활력, 재산 등등의 뒷조사를 했다.

저녁을 먹기 위해 만난 자리에서 혜정은 삼촌 김규태를 소개했다. 석은식은 20살, 김규태는 23살, 김혜정은 18살로 서로 나이 차이가 많지 않은 관계로 화기애애하게 대화를 했으며, 은식의 친척 당숙 집은 기념품 가게 뒤편에 붙어 있는 관계로 은식의 당숙에게도 인사를 나누었다.

마침 빈방이 하나 있어서, 혜정과 박순옥은 그 방에서 자기로 했으며, 은식과 규태는 은식의 방에서 자기로 해서, 혜정에 대한 은식의 생각과 사랑의 열기를 면밀히 확인하였다. 석은식은 김혜정과의 결혼까지는 본인의 처지가 여의치 못해서 생각을 하지 못했지만, 만약에 결혼 할 수 있는 방법이 있다면, 자기 한 몸을 내던질 각오였다.

그 당시 결혼 풍습은 중매로써 어느 정도 집안 조건을 따져서 매파가 오고 가서 결혼은 부모님의 허락하는 대로 이루어지는 것이 사회풍습이었는데, 18세 과년한 여자인 김혜정은 창원군 동면 일대에서는 일등 신부감으로 매파가 많이 오고 가는 중이었으며, 지난봄에도 김혜정은 중매결혼이 싫었다. 혜정의 아버지 규현도 매파가 와서 얘기하면, 딸 혜정의 의견을 듣기도 하는 등 결혼에 관해서는 개방적인 성향의 인물이었다.

김규현은 주역에 일가견이 있었고, 도교의 노자, 장자에 관한 서적도 많이 읽었고, 봄에 보통학교 친구랑 여행을 보냈던 것이 딸의 좋은 인연 처가 생길 것이라는 예감을 꿈을 통해서 받은 터라, 규현의 막냇동생 규태와 혜정과의 경주 여행을 쉽게 허락하고 여행 경비도 제법 두둑이 주었다. 예감이 좋았기 때문이다.

애동의 외조부 김규현은 조선이 반드시 해방될 것이라는 확신이 있었으며, 특히 맏딸 혜정이 기미년 3월 1일 독립 만세 날 밤 10시에 태어났기에 더더욱 독립에 대한 열망이 컸다. 애동의 어머니 김혜정의 아버지 김규현(1900년생), 숙부인 규신(1902 년생), 규종(1905년생), 규민(1908년), 규태(1914년생)가 태어난 연도는 조선의 멸망 시기였다.

석은식은 1917년 11월 14일, 경주(월성)석씨 부 석대관과 모 박혜순 사이에서 외아들로 부 38세, 모 39세로, 늦둥이로 태어 났고, 어머니 박혜순이 은식이 돌도 되기 전 11개월 만에 사망 하고, 아버지 석대관은 은식이 10살 때 사망하여, 은식은 당숙 인 석진관의 집에서 자랐으며, 재산은 불국사 인근의 야산이 3000평 정도 있었고, 은식의 부모님이 병사하는 관계로 병 치 료비에 많이 사용되었기 때문이다. 당숙 석진관(대관의 4촌 동생)은 은식을 보통학교까지는 공부를 시켰으며, 야산은 석은식 명의 로 등기 해주었다.

혜정의 막내 삼촌 규태와 은식은 서로 집안 얘기와 혜정의 아버지 김규현이 유교 집안의 종손이며, 주역에 관심이 많은 점 에 대한 것과 성품에 관한 것도 얘기했다. 신라의 옛 서울 경주 는 석탈해 후손 은식과 김알지 후손 규태는 조상 얘기를 하다 보니 고대 신라로 돌아간 분위기였고, 석탈해는 까치가 울어서 가보니, 궤짝에 사내아이가 있었고, 닭이 울어서 가보니 김알지 가 금 궤짝에 있었다. 두 사람의 설화이다.

김혜정이 첫눈에 나의 좋은 인연인 만큼은 확실한데, 조실부 모하고 이곳 경주에서 점원 노릇해서, 아름답고 현숙한 혜정을 행복하게 해줄 수 없을 것이라고 생각하여 불국사 대웅전 관세음보살님의 탱화처럼 은식에게는 그림의 떡처럼 느껴졌다.

이러한 심경을 규태에게 고백하니, 규태는 정말로 '이 친구 괜찮네'라는 생각이 들어서 안타까워했다. 석은식의 마음이 결혼을 전제로 한다면 자기 한 몸 불태울 수 있다는 다짐만 받았다. 다음날 이른 아침 은식의 당숙께 작별의 인사를 한 후, 규태와 은식은 두 손을 꼭 잡고 석별을 아쉬워했고, 은식과 혜정 또한 두 손을 마주 잡고 서로의 사랑을 확인했다.

헤어진 후 세 사람은 서둘러야 했고, 1936년도 경주에서 창원 동면 석산리 집까지는 버스와 기차를 몇 번 갈아타야 했다. 집으로 돌아오는 내내 규태 삼촌은 석은식의 초롱초롱한 눈망울에 뇌리가 박히어 있었고, 집안 사정만 괜찮으면 조카사위로는 최적격이라고 생각하며, 혜정에게 넌지시 물어보니, 혜정 또한 남편감으로는 최상인데, 집안이 문제라고 했다.

그만큼 석애동의 어머니 김혜정 집안은 유교적인 색채가 매우 깊게 자리 잡혀 있었다. 조선시대 사대부 집안이고 특히 종손가의 맏딸이므로 집안 사람들의 반대나, 동네 사람들의 입방아가 심하게 염려되었다. 혜정의 아버지 규현은 종손으로서 부모님의 뜻대로 아내를 맞이했는데, 가끔 어릴 때 인접 큰 도시 마산, 부산, 대구 등지에 문중 일로 다녀보면, 신여성에 대한 열망이 많았다. 그래서 큰딸 혜정을 마산에 있는 학교에 보내려고 했으나, 집사람 이연화의 반대로 보통학교만 졸업시키고 집안에서 가사 일에 전념시켰다.

해가 짐과 동시에 세 사람은 석산리 집에 도착했고, 집에 와서 규현에게 여행 다녀옴을 인사드렸는데, 김규현은 막내 규태를 데리고 인근 화양리 점방(주막)으로 아내 이연화 모르게 데리고 갔다. 혜정의 아버지 규현은 이미 혜정의 짝으로 경주 여행 때 알게 된 석은식을 내심 생각하고 있었다. 그만큼 선몽에 대한 생각과 주역에 대한 확신이 규현에게 있었고, 막내 규태는 신식 공부를 집안 형제 중에서 제일 많이 했으며, 그 당시도 대구사범대 학생 신분이고 결혼도 했다.

왜냐하면 딸 김혜정은 이곳 동네(창원군 동면 일원) 사람이 아닌 먼 곳 사람과 결혼해야 하는 사주가 있었기 때문이다. 60호 작은 마을에서는 제일이라고 하지만 겨우 춘궁기(보릿고개)를 면하는 정도의 살림살이였다. 도회지나 인근 200호 큰 마을 부자에 비하면 상대가 되질 않았다. 그런데 딸이 시집을 가서 집안 살림을 크게 늘려놓고, 또한 세 명의 아들들도 사위가 크게 권사할 것이라는 주역의 점괘가 나왔기 때문이다. 과연 경주에 산다는 그 청년이 확실한가 해서 혜정의 어머니 이연화 몰래 딸과 막냇동생을 멀리 경주까지 여행을 보냈다. 집안의 명운과도 직결되기 때문이었다. 화양리까지는 집에서는 1.5km 정도 떨어진 거리이었다.

이곳에서 규현은 규태에게 "혜정이 편지로 연애하는 남자가 어떤 놈인가?"라고 질문하니, 규태는 큰형님 규현의 안목에 새삼 놀랐으며, 역시 주역을 연구하시는 큰형님이 존경스러웠다.

규태는 본 대로 또한 하룻밤을 같이 자면서 은식에 대해서 느낀 점과 은식의 당숙이 한 말과 주변 사하촌 마을 사람들이 말한 은식의 부친인 석대관의 인품까지 소상하게 큰형 김규현에게 말씀드렸다.

석탈해 왕가의 후손답게 가진 것은 없으나, 전혀 기죽지 아니하고 눈망울이 초롱초롱한 특이점을 말하였다. 규현은 규태의 얘기를 듣고 석은식을 한번 만나보고 싶었다. 점방에서 막걸리 한 주전자를 형제가 마신 후 집으로 돌아왔다.

다시 혜정의 아버지 김규현은 주역 책을 펴서, 혜정과 은식의 사주를 비교하여 궁합을 보았다. 천생배필이 따로 없고, 딸혜정은 남자의 기질인 과감성이 있으면서도 애교와 감수성이 뛰어나고, 예비 사위 은식은 부드러우면서 강한 면 즉 외유내강형의 사람이라 둘이 만나면 자식들도 매우 훌륭한 인재가 태어나리라는 것도 규현의 주역에서 그 해답이 나왔다.

그다음 날 낮에 혜정의 어머니 이연화가 외출을 나가자, 조용히 큰 딸 혜정을 불렀다. 편지로 연애하는 석은식에 대해 딸의 생각을 물었다. 애동의 어머니 혜정은 친정아버지 김규현의 직감에 놀랐다. 집안은 조실부모하여 형편없으나, 사람은 진국이라고, 창원군 동면에 사는 많은 사내들하고는 전혀 다르다고 했으며, 진취적이고 먼 미래를 내다보는 혜안이 있는 것 같다고 했다. 불국사와 석굴암 주변에서 점원 일을 하다 보니 불교에 대해서 조금 아는 것 같다고 혜정은 덧붙여 말했다.

애동의 어머니 혜정은 유교 집안에서 천자문, 명심보감, 논어 정도를 읽어서, 인의예지신용(仁義禮知信勇)에 대해서는 그 뜻을 알고 있기에 석은식과 편지 연애 시 그러한 유교 이념에 서로 의견 교환이 이루어졌다. 물론 은식도 천자문과 논어에 대해서는 어릴 적에 아버지 석대관으로부터 배워서 조금 숙지하고 있었으며, 보통학교는 졸업해서 신학문도 약간 지식이 있는 편이었다.

혜정과 규현이 은식에 대해서 대화하면서, 문득 규현의 뇌리에 한 가지 묘안이 떠올랐고, 혜정을 방에서 내보낸 후 두 가지 방안이 떠올랐다. 첫째는 데릴사위로 맞이하여, 석산리 집안 농사 전부를 은식이 맡아 하도록 하는 방안과 둘째로는 마산에서 미곡상하고 있는 친구에게 양자로 삼도록 해서 혜정과 결혼시킨 뒤에 그곳 점원 일을 하게 함과 동시에 공부를 계속하도록 하는 한편 혜정도 시장 내에 있는 가게 점원으로 취직하는 방법이었다.

마침 그 친구는 아들이 없고, 딸이 하나 있는데 혜정보다 5살이 어려서 보통학교를 다니고 있었다. 이 친구는 자수성가하다 보니 결혼을 늦게 하였다. 마산 친구 박영수는 석산리 죽마고우이며, 소작인의 아들로서 자랐고 일찍이 마산으로 이주하여 미곡상 가게를 차렸다. 동면 일대 쌀, 잡곡, 과일(단감) 생산자 소개를 규현이 하는 등 최초 사업 시 규현의 재정적 도움이 매우 컸다.

첫째 방안은 데릴사위이지만 실제적으로 규현의 아들이 되는 것이고, 둘째 방안은 친구의 아들이 되는 경우로, 죽 쑤어서 개 주는 꼴이 되지 않을까 염려스러웠다. 그래서 규현은 석은식을 사위로 받아들이는 쪽으로 방향을 확실히 정했다. 혜정에게 가게 이름과 인상착의를 확인한 후 직접 석은식을 만나보고 난 후에 첫째 방안과 둘째 방안 중 하나를 택일하면 되겠다고 마음을 굳혔다. 딸의 미래와 집안의 융성을 보장할 수 있는 인물이고, 그릇 인지의 확인이 먼저라고 생각하니, 빨리 석은식을 보아야 된다는 조바심이 났다.

며칠이 지난 9월 초순 경 규현은 석은식을 만나기 위해 이른 새벽에 석산리 집을 나왔다. 집에서 동면사무소 소재지 덕산리까지는 20리 길 정도 된다. 자전거를 가지고 출발해서 면주재소 근처 지인 댁에 자전거를 맡겨 두었다가, 집에 돌아올 때 다시 타고 오면 되기 때문이다. 덕산역에서 경전선 기차를 타고 삼량진 역에서 경부선으로 환승 한 뒤 다시 대구역에서 경주까지는 버스를 타야만 했다. 드디어 경주에 도착하니 해가 지고 있었다. 계림과 석탈해왕 능을 둘러볼 심산으로 계림(김알지 탄생한 곳)에서 가장 가까운 주막에서 하루 자기로 했다.

석애동의 외조부 김규현도 경주 여행은 처음이었다. 신라의 많은 유적들이 경주 시내에서 계림으로 향하는 곳에 즐비했다. 특히 고분군은 가히 압권이었다.

한반도의 동쪽에 위치한 신라가 백제, 고구려를 무너뜨리고, 당군을 몰아내고 삼국통일 한 것이 사뭇 왕릉에서 보듯이 그 위대함에 절로 감탄이 나왔다. 신라의 힘은 무엇인가? 화랑도와 불교로 인한 국가 혼연일체이며, 원효대사의 아들 설총이 설한 유교 이념 등이 신라를 지탱 해온 것이 아닐까? 박씨, 석씨, 김씨 성을 가진 자가 번갈아 임금을 한 국가이다. 고려, 조선, 백제, 고구려 등 다른 나라에서는 없는 특이한 나라 신라, 김알지 후손으로서의 신라의 수도 경주는 새삼 규현의 가슴을 뜨겁게 하는 묘한 마력이 깃들여 있었다.

긴 여정의 여독을 풀 겸 막걸리를 시켜서 혼자 먹고 있는데 옆에서 "왜놈들이 왕릉을 파헤치고, 남산에 있는 불교 문화재를 일본으로 가지고 간다"라고 손님들이 말했다. 1936년 9월의 한반도는 일본의 식민지 수탈 정책에 의해서 국토와 국민은 황폐해져 가고 있었다. 그렇지만, 규현의 주역 풀이를 통해 보면 분명 해방은 온다는 확신을 가지고 있었다.

이튿날 일찍 일어나 계림에 들러 시조 김알지 묘에 참배한 후에 신라의 유적지 몇 곳을 둘러본 뒤 석탈해왕릉까지 가보았다.

점심 식사 후 불국사와 석굴암 입구 사하촌에 있는 석은식의 가게 주변을 둘러본 후 먼발치에서 은식을 바라보았는데, 제법 준수한 용모와 자태가 돋보였다. 가끔 기념품을 팔기 위해 호객하는 모습도 정겹게 보였다.

규현은 은식에게 다가가서 "불국사와 석굴암을 관람하려면 어떻게 하느냐?"라고 물었다, 은식이 규현을 처음 본 순간 며칠 전 규태와 혜정의 모습이 연상되어, 이분이 혜정의 부친임을 직감적으로 알게 되었다. 얼굴이 닮은 점이 많았기 때문이다. "예, 여기 평상에 앉아 잠시 기다려 주시기를 바랍니다"라고 하고는 가게 안으로 들어갔다가 잠시 뒤에 나와서 "제가 안내를 해도 되겠습니까?"라고 하고 정중히 허리 숙여 예를 표했다.

이 가게는 당숙 부부가 운영하는 가게이며, 가게 뒤에 살림집이 딸려 있는데, 방이 몇 개 되어 불국사와 석굴암 일출을 보기 위해 찾아오는 관람객용으로 숙식을 제공하는 등 다목적으로 주막(여관) 비슷하게 활용되었다. 규현은 은식의 태도에 짐짓 놀라워하면서 "젊은이 뜻이 정 그러하다면 고맙게 받겠소"라고 하고 은식의 청을 받아들여 불국사와 석굴암 여행에 있어서 동행을 시작하였다.

사하촌에서 가까운 곳에 불국사는 위치하여 있었다. 앞서가던 은식이 일주문 앞에서 두 손을 모아 합장의 예를 올리자, 뒤따르던 규현도 잠시 머리 숙여 예를 표했다. 불국사와 석굴암은 신라의 대신 김대성의 전생 부모와 현생 부모에 대한 효심이 곳곳에 스며있으며, 석가탑과 다보탑은 양과 음의 조화, 남과 여의 상징으로 대비되는 원융화애 정신이 그 극치를 이룬다. 특히 백제의 석공이 석가탑과 다보탑을 조각한 작품이라고 설명하는 은식의 말이 꽤 설득력이 있어 보이며, 조리 있는 언변도 규현의 마음에 쏙 들었다.

청운교, 백운교, 자하문을 지나 대웅전에 이르는 이 길이 극락정토의 세계로 가는 길이라는 얘기도 덧붙여서 했다. 규현은 대웅전 부처님에게 밖에서 합장 반배하였다. 마음속으로 '대자대비하신 부처님, 제 딸 혜정의 수복강녕이 가능토록 해주소서'라고 기원하였다.

불국사 경내에 있는 다른 전각들도 은식의 안내를 받으며 둘러보았다. 불국사 경내의 풍경 소리와 주변 솔밭에서 부는 초가을 바람이 너무나 상쾌하였다. "여기서 잠시만 기다려 주십시오"라고 은식이 말하고 어느 건물 쪽으로 뛰어갔다가, 몇 분 뒤에 다시 뛰어와서는 "잠시 요사체에서 차 한잔하시겠습니까?"라고 은식이 규현에게 동의를 구했다. 그러자고 규현이 대답하니, 은식이 안내하여 방으로 들어갔다.

방에는 나이 지긋한 스님 한 분이 숯불 화덕에 찻주전자를 데우기 위해, 막 뒷문에서 큰 옹기그릇에 숯덩이를 담아서 들어오는 중이었다. '은식과 스님은 일면식이 있는 관계로 불국사에 관람 오는 사람에게 스님께 부탁해서 중요한 손님에게는 차 대접을 하는가?'라는 생각을 규현은 하게 되었다.

잠시 합장으로 스님께 인사한 후 규현과 은식은 찻대 앞에 나란히 마주 앉았다. 스님께서 "거사님은 어디 먼 곳에서 불국사 관람을 오셨나요?"라고 물었다. 환갑을 훌쩍 넘긴 나이로 보여, 눈썹 몇 가닥이 하얗게 보였으며, 흰 머리카락이 조금 자라 있었다. "예, 스님 경남 창원에서 왔습니다"라고 규현은 답변했다. 옆에 있는 은식이 빙그레 웃으면서, 본인의 직감이 적중한 데 대한 자만감이 생기며 조금은 흥분되었다.

이분은 불국사 주지 스님이셨고, 교학에 대해서는 일가견이 있었다. 차를 두어 차례 우려낸 다음 찻잔에 따라서 규현과 은식 앞에 각각 내밀면서 마시기를 권하였다. 차는 보이차였고, 천천히 음미하면서 차를 서너 잔 규현은 마셨다. 차를 다 마시고 하직 인사를 하려고 하니, 주지 스님이 "잠시만 계세요"라고 하시면서 책 한 권을 옆 서가에서 꺼내어서 주셨다.

규현은 초면이므로 황망하게 사양했으나, 스님께서는 "아무에게나 함부로 드리는 것이 아니므로 받아도 되십니다"라고 하면서 규현의 손을 잡아당기면서 손에 얹어 주었다. 더 이상 사양하면, 결례가 될 것 같아서 "감사하게 보겠습니다"라고 인사하면서 밖에 나와서 보니 "금강반야바라밀경"이라고 적혀 있었다.

"반야심경"은 보았으나 금강경(금강반야바라밀경의 약칭)은 처음 접하게 되었다. 주지 스님 방을 나오자 은식은 규현에게 90도로 허리 숙여 다시금 인사드렸다. "혜정의 아버님 되시죠? 저는 석은식입니다"라고 하였다. 혜정의 막내 삼촌 규태와 하룻밤을 보낸 사이라 쉽게 알 수 있었고, 사실 5형제 중 첫째 규현과 막내 5남 규태와는 얼굴이 많이 닮았다. 규현은 '제법 눈썰미가 있는 젊은이일세'라고 생각하고 은식의 인사를 받았다.

불국사 경내를 나와 석굴암을 관람하려고 일주문 밖으로 나오니 은식이 대뜸 "아버님, 석굴암은 명일 이른 새벽에 일출을 보시는 것이 장관입니다"라고 하고 내일 관람하길 규현에게 권했다. 조금 있으면 해가 서산마루에 걸릴 것 같은 시각이 되어가고 있었다. 규현은 주지 스님이 준 금강경 책 전면을 보면서 온화한 미소를 지었고, '은식이 나에게 주지 스님께 인사시킴은 물론이고 차 대접 및 선물까지, 이 젊은이가 본인이 맡은 역할(여행 가이드)과 처세술(주지 스님을 움직임)이 제법이네'라는 생각을 하며 혜정의 배필로 제격이라고 여겼다. "하나를 보면 열을 안다"는 말이 있듯이, 은식에 대한 더 이상 뒷조사는 필요 없다고 여겼고, 이제는 방법, '첫째 안, 둘째 안' 어느 것이 합당한가를 고민하면서 천천히 걸어 사하촌에 있는 은식의 가게 앞에 다다랐다. 저녁 식사 시간이 되어서 "젊은이, 저녁 요기 할 만한 곳이 있나요?"라고 말문을 열었다. 은식은 "네, 저의 당숙 집에서 해도 무방하고, 국밥집이 몇 군데 있으니, 선택하십시오"라고 말씀드렸다.

아무런 예고 없이 당숙 집 방문은 결례라고 생각하여, 인근 국밥집을 안내 해 달라고 부탁했다. 그리고 같이 저녁을 함께 하자고 권했다. 나를 안내하느라 가게에 소홀한 점에도 미안함이 있었다. 은식은 당숙께 말씀드리고 그렇게 하겠다고 했고, 저녁 식사 후 규현은 당숙께 인사드리고, 잠자리도 부탁한다고 은식에게 일러 주었다. 경주 불국사 사하촌에는 일본인 관람객도 제법 많이 오는 곳으로서, 호롱불이 여기저기 걸리기 시작했고, 밤이면 전깃불이 아닌 촛불과 호롱불이 전부인 시절이라, 그 당시 대도시 시내에만 전깃불이 있었다.

저녁 요기를 하면서 두 사람은 별말이 없었다. 규현은 규태와 혜정에게 은식의 집안 내력을 익히 들어서 숙지가 된 상태이기 때문이었다. 국밥을 다 먹고 난 후 은식에게 규현이 질문했다. "혜정을 아내로 맞이하게 된다면, 이곳 경주에서 가게 점원으로 계속 살 것인가?" 은식은 "혜정을 매우 좋아하지만, 고생을 모르고 자란 사람이라 적응하기 어려울 것 같습니다. 경주에서 결혼 생활은 곤란하고, 대구나, 부산 대도시에서 점원 생활 시작해서 저의 가게를 미련 할 때까지 기다려 주실 수 있으신 가요?"라고 대답했다.

자기 한 몸 최선을 다해 처자식을 권사하겠다는 의지가 강했다. 혜정이 자신과 혼인하게 되면, 당장은 생활고에 힘들 것이라는 내용을 편지로 보냈다는 얘기도 했다. 규현은 다시 은식의 태도에 놀랐다. 좋아하는 사람(사랑하는 사람)이 생활고에 힘들까 봐 배려하는 마음에 가상함을 느꼈다. 결정은 규현의 몫이었다. 잠시 규현은 '1 방안, 2 방안에 대해서 은식과 의논해 보면 어떨까?'라는 생각이 들었다. 규현은 "음"하고 심호흡을 한 후에 천천히 자신이 생각한 방안에 대해서 은식에게 차분하게 털어 놓았다.

은식은 규현에게 친아버지 같은 부정을 느끼게 되어, 얼굴이 불그레하게 상기되기까지 했다. 김규현 같은 분이 보잘것없는 나를 이렇게 어여삐 봐주는 것이 황송할 따름이었다. 약간의 시간이 지난 뒤에 은식은 생각을 정리해서 답을 드렸다. 은식은 첫째 방안, 데릴사위로 결정하고 한 3년 정도의 시간만 본인에게 여유를 달라고 했다.

은식은 본인 소유의 불국사 인근 야산 3,000평 중 일부인 500평 정도에다 특용작물 농사를 지어서 그 자금으로 마산 공립 상업학교에 입학해서 공부를 마친 연후에 농협과 같은 공공 기관에 취업하고, 아버님 농사일도 병행해서 할 수 있을 것으로 판단하여 먼 미래 청사진을 한번 보여드렸다. 규현은 "음"하고 고개를 끄덕이며, "공부하려면 마산에 거처를 마련하는 문제며, 학비 문제도 고려 해 보았나?"라고 질문하자, 은식은 일과 학업을 병행하면, 학비는 해결되며, 집은 본인 소유의 야산을 팔고, 특용작물 수확으로 생기는 수입에서 충당하면 셋방 정도는 가능하다고 말씀드렸다.

마산 공립학교는 1921년도 개교하여, 3년제임을 규현의 막냇동생 규태에게 들었다. 은식은 혜정의 막냇삼촌 규태가 사범대학생으로서의 장래 포부에 대한 얘기를 지난 며칠 전 두 사람이 한방을 쓰면서 했으며, 앞으로는 신학문을 배워야 한다고 규태가 은식에게 일러 주었다.

만약 먼 미래에 일본 식민지에서 해방이 된다면, 유교 사대부 사상이 근간이 되는 양반 상놈의 세상이 아니고, 평민 즉 국민이 주인이 되는 사회가 되며, 농경사회에서 산업사회로 크게 변화되는 것이 필연적이라는 점에서 미리 이에 대비한 준비로 학업이 급선무라는 사실을 규태에게 들었음은 물론, 불국사에 여행 오는 일본인이 지껄이는 말을 들어서 은식은 반드시 일본 군국주의는 패망의 길로 갈 것이라는 것을 인지하였다. 불국사 주지 스님도 이와 비슷한 말씀을 하셨다.

지금 일본은 작은 섬나라에 불과한데 큰 대륙인 만주나 중국을 넘본다는 것을 1936년 9월경의 조선의 지식인이나 불교계에서는 어느 정도 주지하고 있는 사안이었다. 규현은 은식의 말을 듣고 보니 불교 스님들이 무위도식하고 염불에는 관심이 없고, 잿밥에만 눈이 어두운 사람으로 여기는 사대부들 말만 신봉해 온 터라 어리둥절했다. 불국사 주지 스님은 일본 불교 승려들과 교류해서인지 일본을 보는 안목이 제법 있었다. 그 당시 일본 내에서도 대륙 진출이라는 문제에 대해서 지도층의 논의가 빈번한 시기였다.

일본 불교 승려들은 불국사와 석굴암의 불교 문화적 가치를 매우 높게 평가하였으며, 조선의 선불교를 말살하려는 일본 불교계의 생각도 주지 스님은 꿰뚫어 보고 계셨다.

이러한 스님의 생각을 은식은 불국사에서 여러 번 들었던 적이 있었고 또한 일본 승려 중에서는 조선의 청정 비구승에 대한 외경심을 가지고 있는 승려들도 꽤 있다는 얘기도 들은 바가 있었다. 가끔 은식이 총명하고 사려 깊은 젊은이라 불국사 주지 스님은 "은식 거사가 출가하면 제대로 된 중이 될 만한 재목인데"라고 몇 차례 출가를 권유한 적도 있었다. 이러한 은식의 말에 규현은 유교 사상에 대한 논리에 오랫동안 젖어 온지라, 먼 장래에 닥쳐올 나라와 사회체계에 대한 은식의 식견이 그저 놀라울 따름이었다.

국밥집을 나와 당숙 집으로 오면서, 은식과 혜정의 혼인에 대한 규현의 생각을 당숙에게 전달해서 향후 몇 달 내에 결혼식을 하는 것으로 가닥을 잡았다. 그리하여 은식의 당숙 석진관과 수인사를 나눈 후 은식과 혜정의 혼인에 대해서 서로의 의견을 교환하였고, 은식을 경남 마산에 있는 마산 공립상업학교에 공부시키는 얘기를 하자, 석진관도 꽤 놀라는 눈치였다. 예닐곱 살 어린 한참 동생뻘 되는 애들과 동문수학할 입장이며, 한참 생계를 위해 일을 해야 하는 연령에 학교에 입학시켜 공부를 시킨다는 말에 은식의 당숙 석진관은 혜정의 아버지 김규현이 보통 사람들과는 다른 분이라는 것을 느꼈다.

금년(1936년) 11월 말, 12월 초순경에 길일을 잡아서 서신으로 당숙 석진관에게 보내서, 그 확답을 받고 난 연후에 혼인식을 하기로 하였으며, 은식의 부 석대관과 모 박혜순에 대한 얘기를 석진관은 규현에게 알려주었다.

석대관은 경주 시내에서 서당 훈장을 하였으며, 전답도 제법 있었으나, 일제의 순사(현 경찰)의 미움을 사서 경주에서의 생활을 접고, 이곳 불국사 사하촌에 은식이 태어나기 7년 전인 1910년 가을, 한일강제병합 이후 이주하였다.

여기에서도 훈장 일을 하셨으며, 전답은 경주 시내 것을 처분하여, 여기에서 새로 구입하여 소작인에게 주었고, 불교에 대해서 공부하는 일이 많았으며, 늦은 나이 38세 때(모 박혜순 39세) 외아들 은식을 보게 되었고, 은식의 어머니 박혜순은 경주 시내의 꽤 부잣집 딸로 태어났으며, 석대관과 경주에서 혼인하여 살았다. 부부 금슬이 매우 좋았고, 혜순이 39세 때 은식을 낳게 되었다. 노산의 영향인지, 출혈 과다로 시름시름 앓다가 은식의 돌 재롱도 보지 못하고 은식이 11개월이 되었을 때 사망했다. 석대관은 홀로 8년간 은식을 키웠으며, 위장에 병이 생겨 제법 많았던 전, 답, 집까지도 은식의 부모 병 치료비에 다 써버렸다.

대관의 사촌 동생 석진관은 대관이 경주에서 이곳 불국사 사하촌으로 이주할 때 동행하여, 대관의 농사일을 주로 하였으며, 그 당시 소작료의 배분은 5:5 내지 4:6이 대부분이나, 3:7 및 2:8로 진관에게 많이 주었다. 농사 소출이 적게 나는 흉년 때는 1:9 내지 0:10으로, 진관에게 이득이 가도록 해줌으로 석대관 사후 은식은 자연스럽게 석진관의 집에서 자랐다. 대관의 유산은 불국사 인근 토함산 동편 쪽 야산 3,000평이 전부였으며, 이 야산에는 은식의 부모(애동의 조부모)의 묘소가 있었다.

은식은 그 묘소 아래쪽 500평을 개간하여 3년(1933년) 전부터 감초 100평, 생강 400평을 심었으나, 별 소득이 없었다. 2년간의 실패 후 작년(1935년)과 올해 1936년에는 생강만 500평 정도 심어 놓았다. 전년도부터는 약간의 소득이 발생했으며, 1936년부터는 두 번의 실패를 거울삼아 심혈을 기울인 결과 현재 9월까지는 생육 상태가 좋은 편이었다.

감초와 생강 재배도 대구에 사는 약초 상 최순호 씨가 지도해 주었고, 최순호 역시, 불국사와 석굴암에 여행 와서 진관의 집에서 1박 하면서 은식의 성실함에 반해 감초와 생강 재배법을 가르쳐 주었다. 이와 같이 석진관은 은식의 부모 얘기와 은식의 사람 됨됨이와 처세에 대한 면까지 소상하게 김규현에게 일러 주었다.

특히 진관은 사촌 형 대관에게 받은 은혜를 생각하면, 은식을 중등 교육(6년제)까지 했어야 하나, 현재의 수입으로는 어림 없었고, 나이 20이 될 때까지 장가도 보내주지 못한 것이 마음의 큰 짐으로 여기던 중, 이러한 규현을 만났으니 고맙기 그지 없었다. 또한 진관이 생각해 보니, 김규현은 대관 형과도 많은 닮은 점이 있어서, '죽은 대관 형이 어린 자식 은식을 죽어서도 보호하고, 염려하시는 구나!'라고 생각했다.

규현은 진관의 말을 듣고는 "생강 500평을 수확하면 그 수입이 얼마쯤 됩니까?"라고 물어보았다. "글쎄요. 마산시 중심가는 어렵고 변두리 셋집 정도는 얻을 수 있는 금액은 될 것입니다." "어험"하고 큰기침을 한 후 규현은 몇 년 전부터 본인의 미래를 위해서 주어진 여건 속에서 최선을 다하고 있는 은식이 믿음직스러웠다. 또한 진관은 묘소 서편에도 500평 정도 개간해서 대추나무를 심으려고 금년 가을 생강 수입 대금으로 대추나무 묘목을 살려고 했다는 얘기도 첨언 해주었다.

김규현은 진관과의 대화를 마치고, 은식의 방으로 이동해서 구체적인 혼인 행사와 그 후 결혼 생활에 대해서 은식과 깊은 대화를 나누었다. 은식의 장인으로서의 대화라기보다 은식의 아버지가 된 입장에서 하나하나 세심하게 은식에게 일러 주었다. 특히 혜정의 모 이연화에 대한 얘기와 창원 동면 석산리 마을 문중에 관한 것과 동네 사람들 얘기, 혜정의 삼촌, 동생들 얘기, 마산의 죽마고우 박영수에 관한 얘기 등등을 사위가 아닌 아들로서의 견지해야 할 태도와 입장에 대한 것도 빠뜨리지 않고 다시 한번 강조했다.

그다음 날 석굴암에서 동해 일출을 보기 위해 으스름한 새벽에 두 사람은 집을 나섰다. 9월 초순 그날따라 구름이 없었던 날씨 관계로 동해의 일출은 가히 장관이었다. 규현의 마음속에 붉은 해를 보며, 희망과 꿈이 크게 자라서 불쑥 솟구쳐 오르는 감동과 희열을 느끼면서 얼굴이 상기 되었다. 마찬가지로 은식은 새로운 세계에 첫발을 내딛는 미지의 세계로 저 붉은 태양이 힘 있고 활기차게 세상을 비추는 그 모습에 반하면서, 합장하고 새로운 다짐, 즉 나에게 아버지와 어머니가 생겼고, 부인이 생겼으며, 삼촌들이, 동생들이 생겼고, 동네 마을 어른들과 친척이 새롭게 생겼다고 생각하니, 가슴이 벅차올랐으며, 훌륭한 아버지의 아들로서, 새로운 세상을 더욱더 치열하게 살아야 함을 가슴에 깊이 아로새기면서 굳게 다짐하였다.

그리고 규현 앞으로 다가가서 무릎을 꿇고 "아버님 못난 사람을 아들로 맞이하여 주셔서 감사합니다. 그 은혜 보답고자 분골쇄신 하겠습니다"라고 하며 큰절을 올렸고, 규현도 엎드려 있는 은식의 손을 맞잡고 일으켜 세움과 동시에, 가슴에 부둥켜안고 토닥토닥 오른손으로 은식의 등을 두드려 주었다. 은식은 이러한 규현의 마음을 헤아렸기에 자신도 모르게 뜨거운 눈물이 양 볼을 적셨다. 일찍이 조실부모하여 아버지의 정을 제대로 느끼지 못한 관계로 규현을 약간 힘주어 안아보았다. 규현도 은식의 흐느낌을 알고는 "은식아, 이제는 니가 내 아들이다"라고 하였다.

이렇게 처음 은식을 호명하고 난 연후에, 은식의 두 볼을 양손으로 잡고 얼굴을 마주하게 한 후 바라보았다. 그리고 천천히 양손으로 은식의 눈물을 닦아 주었다. 그러나 은식의 눈물은 계속 나왔다. 규현 또한 대단한 아들을 새로 얻은 기쁨이 얼굴 가득하였다.

석굴암 경내로 들어가 관람한 후 규현은 불교에 관해서 공부해야 하겠다고 생각했다. 당숙 진관의 집으로 오면서 규현과 은식은 이심전심으로 오랜 옛적부터 인연이 있었던 것 같다는 생각이 들었다. 어젯밤에 얘기한 대추나무 심는 문제도 서로의 의견을 말하면서, 앞으로의 일에 대한 것을 서신으로 통보할 것을 규현은 은식에게 말하였다. 아침 조반을 석진관은 김규현을 위해 정성껏 마련해서 드시도록 권하였다. 조반을 마친 후 은식과 당숙 진관의 배웅을 받으며, 규현은 경남 마산의 절친 박영수를 만나기 위해서 경주로 출발하였다.

대구역에서 기차를 타고 마산으로 향하던 중에 기차 내에서, 불국사 주지 스님께서 선물한 금강반야바라밀경(金剛般若波羅密經)을 꺼내어서 첫 장을 펴보았다.

法會因由分 第一

如是我聞하사오니 一時에 佛이 在舍衛國 祇樹給孤獨園하사 與大比丘衆 千二百十人으로俱하시다, 爾時에 世尊이 食時에 着衣指 鉢하시고, 入舍衛大城하사 乞食하실세 於其城中에 次第乞已하시 고 還至本處하사 飯食訖하시고 收衣鉢하시고 洗足已하시고 敷座而坐하시다.

제일 : 이와 같은 인연으로 법회는 이루어졌다.

나는 이와 같이 들었다.

이때 세존이신 부처님이 사위국 기수급고독원에 계실 적에 큰 비구 일천이백오십인과 탁발(걸식)키 위해 식사 시간이 되어, 세존께서는 옷(장삼)을 걸치시고, 사위 큰 성에 들어 가셨다. 탁발(걸식)하신 연후에 다시 기수급구독원에 되돌아오신 후 식사를 마치시고, 옷(장삼)을 벗어시고, 발을 닦으시고, 좌선에 드시었다.

금강경(금강반야바라밀경) 제1품을 읽은 규현은 금강경 읽기를 중단을 한 후, 창원군 불모산(佛母山)에 위치한 곰 절(聖住寺)이 문득 생각났다. 성주사(聖住寺)가 위치한 불모산 주변에는 상산 김씨 문중 친척분들이 몇 분 사시기에 성주사(聖住寺)를 두어 차례 관람한 적이 있었고, 아주 어린 시절 어머니 손에 이끌려 많이 다녔다. 사찰에 이르는 곳에 저수지가 있으므로 해서 풍광이 제법이고, 노송이 즐비하게 많은 것이 뇌리에 떠올랐다.

금강경 첫째 품에 있는 여시아문(如是我聞)에 눈이 확 고정되었다. 마산에 도착하면, 성주사를 방문해서 주지 스님에게 금강경에 대해서 미리 예습을 한 후에 읽어야겠다는 생각이 들었다. 한자는 좀 아는 편이고, 불경은 반야심경을 몇 차례 읽어 보았지만, 금강경은 전혀 생소한 느낌이 들었다.

유교의 논어나, 맹자와는 사뭇 다르다는 것을 느끼고, 예전에 반야심경을 몇 차례 읽어 본 후에 내동댕이쳐버렸다. 공자님 말씀 중 "아침에 도를 이루고 저녁에 죽어도 여한이 없다"라는 글귀가 문득 떠올랐고, '과연 '도(道)'란 무엇인가? 사람이 한평생 살아가는 동안 도를 닦기 위해서, 도를 알기 위해서, 얼마나 큰 노력을 해야 하는지, 왜 공자님 같은 성인께서 그러한 말을 했는가?'라고 기차 옆으로 스쳐 지나가는 풍광을 물끄러미 쳐다보면서 깊은 상념에 빠졌다.

이윽고 기차는 삼량진역에 도착했다. 마산역으로 가기 위해서는 경부선에서 경전선을 갈아타야 했다. 일제는 1905년 삼량진에서 마산까지 군용 철도를 가설하였다. 조선시대 합포항으로 일컬어졌던 마산은 쌀을 한양으로 운송키 위한 조창 기지도 있었으며, 창원도호부(조선 태종 때)의 중심 항구였으며, 경상 우도 병마사가 주둔한 군사기지이기도 했고, 1899년 마산포 개항으로 외국 영사부까지 설치되었으며, 1914년 마산부가 설치되는 등 1936년의 마산은 부산 다음으로 남해안에서 큰 도시였다.

규현은 경전선 마산행 열차를 타기 위해 삼량진역에서 기다리는 시간에 경주(신라)와 불교, 은식과 혜정의 혼인 등 장래에 닥쳐올 위기에 새로운 도전 의식이 용솟음쳤다. 꽤 먼 거리에 있는 석은식을 사위(아들과 같음)로 맞이하는 점에 대해서도 석산리 마을 사람들이 이구동성으로 손가락질할 것 같은 예감이 들기 때문이었다. 주역 풀이 확신에 대한 흔들림이 있어서는 안 된다고 다시 김규현은 마음가짐을 다 잡았다.

마산역에서 절친 박영수가 있는 곳까지 걸어서 이동했다. 저녁 식사 시간 가깝게 절친 영수의 가게에 도착했고, 오랜만에 만나서인지, 영수가 "이거 누고?"라고 하며 후다닥 뛰어나와서, "저녁은 우쨌노? 어디서 오는 기고? 그간 잘 있었나?"라고 속사포처럼 말을 쏟아냈다. "저녁 전이다. 제수씨는?"이라고 규현이 말하는 중에 영수의 아내가 황급히 달려 나와 앞치마에 손을 닦으며, 규현에게 안부 인사를 했다.

영수와 영수 아내는 규현을 상전으로, 친 동기보다도 더 환대했다. 오늘날 밥술깨나 먹을 수 있고, 마산에서 집 한 칸 있고, 번듯한 가게를 가질 수 있도록 도와준 은인이 김규현이었다. 저녁 식사를 마치고, 규현은 영수에게 맏딸 혜정의 혼인과 취업 문제, 셋집 문제, 학교 진학 문제 등에 대한 얘기를 한 후 영수의 도움에 관해서 얘기를 나누었다.

영수도 혜정의 활달함에 대해서는 이미 주지하는 바이고, 석은식의 사람됨이 얼마나 출중했기에 먼 경주까지 갔다 와서 확인한 후 아들 같은 데릴사위로 맞이하겠다는 점을 생각하니, 평소 사람을 명철하게 꿰뚫어 보는 능력이 탁월한 친구, 규현이 얼마나 심사숙고했는지도 엿볼 수 있었다. 지금까지 신세를 많이 진 영수는 그 은혜 보답고자 적극적으로 집도 알아보고, 은식과 혜정의 점원 가게 일자리도 확인하겠다고 흔쾌히 허락하며, 3년의 기간은 영수가 규현 대신 잘 보살펴 줄 것이라고 힘주어 말했다.

규현은 하룻밤 신세도 지겠다고 했다. 내일 이른 아침에 곰절(聖住寺)을 방문 하겠다고 해서, 영수는 놀랐다. 유교 사대부 집안의 종손이 절을 찾겠다고 하니 말이다. 경주 불국사 주지 스님으로부터 불경 한 권을 선물 받아서 이것을 聖住寺 주지 스님께 여쭈어보려고 방문한다고 했다.

이른 새벽에 규현은 영수의 집을 나섰다. 聖住寺 아래 도착하니 먼 옛날 어릴 적 생각이 났다. 가는 길목에 아름다운 저수지 옆의 소나무에서 나는 솔향이 매우 상쾌했다. 마산 시민의 상수원으로 일제는 이 저수지 물을 활용하였다. 일주문 앞에서 합장 반 배(은식이 가르쳐 줌)하고 들어가 요사채에서 주지 스님 뵙기를 청하자, 이어 주지 스님이 나왔다.

규현은 스님에게 황복례 보살의 장남이라고 소개하면서 정중히 인사를 드리자, 주지 스님은 규현을 반갑게 맞이하여 주었다. 주지 스님 방에서 규현은 불국사 주지 스님이 선물한 금강경을 봇짐에서 꺼내어 성주사 주지 스님 앞에 놓았다. 佛國寺 주지 스님은 불교계에서 꽤 큰 스님으로 알려졌으며, 도력 또한 높으신 분이 이러한 불경을 선물한 것을 보면, 규현이 제법 비범한 인물이라고 성주사 주지 스님은 여겼다.

규현은 그간의 자초지종을 말씀드리고 金剛經이 어떠한 경전이며, 첫째 품에 있는 如是我聞에 시선이 고정되었다고 주지 스님에게 고백했으며, 유교의 사서오경은 읽었다고 첨언했다.

주지 스님은 "잠깐 차 한잔할 시간이 있나요?"라고 말하고는 자리를 뜨고는, 조금 후 주지 스님은 차를 대접한 후 나직이 말씀했다. 금강반야바라밀경은 석가세존과 그의 제자 해공제일인 수보리존자와 空(般若)에 대한 문답식 경전으로 뇌파(텔레파시)로 대화하였고, 반야심경을 풀어 놓은 것과 같다고 하시면서, 일반 불자 중 식견이 있는 사람들이 많이 독송하는 불경이라고 하였다. 또한 스님은 금강경의 구성은 32품으로 되어 있고, 이

중에서 4구계가 핵심이라고 말씀하시면서 선물 받은 금강경을 펼치고는, 연필로 표시하려고 책장을 넘겼다.

첫째 4구계는 제5품 如理實見分(여리실견분)에 나오는 佛告(불고)수보리 하사되 凡所有相(범소유상)은 皆是虛妄(개시허망)이라 若見諸相(약견제상)이 非相(비상)이면 則見如來(즉견여래)니라.

첫째 4구계를 해석하면, "세존께서 수보리에게 말씀하시되, 모든 존재하는 형상(물질)은 본래 처음부터 허상(허물어짐)이라, 만약에 모든 형상(물질)이 형상(물질)아님을 알게 되면, 즉시 부처를 본다"(부처의 본성은 진여자성).

부처는 깨달음 그 자체라고 말씀하시면서, 6가지 감각기관(눈, 코, 귀, 입, 촉감, 생각)으로 받아들이는 것이 모두 허구(그렇다고 없는 것이 아님)임을 자각하고 마음으로 형상(물질)을 보라고 하신 말씀이라고 설명해 주었다. 규현은 얼른 그 뜻이 이해가 가지 않았다. 이 우주 만물에 존재하는 것이 허상이라니, 가당키나 한 말씀인가? 또한 허상이라고 어떻게 파악하고, 생각해야 하는가? 상당히 황당한 말씀이라고 여겼다. 이어서 주지 스님은 스님들이 마음공부를 할 때 화두를 탐구하여 마음을 깨치는 수행을 한다고 일러 주었다.

두 번째 4구계는, 제10품 莊嚴淨土分(장엄정토분)에 있는 ,諸菩薩摩詵薩(제보살 마하살)이 應如是生淸淨心(응여시생청정심)하되 不應住色生心이며, 不應住聲香味觸法生心(불응주성향미촉법생심)

이며, 應無所住(응무소주)하야 而生其心(이생기심)이니라.

두 번째 4구계의 내용은 금강경의 핵심이라고 주지 스님은 말씀하셨다. 그 내용은 "모든 사람(수행자)은 청정심 즉 맑고 깨끗한 마음을 내어야 하며, 마땅히 색(보는 것)에 머무르지(집착함) 않고 또한 소리(귀), 향기(코), 맛(입), 촉(피부의 감촉), 법(머리의 생각)에 머무르지(집착) 아니하고, 이와 같이 머무르지 아니하는 마음을 내어야 한다."

應無所住而生其心(응무소주이생기심)의 핵심적인 내용은 무 차별성, 절대 평등, 치우침이 없는 중도(유교의 중용)이다. 스님은 비파나 가야금의 줄이 너무 탱탱하면 끊어지기 십상이고, 줄이 너무 느슨하면 소리가 제대로 나지 않는 것을 비유하여 설명하였으며, 응무소주이생기심에 대한 것으로, 제14품 離相寂滅分 (이상적멸분)에도 應生無所住心(응생무소주심) 6자로 축약해서, 다시 한번 강조하는 내용도 있다고 덧붙여 설명하셨다.

또한 글자를 잘 몰랐던 중국의 6조 혜능 조사께서도 선비가 낭독하는 "응무소주이생기심"의 말을 듣고 크게 깨쳐서 5조 홍인 조사를 찾아가서 부처님의 정법안장을 이어받은 조사 스님이 되었다는 말씀도 아울러 하셨다.

두 번째 4구계 應無所住而生其心(응무소주이생기심) 8자에 대해 규현은 도덕경에 나오는 '道'와도 같은 것이라고 여겼다. '노자는 '道'를 "우주 만물을 생성케 하는 어머니"라고 했으며, 道(도)

는 無(무), 虛(허), 氣(기), 靜(정), 大(대), 無極(무극)이라고 표현하였는바, 道는 應無所住而生其心(응무소주이생기심)에서 생성된 心(마음)이 아닐까?'라는 것이 떠올라서 주지 스님께 "道와 心이 같은 의미가 되나요?"라고 조심스럽게 여쭈어보았다.

성주사 스님은 道는 불가에서는 無, 般若, 空 등 自性의 개념이며, 心을 수행하면 자성을 깨쳐서, 해탈 또는 부처를 이룰 수 있는 것으로 말하였다. 규현은 스스로 "응무소주이생기심"을 하면 道를 얻을 수 있는 방편이 되겠구나 하고 자문자답했다.

주지 스님은 금강경 내용 자체가 반야(지혜)부의 으뜸 경전인 관계로 글자 내용 하나하나의 그 의미가 무궁무진한 것이라고 했으며, 석가모니 부처님이 처음 道를 깨치시고, 45년간 팔만대장경의 법문을 설하실 때, 그 순서는 아함부, 방등부, 반야부, 법화부 순으로 크게 네 가지로 분류해서 설하셨다고 했다. 그 반야부에서도 금강반야바라밀경은 불교의 핵심적인 내용이라고 다시금 강조하셨다.

"거사님, 다시 차 한잔 하세요"라고 하면서 스님은 차를 권했다. "차를 마시면서 그냥 들어 보세요"라고 하며, 스님께서 하시는 말인즉, 석가세존께서는 오백생을 통해서 즉, 전생에도 수많은 수행력으로 부처님이 되셨다고 일러 주었다.

금강경에 보면 연등 부처님 세계에서 이미 부처가 될 것이라는 수기(예언)를 받으실 것(제17품 究境無我分:구경무아분)이라는 내용이 있다고 하시면서, 금강경 공부는 마음공부이므로 사서오경과는 사뭇 다르게 보라고 말씀하시면서, 세 번째 4구계와 네 번째 4구계에 대해서도 지적해 주셨다.

제26품 法身非相分(법신비상분) : 세 번째 4구계
若以色見我(약이색견아)커나, 以音聲求我(이음성구아)하면, 是人(시인)은 行邪道(행사도)라, 不能見如來(불능견여래)니라.

제32품 應化非眞分(응화비진분) : 네 번째 4구계
一切有爲法(일체유위법)이 如夢幻泡影(여몽환포영)이며
如露亦如電(여로역여전)이니 應作如是觀(응작여시관)이니라

세 번째 4구계 내용은
"만약 형상으로 나(부처)를 보거나 음성을 통해 나(부처)를 찾는다면 이 사람은 삿된 도를 행할 뿐 여래(부처)를 능히 보지 못하리라."

네 번째 4구계의 내용은
"일체의 현상계(유위법)는 꿈이요, 허깨비요, 물거품이요, 그림자요, 이슬 같고, 번갯불 같은 것이니, 마땅히 이와 같이

볼 것이로다."

이상의 4구계를 금강경 32품 중에서 차례로 지적하면서, 온아한 미소로 잠시 숨 고르기를 하신 후에 주지 스님은 "金剛經" 공부는 하루아침에 되는 것이 아니므로 시간을 두고 쉬엄쉬엄하라고 하셨으며, 금강경 내용 중에, "셀 수 없는 엄청난 보물보다 금강경 4구계 한 귀절이 더 수승하다는 내용이 있어요"라고 하시면서, 물질(돈) 보다 정신(道나心)이 먼저라고 하였다.

스님은 "사람이 부처고, 부처가 사람입니다"라고 하시면서, 이렇게 "소승과 만난 것도 전생의 소중한 선연"이 있어서 이루어졌으며, 아울러 인연의 소중함에 대해서도 다시 한번 말씀해 주셨다. 규현의 어머니 황복례는 성주사의 열심 불자였고, 부처님오신 날, 성도일, 출가일, 열반일 등 불교 4대 명절날이나, 매월 초하룻날이나 관음기도, 지장기도 등 특별 기도시에도 성주사를 찾는 불자였다. 절에 와서 시주도 하고, 불공도 드리곤 했다. 정진기도나, 조상을 위한 영가 천도 기도를 하기 위해 절을 찾을 때 어린 규현을 데리고 온 적이 많았다.

이와 같은 인연으로 규현이 金剛經(금강경)을 수지 독송하게 되었다. 규현은 聖住寺(성주사)를 나와서 마산 박영수 가게에 잠시 방문 후, 창원 동면 석산리 집으로 돌아왔다. 규현은 집에 도착해서 부인과 딸을 불러놓고 몇 일간의 여행은 혜정과 은식의 혼인과 결혼 후, 마산에서 공부하는 것 등의 대화를 했다.

부인 이연화는 매우 놀라며, 딸 혜정이 우편집배원 오는 시간이면 대문 밖에 서성이는 것이, 친구의 편지를 주고, 받는가 보다 정도로 여겼는데 '서신으로 연애질하는 것이구나!'라고 생각하니 딸이 얄밉게 여겨졌다. 그래서 남편 규현에게 "저도 한번 얼굴은 보아야겠어요"라고 말하면서 추석 지나고, 경주 여행도 할 겸 석은식을 보고난 후에 결정 하자고 했다.

지아비 규현은 "부인도 보면 반할 거야. 혜정, 규태, 나까지 3명이 예비 사위 은식을 세심하게 관찰한 후에 내린 결정이요"라고 했다. 규현은 집안일과 농사일에 전념한 아내에게 경주 여행 한번 시켜 주는 것도 큰 선물이라고 여겨서, 추석 명절 후에 경주로 가서 여행도 하고 석은식도 보자고 하였다.

다음 날 규현은 아침 조반을 마친 후 봇짐에서 金剛經(금강경)을 꺼냈다. 聖住寺(성주사) 주지 스님의 설명은 개략적으로 들었으나, 아직 잘 이해가 되질 않았기 때문에 다시 한번 보고자 경을 펼쳤다. 우선 32품으로 구성된 경을 품별로 읽기 시작했다.

第一	法會因由分(법회인유분)
第二	善現起請分(선현기청분)
第三	大乘正宗分(대승정종분)
第四	妙行無住分(묘행무주분)

第二十六	法身非相分 (법신비상분)
第二十七	無斷無滅分 (무단무멸분)
第二十八	不受不貪分 (불수불탐분)
第二十九	威儀寂靜分 (위의적정분)
第三十	一合理相分 (일합이상분)
第三十一	知見不生分 (지견불생분)
第三十二	應化非眞分 (응화비진분)

이상의 金剛經(금강경) 32품 제목만 읽어 보니 경의 내용이 조금 이해되었다. 규현은 금강경은 차후에 독송하기로 하고, 딸 혜정의 혼인에 대한 준비에 착수하였다. 먼저 경주 은식의 야산에서 생산한 생강 수확과 야산에 대추나무 심는 것에 대한 것부터 정리하였고, 마산 살림집을 구하기 위한 자금, 두 사람의 입학등록금을 마련하고자 했다.

첫째 아들인 성호(1922년생)를 1936년 3월에 설립한 마산 공립 중학교에 보내고자 했으나 첫해 일본인 위주(일본인 60% 이상, 한국인 40% 미만)로 선발하는 관계로, 내년 1937년에 입학시키려고 준비하고 있었다. 그래서 장남 김성호의 밥도 해줄 겸 혜정을 마산으로 보내어 취업도 생각하고 있던 중이므로, 방 2개의 셋집을 구하려고 구상하고 있었는데, 차남 성률(1924년생)도 현재 신방보통학교 5학년이므로 마산에 있는 중학교에 진학시켜야 할 예정이고, 석산리 논을 팔아서 이참에 마산에 집을 마련해야 하겠다고 여겨져서 부인, 딸과 상의해서 결정하자고 생각했다.

마산에 집을 마련하기 위해 절친 박영수를 만나서 의논하고, 장남 성호와 차남 성률이 다닐 학교인 마산 공립 중학교가 있는 자산동 근처에 새로 구입한 집에서는 은식과 혜정은 산호동에 있는 마산 공립 상업학교까지는 자전거로 통학하면 될 것으로 판단하였다. 은식에게도 서신으로 생강 수확에 따른 대추나무 묘목 식수를 11월 말까지 가능한가도 확인해보니 대추나무 식목은 내년(37년) 봄에 가능하므로, 대추나무 심는 자리에 생강을 확대 생산하는 것으로 계획을 수정하였다.

석은식은 결혼식을 하기 위해 당숙 진관과 佛國寺(불국사) 주지 스님에게 인사를 드렸다. 佛國寺 주지 스님께서는 은식에게 앞으로 경주에는 가능한 오지 말라고 당부했다. 1936년 12월 5일 석은식과 김혜정의 결혼식이 이루어졌으며, 창원군 동면 석산리 마을 사람들은 이구동성으로 훌륭한 사위를 얻었다고 하였다.

석은식과 장남

은식은 12월 결혼 후 즉시 부산으로 가서 생강 수입금으로 가마니 짜는 기계를 5대를 구입해서, 2대는 본인(김규현) 집에 두고, 3대는 처삼촌 규신, 규종, 규민에게 주어, 농한기 수입원으로 삼았다. 1개월 후에는 다시 10대를 구입해서 석산리 희망 농가에 분양 및 임대하였고, 2개월 후인 2월 초에 다시 20대를 추가 구입해서 인근 화양리, 봉곡리, 신방리까지 보급했다.

그간의 농가는 겨울 내내 화투 놀이와 소싸움 등으로 무료하게 농한기를 보냈지만, 은식 때문에 농한기가 없어지게 되었다. 은식의 이와 같은 기발한 착상은 佛國寺(불국사) 큰 스님의 "일제의 대륙 진출과 패망"이라는 예언을 믿었기 때문에 얻을 수 있었다. 일제가 대륙으로 진출코자 군량미를 비축키 위해서 벼 가마니 수요가 막대한 양이 될 것이라는 예측이 꼭 맞아 지게 된 것이었다.

규현은 논을 팔지 않아도 되었다. 가마니 사업 이익금으로 마산에 방 2개 딸린 셋집 자금과 은식과 혜정의 입학등록금, 혜정의 첫째 남동생 성호의 등록금까지 충당됨은 물론, 석산리 인근 야산을 구입할 수 있는 금액이 되었기 때문이다. 그 후 가마니 제조 및 판매 사업은 농한기뿐만 아니라 년 중 내내 지속되었고, 차후 가마니 기계는 100여 대로 확장되어 인근 김해군 진영읍, 창원군 대산면 일대까지 확대 보급되어 농가 소득 증대에 기여 했으며, 이 자금으로 규현의 막냇동생 규태의 대구 사범대 등록금과 생활비까지 지원하게 되었다.

가마니 사업으로 석은식의 명성은 창원군 동면, 대산면, 김해군 진영읍까지 퍼졌다. 결혼 첫날밤 은식과 혜정은 부부관계는 지속하되 자식 출산은 마산 공립 상업학교 3년 중학교 과정을 마친 후에 하는 것으로 서로 굳게 언약했다.

1937년 3월 학교 입학 며칠 전에 마산시 자산동 집에 이사하여, 큰 처남 김성호와 더불어 마산 생활이 시작되었다. 혜정은 학교 수업 마침과 동시에 규현의 절친 박영수 가게에서 장부 정리 등의 점원 일을 하였고, 은식은 경주에서 알게 된 일본인의 소개로 운수업 회사에 취업하여 학업과 병행했다. 운수업 회사에 취업한 이유는 자동차 운전면허 취득과 쉬는 날 차량을 빌려서 가마니 사업과 과일, 미곡, 채소 등 농산물 유통 분야에 대한 사업을 향후에 하겠다는 포부가 있었기 때문이며, 경주 본인 소유의 야산에 생강재배, 당숙진관 문안 인사 등 자동차 운전에 대한 미래 예측이 은식에게는 있었기 때문이다. 그리고 농업 위주 사회에서 제조업 및 상업 등 산업사회로 바뀐다는 것을 일본인 지인으로부터 들어서 이미 체득하였기 때문이다.

은식은 학교에 가지 않는 날은 무척이나 바쁘게 움직여, 가마니 사업과 시내 중심지 외곽에서 생산되는 오이, 고추, 당근, 배추, 수박, 상추, 참외 등 근교농업 생산자들과 만나서 위탁 판매에 대한 얘기를 하였고, 혜정이 1년 정도 장부 정리 등 점원 생활이 익숙해지면 시장 내에 채소전용 가게를 마련해줄 심산이었다. 마산 생활 그 이듬해 1938년에는 둘째 처남 성률도 마산 공립 중학교(이후 6년제)에 입학했다. 첫째 성호보다 총명했고 공부도 잘했다. 그해 일본은 만주를 공격해서 중일전쟁이 시작되었다.

은식은 경주 토함산에 있는 야산 3,000평 중 부모님 묘소 부문을 제외한 2,000평을 팔아서 창원 동면 석산리 인근 곡목 부락에 야산과 밭을 계속해서 꽤 많이 사기 시작했다. 앞으로 단감농장을 하기 위해 최대의 노력을 기울였다. 1939년은 중학교 과정을 마치는 해이기도 했으며, 마산 공립 상업학교는 6년제로 고등학교 과정까지 신설되었다. 혜정이 3학년 수료되는 12월 정도에는 애기를 갖자고 했으며, 출산은 창원 동면 석산리 집에서 하자고 하였다.

또한 중일전쟁이 발발하자, 은식도 운수회사를 퇴직 하고, 단감농장에 전력투구하고자 하였다. 또한 가마니 사업과 시장 채소가게 수입으로 1939년 12월 시장 내에 신용협동조합을 만들어서 금융업을 시작하였고, 1940년 5월에 김해 진영읍에는 분점을 개시하였다.

1940년 10월 6일 첫딸 석진희(昔珍姬)가 창원군 동면 석산리 곡목부락에서 태어났다. 결혼한 지 4년 만에 첫 아이를 보았다. 3년 전에 심은 단감 묘목도 제법 자라나서 단감농장이라는 모양새가 보이는 정도였다. 은식과 혜정의 결혼 후 4년 정도(1936년 12월 결혼)여서 집안 어른들의 축하도 많았다. 첫딸 진희의 출산으로 당분간 주말 부부가 되었다. 그 해는 처남 3명(김성호, 김성륜, 김성문) 모두 마산 공립학교(현 마산 중고: 6년제)에 다니게 되었다.

1940년 은식은 가마니 사업을 규현에게 사업권을 양도하였고, 은식 자신은 학업과 채소가게, 신용협동조합 운영, 단감농장 일에만 전념코자 했다. 규현은 2년 후 가마니 사업을 다시 동생 규신, 규종, 규민에게 균등하게 분배해 주었다. 규현의 막냇동생 규태는 대구사범대를 졸업하고, 부산에 있는 부산여고 수학 교사로 발령받아 교사 생활을 하고 있었다.

1941년 은식의 첫째 처남 성호가 대구사범대에 입학하게 되어, 은식은 등록금과 셋집 입주금까지 지원하였다. 성호는 몇 차례 학도병 지원의 회유가 있었으나, 규현과 은식의 지도로 끝내 응하지 않았다. 1942년 10월 8일 둘째 석진영(昔珍暎)이 태어났다. 1943년에 둘째 처남 성률이 경성제대 수원 농업대(현 서울 농대)에 입학 하였다. 이에 대한 등록금 및 하숙비도 은식이 지원하였다.

그래서 1943년도에는 혜정이 마산에서 생활하면서 시장 내 채소가게를 운영하였다. 두 딸을 잘 키우며, 은식은 마산 공립 상업학교(현 마산상고)를 졸업 후 농업 협동조합 중앙회 경남 창원군 마산 농협 단위 조합에 근무하였다. 그러므로 신용협동조합 일은 다시 김규현의 몫이 되었다.

이때 은식은 화물 자동차 1대를 사서 마산 시내 근교농업(비닐하우스: 오이, 미나리, 파, 시금치)을 시작했다. 혜정의 넷째 삼촌 김규민이 비닐하우스 농장장이 되었다. 화물 자동차 운전은 기사 1명을 고용하였고, 공휴일에는 은식이 직접 운전하였다. 동창원 지역에는 단감 과수 재배를 많이 하였고, 서창원 지역 인접 함안이나, 칠원, 칠서 지역에는 포도, 감자, 배추, 수박, 오이 등이 많이 생산됨으로, 화물 자동차 운송이 소달구지나 리어카에 의존해서 운반하는 것과는 비교가 되질 않았다.

1945년 8월 해방되던 날 밤 10시경 은식과 혜정의 장남 석주동(昔柱東)이 태어났고, 딸 둘을 낳은 뒤에 얻은 아들이라서 그 기쁨은 매우 컸다. 석주동의 100일 잔치는 곡목부락 집에서 김씨 문중 집안사람, 은식의 지인, 가마니 짜는 동네 사람과 인근 동네 사람까지 초대하여 성대히 치렀다. 장남 석주동은 아버지 은식을 많이 닮았다. 자라면서 자립심이 강하여 옳다고 생각되면 끝까지 해내는 집념이 대단했다.

3년 후 1948년 정부수립이 되는 해에는, 셋째 딸 석진수(昔珍守)가 태어났다. 맏딸 진희를 마산에 있는 국민학교(현 초등학교)에 보내질 않고, 시골 전원생활 하는 편이 자녀들 교육여건이 좋다고 판단하여 석산리 곡목부락으로 와서 1945년 11월 장남 주동이 100일 이후에 살기 시작했다. 이제는 단감나무에서 미약하나마 수입이 생기기 시작했고, 마산 채소가게는 월 임대료를 받기로 하고 다른 이에게 양도했으며, 화물 자동차도 처분했다.

마산 집에는 규현, 규민, 성문, 이연화 등 네 분이 살았고, 은식은 창원군 동면 단위농협조합으로 자청하여 전근하였다. 자전거로 곡목 집에서 동면 덕산리에 있는 농협 사무실까지 출퇴근하였다. 이때 맏딸 진희를 신방초등학교까지 태워다 주곤 했다.

1936년부터 1946년 초까지 10년간의 마산 생활에서 잠시 휴식도 할 겸 은식과 혜정은 자녀양육에 더욱더 매진했다. 특히 마산 생활을 접게 되는 동기가 또 하나 있었다. 조선 남로당 당원들이 끈질기게 은식을 유혹했으며, 입당 권유가 매우 많았다. 일본이 미국과 대동아전쟁(제2차 세계대전)을 일으켜서, 조선 남로당의 기세가 진주, 마산에까지 이어졌다.

공산주의는 유교 이념과 정반대이므로 은식은 규현과도 이 문제로 여러 번 의견을 나눈 적이 있었다. 이후 지리산 공비 토벌(1949년) 작전이 있을 정도로 남로당의 기세는 대구, 서남부 경남, 전라남북도의 지리산 인접 지역에 광범하게 떨쳤다. 해방 이후의 혼란 정국에서 초연하게 지내고 싶었으며, 돈과 명예보다는 가족이 더 소중함도 알았으며, 유교의 중용, 불교의 중도 사상에 입각해서 흔들림이 없었다.

은식은 곡목 과수원 생활과 동면단위농협 일에 전념하면서, 이제까지 접어두었던 불경 중, 千手經(천수경), 金剛經(금강경), 地藏經(지장경), 法華經(법화경) 공부와 유교의 중용, 대학에 대해 공부하고자 하였다. 이 당시 혜정은 네 자녀가 건강하고 밝게 자라나게 최선을 다했다. 그리하여 집에 벽장 한 칸에 관세음보살 탱화를 모시고, 정안수 한 사발과 쌀 한 그릇, 과수원에서 자라는 야생화 한 송이를 올려놓고 촛불을 밝히고는 새벽기도를 매일 하였고, 주로 천수경을 독송하였다. 이따금 창원 곰 절(聖住寺)에 예불 드리러 다녔다.

1950년 5월 25일 오후 은식과 혜정에게는 청천벽력 같은 사건이 발생하였다. 장남 석주동의 주남저수지에서 익사한 것이다. 주동의 또래 1명과 주동보다 2살 위의 초등학교 형들과 주남저수지에서 멱 감고 놀던 중 초등학생 동네 형이 저수지 깊은 쪽으로 들어가 허우적거리는 모습에 석주동이 이 형을 구하고자 깊은 곳으로 들어가 2명 모두 익사한 사고가 발생했다.

인접에서 일하고 있던 어른이 둘을 저수지 밖으로 꺼내어 인공 호흡을 해보았으나 이미 질식사한 후였다. 곧이어 어머니 혜정과 진수, 조금 후 학교 갔다가 집에 온 진희, 진영까지 사고 현장에 달려가 보았으나 싸늘한 시신 상태였다. 어머니 혜정은 혼절하였고, 세 명의 딸은 대성통곡하였다.

석은식은 장남의 익사 소식을 듣고는 넋이 나가 버렸다. 보통사람보다 늦게 결혼했으며, 결혼 후에도 공부하느라 한참 뒤에 자식들을 보았는데, 딸 셋에 아들 하나인데, 그 귀한 아들을 먼저 저세상으로 보냈으니, 은식과 혜정의 절망은 너무나 컸다. 6살(만 5세) 아들 석주동을 단감 과수원 야산 정상 바로 밑 양지바른 곳에 묻고 돌무덤 표시를 해두고, 백일홍 나무 두 그루를 무덤 앞에 심어 두었다. 그리고 혼백을 곰 절(성주사)에 49제를 올려 극락왕생을 기원하였다. 그리고 주동이 죽은 지 1개월 뒤 1950년 6월 25일 한국전쟁이 발발하였다.

전쟁은 북괴군의 기습남침으로 3일 만에 수도 서울이 함락되고, 대전, 전주, 광주, 서부 경남 일원, 대구 북방 왜관 북쪽까지, 풍전등화의 위기까지 갔으나, UN군의 참전으로 반전의 기세로 전환되는 즉, 1950년 9월 15일 인천상륙작전 성공으로 9월 28일 서울이 수복되고, 10월 1일에는 38선 이북으로 진격하는 반격이 시작되었다.

한국전쟁으로 인하여 은식과 혜정은 장남 석주동의 죽음에 마냥 슬퍼할 겨를이 없었다. 온 나라가 전쟁의 북새통에 휘말렸기 때문이고, 마산에도 북쪽에서 온 피난민이 매우 많이 몰려왔는데, 은식은 마산으로 51년 1월에 다시 전근을 가게 되었다. 혜정은 세 딸(진희. 진영. 진수)과 함께 마산 산호동 집으로 가 살게 되었다. 진희, 진영은 마산으로 전학 가서 학교생활을 계속했다. 곡목 과수원집에는 석산리에 사시는 규현과 연화가 매일 살펴보았고, 또한 옆집에도 집 부탁을 했다. 혜정의 규민 삼촌은 마산 근교농업 농장 근처에 집을 마련하였다.

다시 마산에서는 신용협동조합 일과 근교농업 시장 내 채소가게 등을 은식과 혜정이 직접 챙기기 시작했다. 신용조합은 마산 생활 이후 계속 존속 되었고, 진영에 있던 신용조합은 몇 년 후 새마을 금고로, 창원군 동면(용잠리). 대산면(가술리)에 있던 신용조합도 새마을 금고로 바뀌게 된다. 석은식의 생일 5일 후인 1951년 11월 19일 새벽 2시경에 석애동(昔焌東)이 태어났다.

장남 석주동이 사망한 지 일 년 반 만에 다시 아들을 보게 되어서, 그 기쁨이 매우 컸다. 혜정이 출산 산통이 시작되자 은식은 한밤중부터 옆에서 혜정을 안심시켰다. 이윽고 새벽 2시(축시)에 "응애"하는 우렁찬 울음소리와 함께 사내아이가 태어났고, 이 사내아이 석애동(昔焌東)은 1년 전에 죽은 형 석주동의 빈

자리를 메워야 했다.

혜정이 임신했을 때, 聖住寺(성주사)에 예불드리러 갔을 때 주지 스님께서는 "얘기가 태어나 100일이 지나면 부모와 평생 헤어져서 살게 될 것입니다"라고 했다. 출산 후 문득 聖住寺 주지 스님이 하신 말씀이 혜정의 머리에 떠올랐다. '금자동아, 은자동아, 귀한 아들과 헤어져서 살라고 하시니, 이 무슨 해괴망측한 말인고'라고 생각했다.

애동이 90일이 지나면서 젖을 빠는 것도 신통치 않았고, 몸에 붉은 것이 나와서 가려움에 몹시 시달리며, 밤에 잠을 자지 않고 울기가 일쑤였으며, 부스럼도 생기기 시작하여서, 병원에 가 보아도 별반 효과가 없었다. 혜정은 마침 봄이 되고 해서, 석산리 곡목 과수원집에 애동을 데리고 가 며칠 있으니, 애동의 가려움 증상(현 아토피)이 조금씩 차도를 보이고, 특히 마산 집에 서는 잘 자질 않았는데, 곡목 시골집에서는 그 증상이 나타나질 않았다. 애동이 특이하게도 관세음보살 탱화가 있는 방에서 있고자 했다. 그래서 혜정은 애동을 聖住寺(성주사) 주지 스님께 보였다.

스님은 애동을 자애롭게 보시고 미소를 짓자, 애동 또한 방실방실 웃음으로 화답했다. 주지 스님은 혜정에게 "석산리 곡목 집에서 친정어머니 이연화께 맡겨 키우세요"라고 하였다. 마산 집에는 누나 3명과 애동의 남동생이 몇 년 후 태어나, 그

곳에 혜정의 도움이 절실하므로 애동은 외할머니 손에서 무탈하게 잘 자라게 될 것이라고 하였다. 혜정은 마산 집에서, 은식에게 곡목 과수원에서는 애동이 잠을 잘 자는 것과 관세음보살 탱화가 있는 방에서 잘 노는 행동과 가려움 증세가 좋아지는 것, 聖住寺 주지 스님의 당부 말씀 등을 얘기하자, 은식은 자신의 무르팍을 '탁' 쳤다.

15년 전 1936년 11월 혼인하기 몇 일전 佛國寺(불국사) 주지 스님께 하직 인사드리러 갔을 때 주지 스님께서 은식을 빤히 쳐다보시면서 "석 거사, 당신은 재물운, 명예운, 자식운은 괜찮은데, 아들 둘과는 헤어져 살아야 하고, 하나만 데리고 살 팔자이고, 아들 하나는 나중에 위대한 인물이 될 것이야"라고 하신 말씀이 이제야 생각났다.

첫째 주동은 주남저수지에서 익사했고, 두 번째 태어난 애동(새로운 장남)마저 마산 집에서는 이유를 알 수 없는 병치레를 하고 있었으니까, 은식은 애동의 어머니 혜정에게 聖住寺 주지 스님 말씀대로 어머니께 맡기고, 바로 이유식을 해서 분유를 먹이도록 하자고 했다. 혜정은 귀여운 아들 애동마저 잃어버리고 싶지 않았기에, 혜정의 두 눈에는 하염없는 눈물이 샘처럼 솟아올랐다.

애동이 태어나서 마산 집에서는 줄 곳 울기가 일쑤였는데, 곡목 집에서는 방실방실 잘 웃고, 젖도 아주 힘 있게 빨아 젖가슴이 애동의 입으로 빨려 드는 느낌이었다. '아, 기구한 운명인가!' '6살 아들은 물에 빠져 죽고, 100일 조금 지난 아들은 평생 헤어져서 살아야 한다고 하니...' 아들이 보고 싶으면, 엄마가 아들을 찾아야 한다고 聖住寺 주지 스님은 덧붙여 말씀하셨다.

혜정은 佛國寺 주지 스님 말씀과 聖住寺 주지 스님 말씀을 가슴 깊이 되새기며, 이별의 쓰라린 가슴을 부여안은 체 애동을 친정어머니 이연화가 잘 키워 주실 것을 믿고, 분유와 이유식, 옷가지 등을 가지고 석산리 곡목 과수원집으로 갔다.

애동의 외할머니 이연화는 건강이 좋은 편이었으므로, 53세의 나이가 믿기지 않을 정도였고, 애동을 등에 업고 다니면 마을 사람들은 외손자가 아니라, 늦둥이 아들 같다고 입방아를 찧기도 하였다. 어린 애동은 무럭무럭 잘 자랐고, 보통 또래의 아이들보다 신장과 체격이 조금은 컸으며, 특히 소, 염소, 돼지, 닭 등 동물을 좋아해서 잘 어울려 다녔고, 이따금 관세음보살 탱화가 비치된 방에서 잠을 자곤 했다. 탱화를 바라보면서 빙긋이 웃기도 하고, 혼자 무어라 중얼거리곤 했다.

월 3, 4회 정도 혜정은 자라나는 애동의 분유와 이유식과 옷가지며, 그림책 등을 가지고 와, 하룻밤 아들과 자곤 했다. 올 때는 매우 반갑게 맞이하여 주었으나, 갈 때면 엄마 잘 가라고 손을 흔들며, 당연한 듯이 이별의 아쉬움을 전혀 생각지 않는 것이 보통 아이들하고는 전혀 달랐다. 혜정은 '애동이 장성해서 어떤 큰일을 할까? 서너 살 어린아이가 어떻게 저렇게 대견스러울까?'라는 의구심이 들곤 했고, 佛國寺 큰스님은 "장차 위대한 인물이 될 것이야"라고 남편 은식이 전해 주었던 말이 새롭게 기억났다.

항상 동네 애들이 애동을 대장으로 삼고 잘 따라 주었고, 마산 누나들이 방학 때나 휴일날 애동을 대할 때 보면 의젓함이 엿보였다. 애동이 다섯 살 되던 1955년 1월에 석기동(昔基東)이 태어났다.

은식의 다섯 자녀와 본인의 생일이 공교롭게도 가을이나 겨울이고, 혜정만 3월이며, 1955년 1월에 석은식은 마산시 농협 간부로 승진했으며, 규현의 주역 풀이대로 혜정의 동생 3명 모두 은식의 도움으로 중, 고, 대학까지 공부를 마쳤으며, 첫째 김성호는 경남중학교 교사, 둘째 김성률은 서울 모 우유 회사 검사과장(수의사), 막내 김성문은 부산에서 약국(약사) 운영 등을 했다. 규현의 주역 풀이대로 딸 혜정의 남편이 집안을 일으켰고, 세 명의 아들들도 권사 했기 때문이다.

유학과
석애동의 여자

석애동(昔煥東)은 1958년 3월에, 경남 창원군 동면 화양리에 있는 화양 국민학교에 입학하였고, 5학년 과정을 마치고 1963년 2월 5일에 부산시 중구 대청동에 위치한 남일 국민학교에 다시 5학년으로 전학을 하게 되었다.

　애동의 큰 누나 석진희(昔珍姬)는 부산 교대를 졸업하고, 부산 중구에 있는 동광 국민학교 교사로 재직하고 있었고, 둘째 누나 석진영(昔珍暎)은 부산 교대에 입학하였다. 그래서 애동의 부모는 부산 대청동에 방 2개 딸린 집을 구입하여, 그곳에서 애동은 학교를 다니게 되었다. 애동의 큰 외숙 김성호(경남중 교사)와 외종조부 김규태(부산여고 교사)도 부산 서구에 있는 학교에 재직하고 있어서 애동의 누나 두 명이 교육대학으로 진로를 택하게 되었다.

애동은 초등학교 5학년 과정을 두 번 하게 됨으로써 부산에서 첫째 명문 남일 국민학교에서도 상위권 성적을 유지할 수 있었고, 그 이듬해 6학년 때는 전교에서 남학생 석차 5위 이내에 들었다.

석애동, 김유태, 박수한 삼총사는 싸움에서 발단되어 결의되었는데, 그 이후 세 사람은 한 몸처럼 붙어 다녔다. 5학년 학기가 시작되는 3월부터는 중학교 입학시험을 위해서 공부에만 전념해야만 했다. 1963년 그 당시 중학교 입시는 매우 중요했는데, 가령 "예시" 경기 중학교에 입학하면, 절반 이상은 경기 고등학교에 진학 하고, 다시 경기고 졸업생 중 절반 정도가 S대에 입학했으며, K대 법대나, Y대 상대 등 인기 학과에 경기고 졸업 학생이 다수 합격하였다.

석애동은 시골 출신이라, 가끔 마산 도시 집에 가기도 했으나, 부산 생활은 애동을 답답하게 만들었다. 그래서 삼총사는 부산 중구에 있는 용두산 공원에 자주 놀러 갔고, 학교 수업을 마치면 과외수업까지 두세 시간 여유가 있었다. 애동은 누나가 교사, 대학생인 관계이고, 5학년 과정을 재수하니 성적도 전교 10위 이내이므로 별도의 과외를 받지 않아도 되었으나, 유태와 수한은 과외지도를 4학년 때부터 받고 있었다. 5학년부터 과외지도를 애동의 둘째 누나 진영이 지도하기로 하였다.

진영 누나는 교육대학(차석 입학)과 부산대학도 동시에 합격하였다. 마산여고 전교 3위 졸업생으로서, 교대 입학은 등록금 면제와 장학금 수여, 세 명의 동생을 고려했으며, 2년 수학 후 바로 교사 생활을 할 수 있다는 장점 등등을 판단하여 본인이 결정하였다.

김유태의 아버지 김정엽(1924년생)은 애동의 누나들에게 큰 호감을 가졌고, 유태의 큰 누나 김주연(1947년생)은 여고 1년생으로 피아노를 전공했으며, 둘째 누나 김주민은 여중 1년생으로 바이올린 전공 등, 두 명의 누나는 음대에 진학하고자 하여 그 당시 국어, 영어, 수학 등 입시 과목에 대한 학력 수준이 낮은 편이었고, 김유태의 집안은 원래 서울에 줄 곳 살았다.

유태의 아버지 김정엽(1924년생)은 S대 상대 경제학과를 졸업하여 한국은행에 취업하여 은행원 생활을 하던 중, 한국전쟁으로 부산에 피난 와서는 한국은행 부산지점에 근무하였다. 60년대 초에 퇴직하고, 퇴직금과 서울의 재산을 처분한 돈으로 부산 중구 신창동(현 광복동)에 건물을 구입해서 백화점으로 개보수하여 운영 하고 있었고, 비교적 부자였으며, 애동의 아버지와도 금융계 동종업을 했던 관계로 통하는 바가 많았다.

유태의 큰 아버지 김정식(1922년생)은 S대 의과 대학병원 의사로 재직하고 있었으며, 유태의 사촌 큰 형 유식(1944년생)은 S대 의대생이었으며, 유태의 큰 아버지 김정식과 큰 어머니 정인선 슬하에 3남 1녀 가족이 서울 가회동에 살고 있었다.

유태의 집안은 조선시대 말경 세도 가문인 안동김씨 후손이며, 단 두 형제뿐이었고, 두 형제 모두 S대를 졸업했다. 김유태의 서울 집은 안국동에 있었다. 부산으로 60년대 이사할 때도, 유태의 아버지 김정엽은 안국동 서울 집은 팔지 않고 세를 놓았다. 차후 자식들이 서울에서 공부하게 될 경우를 생각해서 미래를 대비한 것이었다.

유태 또한 서울에서 전학했던 처지이므로, 애동의 입장을 충분히 이해했고, 서울 말씨를 쓰는 관계로 억센 경상도 사투리를 사용하는 부산 애들과 다툼이 잦은 편이었는데, 이때마다 부산에서 태어나 줄 곳 자란 박수한의 도움이 컸다. 유태와 수한은 3년 전 2학년 때부터 단짝 친구로 생활했다.

애동이 수한과의 싸움과 씨름에서 승리 하자, 자연 유태는 애동에게 매달리는 형국이 되었다. 더구나 애동은 농촌에서 자라서인지 이해심과 포용력이 매우 좋았으며, 장남으로 자란 수한은 한 살 위인 애동이 동네 형 같은 느낌을 받아서 삼총사는 한 몸처럼 매일 붙어 다녔다.

박수한의 집안은 할아버지 때 울산에서 부산으로 이주하였으며, 경주 박혁거세 후손으로 밀양박씨이며, 수한은 아버지 박철재(1927년생)와 어머니 김선혜(1928년생) 사이에 3남 중 장남으로 태어났다.

수한의 아버지 박철재는 부산대 재학 중 군대에 입대하여,

6.25 참전 용사였으며, 대학 재학시절 부모님은 연애결혼을 하였고, 기계공학을 전공하여 과자공장(사탕 생산 위주)을 운영했으며, 생산되는 제품은 주로 제과점(양과점)에 납품 하였다. 용두산 공원 밑에 대각사라는 절이 있는데, 그 인근에 집이 있었고, 집 안에 공장이 있었으며, 수한의 아버지 박철재와 애동의 막내 외숙 김성문(부산약대 졸업)과는 동갑이고, 부산대 동기동창 관계로 가끔 만나는 사이였다.

학교 수업이 종료되면 세 사람은 제일 먼저 과자를 간식으로 먹고, 용두산 공원에서 잠깐 휴식을 취하고, 다시 애동의 집에서 과일을 먹은 후 유태의 집에서 저녁 식사 및 과외를 마친 다음 각자 집으로 돌아가서 잠을 자고는 그 이튿날 학교로 가는 것을 매일 반복했다.

그러므로 3명은 한 몸처럼 움직였고, 유태와 수한은 3년 전부터 짝꿍인 데다 애동마저 합세하니 다른 급우들의 부러움 대상이었으며, 유태의 어머니 강영자(1926년생)와 수한의 어머니 김선혜는 3명 모두를 친자식처럼 대해 주었다.

특히 두 어머니는 애동을 유태와 수한의 한 살 형처럼 대하면서 먹을 것 등을 먼저 챙겨 주었으며, 나이에 걸맞지 않게 총명하고, 사리분별력이 있었으며, 공부도 반에서 1등, 전교 10위 이내이기에 두 어머니의 아들들이 애동과 함께 삼총사가 된 것이 매우 흡족해하였다.

김유태의 여동생 주혜(1955년 1월생)는 애동을 "큰오빠"로 호칭하며, 친 오빠 유태보다 더 애동을 잘 따랐고, 또한 수한의 남동생 수태도 "애동 큰 형"으로 호칭하며, 수한 친형 이상으로 애동에게 각별하게 대해 주었으니, 석애동이 유태의 집이나, 수한의 집에 들락거림은 대청동 본집보다 더 자연스러울 정도였다.

유태의 아버지 김정엽과 애동의 둘째 외숙 김성률과는 S대 동창(같은 학번)이었고, 수한의 아버지 박철재와 애동의 막내 외숙 김성문 과는 부산대 동창이었다. 삼총사에게는 부모님 세대도 동창이라는 점과 혈액형이 O형, 세 사람 모두 장남 등 공통점이 많았다.

1963년 여름방학 때 창원 동면 곡목 과수원집에서 삼총사 가족 모임이 있었는데, 석애동의 부모님과 2남 3녀, 외숙 3명, 김유태의 부모님과 1남 3녀, 박수한의 부모님과 3남 등 세 가족이 모여서 장래 서로 화목하게 잘 지내기를 결의하였으며, 곡목 과수원에 새로운 집을 신축(1동은 개보수, 2동은 신축)하여, 유태 가족과 수한 가족이 별장으로도 이용할 수 있도록 하였다. 건축 공사비 대부분을 김정엽이 맡아서 했으며, 3동의 주거용과 1동의 창고 건물이 그해 11월 말경 완성되었고, 이어서 겨울방학 때 삼총사 가족 전체가 모여서 건물 완공 및 세 가족 화합 단합대회를 하였다. 이때는 성률, 성문 외숙 가족들도 초청되어 함께 했다. 유태의 아버지 김정엽과 김성률 외숙, 수한의 아

버지 박철재와 김성문 외숙 등은 대학 동창이어서 마음껏 회포
를 풀 수 있게 되었다.

　해가 바뀌어 1964년도는 중학교 입시가 있었는데, 삼총사
모두 경남중학교에 합격하여 그 이듬해인 1965년 3월에는 중
학생이 되었다. 유태의 큰 누나 주연은 64년 3월에 서울 가회
동 큰 아버지 김정식의 집으로 옮겼고, 부산여고에서 경기여고
로 전학했다. 음대로 진학하기 위해서였다. 서울이 부산보다 여
건이 나았기 때문에 어쩔 수 없었으며, 65년도에는 주연은 S대
음대 기악과에 합격했고, 유태의 둘째 누나 주민이 경기여고에
합격하여, 66년 3월에 안국동 집으로 두 누나는 이사를 하였다.

　애동의 막내 누나 석진수는 부산사대 영어교육학과에 합격
했고, 진희, 진영 두 누나는 결혼을 하였으며, 66년 3월 진수 누
나가 마산에서 부산으로 오기까지는 진영과 애동이 함께 대청
동 집에 살았으며, 둘째 진영은 유태 가족의 전담 가정교사 역
할도 해주었고, 교사 발령은 화랑 국민학교로 났으며, 김정엽
의 소개로 한국은행 부산지점에 근무하는 은행원과 결혼했고,
한국은행 부산지점은 애동이 다니는 학교인 남일 국교 정문 도
로 맞은편에 있었다.

　애동의 어머니 김혜정은 마산에서 주로 생활을 많이 했으며,
곡목 과수원집은 아버지 은식이 많이 찾았다. 1967년도 고교
입시에서는 삼총사가 각각 다른 학교를 택하게 되는데, 애동은

서울 경기고교, 유태는 부산 경남고교, 수한은 부산고교로 정해졌다. 애동은 경남 중 전교 5위 이내로써, 서울로 진학했다.

안국동 집에는 남자가 없었고, 유태의 여동생 김주혜가 경기여중에 작년(66년)에 합격했다. 유태는 경기고교 진학 실력이 되지 못했기 때문이다. 둘째 외숙 성률도 서울에 있고, 고교 때부터 서울 생활하는 것이 좋다고, 애동의 아버지 은식도 판단했다. 수한은 아버지 박철재가 운영하는 과자공장이 부산진구 서면으로 옮겨야 하는 일이 발생하여, 집을 서면 인근 범내골 쪽으로 이사를 하게 됨으로써 경남고교까지는 먼 거리이므로 초량동에 있는 부산고교를 택해야 했기 때문이다.

삼총사는 68년 3월에 경기고교, 경남고교, 부산고교 학생이 되었다. 학교는 각각 다르지만 서로 편지와 전화 연락이 가능했고, 두 차례 방학 때면 창원 동면 곡목 과수원집에서 만날 수 있으므로 다소 서운함은 덜했다. 5년여 간의 긴 시간 한 몸처럼 붙어 지내다 막상 헤어진다는 아쉬움이 컸기 때문이다. 유태와 수한은 그래도 자주 볼 수 있었다.

유태의 아버지 김정엽은 애동을 아들 이상으로 생각했으며, 경남중 성적이 우수한 관계로, 애동의 아버지 석은식과 상의한 연후에 경기고교로 진학하게 되었고, 한편으로 정엽은 막내딸 주혜의 남편감으로 점찍어 놓았다. 애동은 안국동 집에서 두 누나와 주혜 동생이 한집에 기거하게 되었으므로, 종종 유태는 서울을 방문하곤 했다.

애동은 경기고교 시절 최선의 노력을 다했다. 전국의 수재들이 모이는 학교인지라 고1 때부터 학업에 열중했고, 고2 때부터 문과 반, 이과 반으로 나누어졌는데, 애동은 문과 반에 지원했다. 어릴 때 부산 용두산 공원에 놀러 갔다가 사주, 점괘를 보아주는 할아버지가 삼총사에게 일러 준 말이 떠올랐다. 수한에게는 군대 장군이 되라고 했고, 유태에게는 사업을 하라고 했으며, 애동에게는 판관이 되라고 했다.

애동은 S대 법대를 목표로 해서 사법고시에 합격해서 장래 법관이 되고자 했다. 애동의 고2 때 성적은 문과 반 전체 10위 이내에 들었고, 고3 때는 문과반 전체 5위 이내로 들고자 더욱 더 최선을 다했다. 애동은 고2 때까지 유태의 여동생 주혜의 가정교사 역할도 병행하였다. 이때 큰 집 사촌 김현정이도 안국동으로 와서 동석했으며, 현정은 주혜 보다 6개월 사촌 언니이다.

가회동 큰집에는 애동과 동갑인 김유수가 있었으나, 고3인 관계로 본인 공부가 더 급했기에 곤란했다. 또 한 명 최소연이 있었는데, 세 명 모두 경기여중 동기 동창생이며 이들은 애동의 삼총사처럼 서로 매우 가깝게 지냈다. 현정과 소연은 54년 생이고, 주혜는 55년 1월생이므로 같은 학년이 되었다. 김주혜는 아주 어린 나이(국교 2학년) 때부터 "애동 큰오빠한테 시집을 갈거야"라고 호언 할 정도로 친밀하게 대했다.

애동의 내심은 유태의 바로 위 누나 주민(50년생)에게 호감을 가지고 있었다. 김주민은 애동처럼 도전자 의식이 강했다. 첫째 주연은 현모양처인데 반해, 주민은 털털한 남성적인 기질이 있었다. 속내는 아주 여린 여성적이지만 이것을 감추기 위해 두 살 아래의 유태와 장난을 자주 하면서 자란 탓이기도 하였다.

애동은 또래 아이보다 다섯 살 이상의 어른스러움이 있었고, 외할머니 손에서 자랐으므로 칭얼대는 버릇이 전혀 없었고, 외할아버지 김규현으로부터 천자문, 논어, 명심보감 등을 배워서 예의범절이 확실하였다. 그래서 주민 누나는 어릴 때 가끔 애동에게 혼나는 경우가 종종 있었고, 안국동 집에서는 그와 같은 옛날의 경우는 없었다. 주민이 애동만 보면 조신한 행동을 하였으며, 사실 주민도 애동이 한 살 아래의 동생보다는 오빠 같은 느낌이 들기도 하였다. 애동은 주민 누나를 마음으로만 좋아하는 소위 말해서 짝사랑하였는데, 이따금 주민이 연주하는 바이올린 소리에 마음의 평화를 얻곤 하였다.

주혜의 경기여중 삼총사 중 애동의 이성적인 감정은 최소연이 으뜸으로 이끌렸고, 그다음이 김현정 순이었다. 여중 삼총사 모두 애동을 이성적으로 짝사랑하였으며, 특히 주혜는 6개월 언니 현정이나, 소연이 애동을 넘보지 못하도록 했으며, 국교 시절부터 '애동 큰오빠는 나의 장래 남편이다'라는 확신에는 변함이 없었으며, 두 가족 역시 잠정적으로 묵인할 정도로 주혜의 집착은 컸다.

애동은 주혜에게 동생 이상의 감정은 가지지 않았으며, 이성적 감정으로는 유태의 누나 주민이 가장 먼저이고, 그다음은 최소연, 김현정 순으로 향해 있었다. 애동은 경기고 재학 중 절친이 4명 있었는데, 서울 출신 고위 관직의 아들 김철규, 부잣집 아들 이수만, 서울 인근 화성 출신으로 대지주의 아들 송정섭, 고양 출신 알부자 박재호 등이다.

애동이 속한 고2 문과 반 전체 석차 10위 이내에 포함된 수재들이었고, 서로 라이벌 의식이 있으면서도 한 살 위인 애동을 잘 대해 주었으며, 경상도 사람으로서의 우직한 면과 의리를 중요시하는, 애동의 학교생활 태도에 반했기 때문이며, 특히 가난한 농촌 출신인 애동이 비굴함이 전혀 없었으며, 당당함과 자기 소신이 확고한 점 등이, 절친 4명에게는 애동이 존경의 대상으로 여겨졌으며, 고향 친구 김유태의 아버지 집에서 학교에 다니고 있다는 점에 대해서, 애동의 사람 됨됨이를 볼 수 있었기에 더더욱 애동을 신뢰하였다.

애동은 당연히 경기고 5총사의 리더 역할을 했다. 간혹 주말에는 절친들의 집을 순회 하면서 다 함께 모여서 공부도 하고, 장래 희망에 관해서도 얘기를 나누곤 하였다. 5총사의 진학 목표는 석애동이 S대 법대, 김철규도 S대 법대, 이수만은 S대 상대, 송정섭은 S대 정외과(경기고 총학생회장), 박재호는 S대 상대로 각각 정했고, 경기고 5명 전원은 최초 목표한 대학에 지원서를 냈으며, 애동은 S대 법대 행정학과, 철규는 S대 법대 법학과, 수만은 S대 상대 경영학과, 정섭은 S대 정외과, 재호는 S대 상대 경제학과에 각각 지원 합격하였다.

애동은 당초 S대 법학과에 지원하려고 하였으나, 특별한 사정이 생겼다. 그 당시 대학 진학은 단과대학과별로 지원하였으며, S대 법대 법학과가 행정학과보다 입시 합격 성적이 높은 편이었고, S대 상대의 경우 경영학과가 경제학과보다 입학 성적이 높아야만 했다. 애동이 고3 여름방학 때 외조부 김규현이 심장마비로 만 70세 나이로 사망 하였으며, 또한 입시 직전인 1970년 12월 말경 외조모 이연화 역시 심장마비로 별세했는데, 1971년 1월에 입시 시험일이었다.

이연화는 애동에게는 어머니와 같은 존재였기에 상당한 충격이 애동을 덮쳤고, 또한 애동은 신경성 장염 및 위염 증세가 가끔 있었는데, 외조모 사망으로 그 증세가 나타나서, 약간의 진학 공부에 소홀함이 발생되어, 재수할 생각은 하지 못하고, S대 법학과 대신 행정학과로 하향 조정하여 진학하게 되었다. 국교 때 1회 재수했기에 더 이상 재수는 고려치 않게 되었으며, 행정학과를 졸업해도, 사법시험은 충분히 패스할 수 있을 것으로 판단하였다. 석애동의 경기고 시절(68-71년, 고1-3)은 유태의 동생 주혜의 3총사와 비교적 많은 시간을 보내게 되었다.

그 당시 한국 경제는 세계가 주목할 정도로 눈부시게 발전하였으며, 월남전에 한국군 참전, 3선 개헌, 7.4 남북공동성명 등 정치 외교사적으로 변혁의 물결이 일고 있는 시기였다.

애동의 절친 송정섭(경기고 총학생회장)은 정치적인 감각이 있어서 고교생 신분으로 3선 개헌 반대 투쟁에 참여하는 경우가 종종 있었고, 이때마다 애동이 정섭을 만류하기 위해 많은 애를 썼다. 그래서 애동의 진학 공부에 지장을 초래했다. 애동이 S대 법학과 지원이 아닌 행정학과를 지원하는 데에 송정섭의 영향도 있었다. 71년 3월 애동은 S대 입학 하였고, 입학식 때 애동의 부모님 은식과 혜정이 서울 나들이를 하게 되는데, 이의 안내를 김현정이 맡게 되었다.

서울의 궁궐과 남산과 박물관 등, 2박 3일 일정으로 관광을 하게 되었는데, 마지막 날 비원과 창경원 관광 중에 애동의 어머니 혜정이 갑자기 복통이 와서 현정의 아버지와 두 오빠가 근무하는 S대 대학병원에 응급으로 후송 되었다. 진단 결과 급성 맹장염이어서 혜정은 맹장 수술을 받게 되어 몇 일간 입원 하게 되었으며, 현정의 아버지 김정식이 혜정의 맹장 수술을 집도하게 되다 보니, 자연스럽게 석은식(1917년 생)과 김정식(1922년 생)이 인사를 하게 되었다.

은식은 혜정의 수술에 대한 고마움을, 정식은 현정의 과외 공부에 대한 고마움을 서로 표현하며, 오랜 지기처럼 두 사람은 편안한 대화를 나누었다. 내심 김정식은 석은식의 사람 됨됨이와 용모에 새삼 놀랐다. 경남 마산시 농협 조합장이라는 직함 이상의 인품이 은식에게 풍겨져 나왔기 때문이다. 정식은 정부의 장, 차관급 이상 고관이나, 국회의원, 대기업 재벌 회장 등 한국 사회에서 이름 있는 저명인사들을 많이 접해보았는데, 은식의 인품이 정식이 접한 저명인사들보다 더 수승함을 느꼈다.

석애동이 가회동 집에 가끔 와서 인사할 때 애동의 부모님이 궁금했는데, S대 병원 입원 기간 중에 애동의 부모님을 뵙고 보니 존경심이 나올 정도였으며, 애동의 어머니 김혜정의 치료에도 각별한 관심을 가졌다. 퇴원하는 날 정식은 은식에게 창원 곡목 과수원집 애기를 동생 정엽과 딸 현정으로부터 익히 들은 바 있어서, 여름휴가를 내어서 몇 일간 곡목 과수원집을 사용해도 무방한가를 조심스럽게 여쭈어보았는데, 은식은 대환영이라고 답을 주었다.

혜정이 입원하는 날 애동의 둘째 외숙 김성률도 왔으며, 정식의 동생 정엽과 S대 동기동창인 관계로 정식을 "선배님, 형님"이라고 부르며 서로 친밀감이 많았다. 정엽이 서울 올 때면 연락하여 만나는 사이였고, 이때 가회동 정식의 집에 동행하여 정식에게 인사를 몇 차례 나누었으며, 성률을 통해서 은식에 대한 이야기를 들은바 있었는데, 성률이 "은식은 매형이 아니라 친아버지처럼 존경하는 분이다"라고 했으며, 애동이 100

일이 지나면서 농촌 외조모 이연화의 손에서 자라게 된 이야기도 들었다.

애동의 어머니 김혜정은 애동에게 항상 미안한 마음을 가지고 20년을 살아왔다. 혜정의 입원 소식은 부산 유태와 수한의 가족에게도 기별이 갔고, 맹장 수술 당일 김정엽 부부와 박철재 부부도 상경하였다. 이와 같이 3총사 가족들은 끈끈하게 맺어져 있었고, 김혜정 입원으로 4가족이 모이는 계기가 되었다.

주혜는 경기여고 2학년으로 승급하였는데, 혜정이 수술하는 날은 조퇴까지 하면서 병실을 지켰고, 큰 아버지 정식이 애동을 주혜의 장래 남편이라고 여겼을 정도로 주혜는 적극적이었으며, 정식은 딸 현정도 석애동을 좋아하는 것으로 보았는데, '차후 애동의 결혼 상대로 해서 정식과 정엽 형제가 반목, 갈등하는 일이 일어나지 않을까?'라는 불길함마저 들 정도로 애동이 탐이 났었다.

S대 병원 혜정의 입원실은 저녁 무렵이면 애동의 경기고 절친이 모두 S대 교복 차림으로 문병을 왔고, 절친 4명 모두 고2 여름과 겨울방학 때 창원 곡목 과수원집을 방문한 일이 있으므로 혜정의 문병을 당연시했으며, 친 어머니 이상으로 대했다.

혜정은 수술 후 빠른 속도로 회복되었고, 많은 분이 문병을 와서 미안한 마음이 들었다. 잘난 아들 애동의 초교, 중교, 고교 절친 등의 덕택을 톡톡히 본 셈이었다. 갑자기 작년에 돌아가신 친정아버지 김규현이 생각났으며, 멀리 떨어진 경주의 한 남자를 만나서 결혼하고, 남편 석은식이 혜정의 친정 창원군 동면 일대 동네 사람들을 잘 살게 했으며, 세 명의 남동생을 권사했으며, 4명의 숙부도 경제적인 여유를 가질 수 있도록 하였을 뿐만 아니라, 2남 3녀 자식들을 반듯하게 자라나게 하였으며, 혜정 본인도 마산시 새마을 부녀회장의 역할도 남편 석은식의 절대적인 지지와 외조 덕분이었다.

"유교 집안의 가풍에다 불교의 자비와 지혜를 접목시키는 삶을 살며, 중도(중용)를 한시도 잊지 말라"고 강조하셨던 친정아버지 규현의 말씀이 귓전을 두드렸다. 혜정은 자신도 모르게 눈물을 주르륵 흘러내렸으며, 친정어머니 이연화는 애동을 외손주가 아니라 친자식처럼 키워 주신 점에 대한 것도 새삼 새록새록 떠올랐기에 한참 동안 눈물은 혜정의 양 볼을 타고 내려왔다.

이를 지켜본 은식이 "왜 울어?"라고 묻자, 혜정은 친정 부모님 생각이 갑자기 나서 울었다고 했다. 은식 또한 눈시울이 붉어졌고, 두 사람은 잠시 말없이 서로를 쳐다보았다. 작년에 세상을 떠나신 두 분이 그리워서 눈물이 났다.

1971년 애동의 S대 생활은 하루 24시간이 부족할 정도로 바쁘게 살아야만 했다. 경기여고 2년생인 김주혜, 김현정, 최소연의 과외지도, 경기고 5인방 만남, 육사생도 박수한의 면회, S대 법대의 새로운 친구 교제, 성률 외숙댁 방문, 주연 및 주민 자매의 연주회(피아노, 바이올린) 방문, 월 1회 부산이나 마산 부모 형제 방문, S대 신입생으로서 새내기 교내 활동 등 71년도 전반기 6개월은 애동에게 매우 바쁜 시간의 연속이었다.

여름방학을 맞이하여, 부산의 김유태, 육사생도 박수한, 애동의 경기고 5인방, 주혜의 경기여고 3인방, S대 김수철. 안태호 등이 곡목 과수원집에 모여 여름휴가를 즐겼다. 주남저수지와 산남저수지는 일제 강점기 때 김해평야에 농사를 짓기 위해서 필요한 농업용수 조달을 목적으로 축조되었으며, 낙동강이 있는 창원군 동면 본포리 양수장을 통해서 가뭄 때는 낙동강 물을 저수지에 넣어 수위를 높이며, 홍수 시에는 낙동강으로 저수지 물을 보내기도 하는 시설을 일제는 건설하였고, 20리 또는 30여 리의 김해평야 지평선은 저수지 물안개와 더불어 볼만한 구경거리이었다.

부산에서 수한의 동생 수태(경기고 2년)와 막내 외숙 성문의 맏딸 김민혜(부산 경남여고 2년), 서울 둘째 외숙 성률의 둘째 종혜(경기여고 2년), 마산 석기동(마산고 2년) 등이 동참하여, 젊은이들의 한마당 축제의 장이 마련되었다.

여름휴가 중 지난 3월에 언약한 S대 대학병원 김정식 부부와 장남 유식이 곡목 과수원집으로 내려왔으며, 이때 부산의 정엽 부부, 은식 부부와 이 소식을 들은 수한의 아버지 박철재와 애동의 세 분 외숙도 합류하였고, 첫째 외숙 성호와 김정식은 나이가 동갑이고, 둘째 외숙 성률과 김정엽은 대학 동기이며, 셋째 외숙 성문과 박철재 또한 대학 동기이므로, 분위기가 매우 좋아 곡목부락이 들썩거릴 정도로 웃음꽃이 만발하였다. 자녀들이 떠나고 이젠 어른들의 모임이 되었으며, 자연스럽게 정치와 경제 이야기가 주된 내용이었다.

가난을 벗어나고자 지난 몇 년간 온 나라 국민과 기업이 하나로 뭉쳐 "잘살아 보세"를 외치면서 정신없이 바쁘게 보냈다. 농촌 마을은 새마을 운동의 전개로 초가집이 하나씩 사라지고 있었고, 도로는 넓혀지고, 마을마다 전기가 들어오기 시작하였다.

71년의 여름은 박정희 대통령의 조국 근대화에 따른 울창한 녹음 그 자체로 전 세계가 한강의 기적이라고 일컫는 시기였다. 자연스럽게 박정희 대통령에 대한 얘기가 나오자 큰 외숙 성호가 "매형은 박 대통령과 생신이 1917년 11월 14일 생으로 동일하다"라고 하였고, 신라 4대 임금 석탈해 왕의 후손이라고 소개했다. 겸손하고, 자신을 항상 낮추며, 의연함을 견지하고 있는 은식의 생활 태도에 주위 사람들이 존경을 표했기 때문이었다.

은식은 올 연말에 농협중앙회 경남 지부장으로 결정되어 있었다. 내심으로 은식 본인은 그와 같은 일에 개의치 않았고, 인접 창원군 농협 조합장으로 자리바꿈코자 하는 작은 소망을 기지고 있었다. 대학도 야간을 졸업하고 대학원 과정도 이수하여 석사학위도 받았고, 주어진 여건에서 항상 최선을 다하는 것이 본인의 지표였으며, 현정의 아버지 정식은 은식을 형님으로 모셔야할 만한 분이라고 마음에 새겨 두었고, 동생 정엽이나 수한의 아버지 박철재가 얘들 친구의 아버지로 대하는 것이 아니라, 집안 큰형님 대하듯이 예의 바른 태도를 보였다. 서울과 마산이라는 먼 거리에 있지만 종종 전화라도 자주 하기로 하고, 김정식과 정인선은 상경을 하였다.

애동의 S대 생활은 경기고 절친 송정섭이 정외과 동기 안태호, 법대 학생회 대표인 이재일 등 세 사람이 자주 애동을 현실 정치 참여 쪽으로 유도하였는데, 이 당시 정치판은 3선 개헌 후 장기 집권이라는 의혹이 제기되고 그것이 감지되었다.

송정섭은 경기고 총학생회장을 역임한 이력으로 S대 대학 총학생회 간부들이 끈질기게 참여를 요구하므로 애동에게 자문을 구하였고, 과 동기이자 경기고 출신인 안태호는 애동의 리더쉽에 대해서 송정섭으로부터 익히 들은 바 있으므로 애동을 정치 관여 쪽으로 동참키 위해 매일 미팅을 주선하였다. 71학번 행정학과 과대표인 이재일 또한 석애동의 동참을 위해 갖은 노력을 다했다.

애동의 아버지 은식이 해방 직후 남로당 입당을 뿌리치기 위해 사업과 직위를 동시에 버렸던 얘기를 외조부 김규현에게 들은 바가 있었기에 정치와는 일정 거리를 두어야 한다는 것을 잘 알고 있었다. 친구 세 사람은 애동의 정치 참여를 끈질기게 요구하였으나, 애동은 본인의 소신을 굽히지 않았다. 오히려 절친 송정섭을 설득해서 S대에서는 학생회 간부를 맡지 않도록 이해시켰고, 주말이 되면 육사생도 수한의 면회를 간다든지, 성률 외숙댁 방문을 하는 등 가급적이면 이재일, 안태호 등과 어울리지 않도록 하였다.

오로지 경기여고(경기여중) 3총사의 과외지도와 주민 누나 바이올린 연주회 참석에만 열심히 하였다. 이때 주혜가 애동 오빠가 언니 주민에게 관심이 많다는 것을 알게 되었고, '애동 큰오빠는 나(주혜)에게 여동생 이상의 감정이 없구나'라고 매우 안타깝게 생각하였다.

어릴 때 부산에서 친구인 수태(수한의 동생)가 주혜에게 "난 기필코 너(주혜)를 내 색시로 만들끼다"라는 말이 기억났다. 주말이면 수태는 주혜와 만날 것을 요구하였고, 학년은 동급생이지만 나이는 수태가 한 살 위였으며, 두 사람은 경기고, 경기여고생으로서 제법 가까운 사이로 조금씩, 조금씩 발전되어 갔다.

애동의 마음은 주민, 최소연, 김현정 순으로 이성적인 감정이 있었다. 육사생도인 박수한은 최소연에게 홀딱 빠져 있었다. 애동이 가장 마음에 찍어 둔 주민은 현정의 둘째 오빠 유종의 친구 황종수 S대 의대생이 점찍어 놓은 상태로, 주민의 마음도 황종수에게로 점점 다가가고 있었다. 그러므로 애동의 이성적인 상대는 주민 누나에서 소연으로, 다시 현정으로 옮겨가고 있었다.

71년 11월 말경, 기말고사가 끝난 토요일 오후 애동과 현정은 동숭동 마로니에 공원에서 단둘이 만났고, 현정도 주민 언니와 주혜의 감정에 대해서 안국동 과외 시 느낌으로 알게 되었다. 애동이 본인(현정)에게도 일말의 연민이 있다는 사실을 알게 된 시점이었는데, 현정은 기다리고 인내하는 성격이었다.

어머니 정인선(24년생)이 천주교 다산 정약용 집안 출신이므로 천주교 박해를 받았던 외가 쪽 친척분들이 매우 인내심과 기다림에 길들여 있는 모습을 많이 보고 자랐기 때문이었다. 현정은 애동에 대한 본인의 감정을 솔직히 전했고, 얼마든지 기다릴 수 있다고 하였다. 두 사람의 단독 만남은 이번이 처음이었고, 항상 삼총사 내지는 사촌 언니들과의 만남 속에서만 익숙 되어 온 터라 왠지 쑥스러운 것이 있었고, 서먹서먹하기까지 했지만, 현정은 너무나도 좋았고, 애동 오빠와 단둘이 있는 것이 믿어지지 않았다. 먼저 애동이 아무 말 없이 현정의 손을 살짝 잡았다. 두 사람의 손은 경련이라도 일어난 것마냥 떨림이 있었다. 애동도 이상한 감정을 느꼈는데, 여고 2학년 때까지 셀 수 없을 정도로 많이 주혜가 애동의 품에 뛰어 들어 안기곤 하는 경우가 있었는데 가슴이 뛴다든지 호흡이 곤란할 정도의 감정은 전혀 없었다.

'현정의 손만 잡았는데도 이렇게 가슴이 떨릴 줄이야! 아하, 이것이 나에게 맞는 인연이구나'라는 생각이 불현듯이 애동에게 떠 올랐다. 주민과 주혜가 다른 이성과 만남으로 현정에게 기회가 주어졌고, 애동은 최소연을 수한의 여자 친구로 보내는 입장에서도 더욱더 현정을 따뜻하게 대하고 싶은 마음으로 작용하였고, 애동도 현정이 처음으로 여자로 보였다.

여고 2년생의 현정은 체격 면에서는 한 여인이 다 되어 있었다. 셋째 오빠 유수와는 동갑내기이지만 S대 법대는 1년 선배이므로, 가끔 대학에서 만나면 유수는 "현정이 애동 자네를 매우 좋아한다고 했으며, 그러면 애동은 주혜의 장래 남편이니 현정이 너는 단념하라"고 충고했다는 말이 떠올랐다.

현정은 애동을 위해서라면 자기 목숨도 내놓겠다는 각오였다. 이러한 현정에게 애동이 자신의 손을 잡아 준다는 사실이 꿈인지 생시인지 구분이 안 될 정도로 감전된 것처럼 전율을 느꼈다. 그 이후 가끔 안국동 세 자매가 눈치채지 않게 만남의 시간을 가지곤 하였다. 그때는 가벼운 키스나 포옹도 하곤 하였다. 애동은 S대 법대 절친들의 정치 참여 학생운동을 회피하고자 하는 반사행동으로도 현정과의 데이트를 즐겼다. 과외받기 위해 안국동 집에 오면 다른 사람이 없으면, 포옹이나 키스를 하면서 두 사람의 연애 감정은 진전되어 갔다.

그해 1971년 12월 6일 국가 비상사태가 선포되고 정치의 격변이 시작되었다. S대 이재일이나 안태호는 계속해서 학생운동에 동참하였으며, 정섭은 애동의 줄기찬 만류로 학생운동에서 포기한 입장이었다.

소연은 춘천에서 태어나 초등학교 3학년 때 서울로 전학을 왔다. 아버지 최성수는 춘천에서 교사 생활을 했으며, 어머니 윤정희는 서울 광화문 인근에서 약국을 운영해오고 있었고, 춘천에는 아버지와 조부모, 큰 아버지 부부가 살고 있었다.

그해 겨울방학 시작과 동시에 애동은 주혜의 경기여고 3총사와 함께 최소연의 고향 춘천을 방문했다. 춘천은 의암댐, 춘천댐 등 호반의 도시이다. 그 당시 1971년 겨울에는 소양댐(1978년 건설)은 없었다. 이때 수한의 동생 수태가 동행을 했고, 내년에는 네 사람이 고3이 되어 대학입시에 최선을 다해야 하기 때문에 미리 춘천 여행을 하고자 하였다.

춘천 여행 중에 수태와 주혜는 친구 이상 가까운 사이로 발전된 모습이 다른 사람의 눈에도 비치었으며, 주혜는 애동이 언니 주민에게 이성적인 감정이 있다는 것을 느낀 연 후에는 수태와 가깝게 된 계기가 되었다. 춘천에서 2박 3일간 지내는 기간, 소연은 육사생도 수한과 애동 두 사람에 대한 자신의 이성적인 감정이 누구에게 쏠려 있는가에 대해서 확인해 보았는데,

애동이 먼저이고, 다음이 수한이었다.

애동은 이러한 소연의 감정을 알고 난 후 현정과의 친밀감에 대해서 전부 모인 자리에서 자신의 이성적인 감정에 대해서 발표했고, 애동은 수한이 최소연을 좋아한다는 것을 알았기에 애동 스스로는 현정을 택하는 것이 순리라고 받아들였다. 애동은 주민과 주혜에 대한 상호 간의 이성적인 감정도 정리하였는데 주민과 주혜는 가족 같은 입장이라고 설명했다.

이와 같이 애동이 입장정리를 하지 않으면 안될 수밖에 없었다. 여고 2년생들의 이성적인 감정이 내년의 입시에도 크나큰 영향을 미칠 수 있을 뿐만 아니라, 차후 가족과 같은 사람들의 만남에서도 애동에 대한 여중 3총사의 이성적인 감정으로 가족 모두에게 큰 상처로 남을 수밖에 없으므로 조기에 입장정리를 하는 것이 많은 사람에게도 도움이 될 것으로 판단되었기 때문이다.

애동의 춘천 선언을 현정이 가장 반겼으며, 수태는 쾌재를 불렀으며, 주혜는 애동 큰오빠를 단념해야 했으며, 소연은 애동에게서 수한으로 이성 변경을 해야 하는 계기가 되었다. 애동의 선언이 있은 후 가장 서운한 감정을 느낀 소연이 자리를 잠시 떴고, 애동은 현정에게 눈짓으로 양해를 구한 후 소연을 뒤따라 가, 다른 세 사람이 보이지 않는 곳으로 가서 소연에게 나직이 말했다.

수한의 여자 친구가 되는 것이 가장 바람직스러운 것이라는 점을 명확히 했으며, 애동 본인의 이성적인 감정도 주민 누나에게 있었던 점도 얘기를 하였고, 10여 년 간의 주혜의 끈질긴 집착도 털어놓았다. "3총사가 나로 인해 의리가 깨어져서는 안 돼"라는 말도 덧붙였다. 소연은 무남독녀로 자라서인지 애동의 말을 이해하는데 상당한 시간이 필요하였다. 자신이 좋아하는 감정을 그대로 존속할 것이라는 얘기도 애동에게 하였다.

소연에 대한 이성적인 감정은 애동보다 수한이 더욱 적극적이라는 것도 소연은 알고 있었다. 소연은 "수한은 수한대로 좋아 하고, 애동 오빠는 부모님 같은 느낌으로 좋아 한다"는 말도 하였다.

사실 소연은 아버지 최성수와 큰 아버지 최치수, 두 형제뿐이며, 큰아버지 최치수 역시 딸 하나이다. 소연의 어머니 윤정희는 재일 교포이며, 무남독녀이므로 외가는 일본에 살고 있었고, 이러한 가족 사항에 대해서도 애동에게 말하면서, 진정으로 이성 친구가 될 수 없다면, 오빠로서의 역할을 할 수 있으면 좋겠다고 했다.

그다음 날 다섯 사람은 소연의 조부모님 앞에서 인사하면서 소연이 소개를 했는데, 김현정은 애동의 여자 친구, 주혜와 수태는 이성 친구, 자신의 남자 친구는 수태의 형 박수한이라고 했으며, 애동을 친 오빠와 같이 받아 달라고 소개했다. 애동은 주혜 또한 친여동생과 같은 존재임을 알렸다. 춘천 여행을 통해서 석애동은 이성적인 감정을 정리하였으며, 자신의 감정도 확실하게 했다.

그다음 날 애동은 주혜를 데리고 가회동 정식의 집으로 갔다. 주혜는 정식과 인선 부부에게 큰 소리로 "큰 아버지, 큰 어머니, 애동 큰오빠는 더 이상 저 주혜의 장래 남편이 아니에요"라고 인사를 한 후 안국동 집으로 향해 뛰어나갔다. 현정의 부모님은 멍하니 넋을 잃고 있었고, 정엽 동생 부부도 애동이 장래 사윗감이라고 말할 정도이며, 네 가족이 모두 그렇게 받아들이고 있었기에 더욱더 의아했다.

주혜가 거실을 나간 후에, 애동이 일어나서 정식 부부에게 큰절을 올렸다. 며칠 전 춘천 여행 중에 있었던 얘기와 그 간의 애동의 이성적인 감정, 경기여중(여고) 3총사 과외에 대한 얘기 등을 한참 말씀드린 후에 "저 애동은 현정을 장래 부인감으로 확정하였습니다"라고 하고는 무릎을 꿇고 두 분의 허락을 구했다. 옆에 서 있던 현정도 애동의 왼쪽 옆으로 다가와서 무릎을 꿇고 앉으면서, 나직이 또렷하게 "애동 오빠와는 서로 의논했으며, 앞으로 이성 친구로 교제하겠습니다"라고 말씀드렸다.

정식은 두 사람을 일으켜 세움과 동시에 애동의 손과 현정의 손을 맞잡게 하고, 자신의 손으로 두 사람의 손을 감싸주면서 "앞으로 처신 잘하고 서로 사랑하라"고 하면서 두 손을 풀고 두 사람이 포옹하게 하면서 등을 두드려 주었다. 그러자 어머니 정인선도 두 사람을 같이 안아 주었다.

애동은 현정을 데리고 마산 부모님께 인사드리기 위해 출발했다. 현정과 단둘만의 기차여행은 몹시 설레었고, 손을 잡고 나란히 앉아 있는 모습이 무척 잘 어울렸으며, 현정의 키는 3총사 중에 제일 컸으며, 애동의 신장은 남자 평균보다 4cm 정도 컸다. 사복을 입고 있었던 관계로 얼핏 보면 부부와 같이 친밀감 있게 행동하였다.

두 사람은 손을 놓는 일이 없을 정도로 손을 잡고 있었고, 현정은 머리를 애동의 어깨에 살짝 기대어 줄기도 하였다. 어젯밤에 잠을 설치었는데, 몹시 좋아하는 남자의 부모님에게 이성 친구로서의 교제 허락을 받기 위해 여행을 할 것이라는 생각에 이 생각, 저 생각으로 잠 못 이루는 밤이 되고야 말았다. 새벽에 잠시 잠을 잤지만, 전혀 피곤한 기색이 없었고, 상당히 긴장되었다.

지난 3월에 잠깐 뵙게 되었지만 설렘이 컸다. 장차 시부모님이 되실 두 분을 새로운 각도로 뵈어야 하기 때문이었다. 애동도 주혜가 장래 부인이라는 점에 대해서 두 분이 인식하고 있음을 어떻게 바뀌게 해야 하는지를 골똘히 생각하였으며, 부산을 방문해서도 유태와 유태 부모님(김정엽, 강영자), 큰 외숙, 막내 외숙, 세 분의 누님들에게 잘 설명해 드려야 되는 점에 대해서 심사숙고하였다.

　이윽고 마산역에 도착해서 마산시 산호동 부모님 집에서 부모님에게 애동과 현정은 큰절을 올렸다. 애동의 아버지 은식은 빙긋이 웃으시면서 절을 받았고, 반면 애동의 어머니 혜정은 의아해하였다. 상반된 두 사람의 표정에서 엿보듯이, 은식은 현정이 장차 며느릿감이 되리라는 것을 느끼고 있었으나, 혜정은 아직도 주혜를 며느리로 인식하고 있었기에 그리하였다.

　은식은 주혜가 너무 기가 센 여자임을 알았으며, 애동과는 친남매 정도의 감정만을 가지고 있음을 아들 애동의 태도에서 알 수 있었다. 더구나 주혜는 소유욕(집착)에 눈먼 나머지 저돌적인 자기주장이나 신념밖에 없었다. 주혜와 같은 감성적인 성격을 애동은 이성적으로는 받아들이지 않는다는 점을 은식은 이미 간파하고 있었다. 애동은 감성보다는 이성적인 면을, 사려 깊은 면을, 여성적인 다소곳한 면을, 이연화 외할머니처럼 항상 자신을 위해 모든 것을 내어줄 수 있는 여자를 좋아하게 될 것이라는 사실을 애동이 아주 어릴 때 이미 꿰뚫어 보고 있었기 때문에 주혜의 일방통행식 짝사랑은 애동을 넘볼 수 없다는 것을 일찌감치 은식은 느끼고 있었다.

　현정은 여성스러운 면과 강한 의지를 동시에 가지고 있었으며, 어머니 정인선의 영향을 많이 받아서 기다림과 인내심이 있었다. 은식은 지난 3월에 김혜정이 S대 병원 입원 시에 확신을 가졌다. 정식의 외동딸 현정이, 장차 애동의 배필감이라고 그 당시 애동이 최소연에게 이성적인 감정이 많이 있다는 것을 알고 있었으나, "장차 며느릿감은 현정"이라고 단정할 정도로 애동과의 성격, 관상이 잘 맞는다고, 은식은 느끼고 있었는데 이처럼 이른 시일 안에 본인의 예상이 적중하리라고는 생각지 못했다. '내년이나, 내후년 현정이 대학생이 되면 그때쯤이라고 여겼는데 조금 이른 편이 되었구나!'라고 생각했다.

반면 혜정은 여러모로 자신과 비슷한 주혜를 며느릿감으로 여기고 있었는데, 느닷없이 현정이라니 쉽게 받아들여지지 않았다. 코흘리개 어릴 적부터 "애동 큰오빠는 내 낭군이다"라고 호언장담한 주혜의 모습이 떠올랐기 때문이다.

애동이 인사를 마치고 의아해하는 어머니 혜정을 바라보면서 조용히 입을 열었다. "주혜는 수한의 동생 수태와 이성 교제하기로 했으며, 차후는 현정과 이성 교제를 합니다." 은식은 "음! 그래"라고 하면서 "잘 사귀어보아라"라고 하며 반갑게 대해주었고, 혜정은 '아들이 이렇게 말하는 것은 필시 다른 이유가 있을 것이다'라고 직감하면서, 현정의 손을 마주 잡고 "앞으로 애동을 잘 부탁해"라고 하며 환한 미소로 맞이하여 주었다.

지난 급성 맹장염 발병과 수술 및 입원 등을 혜정은 머리에 떠올리면서 김현정과 같은 여자애가 현모양처 상이라는 것을 미리 예견한 적이 있으므로, 참 잘되었다고 생각했다. 혜정 본인과는 조금은 반대되는 성격이 다소 아쉬웠지만, 애동이 선택한 여자라면 오죽했느냐고 하면서 아들의 선택에 전폭적으로 지지하는 입장이 되었다.

순간 주혜의 어머니 강영자가 혜정의 뇌리에 스쳤고, 지금까지 강영자는 애동을 아들로 대하지 않고 줄 곳 사위(주혜의 짝)라는 생각하는 것으로 여겨져서 사뭇 걱정스러웠다. 진정으로 강영자는 애동에 대해서 극진한 사랑을 주었다. "사위 사랑은 장모다"라는 말처럼 경기고, S대 법대 재학, 현재까지 안국동 남자로 애동을 대해왔기 때문이다. 그래서 혜정은 애동에게 부산 김정엽 집 방문은 한참 뒤에 하는 것이 좋겠다고 하였다. 주혜의 어머니 강영자가 걸린다고까지 하였다.

애동은 단호하게 "어머니, 저는 주혜의 오빠이지 남편이라는 생각은 일순간도 한 적이 없어요"라고 잘라 말했으며, "유태의 아버지도 장인이라고 생각한 적이 없어요"라고 했다. "앞으로 평생 가족같이 지내면 되고, 유태의 부모님은 제2의 아버지, 어머니로 모시고 살겠습니다"라고 하였다. 이와 같은 애동의 입장을 은식과 혜정은 이해하려고 했다.

다음날 애동과 현정은 창원 곡목 과수원집에 가서 작년에 세상을 떠나신 외조부 김규현과 외조모 이연화 묘소를 참배하였다. 외조부 김규현은 애동의 정신적 아버지였고, 유교와 불교에 대해서 많은 이야기를 어릴 때 해주었고, 외조모 이연화는 애동의 실질적인 어머니 같았다. 생후 100일 지난 시점부터 국교 5학년까지 10여 년간 키워준 분이었다. 두 분이 몇 년만 더 사시다 갔으면, 아니면 S대 졸업 때까지라도, 아니면 S대 입학하는 것만이라도 보셔서도 좋을 것이라는 생각이 들어, 애동은 묘소 앞에 엎드려 대성통곡을 하고 있는데, 이를 본 현정이 가까이 다가가서 애동의 머리를 가슴에 감싸안고 조용히 함께 눈물을 흘렸다.

외할아버지 규현의 혜안이 적중하여 석은식, 석애동으로 이어지는 가문의 영광이 창원과 마산 일원에서는 경주석씨(월성석씨) 위상을 드높이는 결과를 낳았다.

한참 동안 울은 두 사람은 나란히 묘소 앞에 앉았다. 애동은 현정에게 어릴 때 들은 이야기를 해주었다. 부모님의 편지 연애와 결혼, 외가 집안, 형제자매 등에 관한 것을 말해 주었다. 현정은 애동이 왜 어른스러운 면이 많은 가에 대한 의문점이 모두 해소되었다. 나이 많은 어른 손에 자라다 보니 예의범절, 오랜 객지 생활에서 체득한 임기응변, 예리한 상황 파악(눈치), 처세술 등이 애동에게는 남달리 뛰어났다.

현정은 애동이 가지고 있는 이해심, 상대를 배려하는 마음, 절제된 행동, 감정표현의 자제력, 냉철한 판단력 등을 좋아했지만, 좀처럼 속내를 보이는 일이 없는 점에 대해서는 의아했다. 이러한 애동과 교제를 결심하고 나니, 자연스럽게 말과 행동을 조신하게 바꾸어야 한다고 생각하게 되었고, 외동딸로 자란 탓으로 생긴 응석받이는 용납이 안 될 것 같았고, 과도한 애교도 애동에게 통하지 않는다는 점도 알게 되었다.

애동과 현정은 곡목 과수원집에서 나와 다시 마산 부모님 집에서 하룻밤을 자게 되었다. 현정은 장차 시어머님이 될 혜정과 한방에서 자게 되었다. 혜정은 당부의 말을 현정에게 다음과 같이 하였다.

"애동은 장차 큰일을 하게 될 사람이므로 집안일은 네가 스스로가 알아서 해야 된다. 특히 자녀 양육이나 교육 문제는 현정이 너의 몫이야."

20여 년 간의 긴 시간을 부모와 헤어져 살게 된 애동의 운명에 대해서도 말해 주었다. 경주 불국사와 창원 성주사 주지 스님 당부의 말씀도 했고 창원 곡목 과수원 옛집에 있던 관세음보살상 탱화 얘기도 해주었다. 애동은 종교는 없지만 불교와 유교의 영향을 많이 받고 자랐다는 얘기도 아울러 해주었다.

현정은 어머니 정인선의 영향으로 가톨릭 신자가 되어 있었다. 이 점이 사뭇 마음에 걸리는 것을 느꼈다. 태어나서 여태껏 부모님 속을 썩이는 경우가 한 번도 없었으며, 매사에 아버지 은식이나 외조부 규현에게 자문을 구한 후에는 애동 본인 스스로 처리 한 점에 대해서도 말해 주면서, 독립심과 자존심이 매우 강하며, 옳다고 판단되면 강하게 밀어붙이는 추진력도 대단하다고 했다.

어릴 때 애동보다 다섯 살 위의 형들도 애동의 말을 듣는 리더쉽도 가지고 있다고 했으며, 창원군 동면 일원에서는 석애동이 천재이며, 장차 큰 인물이 될 것이라는 시골 동네 어른들의 말씀인즉 "크게 될 성 나무는 떡잎부터 다르다"라는 속담이 석애동을 두고 한 말이라는 얘기를 동네 어른들이 자주 하였다. 인사성과 예의 바른 태도가 애동에서 나타났기 때문이었다. 혜정의 말씀에 김현정은 순간 가슴이 답답함을 느꼈다. '바깥일에만 전념해야 할 운명을 타고난 애동을 내가 지아비로 맞이해서 평생 살아가야 하는가?'라는 마음이 들었기 때문이다.

'서울 가회동 집안에서 3남 1녀 외동딸로 태어나 부모님과 오빠들의 사랑과 귀여움만 받고 자란 내가 과연 잘할 수 있을까?'라는 의구심이 났기에 가슴이 답답했다. 그렇지만 지금까지 5년여간 애동의 모습은 자상함의 대명사가 아니었던가? 항상 맑고 향기롭게 살아가는 모습에 반한 현정이었다. 어머니 혜정이 누구에게나 잘 대해주는 애동의 성격이 나만을 위해주고 사랑해 주는 남편이 된다는 입장에서 보면 약간 서운할 수 있다는 얘기를 미리 해주는 것이었다.

사실 그리하였는데, 애동은 어릴 때부터 본인이나 본인의 직계가족보다는, 남이나 친척 등을 살뜰히 챙기는 편이었다. 이 점이 혜정은 조금 못마땅했고, '과연 제가 커서 무엇이 되려고? 어머니의 정을 이렇게 일찍이 떼 내려고 저러나!'라는 의아심이 드는 경우가 종종 있었다. 혜정은 현정에게 "내가 너무 겁주는 얘기만 한 것이 아니냐?"라고 하면서 옆으로 돌아누워 현정의 얼굴을 쳐다보자, 약간 상기된 표정의 현정은 "아닙이다. 어머님"라고 답변하는 모습이 너무나 예뻤다. 혜정은 "너무 걱정하지 마. 속 깊고 사려 깊은 사람이니 안 사람에게는 매우 잘할 것이다"라고 덧붙여 말하였다.

반면 애동은 아버지와 장래 희망에 대해 많은 얘기를 나누었다. S대 법학과에서 행정학과로 진로 변경한 것에 대한 은식의 염려에 대해 애동은 "아버지, 너무 염려 마세요. 행정학과 선배들도 사법고시에 많이 합격하였습니다"라고 하면서 은식의 걱정을 애동은 해소해 주었다. 이제는 주혜의 부모님을 이해시켜야 하는 데 대한 의견을 은식이 말했고, 애동도 각오는 단단히 하고 있었다. 특히 절친 유태와 유태의 어머니가 매우 서운해하고, 극단적으로 배신감까지 느낄만한 사건이므로 걱정이 많았다.

그래서 은식이 "주혜가 먼저 수태와 동행하여, 나의 남자 친구는 애동 오빠가 아니라, 박수태이다"라고 선수를 치는 방안을 내놓았다. 애동은 아버지 말씀을 따르기로 하였다. 석은식은 서울 안국동 집으로 전화하여 "주혜에게 수태와 동행하여, 부모님에게 인사 하는 것이 어떠냐?"라고 주혜의 양해를 구했고, 주혜는 쾌히 승낙했다. 주혜 또한 코흘리개 어릴 때부터 수태와도 친하게 지냈기 때문이었다. 경기여고 전교 문과 반 석차가 10위 이내로 두뇌 회전이 빠른 편이었으며, 이미 수태는 부산 집에 내려와 있었다. 애동은 아버지와 국가 비상사태에 대해서도 의견을 나누었으며, 내년 1972년 도는 정치적으로 큰 이슈가 많이 발생할 것으로 판단되어 학생회 활동과 정치집회에는 일체 관여치 말 것을 은식이 애동에게 당부했다.

창원 佛母山(불모산)
聖住寺(성주사)와 경주

석애동은 1972년 정치 격변에서 벗어나고자 현정과의 연애와 경기여고 3총사 대학입시에만 전심전력하고자 하였다. 되도록 고교 절친과 대학 절친과는 정치 얘기는 하지 않으며, 만남의 수를 적게 하고 일대일 개별 만남만 하며, 안국동 집이나 절친 집에서만 만나는 등의 구체적인 내용도 아버지와 대화를 나누었다.

아침 식사를 한 후에 아버지는 출근하시고, 어머니는 새마을 부녀회 일로 출타하였고, 막냇동생 기동(마산고 2년)도 독서실로 가고 집에는 애동과 현정 두 사람만 남게 되었는데, 갑자기 현정이 애동에게 佛母山에 있는 聖住寺에 가자고 하였다.

애동도 아주 어릴 적에 어머니와 함께 성주사를 몇 차례 가보았다. 聖住寺(성주사)는 대한 불교 조계종 14교구 본사인 부산

梵魚寺(범어사)의 말사이다. 두 사람의 원래 계획은 오늘 부산 방문 후 밤 열차를 타고 상경할 계획이었으나, 주혜와 수태가 정엽 부부에게 인사드린 후에 부산 방문을 하려고 해서 하루 연기하게 되었다.

창원 佛母山(불모산)은 해발 802m로써 창원, 진해, 김해 세 지역의 갈림길에 있는 산이다. 성주사는 곰 절이라고 불리는 이유가 있다. 佛母山 聖住寺는 신라 흥덕왕 2년(827년) 무염국사에 의해 창건 되었으며, 한 때 웅신사(곰 절)로 불렸는데, 조선 선조 25년(1592년) 임진왜란 때 소실되었고, 1604년 진경대사께서 다시 중창을 위해 불이 난 옛 절터에 목재를 쌓아 두었는데, 곰들이 그 나무들을 지금의 절터로 옮겨 놓았다. 이것은 부처님의 뜻으로 알고 현재의 자리에 절을 지었다고 한다. 옛날 절터는 현재의 자리보다 위쪽 계곡에 있었다.

佛母山의 유래는 부처님 어머님 산이라는 뜻으로 가야시대에 인도의 아유타 국에서 허황옥과 사촌 오빠인 장유화상이 가락국에 도착하였는데, 허황옥은 훗날 가야국의 시조 김수로왕의 왕비가 되었고, 장유화상은 산으로 들어가 수행을 하게 되는데 그 산이 지금의 佛母山으로 우리나라에 처음으로 불교를 잉태시킨 산이라는 뜻이라고 했다.

최근에 남방불교의 전래로 보아 佛母山의 유래와 함께 가야 시대 때에 聖住寺는 이미 창건되었다는 설이 제기되고 있

다. 聖人(성인)이 머문다는 내용의 聖住寺는 사찰 이름도 예사
롭지 않았다.

聖住寺 아래에는 저수지가 있어서 상쾌한 공기가 코끝을 자
극했고, 애동과 현정은 저수지 옆 소나무 길을 따라 천천히 손
을 잡고 걸었다. 애동은 문득 옛날 어머니 손을 잡고 걷던 기억
이 떠올랐다. 그래서 현정의 손이 어머님 손처럼 따스함을 느
꼈고, 현정에게 옛 얘기를 하면서 걸음을 잠시 멈추고 현정을
바라보았다.

애동은 어머니를 자주 그리워하면서 어린 시절을 보냈던 과
거도 생각이 나, 현정에게 "너의 손이 어머니 손처럼 느껴진다"
라고 하며, 현정의 이마에 입맞춤을 하자, 현정도 애동의 애정
표현이 마음에 들어서 살포시 애동의 품에 안겼다. 초겨울의 날
씨 탓인지 별로 오가는 사람도 없었다. 현정은 어머니 정을 그
리워하는 애동에게 깊은 모성애 같은 연민을 느꼈다.

이윽고 聖住寺 절 마당에서 합장 인사한 후, 대웅전 참배와
삼층 석탑 등 사찰 경내를 둘러본 후 애동은 주지 스님을 찾았
다. 십수 년 전에 본 적이 있었기 때문이다. 뜻밖에 젊은 스님이
주지 스님이라고 인사를 했고, 옛날 주지 스님은 회주 스님으
로 불리고 있었으며, 요사채 끝 방에 계신다고 하여, 문 앞에서
나직이 회주 스님을 찾았다.

인사 후에 애동이 소개를 하니 노스님은 벌떡 자리에서 일어

나 애동의 두 손을 감싸 잡으며, "와! 이래 훌륭히 자랐노!" 하시자, 옆에 서 있는 현정은 어리둥절하였다. 앉으라고 자리를 잡아주며 재차 애동과 현정을 살핀 노스님은 얼굴 가득히 미소를 띠며 "선 남자 선 여인이 따로 없네!"라고 말씀하셨다.

노스님은 애동이 경기고와 S대 법대에 입학한 얘기를 은식과 혜정을 통해서 이미 알고 있었다. 불쑥 "애동 거사, 니한테 미안타!"라고 하셨다. 왜 그런 말씀을 하냐고 반문 하자, 노스님은 애동의 사주팔자와 관상을 보니 부모와 헤어져서 살아야 함을 알게 되어 은식과 혜정에게 그렇게 하라고 한 장본인이 나였다고 말했다. 현정은 이해가 되지 않았지만, 도대체 애동이 장차 어떠한 큰일을 하게 될 것인지 더한층 궁금했다.

애동이 태어나기 전부터 佛國寺 주지 스님이 "은식과 혜정의 아들이 위대한 일을 하게 된다"는 예견의 말씀을 聖住寺 노스님은 은식을 통해 들은 바가 있었다. 위대한 인물이 될 사람은 어린 나이에 부모와 헤어져 살아야 한다는 말을 현정은 잠시 생각했다. 성경에 메시아(구원자)가 이 땅에 오심을 예언자들은 하나 같이 말하지 않았던가? 예수님의 생애는 무신론자의 가족입장에서 보면 매우 안타깝고 처절하다. 33살 젊은 나이에 십자가형으로 처형 된 형국이니 말이다.

'혹시 애동이 이와 같은 삶을 살아야 하는 것인가?' 현정은 실로 두렵기 조차했다. '미래의 내 남편이 이와 같이 단명하는 운명인가?'해서 현정이 노스님께 차분히 "큰 스님, 애동 거사가 혹시 단명합니까?"라고 물어보자, 노스님은 잠시 "음"하고 뜸을 들인 연 후, 두 사람을 번갈아 쳐다보면서 "예쁜 학생도 오래 살끼고, 애동이는 그보다 더 오래 살끼구먼"라고 하여였다. "예쁜 학생은 이 사람과 혼인 할끼가?"라고 물었다. 현정은 또렷하게 "예"라고 대답했다. 노스님은 "그래 천생연분이다. 애도 네댓 명 있네"라고 덧붙여 말하면서 자신의 무릎을 "탁" 쳤다.

현정이 애동의 천생 배필감으로써 지혜와 인내심이 엿보였기 때문이었다. 애동은 노스님께 여쭈었다. "얘가 네댓 명이라니 많지 않습니꺼?"라고 웃으면서 말하자, 순간 세 사람은 가볍게 웃었다. 현정의 불길함은 순식간에 사라졌다. 노스님은 다시 한번 현정에게 당부했다.

"애동과 혼인하게 되면,애동을 절대 믿어야 한다."

어떠한 힘 드는 일이 생기는 경우가 있어도 애동을 적극 지지하고 다른 많은 사람이 애동을 이해하지 못해도 현정만은 죽는 순간까지 애동을 응원하고 용기 잃지 않도록 격려하며 살아가라고 두세 차례 강조해서 말하였다.

사람은 미래에 닥쳐올 불행에 대해서 많은 염려를 하게 되는데, 이에 대해 미리 준비하게 되면, 그 충격을 완화할 수 있다.

117

현정은 이러한 생각을 하게 되니, 마음이 매우 안정되고 흡족해하였다. 큰스님 말씀대로 평생 반려자로서 애동이 부족한 모성애를 채워주면서, 다른 이가 비난하더라도 그 방패막이로 살아갈 것을 굳게 맹세하며 노스님 방을 나왔다.

마침 점심 시간이라서 노스님과 함께 절 공양간에 가서 중식을 먹게 되었다. 노스님 말씀에 대해서 애동은 장차 법관으로서 본인 삶에 대해서만 생각해 보았지만, 다른 일은 생각해 본 적이 없었다. '왜 큰 스님은 이상한 말씀을 하실까?'라고 생각을 골똘히 하다 보니 중식을 제대로 먹질 못했다.

점심 공양을 마친 노스님은 차 한 잔을 다시 마시고 가라고 안내했다. 노스님 방에서 차를 마신 후, 노스님은 벽장 한쪽을 열면서 무엇인 가를 꺼냈다. 먼저 현정에게 먼 훗날 읽어보라고 책을 주시는데, 책은 불교 설화집과 보왕삼매경이었다. 애를 둘이나 셋 낳고 난 후에 읽어보라고 또다시 말하였다. 애동에게는 유마경과 금강경을 내미는데, 금강경은 손때가 많이 묻어 있었다.

책 앞표지 밑 부분에 無事人奎泫(무사인규현)이라는 다섯 글자가 눈에 들어 왔다. 외할아버지 유품이었다. 규현이 금강경을 공부하면서 잘 모르는 부분은 聖住寺 주지 스님에게 여쭈어보곤 하여, 책은 조금 낡아 있었다. 죽기 얼마 전에 노스님께 외손자 애동이 聖住寺에 오면 본인 대신 주라고 맡겨 두신 것이다.

애동은 또다시 울컥함을 느꼈다. 애동에게도 지금 당장 보지 말고 얘를 몇 낳은 후 읽어 보라고 하였다. 그리고 애동에게 "차후 다시는 곰 절(聖住寺)에 오지 말고, 나를 찾지도 말라"고 당부의 말씀도 했다. 큰 스님은 책 4권을 종이로 포장하고 끈으로 묶어서 애동에게 주면서 최소한 7~8년 후에나 읽어 보라고 하였다.

聖住寺 경내를 완전히 벗어날 때까지 두 사람은 별말이 없었다. 노스님의 당부가 뇌리에서 떠나지 않았기 때문이다. 저수지 옆 소나무 아래에서 현정이 먼저 말문을 열었다.

"애동 오빠, 노스님 말씀이 이해가 돼요?"

애동은 잠시 멈추어 서서 오래전(중3) 여름방학 때 외조부 규현이 했던 말이 떠올랐다.

'애동이 니가 사십대 중후반에 이르면 처자식을 멀리 해야 된데이. 그러면 미래의 아내가 헤어지자고 그래도 절대로 헤어지면 안된다.'

규현이 성주사 예불드리고 온 날, 저녁 식사 후 애동을 아무도 없는 곳으로 불러서 비장한 결의에 찬 모습으로 말했다. 어

119

린 애동에게는 상당히 충격적인 말씀이기도 했고, 황당한 발언이므로 까마득히 잊어 버렸다. 새삼 그때의 말씀이 오늘 노스님 말씀과 일치하는 부분이 있어서 혼란스러웠다.

애동이 25년 또는 30년 후 겪어야 할 것을 미리 예견한 말씀이었다. 한 분은 애동 본인에게, 또 한 분은 현정에게 미래에 대한 당부의 말씀을 하고 있으니, 이해가 되질 않고 뒤숭숭한 느낌이었다.

애동은 현정의 질문에 즉시 답을 하지 못하고 "글쎄"라고 얼버무릴 수밖에 없었다. 애동은 다시 현정의 손을 잡고 천천히 걸으면서 생각해 보았다. '나의 희망인 법관 생활을 하다가 뜻하지 않는 일로 변호사 일이나 정치에 몸담는 일이 생겨서 잘못되어 옥고를 치르거나, 정치적 망명을 가게 될 것인가?' 등의 예견을 해 보았다. 애동은 현정에게 장래 희망은 법관이라는 말을 여러 번 했다.

그리하여 "현정아, 오빠가 50대쯤 정치가가 되는가보다"라고 말했다. 현정은 애동이 정치 일을 하게 되면 '난 당연히 오빠를 믿고 따르게 될 터인데, 왜 노스님은 계속해서 오빠를 믿으라고 할까?'라는 의구심이 났다. 애동은 현정에게 앞으로 30년 후에 발생하게 될 미래의 일은 잠시 잊어버리고, 우리 둘의 데이트에만 전념하는 것이 좋겠다고 화제를 돌렸다.

저녁 식사 무렵에 마산 집에 도착하여 노스님이 하신 말씀과

책 선물에 관한 얘기와 외조부 규현이 읽으셨던 금강경을 되돌려 받은 얘기를 하였다. 은식과 혜정은 애동의 미래에 대한 그 무엇이 내재 되어 있는 것이 확실하다는 것을 알게 되었다.

규현이 살아있을 때 애동이 장차 매우 큰 일을 하게 될 것이라는 얘기를 여러 차례 한바 있었으며, 불국사 주지 스님께서 은식에게 "당신 아들은 위대한 일을 하게 된다"라고 예시 한 적이 있었다. 평범하게 살아가는 은식과 혜정은 불안감이 잠시 일어났다. 그러나 현명하고 사리분별력이 뛰어난 애동이 장차 잘 할 수 있을 것이라고 믿어 의심치 않았다. 은식은 서울 현정의 아버지 정식과 오후에 통화를 하였는지, 예비 며느릿감인 현정을 각별이 환대했다.

"며느리 사랑은 시아버지"라는 말이 있듯이 다른 사람이 느끼게끔 은식의 표정에서 읽을 수 있었다. 더더욱 聖住寺 회주 스님께서 자식이 네댓 명 있다는 말에 연신 저절로 웃음이 나왔다. 이상하게도 인간은 종족 본능이 있다.

"아들 내외는 미워도 손자는 밉지 않다"라는 속담이 있듯이, 현정이 손자를 4명 내지 5명을 낳는다고 하니 어찌 기쁘지 아니한가! 본인 스스로 홀로 자란 것 때문만 아니라, 딸 셋 다음의 큰아들 애동이 자식을 많이 얻는 데 대한 기쁨은 혜정도 마찬가지였다. 저녁 식사 후 서울 둘째 외숙 성률이 전화를 했다. 부산 정엽 친구가 이상한 말을 해서 확인 전화를 한 것이다.

121

"주혜가 애동의 짝이 아니라, 현정이 애동의 짝이 되었다는 것이 사실이야?"라고 누나 혜정에게 확인차 전화가 온 것이다. 이 전화 때문에 현정은 얼굴이 빨갛게 상기 되었다.

내년 고3이 지나고 대학교에 입학 하게 되면 대학 졸업 전에 혼인을 해야 되는 것이 아니냐고 말할 정도로, 기정사실화하는 분위기였다. 워낙 주혜의 끈질김이 있었기에, 둘째 외숙 성률은 혜정에게 농반진반 전화를 했다. 혜정도 다시 생각해 보니, 기가 억센 경상도 처녀 주혜 보다는 다소곳한 현정이 애동의 짝으로 안성맞춤이라고 여겨졌다.

聖住寺 회주 스님이 "천생연분이다"라는 말씀도 했으니 더이상 왈가왈부해서는 안 된다고 생각했다. 혜정은 겨울방학 때 정엽 부부가 곡목 과수원집에 쉬러 오면, 그때 대접을 잘해야 하겠다고 생각했다.

화기애애한 밤이 지나고, 다음날 일찍 부산으로 가는 버스를 탔다. 부산 충무동 시외버스 터미널에서 조금 걸으면 광복동이 나오고 그 광복동에 유태의 집과 정엽이 운영하는 백화점이 있었다. 정엽의 집에는 먼저 마산에서 기별을 한 탓인지 김정엽과 강영자, 유태 세 사람이 애동과 현정을 기다리고 있었다. 거실에서 두 사람은 정엽 부부에게 큰절을 드렸다. 어제 주혜와 수태가 다녀간 직후 인지라 내심 매우 놀라는 기색은 없었다.

먼저 애동이 "아버님, 어머님 죄송합니다"라고 말을 건네며,

무릎을 꿇고 용서를 비는 자세를 취했다. 순간 정엽은 "큰아들, 애동아"라고 하면서 애동을 일으켜 세웠다. 정엽의 이 한마디로 긴장감에 싸인 집안 분위기는 다소 누그러졌다. 뒤이어 현정은 "작은 어머님, 죄송합니다"라고 하면서 선 자세로 머리를 깊이 숙여 용서를 구했다. 그러자 강영자는 현정에게 다가가 안아주면서 "우리 큰아들, 애동을 잘 부탁해"라고 하였다.

정엽 부부의 행동에서 애동과 현정은 자신들도 모르게 감사의 눈물이 양 볼에 흘렀다. 두 어른은 각각 두 사람의 눈물을 손으로 닦아 주었다. 애동과 현정의 심적 부담이 얼마나 지대했으면 눈물이 나왔을까? 이를 지켜보고 서 있던 유태가 애동을 뜨겁게 포옹하면서 "앞으로 더욱 잘하면 돼"라고 말을 이었다.

강영자는 주방으로 가 간단한 다과를 준비하면서 엊그제 곡목 과수원집에 들러 외할아버지, 외할머니 묘소 참배 여부도 질문했다. 영자는 김규현을 매우 존경했다. 시골 유교 집안 종손으로 태어나, 도교와 불교에 관한 서적을 많이 읽어서인지 도인의 풍모를 느낄 수 있는 자태를 겸비하신 분이었고, 실제로 경남 창원군 동면 일원에서는 "도사 어른"이라고 불리곤 했다. 동네 어려운 사람이나 힘든 일이 있을 때 발 벗고 나서서 도와주었고, 종손으로서 친척 모두에게는 중용을 항상 강조하였으며, 재산도 많이 불리려고 하지 않았으며, 동생들이나 친척, 이웃을 위해 재물을 사용했었다.

또한 석은식을 사위로 맞이하는 경우와 결혼 후 학업 등 그 당시 보통 사람들은 상상도 하기 힘든 일을 하신 분이기에, 영자는 항상 학창 시절 존경하는 은사와 같이 규현을 흠모하였다. 강영자는 내심으로 사랑을 듬뿍 준 애동을 오늘 이전까지 사위로 쭉 대해 왔는데, 이 시각 이후 큰아들로 대할 것이라고 스스로 다짐을 하게 되었다. 이러한 영자의 심경 변화를 정엽이 눈치를 챘다. "기대가 크면 실망도 큰 법이야"라고 했다.

어제 막내 주혜가 수태를 데리고 와 인사 할 적에도 정엽 부부는 상당히 안타까워했다. 긴 시간 애동을 지켜보았는데 애동은 주혜를 친 동기간처럼 대했고, 이성적인 감정을 가지고 있지 않다는 것을 알았기 때문이다. 결론적으로 석애동을 큰아들로 대해야 하고, 조카사위로 대접하는 것이 순리라고 정엽은 마음 정리를 했다. 유태는 애동과 현정을 데리고 광복동에 있는 다방으로 나왔다.

유태는 부산대 경제과 2년에 재학 중이며, 큰 누나 주연(47년생)이 내년 결혼할 것이라고 하였다. 현정의 첫째 오빠 유식의 소개로 S대 의대 동기동창과 교제 중이며, 주연은 현재 서울 모 여중 음악 교사로 재직 중이며, 결혼 상대자는 S대 대학병원 전문의 과정 중이었다. 유식 또한 전문의 과정을 이수하고 있으며, 현재 전문의 과정에 있는 사람과 교제 중이었다. 유태는 현정과 주혜가 내년 고3이 되면 대학입시에 전념해야 함을 주지시켰다. 현재의 정치 시국에 대해서도 애동과 많은 이야기를 나누었다.

지난여름 곡목 과수원집에서 애동의 경기고 절친과 S대 절친들의 학생회 활동에 대해서 얘기를 들은 바 있기에 리더쉽이 훌륭한 애동이 이들과 어울릴 것을 경계하는 의미에서 한 말이었다. 애동이 정치 시국에 관여치 않기 위해서도 현정과의 이성 교제를 선택하였고, 경기여중 3총사 대학입시 지도에만 72년도를 보내겠다고 유태에게 구두 약속하였다.

점심 식사는 대청동 누나 진희 부부, 진영 부부, 진수 등과 하였으며, 세 분 누나와 두 매형은 현정을 무척 환영해 주었다. 식사 후 부산역에서 서울행 기차를 애동과 현정은 탔다. 두 사람은 지난 몇 일간을 곰곰이 생각해 보았다. 이미 혼인을 전제로 한 이성 교제 허락을 받기 위한 여행이었던 관계로 상당히 긴장하였던 것이 일시에 풀리는 느낌을 받았다.

애동은 차창 쪽에 앉아서 차창 밖을 보고 있는 현정의 옆모습을 보면서 이러한 생각이 들었다. 앞으로 일생 나의 반려자로 현정을 선택한 것이 매우 잘한 일이라고 여겼다. 순간 현정만을 사랑하고, 지금껏 짝사랑한 주민 누나와 최소연을 마음속에서 지우는 노력을 해야 하겠다고 다짐했다.

반면 현정은 애동의 아내로서 살아가는 것이 자신의 운명이라고 판단하였고, 더욱더 애동 오빠를 위해서 자신 한 몸 불살라 버리고 말겠다는 각오를 하였다.

두 사람의 이러한 생각이 이심전심으로 전달되었던 모양인지, 현정이 고개를 돌리는 순간 자연스럽게 애동과의 입맞춤이 이루어졌고, 짧은 찰나의 순간이었지만, 두 젊은 남녀는 찌리릿 하는 느낌이 있었다. 애동과 현정은 앉은 자세에서 서로를 바라볼 수 있도록 약간의 방향 전환을 했다. 서로의 눈빛만 마주 보아도 이렇게 좋은데 평생 한 몸으로 살과 살이 합쳐진다는 부부로서의 생활이 연상되어 애동은 양손으로 현정의 볼을 잡고 키스를 처음으로 하였다.

책에서 읽은 대로 혀를 현정의 입속으로 넣어 보기도 하고, 현정의 혀를 빨아 보기도 했다. 몇 분의 시간이 흐른 뒤에 입맞춤을 풀었다. 그리고 현정의 귀에다 대고 "앞으로 현정이 너만을 생각하고 좋아할게"라고 입을 열었다. 현정도 나직이 "저도 애동 오빠만 영원히..."라고 하며 말끝을 흐렸다. 현정은 황홀한 감정으로 온몸이 휩싸였고, "남자는 자신을 알아주고 인정해 주는 사람을 위해 목숨을 바치고, 여자는 자신을 사랑해 주는 한 남자를 위해 목숨을 바친다"는 말이 생각났다. 장차 애동을 위해서라면 이 한목숨을 바치겠다는 결의를 하게 되었다.

열차는 저녁 늦은 시각 서울역에 도착했고, 두 사람은 정답게 손을 잡고 가회동 집으로 가서 정식 부부와 유식, 유종, 유수 세 오빠에게 이성 교제하게 됨을 알리는 인사를 하였다. 마산,

부산 방문의 결과까지도 상세히 말씀을 드렸다.

현정의 어머니 정인선이 가족 중에서 제일 기뻐했다. 동서 강영자가 대찬 여자이므로 은근슬쩍 걱정되는 점이 많았는데, 애동을 큰아들로 대우하기로 했다는 얘기에 큰 근심 걱정이 사라지게 되어, 하늘을 날고 싶은 심정이었다. S대 1년 선배이자 동갑내기인 막내오빠 유수가 애동을 자신의 방으로 데리고 가 내년 3월에 가회동 집으로 와서 지내면 어떠냐고 하였다. 주연 사촌 누나가 결혼하여 매형과 함께 안국동에 살고, 애동이 가회동으로 오는 것이 바람직하다는 의견이었다.

유수는 대학 1년 선배이지만 애동을 친구 이상으로 대해왔다. 사실 애동의 판단력과 사고력, 생활 태도 등에서 느끼는 어른스러움은 두 형님보다 그 위의 형과 같은 느낌이 들 정도로 유수는 생각했기 때문이다. 또한 의사의 길로 가고 있는 아버지 정식과 두 형은 유수의 대화 상대가 되질 않아서 항상 집에서는 외톨이가 된 기분으로 살고 있었다. 유수는 약간 내성적이고 여성스러운 성향이었다.

애동은 가회동 이사 문제는 정엽 부부의 생각을 따르겠다는 입장이었다. 애동은 현정, 주혜의 대학입시 이후 이사하는 것이 바람직하다고 유수에게 말했다. 안국동 집에는 주민과 주혜가 안방에서 둘이 쓰고, 주연 큰 누나와 애동은 작은방 문간방에서 각각 지내고 있었다. 반면 가회동은 안채에 방이 3개, 별채에 방이 3개가 있었는데, 정엽 부부가 안국동 이사하기 전까지 대가족이 함께 살았기 때문이다. 별채 빈방이 있어서, 애동과 같은 인재와 함께 살고 싶은 마음에서 유수가 제안하였던 것이다.

애동이 안국동 집으로 간 후에, 유수가 부모님에게 애동의 이사 문제를 상의했다. 정식 부부 역시 애동의 가회동 이사 문제는 부산의 정엽 동생 부부의 판단 여부에 달렸다고 하였다.

안국동 집에 도착한 애동은 주연, 주민 누나와 주혜에게 부산 아버지, 어머니 얘기와 현정을 마산 부모님께 인사드린 이야기를 하였다. 그러자 주연 큰 누나는 애동에게 "우리의 가족이 된 것을 축하한다"라고 하면서 애동을 안아 주었다. 그리고 두 동생에게도 남동생, 큰오빠로서 안아 주라고 했다. 주민을 처음 애동은 안아 보았는데, 넉넉한 어머니 품 같은 느낌이 들었고, 주혜를 안은 느낌은 역시나 예쁜 여동생 느낌 옛날 그대로였다.

네 사람은 거실에서 부산과 창원에서의 옛 얘기를 거리낌 없이 했다. 주연은 63년 2월 처음 유태가 애동을 데리고 왔을 때를 생생히 기억하고 있었다. 유태의 친구가 아닌 의젓한 형을 데리고 오는 모습이었기 때문이었다. 인사하는 모습과 의연한 행동이 주연 자신보다도 더 어른스러운 모습이었으므로 무척 놀랐고, 처음부터 마음에 쏙 들어서 유태 동생이 애동을 절반만 닮았으면 하는 마음이 생길 정도로 탐이 났다고 했다.

애동은 빙그레 웃으면서 "큰 누나, 그랬는교?"라고 아양을 떨자, 모두 한바탕 크게 웃었다. 주연은 영자 어머니에게도 "유태는 복이 많다"라고 하자, 강영자가 "왜?"라고 물었다. 주연은 "애동은 애 늙은이이며, 유태의 사표가 될 것임이 확실하다"라고 말했다.

영자도 정엽에게 "애동 같은 절친이 있어서 유태가 얼마나 다행스러운지 모르겠다"라고 했다. 주민 누나는 "나는 애동이 오빠 같아"라고 했다. 말하는 것이며, 행동하는 것이 주민을 어리둥절하게 만드는 것이 여러 번 있었고, 심지어 혼나기도 했기 때문이다. 그렇지만 주민은 애동이 자신을 짝사랑하고 있다는 것을 알게 되어 매우 좋았고, 때로는 흥분되기도 하였다고 고백했다. 여고생 때까지는 주민 자신도 애동을 이성적으로 좋아했다고 솔직히 털어 놓았다. 불과 3년 전까지 그랬다고 하면서 재차 애동을 안아 보자고 제안하여, 두 사람은 뜨겁게 포옹했다.

주민과 애동은 서로 속내를 보이지 않게 좋아했다. 두 번째 포옹에서는 조금 전과는 다른 느낌이었다. 애동은 주민 누나를 황종수의 부인으로 보내야만 했기에 이별의 포옹이라는 기분이 들어서인지 팔에 약간 힘이 들어갔다. 주민 또한 풋풋한 어린 시절 여러 사람들의 시선을 의식한 나머지 제대로 좋아한다는 표현 한번 못한 아쉬움 때문인지 역시 팔에 힘이 들어갔다. 약간의 시간이 흐른 뒤에 두 사람은 포옹을 풀고 자리에 앉았다.

애동이 주민 누나에게 "황종수 선배가 부러워! 그리고 국수는 언제 먹노?"라고 말했다. 이번에는 주혜가 자리에서 일어서면서 "낭군이 아니라 큰오빠로 다시 한번 안아 보자"라고 했다. 애동이 일어서자, 주혜는 폴짝 뛰면서 두 다리로 애동의 허리를 감싸며, 팔로는 애동의 목을 감싸안는 자세를 취했다. 애동은 약간 뒤로 물러서면서 주혜를 감싸안았다. 주혜가 애동의 이마 위에 입을 두세 번 맞추었다.

"애동 큰오빠, 이 주혜를 잊으면 안 돼"라고 하고 연신 이마에, 애동의 볼에 입맞춤을 했다. 애동은 주혜를 안은 자세로 뒤 소파에 주저앉고 말았다. 이때 주혜의 다리가 풀리면서 자동으로 입맞춤이 되는 형국이 되었다. 주혜는 애동의 품에서 떨어지면서 애동은 자기에게 이성적인 감정이 없음을 몸으로 알게 되었다. 유태 오빠보다 한 살 위의 오빠로 평생 대해야 한다는 것을 확인할 수 있었다.

애동은 이젠 정말 누나, 여동생과 같이 살아야 되겠다고 다짐하면서, 주민과의 짝사랑 감정을 말끔히 씻어 버리겠다고 결심했다. 거실에서 헤어져 자신의 방에 들어온 후 애동의 마음은 한결 가벼워졌다. 주혜의 끈질긴 집착과 주민에 대한 짝사랑 감정을 이제야 정리 할 수 있었기에, 또한 자신은 행복한 사람이라는 생각이 떠올랐기 때문이다.

부산의 세 누나, 마산의 동생 기동, 창원의 친척, 유태의 가

족, 현정의 가족, 수한의 가족, 최소연의 가족 경기고 절친, S대
절친 등 만 20세까지 살아오면서(51~71년), 많은 시간 동안 부모
님 곁을 떠나 살면서 부모님과는 이별하였지만, 다른 많은 가족
과는 새로운 가족이 될 만큼 친분이 쌓였기 때문이었다.

　'하나를 버리면 열을 얻을 수 있으며, 하나의 밀알이 썩어서
숱한 열매를 맺듯이 이제는 비우면서 살자. 탐욕도, 분노도, 어
리석음도 버리며 살자'라고 다짐했다. 애동은 깊은 상념의 밤을
보내고 있었다. 새벽녘이 다 되어서야 잠이 들었다.

　꿈속에서 외조부 규현이 깨끗한 한복 정장 차림으로 "애동
아!"라고 하시면서 반갑게 다가와서 애동의 머리를 쓰다듬고
는 빙긋이 웃었다. "난 이제 먼 길을 간다"라고 하시면서 쓰다
듬던 손을 흔들며 천천히 사라지셨다. 　"할아버지"라고 외치
면서 애동은 잠에서 깨어났다. 요 며칠 장거리 여행 탓이기도
했고, 현정과 주혜에 대한 입장 정리 등을 곰곰이 되뇌어 보았
다. 외할아버지 규현을 꿈속에서나마 보니 너무나 반갑고 좋았
다. 깨끗한 차림새로 보아 극락정토에 가시는 것이 확실하다고
느꼈다. 현정을 아내로 맞이하겠다는 사실에 대해서도 규현이
찬성한다는 생각마저 들게 하는 꿈이었다.

　애동이 일어나 마당으로 나와 보니 해가 떠기 전 여명이었
고, 고개를 젖혀 하늘을 보니 서쪽 하늘에 큰 별이 반짝이고 있
었다. 저 별이 있는 하늘나라로 외조부 규현이 가고 있다는 느

낌이 들어 그 방향으로 합장 예배를 여러 번 하였다. 아침체조를 간단히 한 후에 자신의 방으로 돌아왔다. 불과 두세 시간 정도 잠을 잤지만, 정신은 무척 맑았다.

내년 대학 2년부터는 고시 준비를 시작해야 하겠다고 다짐하였다. 고시 준비에 필요한 시간을 마련하고자 해서, 경기여중 3총사 과외는 오후 3시간, 저녁 2시간, 토, 일은 개별 보충수업, 이렇게 시간표와 과목을 정리했다.

3총사 중 주혜는 문과 반이고 전교 10위 이내로 비교적 우수했고, 현정과 소연은 이과 반으로 전교 20위 이내였다. 대학 진학 목표는 주혜가 S대 법학과이고, 현정은 S대 약대이며, 소연은 S대 사범대 수학교육학과로 각각 정했다. 본인들의 장래 희망도 현정은 S대 병원 약사, 주혜는 판검사, 소연은 수학 선생이었다.

아침 식사 후 주혜와 과외 시간에 대한 얘기를 나누고 있는 중에 S대 절친이자 경기고 동기인 안태호가 찾아와 어디를 함께 가자는 것이었다. 안태호는 경기고 재학 중에는 절친이 아니었다. S대 정외과에 입학하여, 경기고 절친 송정섭과 정외과 동기였던 관계로 애동과 몇 차례 만나면서 고교 동기라는 이유로 자주 애동과 만나고자 했으며, 친하게 지내려고 무진 애를 쓰고 있는 중이었다.

S대 절친은 애동 포함 7명이었는데, 출신고는 경기고 3명, 경

복고 2명, 서울고 1명, 부산 경남고 1명이었는데, 현재까지의 리더는 안태호였다. "어디서 누구를 만나자는 거야?"라고 애동이 질문하자 안태호는 "가서 만나면 된다"라고 하면서 동행을 재촉했다. 다급하게 요구하는 것이 꺼림칙해서 애동은 경기여고 3총사와 미팅 이유로 거절을 하자, 안태호는 S대 선배 이철에게 애동을 소개하기 위해서 찾아왔다고 하였다.

이철은 48년생으로 S대 사회학과에 재학 중이며, 학생회 간부직을 맡고 있었으며, 국가비상사태 선포에 대해서는 격하게 반대하고 있는 인사였다. 애동은 안태호에게 "내 앞에서는 이철이라는 이름도 거론치 말라"고 하고 "태호 너도 그 선배를 다시 만나지 마라"고 단호하게 말했다. 만약 그 선배를 만나는 것을 애동이 목격하게 되거나, 다른 친구가 안태호와 이철 선배 만남을 목격한 후 애동에게 알려준다면, "안태호, 니는 다시는 낼 볼 수 없을 끼다"라고 잘라 말하고 "이와같은 일로 안국동 집에는 오지 마"라고 말했다. 먹을 것을 챙겨준 뒤에 태호를 집 밖으로 내보냈다. 태호는 대문 밖에서 애동의 결연한 모습에서 혀를 내 둘렀다.

이철 선배를 애동의 말대로 다시는 만나지 말아야 하는 것인가? 아니면 애동과 절교를 선언해야 하는가에 대한 택일의 문제였다. 점심 식사 후 다시 태호가 찾아와서는 이철 선배를 만나지 말아야 하는 이유를 애동으로부터 듣고 싶었다.

애동은 부친 석은식이 해방 직후 조선 남로당 가입 권유로 직장과 사업까지 포기한 이유를 설명했다. 학생은 본연의 임무에만 충실할 것을 당부했으며, 10여 년 전 4.19학생 운동에 대한 입장과 그 이후 5.16 군사혁명도 아울러 태호에게 설명했으며, 혹시 장기 집권(3선 개헌 후)을 한다 해도 학생은 졸업 때까지는 공부가 우선이라는 입장이었다. 이철 선배의 주장에 동조 하고자 하면 나하고는 절연하라고 재차 촉구했다.

태호는 경기고 총학생회장 출신의 송정섭이 학생회 일을 하지 않는 이유가 애동 때문이라는 것을 알았다. 애동은 안태호가 현실 정치 참여를 하지 말아야 함을 강조한 후 돌려보냈다.

경기여중 3총사와 겨울방학 기간 중 과외 시간과 과목에 대해서 얘기를 나눈 후 수업을 시작했다. 오후 수업을 마치자, 주연 누나가 간단한 음료를 준비해 왔으며, 환담이 시작되었다. 주혜와 소연은 마음의 각오를 새롭게 하였는바 애동을 큰오빠로 호칭 변경하였고, 현정은 종전과 같이 오빠라고 불렀다. 애동은 야간 과외 후 종전과 같이 현정을 안국동에 두고, 소연을 효자동 집까지 동행해 주었다. 몇 년간 계속하여 두 사람은 손을 잡고 걸었다.

소연은 오늘 처음으로 이상한 느낌이 들었다. 혼자 짝사랑한 남자의 손이 갑자기 아버지 손처럼 여겨졌기 때문이었다. 그러자 소연은 잠시 그 자리에 서서 "오빠 손이 이상해"라고 말했다. 애동도 놀란 나머지 "왜?"라고 하자, 소연이 "애동 오빠 손이 춘천 아버지 손과 같다는 느낌이에요"라고 하자, "그래"하고 애동도 대꾸했다. 소연의 말을 들은 애동도 소연의 손이 예전과는 달리 느껴졌다. 애동은 마음속으로 소연을 친 여동생으로 받아들여야겠다고 다짐했다.

효자동 집에 도착해보니 어머님 윤정희는 약국에 나가시고 없었고, 애동은 소연의 방에 함께 들어가, 남매로서의 관계로 새롭게 정리하고자 했다. 어제 주혜에 대한 것과 마찬가지로 소연을 살포시 포옹한 후 이마와 양 볼에 세 번의 입맞춤을 했다. 애동은 별도의 감정이 일어나지 않았지만, 처음 안겨보는 소연은 다르게 받아들였다. 사랑하는 남자에게 안겨있는 것인 양 몸이 파르르 떨고 있었다.

소연이 "애동 오빠, 종종 이렇게 안아 주세요"라고 하였다. 애동이 팔을 풀고 다시 안아 주자, 소연이 이번에는 "춘천 아빠 품에 안기는 느낌이에요"라고 했다. 소연은 무남독녀인지라 남자에 대한 집착이 컸다.

애동은 소연의 효자동 집에서 나와 현정을 데리고 가회동 집으로 향하면서, 소연과의 감정 정리를 했음을 현정에게 말해 주었다. 현정은 갑자기 잡은 손을 놓고는 애동의 품에 안겼다. 지나가는 사람들이 힐끔 보기도 하였지만 아랑곳하지 않았다. 이제야 애동이 나 혼자만의 남자가 되었다는 기쁨이 온 몸에 퍼져서 다른 어떤 것도 개의치 않았다. 현정은 정신없이 애동을 꼭 껴안고 한참 동안 미동도 없었다.

애동이 현정의 등을 가볍게 두드리자 그제야 제정신이 돌아왔다. 현정의 눈가에는 기쁨의 이슬이 맺혀 있었다. 애동은 가회동집 현정의 방까지 동행하여 방안에서 둘은 진한 키스를 했다. 두 사람만의 사랑을 하고 싶은 충동이 강하게 밀려왔고, 진한 키스 후 애동이 현정의 가슴을 손으로 쓰다듬어 보았으며, 제법 도톰하게 솟아 있었다.

어릴 때 할머니 젖을 만지며 자란 것이 생각나서 현정의 윗옷을 위로 젖히고 브래지어 밑으로 양손을 넣어 젖가슴을 만져보자, 할머니 젖가슴하고는 비교할 수 없을 정도로 탱탱하고 풍만했고, 젖꼭지는 아직 적은 것 같았다. 애동의 손놀림에 현정은 눈을 감고 조용히 애동이 하는 대로 몸을 맡기고 짜릿한 쾌감만을 느끼고 있었다.

애동도 아랫도리가 팽팽하여 금방 밖으로 나올 것 같아서 억제하느라 애쓰며, 불쑥 나온 아랫도리는 현정의 허벅지 여기저기를 찌르고 있었다. 애동은 거기서 그만하고 멈추었다. 두 사람의 얼굴은 붉게 상기되어 있었으며, 애동이 손을 거두어들이자 현정이 재차 애동의 품에 안겨 진한 키스를 했다. 여기까지 애정 행위를 한 후 애동은 안국동 집으로 돌아왔다.

한 여자를 위해서 한 가정을 이루고 살아가고 있는 부모님

세대에 대해 곰곰이 되뇌어 보았다. 72년 대학교 2년 때부터 고시 공부에 전념해야겠다는 각오가 충만했고, 사랑하는 사람을 위해서 최선을 다하자고 맹세했다. 어젯밤 꿈속에서 본 외조부 규현의 모습을 떠올리면서, 실망시키지 않는 손자가 되겠다는 각오도 하게 되었다. 겨울방학 기간 내내 3총사 과외지도, 고시 공부, 현정과의 이성 교제에 많은 시간을 보냈다.

1972년 3월은 격동의 시간이었으며, S대 학생회는 정부 비판에 열을 올리고 있었고, 애동은 S대 절친들에게 정치 참여를 하지 말도록 신신당부하며 보냈다.

봄에 주연 누나 결혼식을 앞두고 정엽 부부와 애동의 이사 문제를 의논하였다. 주연 누나가 연말까지는 시댁에서 지내고, 주혜와 현정이 대학 입학시험을 치른 후에, 애동을 가회동으로 보내고, 주연 부부가 안국동에서 사는 것으로 의견일치를 보았다.

정엽은 형 정식에게 애동이 가회동 집으로 들어가는 시점은 대학 입학시험 직후에 있을 것이라고 말씀드렸다. 72년 여름방학 기간중에 애동은 줄 곳 서울에서만 생활하였다. 사법고시와 행정고시 1차 시험 대비와 현정, 소연, 주혜의 대학 입시를 위해서 전심전력으로 경주하였다.

현정과 소연은 이과 반 전교 석차가 10위 정도로 상향되었고, 주혜는 문과 반 전교 석차가 5위까지 수직으로 상승하였다. 수한의 동생 수태도 경기고 전교 석차가 10위 이내로 들었다. 이 정도 실력이면 3학년 2학기를 잘 마무리하고 본고사를 대비한다면, 각자가 원하는 대학에 무난히 합격할 것으로 예상되었다.

마산 집의 막내 기동도 마산고 이과 반 전교 5위 이내의 성적을 보였으므로 부산공대 조선공학과에 지원하고자 하였다. 우리나라 조선 공업은 비약적으로 발전할 것이라는 석은식의 판단으로 기동이 조선공학을 택하게 되었다. 부산의 유태는 애동의 막내 외숙 성문의 큰 딸 민혜(55년 1월생)와 이따금 만나는 사이였다 민혜가 부산여고 3학년으로 주혜와는 동갑이고 1월생으로 54년생과 같이 학교를 다녔고, 민혜는 부산대학교 약대를 목표로 정했다.

애동의 아버지 은식은 창원군 농협 조합장으로 재직했으며, 어머니 혜정은 마산시 새마을 부녀회장을 계속하고 있었다.

72년 10월 17일 07시를 기해 유신헌법이 공포되었다. 국회가 해산되고 국회의 기능은 비상 국무회의가 대체 되었으며, 11월 21일 헌법 개정에 대한 국민투표가 시행되어 91.5%의 압도적인 찬성으로 유신헌법이 효력 발생 되었으며, 12월 15일 통일주체국민회의 대의원 2,359명이 선출되었으며, 12월 23일 단독 출마한 박정희는 대통령으로 당선되고, 12월 27일 장충체육관에서 박정희 대통령이 임기 6년의 유신헌법 대통령에 취임

하여 제4공화국이 시작되었다. 10월 유신으로 불리는 새로운 정치 제도가 이 땅에 시작되었다.

애동은 사법고시와 행정고시 1차 시험에 무난히 합격하였으며, 현정은 S대 약대에, 소연은 S대 사범대 수학교육과에, 주혜는 S대 법대 행정학과에, 수태는 법학과에 각각 합격하였다.

마산의 기동과 부산의 민혜 역시 부산대 조선공학과와 부산대 약대에 각각 합격했다. 주혜, 기동, 민혜 세 사람은 55년 1월생이었다. 73년 1월에는 애동이 가회동 정식의 집으로 이사를 하였다. 드디어 현정과는 한집에서 살게 되었다. 애동과 현정은 대학생 커플(C.C)이 되는 셈이다.

이사 후 두 사람은 마산 부모님 집, 창원 동면 곡목 과수원집, 부산 유태 집, 수한 집, 대청동 누님 집, 외종조부 집, 두 분 외숙 집 등을 차례로 돌며 인사를 나누었다.

부산 인사가 끝난 후에 애동의 아버지 석은식의 고향인 경주 여행을 할 것을 현정이 제안하여, 서울 가회동 정식 부부에게 허락을 득했다. 부산에서 경주까지는, 1972년도 처음으로 건설된 경부고속도로를 이용, 고속버스를 타게 되면 많은 시간이 걸리지 않게 되었다.

아버지 은식은 당숙 석진관(1905년생)에게 전화를 드렸다. 애동에게는 종조할아버지가 된다. 석진관은 그때까지 불국사 사하촌에서 기념품 매장과 여관을 운영하고 있었는데, 은식이 진관의 집을 여관으로 신축하는 데 많은 도움을 주었다. 애동은 S대 합격 직후 조부모 묘소를 참배하였으므로 2년 만에 경주 방문이었다.

현정은 경주에서 김알지 출생지 계림과 석탈해 왕릉이 보고 싶었으며, 경주불국사와 석굴암도 꼭 보고자 했다. 시아버지 될 석은식의 향기를 맛보고 싶어서였다.

두 사람은 이른 새벽 정엽의 집에서 나와 첫 버스를 타고 경주 여행을 시작했다. 경주 시내 유적지와 계림과 석탈해 왕릉 등을 관광 후 불국사 사하촌에 있는 석진관의 집에 저녁 시간에 도착해서 애동과 현정은 종조부인 진관에게 큰절을 올렸다.

현정은 여자 평균 키보다 조금 큰 편이며, 몸집도 약간 크고, 얼굴은 계란형이었다. 인사를 받은 진관은 깜짝 놀랐고, 사촌 형수이자 애동의 조모인 박혜순과 매우 많이 닮았기 때문이며, 애동의 조모도 키가 컸고, 얼굴도 계란형으로 한국 전통 미인이었다,

현정의 얼굴도 전통 미인형이었다. 여고 시절 교내행사가 있어서 한복을 입은 현정의 모습을 매우 인상적으로 본 경험이 애동에게 있었다. 한복이 매우 잘 어울리는 현정이었다. 애동의 조모 박혜순의 얼굴을 기억하는 사람은 석진관뿐이었다. 아버지 은식이 첫돌도 되기 전 11개월 만에 사망하셨기에, 얼굴을 아는 사람은 석대관 조부와 진관 종조부밖에 없으며, 대관

조부는 은식이 10살 때 사망하였다. 저녁 식사 후 진관은 두 사람을 데리고 불국사 사하촌에 있는 한복집으로 데리고 갔다.

진관은 사촌 형님 대관 부부와 조카 은식의 도움을 많이 받았다. 손주며느리 될 사람이 그의 시할머니와 닮은 점에 많은 것에 대해서도 천생연분이라는 생각도 아울러 하게 되었으며, 일찍이 돌아가신 혜순 형수님 생각이 났다. 진관에게는 애동의 조모 박혜순이 어머님 같은 존재로 각인되어 있었기 때문이다.

한복을 맞추어 달라고 했으며, 이미 만들어져 있는 한복을 현정이 바꿔 입고 나왔다. 진관은 자신도 모르게 "형수님!"하고 말하면서 양 볼에 눈물을 주르륵 흘렸다.

"어찌하여 이런 일이?"라고 하며, 오랜 옛 기억을 떠올렸다. 애동이 "종조할아버지"라고 하며 놀라면서 진관을 쳐다보며 물었다. 진관은 손으로 눈물을 닦으면서, "애동아, 할머니야!"라고 말을 하며 흐느꼈다.

애동은 갑자기 생각이 떠올랐다. 현정의 품이 외조모 이연화 품 같았음을 느꼈는데, 오늘 경주에서는 친할머니와 많이 닮았다고 하니, 이 무슨 조화인가?

'현정은 천상 나의 배필감이구나!'라고 생각하며 애동은 하늘을 나는 기분이 들었다. 현정도 사랑하는 사람인 애동의 조모와 닮은 점이 많다고 하니, 어찌 아니 기쁘겠는가!

진관은 한복집 주인에게 양해를 구한 후 근처 사진관으로 가서 기념 촬영을 했으며, 현정의 단독 사진도 몇 장 찍었다. 진관의 집으로 다시 돌아와서는 내일 석굴암 일출과 조부모 묘소 참배 후에 경주에서 서울로 상경하기로 했다.

현정은 종조할머니와 함께 자면서 종조할머니로부터 석은식과 김혜정의 1936년도 얘기를 들었고, 이어서 김규현의 방문에 대해서도 듣게 되었다. 종조모는 석은식의 어릴 적 이야기와 자수성가에 대한 의지 등을 말하며, 보통 사람보다는 훌륭한 사람이라고 덧붙여 말했다. 현정도 시조모와 비슷하게 닮은 점은 자신의 운명은 오랜 옛적부터 애동의 부인으로 자리매김 되어 있었음을 느꼈다.

"피할 수 없는 일이라면 즐겨라. 그리고 승리하여라." 왜 이와 같은 인연의 법칙이 애동을 만나면서 자주 발생하는가? 경주의 한 사내가 창원으로, 창원의 사내는 부산으로, 다시 서울로, 한반도 남쪽을 빙빙 돈 후에 나 현정과 짝 지워 짐을 어떻게 설명할 것인가?

몇 해 전 창원 곰 절(聖住寺)에서 느꼈지만, 어떤 이유인즉, 사찰 입구에 있는 사천왕상에 많은 천주교 신자들은 무섭다고, 아니 혐오감을 느낀다고 하는데, 유독 현정만은 다정하게 느껴졌음은 어떤 그 의미일까? 전생에 애동과는 어떠한 인연이 있었던 것이 경주에서도 확실히 느낄 수 있었다.

다음날 이른 새벽 석굴암 일출을 보기 위해 두 사람은 토함산을 올라갔고, 동해의 일출은 장관이었다. 희미한 어둠 속에서 붉은 태양은 서서히 그 자태를 들어냈다. 바다 끝자락의 희끄무레한 안개를 하나씩 걷어내면서 어느 순간 붉은 큰 덩어리가 솟구쳐 올랐다.

붉은 태양의 빛이 두 사람의 얼굴에 가득히 머물렀다. 환희! 희열! 충만! 만족감! 그 자체이었다. 이 세상 그 무엇과도 바꿀 수 없고, 오로지 나 스스로의 존재감만이 남는 느낌이었다.

두 사람은 가볍게 포옹하며, 입맞춤을 했다. 평생 반려자로, 한 몸으로, 살아갈 것으로 언약했다. 좀처럼 일출에서만 느낄 수 있는 흥분이 사라지질 않았다. 이날따라 날씨도 좋았고, 약간 춥다고 느낄 수 있었기 때문이었다.

석굴암 경내를 관람하면서 두 사람은 합장하며, 각자의 소원을 빌었고, 불국사 방향으로 천천히 내려오면서 조부모 묘소를 참배하였다. 석대관과 박혜순의 묘지는 토함산 동쪽 기슭의 양지바른 곳에 있었다.

애동은 아버지 석은식이 외로운 유년 시절을 보낸 점에 대해서 코끝이 찡해져 옴을 느꼈다. 일찍이 어머니를 여의고 홀아버지 손에서 자란 은식이 수많은 날을 어머니를 그리워하면서 살았을 것을 생각하자 눈물이 핑 돌았다. 애동 자신도 어머님을 그리워하며 살았기 때문이다. 이와 같은 애동의 마음을 엿본 현정이 다가와서 애동의 머리를 감싸 안아주었다. 이런 모습은 현

143

정이 영락없는 어머님처럼 보였다. 박혜순 할머니가 환생하여, 은식과 애동을 번갈아가며 안아주는 것 같은 모양이 되었다. 어쩌면 애동은 현정으로부터 어머님의 따스함 같은 것을 느꼈기 때문에 더욱더 현정의 품을 찾게 되는 것이 아닌가 여겨졌다.

두 사람은 정답게 손을 맞잡고 내려와서 佛國寺를 관람했다. 지금은 열반하여 안 계시지만 옛날 불국사 주지 스님 얘기를 규현 외조부는 애동에게 해주었다.

이 얘기는 현정도 혜정에게 들은 바 있었고, 여기저기를 관람하고 대웅전에서 마지막 참배 후 옆문을 나오는데 인자하신 스님 한 분이 잠시 두 사람의 걸음을 멈추게 했다. 두 사람에게 차 한 잔 대접하고 싶다고 하여 애동과 현정은 스님을 뒤따라갔다.

佛國寺 주지 스님이셨다. 스님께 인사드린 후에 애동은 1936년 아버지 석은식 얘기를 스님께 말씀드렸다. 스님은 웃으시면서 "젊으신 분이 석거사의 아드님 되시는가?"라고 하였다.

현재의 주지 스님은 옛날에 공부하는 학승으로써 아버지 석은식을 기억하고 계셨다. 옛날의 주지 스님과 은식이 매우 다정한 사이였다는 것과 얼핏 보면 속가에서의 부자지간이라고 할 정도로 두 사람은 친밀한 관계로 그 당시 佛國寺 학승들은 익히 알고 있었다.

또한 조부모인 석대관과 박혜순은 佛國寺에 제법 많은 재물을 보시한 적이 있었고, 대관은 어린 은식을 위해 기도를 많이 한 일이 있었다. 그와 같은 대관의 공덕 힘으로 은식이 현재까지 무탈하게 잘 지내 온 얘기도 주지 스님은 구전되어온 옛 얘기를 애동에게 일러 주었다.

옆에서 잠자코 듣고 있던 현정은 사뭇 놀랐으며, 경주 佛國寺와의 인연은 석씨 가문과 맺어져 있으며, 창원 聖住寺는 김씨 가문(애동의 외가)과 엉켜있음을 알 수 있는데, 현정 본인이 聖住寺와 佛國寺를 방문하자고 애동에게 제안했던 점에 스스로 놀라면서 기이한 인연이며, 운명은 정해진 것이라는 게 믿어졌다.

주지 스님은 대장부의 기개와 총명함을 겸비한 애동의 모습에 매우 흡족해하면서 역시 "석거사는 보통 사람과 다르구나!"라고 감탄하며, "조실(주지역임 후) 스님께서 은식을 감싼 이유를 이제야 알 것만 같다"고 하셨다. "젊은 석애동에게 내가 한 말씀 해도 되는가?"라고 동의를 구했다. 애동이 그렇게 하시라고 하자 주지 스님은 천천히 말씀을 하셨다.

"이제까지는 부모님과 많은 시간 헤어져 살면서 전생의 업장은 녹아 없어졌지만, 앞으로 크나큰 태풍과 산사태를 맞이하게 될 예정이므로 이에 대한 대비를 하시오. 다른 이는 태풍과 산사태에 무너지고 말지만, 당신은 능히 그것을 극복할 능력이 있는 단 한 사람입니다."

지금은 내 얘기가 이해가 되지 않겠지만, 먼 미래에 애동 당신만이 그와 같은 큰일을 할 수 있는 유일한 사람이라고 다시 한번 강조하여 말씀하였다. 황당한 말씀의 연속이었다.

주지 스님은 옆에 있는 현정에게 고개를 돌려 천천히 얼굴을 살폈다. "현모양처가 따로 없네"라고 하시면서 빙긋이 웃으시고는 애동에게 "서로 많이 사랑하시오"라고 하였다.

현정이 조용히 스님께 여쭈어보는데, "오빠가 장차 할 일을 스님께서는 알고 계시는 지요?"라고 말하자, 주지 스님은 "나도 그 내용은 확실치 않지만 한국 사회를 건너 세계사적인 일을 하는 것이 분명하오"라고 말했다. "처자는 애동을 죽을 때까지 응원하시오"라고 덧붙였다.

현정의 짧은 소견으로는 이해가 되지 않지만 애동이 위대한 일을 해야만 하는 사람임에는 분명한 것 같다는 생각이 들었다. 주지 스님은 점심 공양을 하고 떠나라고 하시면서 현정에게 스님 자신이 손으로 굴리는 단주를 선물하고 싶다며, 자신 손에 잡고있는 단주를 현정의 손에 얹어주었다.

"수년 후에 이것이 꼭 필요한 물건이오"라고 하시며, 당장은 필요치 아니하므로 잘 보관하라고 하셨다. 그 단주는 37년 전 은식과 가깝게 지낸 옛 주지 스님이 지금의 주지 스님께 전해진 유물과도 같은 물건이었으며, 새 주인은 현정 처자의 몫이라고 했다.

현정은 절(사찰)에 오면 이해할 수 없는 당부와 선물을 받게 되는 것이 어리둥절하였지만 운명으로 받아들이겠다고 여겼고, 점심 식사 후 진관의 집으로 왔다. 사진과 한복은 소포로 서울로 보낼 것이며, 사진 한 장은 마산 은식에게 보내겠다고 진관은 말했다.

고속버스로 상경할 심산으로 두 사람은 인사 후 진관의 집을 나왔고, 경주 고속 터미널 근처에서 현정은 경주 시내에서 하룻밤을 자고 여행을 하자고 하였다. 공중전화로 정식 부부와 통화해서 허락을 구했다. 현정이 발길이 떨어지지 않았기 때문이었다.

애동을 자신의 사람으로 만들고 싶은 욕망이 갑자기 일어났다. 세계사적인 큰일을 앞으로 할 사람을 미리 내 사람으로 만들어야 하겠다는 것으로 몸과 마음이 꽉 차 있었다. 또한 애동을 놓치는 일이 생길까 봐 염려되었다. 현정의 이와 같은 고집을 애동은 꺾을 수 없다는 것을 알고 있었다.

터미널 근처에 1등급 관광호텔이 현정의 시야에 마침 들어왔다. 현정은 애동의 옆구리에 붙어 팔짱을 끼고 애동을 이끌어 호텔 로비로 향했다. 방에 잠시 짐을 두고, 로비에 키를 맡긴 후 두 사람은 저녁 무렵 시내 관광을 했으며, 저녁 식사를 겸해서 소주 1병을 나누어 마셨다.

애동은 소주 2잔이 주량의 전부였고, 반면 현정은 소주 1병

이상이 주량이었다. 현정이 소주 5잔, 애동은 3잔을 마셨는데, 애동의 얼굴은 이미 홍당무로 변해있었고, 팔짱을 낀 채로 호텔방으로 두 사람은 들어왔으며, 애동은 주량이 정량 초과 탓인지, 방에 들어옴과 동시에 침대에 널브려 엎어졌다. 현정은 애동의 겉옷과 양말을 벗겨서 옷장에 넣고 다시 반듯하게 뉘어놓고는 밖으로 나와 근처 약국에서 숙취 해소에 도움이 될 만한 드링크를 사 가지고 와서 애동을 반쯤 일으켜 드링크를 마시게 했다. 수건을 적셔서 얼굴과 머리를 정성스럽게 닦아주었다. 찬 수건으로 얼굴을 닦아주니 애동은 술이 조금 깨는 것 같았다.

다음은 상체를 모두 벗기고 애동의 몸 구석구석을 닦아주었고 이러한 행동으로 현정은 이마에 땀이 났으며, 술이 다 깨어버렸다. 현정은 겉옷을 모두 벗고 팬티와 브래지어 차림으로, 애동의 바지를 벗기고 팬티를 벗겨서 하체부분과 엉덩이를 물수건으로 닦아준 후 겉 이불을 살짝 덮어 준 후에 욕실로 들어가 샤워를 하면서, 오늘 첫날 밤 행사를 치르게 됨을 본인 스스로에게 다짐하며, 죽는 날까지 애동 한 사람만을 사랑할 것을 마음속 깊이 새겨보았다.

몸과 마음을 깨끗이 한 후에 알몸상태로 애동의 왼쪽 옆에 누웠고, 조명은 희미한 상태를 유지했다. 적지 않은 시간이 지나서인지, 아니면 술 깨는 드링크를 마셔서 인지는 모르겠지만, 애동이 침대에서 일어났다. 그제야 두 사람이 알몸상태인 것을 애동은 인식했으며, 두 사람은 침대에서 앉은 자세를 취하며, 애동이 현정에게 "결혼식 후에 첫날 밤 의식을 하려고 미루었는데 후회하지 않아?"라고 말하자 현정은 말 대신 고개를 끄덕이며 입맞춤을 하면서 애동을 넘어뜨리고 애동의 가슴 위에 나란히 누워 찐한 키스를 퍼부었다.

애동은 왼손은 현정의 등을 쓰다듬고 오른손으로는 현정의 궁둥이 여기저기를 쓰다듬으며, 책이나 영화의 장면을 머리에 연상하여 손 애무를 하였다. 현정의 혀가 애동의 입에서 나와 애동의 젖가슴을 애무하게 되자, 자연스럽게 애동의 양손은 현정의 젖가슴을 만졌다.

조금 밑으로 현정의 혀는 애동의 사타구니 쪽으로 향하며 애동의 물건을 입으로 빨기 시작하자, 애동은 옆으로 몸을 돌려 현정을 눕게 한 후에 애동의 입은 현정의 사타구니 깊은 곳으로 현정의 입은 애동의 물건으로, 머리와 다리가 뒤바뀐 자세를 취하였고, 두 사람은 초보인데도, 누가 가르쳐주지 않았지만 스스로 각자의 몸을 핥아 주고, 빨아주며 흥분을 극도로 이어 나갔다.

현정의 깊은 골짜기에는 샘물이 조금씩 나오고 있었다. 애동은 다시 얼굴을 나란히 하는 자세를 취하면서, 애동의 허벅지로 현정의 양다리를 벌리게 하고 현정의 무릎을 세우게 하는 동시에 아랫도리 물건을 현정의 사타구니 깊은 곳으로 세차게 밀어 넣었다.

현정은 "음"하는 소리와 동시에 "악"하는 비명 소리를 내었고, 처녀막이 손상되는 아픔도 잠시 애동의 궁둥이 방아질은 세차게 쿵덕쿵덕 찧고 있었다. 10여 분 방아질은 애동 물건의 사정과 끝이 났으며, 그 이전 애동의 입은 현정의 입, 귀, 목덜미, 젖가슴을 여러 번 헤집으며, 애무를 하였다.

애동과 현정은 숫총각, 숫처녀 그대로였다. 애동의 사정이 끝나도 입과 손은 현정의 몸 구석구석을 어루만지고 빨아주었다. 몸을 일으켜 현정의 옆에 누우면서 오른손으로 현정의 깊은 곳을 수건으로 닦아주려고 고개를 들어 현정의 깊은 곳을 보자 선홍색 빛깔의 피가 수건에 묻어나왔고, 침대 시트에도 제법 흥건히 묻어 있었다.

애동은 욕실로 가서 새 수건으로 현정의 아랫도리 여기저기를 깨끗이 닦아 준 후 현정에게 "사랑해"라고 귀에다 대고 말하였다. 현정의 눈가에는 눈물이 맺혀 있었고, 기쁨의 눈물과 아픔의 눈물이 뒤섞여 있었다. 애동은 다시 진한 키스와 젖가슴 애무를 하였다.

현정이 일어나서 침대 시트를 벗겨내고 홑이불을 대신 깔고는 두 사람이 동시에 욕실로 들어가 알몸상태의 몸을 살펴보았다. 애동은 건장한 남자 골격이었고, 현정의 몸은 가슴과 궁둥이는 약간 큰 편이고, 허리는 제법 잘록했다. 서로의 몸을 정성스럽게 닦아주었으며, 현정의 손이 애동의 물건에 닿자 다시 슬그머니 일어났다.

깨끗이 서로의 몸을 닦고는 욕실을 나와서 두 사람은 물을 컵에 부어서 성공적인 첫날밤 행사에 대해 건배를 하였다. 서로 의 알몸을 보는 것이 너무나 자연스럽게 느껴졌다.

현정은 아랫도리가 아파지는 것을 느꼈지만 입과 손으로 또 다시 애동을 만족시켜 주었다. 사정 후 30여 분 만에 재사정이 었으며, 현정은 사정한 정액을 자신의 얼굴에 발라보았다. 약간 비릿한 냄새가 나지만 그 향기가 너무나 좋았다.

애동은 현정에게 아픈 것이 어떠냐고 묻자 현정은 "괜찮아" 라고 하였다. 애동은 옷을 입고 호텔을 나와 약국에서 연고를 사가지고 와 현정의 깊은 곳에다 정성스럽게 발라주었다. 두 사람은 알몸상태로 이불을 덮고 애동의 팔베개에 현정은 누워 서 곤한 잠을 잤다.

그다음 날 눈을 떠니 아침 8시가 훌쩍 지나있었다. 침대에서 진한 키스와 손의 애무가 끝난 후에 두 사람은 샤워를 한 후 옷 을 입고 방을 정리한 후에 호텔을 나왔다.

현정은 애동의 부인처럼 행동하는 것이 매우 자연스러웠고 어른스러웠다. 아직 만 20세가 되지 않았지만, 첫날밤을 보낸 후여서 그런지 생기가 돌았으며, 의젓함 마저 있었다. 경주 시 내 관광을 하고 고속버스 편으로 서울로 향했다.

도착 후 종로 2가에서 잠시 쉬면서 현정이 어제의 첫날밤 행사를 비밀로 할 것을 애동에게 다짐을 받았다. 집에는 마침 아무도 없었고, 평상복을 갈아입은 후 간단히 포옹과 키스를 하고는, 각자의 방에서 시간을 보내는 중에 정인선 어머니가 시장을 보고 오는 것 같았다.

애동은 황급히 인사를 하고 시장바구니를 받아서 주방으로 향했고, 이 소리에 현정도 거실로 나와 인사를 했다. 저녁 시간에 큰오빠 유식만 제외하고 전 가족이 식탁에 모였다.

애동과 현정은 마산, 부산, 경주 얘기를 하였으며, 특히 석굴암에서의 동해 일출과 종조부 진관에게 들은 이야기 즉 애동의 조모 박혜순과 현정이 많이 닮은 점에 대해서 말하였으며, 진관의 한복 선물과 사진이 소포로 배달된 것도 얘기했다.

정식 부부는 딸 현정이 애동을 극진하게 대하는 것이 보통 인연이 아님을 짐작하게 되었다. 이제 대학 1년생이라고 믿기 어려울 정도로 조신하였으며, 애동에게 만큼은 항상 헌신적인 태도를 보였기에 더욱더 그렇게 느껴졌다.

박혜순의 환생 같은 느낌이라고 진관 종조부는 확실히 말하지 않았던가? 가회동 집에서의 애동은 두 여자로부터 많은 환대를 받으며 생활하였다.

73년 S대 입학식에 네 사람을 축하하기 위해 은식 부부, 세 분의 외숙과 누나, 부산의 정엽 부부, 박철재 부부, 춘천의 소연의 부모와 조부모까지 가회동으로 모였고, 이날 현정은 경주에서 선물 받은 한복을 입고 있었다. 은식은 진관 당숙으로부터 현정의 사진이 어머니 박혜순 모습과 매우 흡사하다는 내용을 이미 주지하고 있었다.

모든 사람은 현정의 한복 모습에 감탄사를 연발했다. 나이에 걸맞지 않은 모습으로 30대 후반 내지 40대 초반 사대부 명문 대가댁 마님 같은 풍모를 엿볼 수 있는 모습이었다.

이 모습을 보자, 은식은 엎드리면서 "어머님"하며, 눈물을 주르르 흘렸다. 태어나서 11개월 만에 사별한 그리운 어머니 박혜순 모습이었기 때문이다. 꿈에 가끔 본 그 모습이었다. 좌중은 모두 눈을 의심할 정도로 현정의 한복 입은 모습은 눈부실 정도로 단아하고 청초했다.

현정이 엎드려있는 은식에게 다가와서 은식의 머리를 품에 살포시 안고 등을 두드려주면서 양손으로 얼굴을 잡고 한복 소매로 은식의 눈물을 닦아 주었고, 그 모습은 마치 어미가 자식의 눈물을 닦아 주는 그러한 형상이었다.

"아버님 그만 우세요"라고 하는 현정의 눈에도 눈물이 글썽였으며, 애동도, 어머니 혜정도, 세 누나도 이 광경을 보면서 눈물을 흘렸다. 다른 이들도 숙연해졌다. 잠시 진정한 뒤에 은식이 자리에서 일어나 좌중을 둘러보면서 결례에 대한 인사를 하였다. 또한 애동과 현정은 오랜 옛적부터 인연의 끈으로 맺어져 있는 것 같다고 했으며, 천생연분 그 자체임을 강조했다.

현정이 평상복으로 재빨리 갈아입고 나왔고, 스무 살 앳된 대학 1년생 모습이었다. 한복 입었을 때와는 전혀 다른 모습이었다. 이와 같은 모습을 어떻게 이해해야 하는가? 현정의 두 모습에 모두 새삼 놀랐다.

정식 부부도 눈을 비비며, 조금 전 한복의 자태는 어디로 사라졌는지 꼭 마술 연기를 보는 듯했기 때문이다. 이제야 자신의 딸 모습이므로 안도하는 눈빛이었다. 한복 입은 현정의 모습은 전혀 다른 사람이었다. 경주에서 찍은 현정의 한복차림 사진을 모두 번갈아 보면서, 평상복의 현정모습과 비교해보는 해프닝이 벌어졌다.

가회동에 모여 있는 모두는 현정의 한복 사진에 압도당하는 느낌도 아울러 맛보았다. 당사자 현정도 놀랐으며, 지난 경주에서도 진관 종조부께서 "형수님"이라고 눈물을 보이지 않았던가! 현정은 "난 전생에 애동의 조모였나 봐"라는 느낌이 들었다. 그래서 유독 애동과 은식에 대해서는 각별하고 애틋한 마음이 항상 깃들었다.

가회동 모임이 끝나고 헤어질 무렵 은식과 정식은 단둘이 대화를 하였는데, 내년 또는 내후년에 두 사람 혼인 문제에 대해서 의견을 나누었다. 은식은 지금 당장 식을 올려도 무방하다는 생각이 들었기 때문이었다. 내년(74년) 겨울방학 때 결혼시키는 것으로 두 사람은 잠정 합의를 하고 금년 연말(결혼 1년 전)에 약혼식을 하는 것으로 의견일치를 보았다.

애동은 현정의 한복 입은 사진을 지갑에 항상 가지고 다녔다. 현정의 한복 사진이 수호천사의 사진이라고 경기고와 S대 절친들에게 소개했고, 그만큼 현정의 한복 입은 모습이 애동은 좋았다. 73년도 대학 3학년 때 애동이 행정고시를 패스하였으며, 졸업 시에는 사법고시를 합격하는 쪽으로 목표를 정했다. 현정의 막내 오빠 유수도 73년(대학 졸업반) 동시에 행정고시 합격하였고, 74년 1월에 중앙공무원교육원에 입교하였다.

74년 1월에 애동과 현정은 약혼식을 치렀고, 약혼 여행은 경주를 또 택했으며, 현정은 경주에 살았으면 하는 얘기를 자주 하곤 했다. 경주 시내 황룡사 절터 옆 한옥마을에서 특히 살고 싶어 했다. 옛날 그 장소가 조부 석대관의 집이 있었던 장소였음이 나중에 알게 되었다. 이 사실 또한 현정이 조모 박혜순의 환생임이 분명했다. 경주 시내를 유독 현정은 좋아했다.

일제 순사 때문에 석대관과 박혜순이 불국사 사하촌으로 반강제로 이주한 사실과 조모 박혜순이 부잣집 딸이라는 사실, 부부 금술이 너무 좋았으며, 이상하게도 아이가 없었음(대관 38세, 혜순 39세 때 은식 출산)에 대해서 속상해했다는 얘기도 진관 종조부 내외로부터 현정은 들은 바 있었다. 현정이 경주를 좋아하는 이유 또 하나는 박혁거세 왕릉과 석탈해 왕릉 두 곳 사이를 산책

하는 것을 너무나 좋아했기 때문이다.

석애동과 김현정은 몇 년 전 첫날밤 의식을 행한 그 호텔에 투숙하게 되었다. 두 사람은 옛일을 상기하면서 뜨거운 사랑을 나누었고, 부부관계는 항상 현정이 리드하였다.

약혼 전 가회동 집에서도 가끔 밀애를 나눈 적도 있었는데, 그때마다 현정이 주로 입과 손으로 애동을 만족하게 해주었다. 현정은 그것만으로 족했다.

경주 여행 때에는 현정은 한복 입는 것을 고집했다. 시내 성덕대왕신종 일명 '에밀레 종'을 관람하고 나오는데, 저쪽 맞은편에서 70세 이상 되어 보이는 노인 부부가 황급히 걸어와서 현정 앞에서 허리를 90도 숙이면서 인사를 했다. "아씨 마님, 문안 인사 올립니다."

애동과 현정은 의아해서 질문을 하자, "월성박씨 부잣집 딸 혜순의 모습이다"라고 말했다. 노부부는 옛날 소작농의 자식들이라고 소개했고, 근처 인근 마을 소작농 하였던 분들이 지금도 단아한 혜순 아씨 마님 얘기를 할 정도로 마을의 우상이었다고 했다.

마음씨 곱고 어려운 사람들에게 많은 것을 베풀어 준 은인이었기에, 박혜순을 기억한다고 했다. 대관에게 시집을 가서도 가끔 친정에 오면 어려운 이웃을 많이 도와주었다고 했다. 황룡사 절터 인근 마을에서는 "항아님"으로 칭송이 자자했다. 달나라 선녀님 모습을 연상케 하는 분으로 여겼기 때문이다.

두 노인은 한식 식당을 운영하고 있는데 식사 대접을 하고 싶다고 해서 두 사람은 노인들과 동행했다. 식사를 하고 있는 중에 식당 주인과 비슷한 연배의 사람들이 몰려와서 웅성거리며, 앞다투어 현정에게 깍듯한 예를 표했다. 혜순의 환생이라고 사람들은 믿고 있었고, 매우 많이 닮았다고 했다.

애동은 어처구니없는 지경이었으며, 또한 석대관의 손자인 애동에게도 대관의 모습이 연상된다고 하면서 결혼 축의금이라고 하며, 돈 봉투를 내밀었다. 석대관 조부도 마을 훈장을 하면서 많은 사람에게 존경을 받아 왔기 때문이다.

현정은 날아갈 것 같은 기분이었고, 반면 애동은 뒤죽박죽이 된 심산이었다. 조부모님께서 이곳 마을 사람들을 위해 많이 베푼 공덕을 손자가 받고 있으니 말이다.

식사 후 두 사람은 왕릉 관람을 위해 자리를 떴다. 동네 어른들은 다음에 다시 꼭 왕림하라고 애원하다시피 했다. 석탈해 왕릉 관람을 마치고 박혁거세 왕릉으로 향하고 있는데 조금 전처럼 몇 사람 노인들이 와서 인사를 하면서 "훈장 어른 손자가 오셨다"라는 기별을 받고 여기까지 뒤를 밟아 온 것이다. 미쳐 인사를 하지 못한 동네 어른들이었다. 현정을 보면서 할머니들은 연신 허리를 숙이면서 인사 후 현정의 손에 돈 봉투를 쥐여주었다.

157

경주의 약혼 여행은 60여 년 전의 과거 여행이 되고 말았다. 애동의 조부 석대관과 조모 박혜순이 환생해서 다시 경주를 방문한 것으로 되어 버렸다.

경주 시내 호텔에서 쉬고 있는데 누군가 노크를 했다. 경주박물관장이라는 분이 찾아왔고, 관장의 나이는 아버지 은식 나이 정도였다. 옛적에 석대관 조부님의 은혜로 박물관장 선친이 목숨을 구할 수 있었던 일이 있어서 은인의 손주님이 이곳 경주에 온 것을 알고 왔다면서, 과일 바구니에 양주 2병과 "축 결혼"이라고 쓰여 있는 돈 봉투가 함께 들어있었다. 되돌려 주려 했으나, 관장은 오늘 이렇게 자신이 잘살고 있는 것은 조부님 은덕이라고 하며 받지 않았다.

선친께서 눈을 감으면서 석대관 후손인 석은식에게 꼭 인사를 드리라고 유언을 하였다고 했다. 그래서 석은식을 몇 차례 찾아보았는데 찾질 못했는데, 오늘 이렇게 우연히 마을 사람들의 웅성거림을 듣고 석대관 후손께서 이곳 호텔에 머문다는 정보를 알고 찾아왔으며, 내일 경주 여행은 자신이 안내를 맡겠다고 했다. 내일 하루 휴가를 받았다고 했다.

옆에서 이를 지켜본 현정은 조부님 석대관이 훌륭한 인격자임을 알게 되었으며, 조모님 박혜순은 선녀와 같은 삶을 사신 분이었다고 느꼈다.

박물관장이 나가신 후 애동과 현정은 경주가 낯설지 않음을 느꼈으며, 조부모님의 체온이 경주 곳곳에 스며들어 있음을 알게 되었다. 신라가 천년을 지탱할 수 있었던 원동력은 단결력이라는 점도 느낄 수 있었다. 석대관과 박혜순의 삶이 매우 맑고 향기롭게 살았다는 방증이 되는 대목이었다.

현정이 양주를 따서 잔에 조금씩 따른 후 조부모님을 위해 건배하자고 제안했다. 애동은 특이한 술버릇이 있었는데, 소주나 맥주, 막걸리는 잘 마시지 못하는데 양주는 잘 마셨다. 소주 도수보다 훨씬 높은 양주를 소주량의 두 배를 마셔도 끄떡없는 해괴한 술버릇이었다.

현정은 소주를 주문해서 약간 마셨고, 애동은 양주를 두 잔 연거푸 마셔 취해보고 싶은 심정이었다. 할아버지가 38세, 할머니가 39세에 아버지 은식을 출산했다는 사실이 좋았다. 두 사람은 경주호텔에서의 약혼 첫날밤을 잘 해냈다.

그 이튿날 경주박물관장의 안내로 애동과 현정은 佛國寺 사하촌 진관 종조부께 약혼 인사차 방문하였고, 현정은 한복차림이었다. 현정의 걸음걸이와 말하는 본새, 자태 등이 진관의 눈에는 영락없는 혜순이라는 것을 느꼈다.

사하촌에서도 70세 이상 나이의 노인 두 사람이 현정에게 다가와서 "아씨마님"하고 허리를 90도 정도 숙이면서 깍듯이 인사를 했다. 이 노인 분도 조부모로부터 많은 은혜를 입은 모양이었다. 진관 할아버지가 노인에게 대관의 손자이고 약혼녀라고 소개하자 노인은 땅바닥에 무릎을 꿇으며, 큰절을 했다.

애동은 황망히 "노인장 어르신 왜 이러십니까"라고 하고 노인을 일으켜 세웠다. 노인은 울먹이며, "훈장 어른의 은혜가 생각이 난다"라고 하면서 애동의 손을 맞잡았다.

석대관 부부는 경주 시내에서 이곳으로 정착하여 많은 사람에게 도움을 주었다. 자식도 없고 해서 서당을 개설하여 무료로 어린이와 어른들까지 학문을 가르쳤으며, 소작농들에게 소작료도 조금만 받았다. 아버지 은식은 어릴 때 동네 사람들로부터 사랑을 많이 받고 자랐으며, 혜순이 병으로 젖을 먹이지 못하였고, 11개월 만에 세상을 하직하자, 동네 아낙네들이 서로서로 은식에게 젖을 물려주었으므로 튼튼하게 잘 자랄 수 있었다. 마을에는 은식의 유모가 예닐곱 명은 된다고 했다.

점심시간이 되자 사하촌에 사는 70대 이상 노인 모두가 애동과 현정에게 인사하기 위해 진관의 집으로 몰려왔다. 경주 시내에서 치른 홍역을 다시 치르게 되었다.

현정은 "호랑이는 죽어서 가죽을 남기고, 사람은 죽어서 이름을 남긴다"라는 속담 구절이 문득 떠올랐다. 시조부모님이 반세기 전에 행한 선업으로 인해서 그 손자가 복을 받았다.

경주 약혼 여행은 두 사람만의 오붓한 시간을 가질 수 있게 허락하질 않았다. 이와 같은 광경을 목격한 박물관장은 선친께서 석대관 훈장님은 너무나 훌륭하고, 존경스러운 분이셨다고 하신 말씀이 생각났다. 반세기가 지난 지금 그때의 일을 기억하고 답례를 한다는 것은 흔치 않은 일이기 때문이다.

박물관장은 "대한민국을 지탱하는 힘은 정이다"라고 결론지었다. 애동은 더 이상 경주 관광은 어려울 것이라고 판단해서, 박물관장에게 고속버스 정류장까지만 안내를 부탁하였다. 두 사람은 부산으로 향했고, 해운대 겨울 바닷가를 거닐면서, 경주의 일을 되뇌어 보았다.

현정은 생각하기를 애동이 조부 대관과 닮은 점이 많이 있다고 여겼으며, 조모 박혜순의 환생이라는 경주 여러분들의 말이 귓가에 맴돌았다. 지금 이 시각 이후 애동을 친손자처럼 대해야 하는가? 사실 이상한 점이 있었다. 현정 본인이 느끼기에 한복만 입으면 자신도 모르게 30대 후반 40대의 말과 행동이 불쑥 나오게 됨을 알았다. 또한 한복을 입으면 어떤 이유인지는 모르겠지만 애동의 머리를 품에 안고 싶은 생각과 머리를 쓰다듬고 싶은 욕망이 매우 거세게 일기 때문이었다.

1917년 11월에 은식을 낳고, 1918년 10월에 별세한 박혜순의 사망 시 연령은 40세였다. 혜순의 넋은 은식과 애동에게 미안한 감정을 느낀다고 보아야 하겠다.

현정이 대학입학 축하 모임에서도 은식을 껴안아 주고 싶은 충동은 혜순의 영혼이 현정에게 빙의되었다고 볼 수 있다. 빙의에 관한 의학적 연구 보고서가 많이 나와 있으며, 자연재해가 많은 일본에서는 빙의에 관한 연구가 활발히 진행되고 있다.

현정은 대학에 진학해서 '혜순의 환생' 문제로 도서관에서 '빙의, 환생, 인연' 등에 관한 서적을 많이 읽어 보았다. 현정은 혜순의 환생까지는 아닐지 몰라도 본인이 한복을 입으면 혜순의 영혼이 빙의됨을 어느 정도 인정하게 되었다.

그래서 해운대에서의 밤은 현정이 애동을 매우 만족할 수 있도록 해 주었다. 여인은 낮에는 현숙해야 하고, 밤에는 요부가 되는 것이 가장 바람직한 여인상이라고 하지 않았던가?

현정은 요부가 되어 애동을 흡족하게 해주었다. 새벽녘까지 두 사람은 관계하였던바, 애동은 낮 10시에나 기상을 하였다. 현정은 한복을 곱게 차려입고 애동이 깨어나기를 한창 바라보고 있으면서 너무나 행복감을 느꼈다.

어젯밤 사내로서의 강력함을 여러 차례 보여주고 깊은 잠을 자는 모습이 매우 아름답고 사랑스럽게 여겨졌기 때문이었다. 특히 힘든 일을 하고 쌔근쌔근 잘 자는 어린 자식을 바라보는 할머니의 마음으로 애동을 쳐다보고 있었기에 "행복은 이것이야"하는 쾌재가 저절로 나왔다.

대부분 현모양처의 경우 남편의 사정을 본인의 오르가슴을 맞추려고 애쓴다고 했다. 색주가의 여인들은 지신의 오르가슴만 신경을 쓰다 보니 한 남자만을 상대할 수가 없다. 색을 밝히는 여자들은 바람을 피울 수밖에 없다. 성관계도 상대방을 배려하면 자연히 맞추어지게 되는 것이기 때문이다.

애동이 잠에서 깨어나자, 현정은 알몸 상태의 애동을 감싸 안아 주었고, 이와 같은 행동을 현정은 매우 많이 하고 싶었다. 그러자 애동이 치마 밑으로 기어들어 가 현정의 팬티를 벗기고, 깊은 곳에 입을 대고 빨기 시작했다. 현정은 치마와 저고리 옷고름을 풀어서 애동이 하고자 하는 일을 쉽게 하도록 박자를 맞추어 주었다. 무엇이든지 주고 싶은 마음이 생겼기 때문이다.

서울 가회동 집에서 단둘만 있는 경우가 있으면, 애동은 "한 탕먹자"라는 은어를 사용하여, 낮에 관계하는 것을 좋아했다. 야간에는 단둘이 한방에 있는 일이 없었다.

샤워 후에 두 사람은 점심을 먹고, 마산으로 향했다. 애동은 아버지 은식에게 경주에서 일어난 애기를 하였다. "애동이 너는 할아버지를 많이 닮았다"라고 은식은 말했다. 처음으로 은식은 대관 조부님 애기를 애동에게 해주었다. 은식이 10살 때 대관이 별세하였으므로 몇 가지는 소상하게 기억하였으며, 마을 어른들과 진관 당숙에게 들은바 있는 석대관, 박혜순에 관한 애기를 애동에게 상세히 알려주었다.

은식은 경주 여행을 결혼 후에 한 번도 하지 않았다. 佛國寺 주지 스님께서 처가에만 전념하라는 당부의 말씀을 지금껏 따르고 있었다. 은식은 애동에게 "너도 이제는 가정을 꾸려야 하였기에 일러 준다"라고 했고, 또한 현정에게도 "애동이 어리광을 부려도 받아주라"라고 당부했다. 할머니 손에서 자란 탓인지 밤에 할머니 가슴을 만지고 자는 버릇이 초등학교 5학년까지 지속된 이야기도 하였다.

현정은 은식의 말을 듣고 보니, 애동이 유독 현정의 브래지어 밑으로 손을 넣어 시도 때도 없이 젖가슴 만지는 것을 특히 좋아한다는 것을 이해할 수 있었다. 가끔 등 뒤에서 허리 쪽에 손을 넣어 만지는 일이 다반사였다.

애동의 이와 같은 행동이 은식은 어리광이라고 표현했다. 어릴 때, 특이하게도 어머니 혜정의 젖가슴은 별로 만지는 일이 없었다고 했다. 애동이 초등학교 1, 2, 3학년 때는 학교 갔다 와서는 외할머니 이연화의 젖가슴 만지는 행위를 제일 먼저하고, 그다음 자기 일을 할 만큼 젖가슴 만지는 일에 익숙 되어있는 버릇이 있었다. 이연화는 애동의 이러한 행동이 엄마를 그리워하는 마음에서 비롯된 것으로 판단하여, 젖가슴 만지는 것에 대해서 참으로 안타깝게 여겼으므로 초등학교 5학년 때까지 지속되도록 그냥 내버려 두었다.

현정은 마산 부모님 집에서는 한복을 입지 않았다. 저녁 식사 후 서둘러 곡목 과수원집으로 향했고, 현정은 한복으로 갈아입고 애동의 외가 친척분 들게 인사를 드렸다. 과수원집에 단둘만이 있게 되자, 한복 입은 현정을 애동은 등에 업고 집 마당과 과수원 나무 사이를 헤집고 다녔다.

애동의 뇌리에 외할머니 이연화를 등에 업고 있다는 생각이 미치자 자신도 모르게 눈물이 핑 돌았다. 어머니를 대신해서 20여 년간 보살펴 주신 은혜에 보답할 길이 없기 때문이었다.

그래서 애동이 현정에게 "외할매, 내가 업으니 기분 좋아요?"라고 큰 소리로 말하자, 현정도 애동의 마음을 읽고는 "우리 손주 많이 컸네! 외할매도 업을 줄 알고"라고 하며 맞장구를 쳐주었다.

애동은 꽤 많은 시간 동안 한복 입은 현정을 업고 과수원 여기저기를 다녔다. 겨울인데도 등이 땀에 흠뻑 젖어서, 두 사람은 샤워를 하였다.

애동이 부산으로 전학 가기 직전에 예쁜 색시랑 이곳에서 외할아버지, 외할머니 모시고 과수원 농사나 짓고 평범하게 살아보았으면 했던 옛 기억이 떠올랐다. 부모님과 헤어져 살았는데, 또 외조부모와 떨어져 객지 생활하게 되는 외로움이 밀려와 그러한 상념이 만들어졌다.

애동이 샤워를 마치고 방에 들어와서 현정에게 옛날 전학 가기 직전의 심경에 대해서 말해주었다. 순간 현정은 알몸상태로 침대에 앉아있는 애동을 감싸 안아 주었고, 강한 남자 애동이 이렇게 외로움으로 가득 차서 내뱉는 말에 울컥하는 연민이 떠올라 가슴 한쪽이 아려 옴을 느꼈다.

그래서인지 현정의 팔에 힘이 들어감으로써 애동의 얼굴이 현정의 가슴에 꽉 끼게 되므로 애동이 "꽥" 하고 외마디 소리를 지르자, 현정이 안았던 자세를 해제하니, 애동이 현정의 젖가슴을 양손으로 잡고 입으로 양쪽을 번갈아 가며, 아기가 젖을 먹듯이 빨고 또 빨기를 반복했다.

애동이 생후 100일 때부터 이연화의 손에서 분유를 먹고 자랐는데, 가끔 할머니 빈 젖을 빨고 자란 연유로 유독 젖가슴 만지는 것과 젖꼭지 빠는 행위는 애동의 습관이 되어있었다.

현정은 시어머니 혜정에게 외할머니 빈 젖을 빨고 자란 얘기를 들었던 바가 생각났다. 애동은 젖가슴 만지기와 젖 빠는 행위를 그만두고 현정과 뜨거운 밤을 보냈다.

그 이후 현정은 집에 있을 경우에는 브래지어를 일절 착용하지 않았다. 항상 애동이 현정의 가슴을 빨고, 만지는 것을 쉽게 하기 위해서였다. 이처럼 현정은 애동에 대한 배려심이 많았다.

그다음 날 두 사람은 외조부모 묘소를 참배하였다. 애동은 두 분에게 마음속으로 외쳤고, 길러주신 은혜를 결단코 잊지 않으며, 또한 눈물을 보이지 않기로 굳게 맹세했으며, 현정만을 사랑하겠노라고 다짐했다.

애동과 현정은 주남저수지와 산남저수지 뚝방길에서 겨울 철새인 청둥오리 때의 군무를 감상하였고, 아울러 저 멀리 지평선이 보이는 김해평야도 바라보았다.

철새의 활동에 대한 사진 촬영을 하기 위해 겨울철 주남(산남)

저수지에는 제법 많은 사진작가가 찾아왔다. 애동과 한복 입은 현정을 기념사진으로 찍어 주겠다는 작가가 있어서, 그렇게 하라고 하며 다정한 포즈를 취해 주었다. 나중에 사진은 서울 주소로 보내달라고 하였다.

점심 식사 후 두 사람은 서울로 상경을 하였다. 가회동 집에 도착하여 정식 부부에게 큰절을 올렸다. 여행 기간에 현정의 방을 신혼 방으로 꾸며놓았고, 애동이 사용하던 방은 공부방으로 책상을 옮겨 놓았다.

약혼 여행 중에 현정이 대학 졸업식(77년 2월)까지 아이를 낳지 않기로 둘은 의견일치를 보았다. 현정은 경주 여행에서의 佛國寺 주지 스님과의 인연, 애동의 조부모에 대한 이야기를 전 가족에게 소상하게 말씀드렸다.

세 사람의 오빠는 애동의 조상이 그와 같이 훌륭한 분이었기에, 애동 또한 대단한 사람이라고 칭찬 일색이었고, "현정이는 일등신랑감을 만나서 좋겠다"라는 농담 반 진담 반으로 온 가족이 큰 소리로 웃었다.

정인선 어머니는 애동과 현정이 불교의 인연에 너무 심취한 점에 대해서는 서운해하였다. 현정을 독실한 가톨릭 신자로 이끌려고 하였는데, 이 점이 마음에 꺼림칙하게 느껴졌다.

유수는 매제가 자랑스러워서 애동의 손에다 입맞춤했다. 경주박물관장이 선물한 양주를 꺼내어 온 집안 식구들이 한 모금

씩 마셨다. 현정은 "부모님, 오빠들도 경주 여행을 하세요"라
고 권하며, 또한 성덕대왕 신종(에밀레 종)이 있는 주변 식당에서
70대 이상의 노인에게 "석대관, 박혜순의 함자를 말하면서 그
의 손자 석애동의 장인, 장모, 손위 처남이다"라고 하면 "밥값
이 공짜"라고 자신 있게 말하여서, 또 한바탕 웃음꽃이 피었다.
그리고 佛國寺 사하촌에서도 위와 같이 말하면 역시 밥값이 공
짜라고 말하자 또다시 크게 웃었다.

  큰오빠 유식은 작년에 결혼했으나, 제대로 된 신혼여행을 하
지 못했다. 그래서 현정의 말대로 다음 달(2월)에 경주로 신혼여
행을 하고 오기를 작정하였다. 정식은 여행 갔다오느라 피곤할
터이니 그만 쉬라고 했다.

  애동과 현정은 공부방을 먼저 찾았다. 나란히 배치되어 책상
을 서로 등지고 앉는 쪽으로 변경하였다. 공부하다가 피곤하면
서로 등도 주물러주고, 또한 애동이 등 뒤의 현정 가슴을 손쉽
게 만질 수 있도록 배려한 현정의 아이디어였다.

  74년도 1월, 2월은 꿈같은 시간의 연속이었다. 약혼한 두 사
람은 사실상 결혼한 부부대학생과 같았기 때문이었다. 애동은
어릴 때부터 염원인 젖가슴 만지는 일은 여한 없이 하였다. 침
실이나, 공부방, 아무도 없을 때 거실에서도 현정의 윗옷 속으
로 손만 넣으면 언제든지 만지고, 윗옷을 들어 올리면 입으로
빨 수 있었기 때문이었다.

현정도 애동의 이러한 행동에서 매우 행복감을 느끼고 있었다. 보통 사람들은 쉽게 이해가 되지 않는 행동이었다. 현정은 이때가 아내의 심정이 아니라, 외조모 이연화의 입장에서 생각했기에, 사랑스러운 손주가 젖을 만지고, 빠는 행위가 '뭐, 대수인가?'라고 여기며 대견스럽게까지 여겼다.

현정이 애동에 대한 무한한 사랑의 발로가 아니었나 싶다. 에로스적인 사랑이 아니라, 아가페적인 사랑이랄까?

한집에 사는 막내 오빠 유수는 걸핏하면 "깨소금 냄새가 온 가회동을 진동한다"라고 웃으면서 농을 했다. 애동과 현정이 행복해하는 모습은 안국동 집에서도 알게 되었다.

"애동의 조상님 덕택에 천생연분의 표상이다"라고까지 주연, 주민, 주혜 세 자매는 말했다.

효자동의 최소연은 현정을 무척 부러워했다. 일등신랑감 애동, 큰오빠의 약혼녀는 이 세상을 다 가진 사람인 양 행복해 보였기 때문이었다. 현정은 경기여중 3총사 모임이나 여고 동창 모임 때는 꼭 한복 입기를 고집하였다.

한복 입은 현정은 30대 후반 어른이었고, 다른 여고 동창들은 스무 살 애들 같은 느낌이 들었으며, 친구들도 이점은 100% 공감하고 있었다. 마냥 행복하게 보였기 때문이었다. 여중 3총사 모임 때는 주혜나 소연은 "큰오빠와 포옹한다"라고 하면서 애동의 품에 안기곤 했다. 오히려 현정이 오빠를 안아보라고 권할 정도였다. 이럴 때는 현정이 영락없이 조모 박혜순과 진배없었다.

이상스럽게도 현정은 애동의 이성에 대한 친밀감에 대해서는 일체의 질투가 나는 일이 없었기 때문이었다. 주혜가 소연에게 현정이 한복을 입게 되면 애동의 조모 박혜순으로 빙의됨을 일러주었다. "친손주가 이성 친구 만나 포옹하는 것은 자연스러운 일이다"는 현정의 반응이었다.

한복이라는 복장의 힘이 조선시대 사대부가의 정실은 여럿의 첩실이 있어도 질투하지 않는 예법에 기인한 것이 아닐까? 한복이 아닌 다른 복장을 하고 있을 때는 약간의 서운한 느낌도 들었다. 경기여고 동창생들은 현정을 '선녀'라는 별명으로 불렀다. 그리고 한복 입은 현정의 모습은 선녀와 흡사했다. 날개 겉옷만 어깨에 걸치면 하늘에서 하강한 선녀의 자태가 현정에게서 뿜어 나오기 때문이었다.

경주 노인들이 "항아님"이라고 했던 말이 기억이 났다. 선녀 현정은 만약에 애동이 바람피우는 행위를 하는 경우가 있어도 이해하고 용서할 것 같다는 생각도 들었기 때문이었다. 또한 현정은 애동이 바람을 피울 수 없도록 스스로가 애동에게 최선을 다하면 된다는 확실한 자신감이 있었다. 낮에는 현모양처, 밤에는 요부가 되면, 애동은 절대 바람을 피울 수가 없다는 생각이 현정의 머리에 꽉 찼다. "남자가 바람을 피우고 안 피우고는 여자하기 나름이다"라고 현정은 결론지었다.

2월이 끝나는 어떤 날 오후 가회동 집에는 두 사람만 있었다. 현정은 애동의 바람기 여부를 테스트해보기로 작정했다. 주민 사촌 언니에 대한 이성적인 감정 즉 짝사랑에 대한 애동의 느낌과 감정을 확인해 보면 되겠다고 생각했다.

애동을 침실로 안내해서 다음과 같은 질문을 던져 보았다. "애동 오빠, 만약에 주민 언니의 남편인 황종수가 죽고, 나 또한 불가항력적인 천재지변으로 죽고 주민 언니와 애동 오빠 단둘만이 이 지상에 남겨진다면 어떻게 처신할 거예요?"

애동은 피식 웃으면서 조용히 현정을 안고 입막음 키스를 했다. 현정이 애동을 밀치면서 "왜 말이 없어"라고 질문에 답을 요구했다. 이번에는 애동이 현정을 번쩍 들어서 침대에 눕혀놓고, 현정의 옷을 벗겨 알몸을 만든 후에 젖가슴 애무를 한참 하다가 고개를 들어 "말이 되는 소리나 하세요. 마님"이라고 하고, 애동 자신도 옷을 벗으며, 현정의 귓가에 "마님, 한탕 맛있게 먹자"라고 하면서 황홀한 오후의 정사를 시작하였다. 한동안 폭풍의 시간만이 찾아왔다.

애동은 현정의 오르가슴에 맞추어 사정한 후에 현정을 자기 몸 위로 포개어 올리면서 양손으로 얼굴을 잡고 눈을 마주치게 한 후 "다시는 얼토당토않은 얘기는 하지 마. 난 당신 외 다른 여자는 보이지도 않고, 볼 수도 없어"라고 단호히 말했다.

이 말에 현정은 자신의 어리석음이 부끄럽게 여겨졌다. 애동은 양손을 볼에서 내려 현정의 등을 쓰다듬어 주었다. 현정은 자기의 잘못을 뉘우치는 참회의 눈물을 흘렸다. 애동은 어깨에 눈물이 떨어지는 것을 느끼고는 "현정아 죽는 날까지 난 당신만을 사랑하게 될 운명을 타고난 남자야"라고 말하자 현정은 엉엉 소리 내어 울면서 행복한 자신의 감정에 어깨가 들썩거렸다.

그러자 애동은 자세를 역전시키면서, 침대 머리 쪽에 있는 휴지를 꺼내어 현정의 눈물을 닦아주고는 이어서 현정의 깊은 곳에 고인 물과 자신의 물건에 묻은 정액을 깨끗이 닦았다. 그리고 두 사람은 죽는 날까지 외도는 없을 것이라고 맹세했다.

정사 이후에는 현정은 애동이 여자 문제로 오해하거나, 의심하는 일은 결코 없었다. 두 사람은 알몸으로 샤워장으로 들어가 상대의 몸을 깨끗이 닦아주었다.

애동은 옛 여인의 쪽 찐 머리를 좋아했다. 그래서 현정은 앞 이마를 드러내놓고 단발머리 보다는 조금 길게 하며, 뒷머리는 묶는 모양으로 이마와 목덜미가 보이는 머리 형태를 늘 상 취했다. 평생 파마머리 모양은 하지 않기로 스스로 다짐했으며, 그 다짐대로 머리 스타일은 유지했다.

현정은 애동이 좋아하고, 괜찮다고 여길 수 있는 것만 스스로 찾아서 하게 되었으며, 의상도 긴치마를 즐겨 입었고, 몸에

착 달라붙는 옷은 기피 했으며, 화장도 거의 하지 않았고, 로션을 바르고, 립스틱은 연한 색깔만 하는 등 거의 민낯 수준으로 살았다. 타고난 피부미인으로 특별히 얼굴을 가꾸지 않아도 되었다.

의상도 한복이나, 원피스, 투피스 등을 주로 입었다. 집에서는 원피스에다 상의 겉옷 하나를 더 입은 차림을 주로 했으며, 브래지어는 절대로 착용하지 않았다. 외출 후 집에 들어오면 제일 먼저 하는 일이 브래지어를 벗는 일이었다. 이와 같은 의상 착용이나 화장에 대한 것은 현정 본인도 흡족했으며, 애동도 반겼다.

이러한 면까지도 두 사람은 이심전심으로 통하는 바가 많았다. 아마도 조모 박혜순의 영혼이 작용하였다고 보았다. 특히 애동이 즐겨 찾는 버릇인 젖가슴 만지는 일에는 현정이 가장 신경 쓰는 부분이었기 때문이었다.

큰오빠 유식이 경주 신혼여행을 다녀왔다. 현정의 말대로 나이 많은 노인 분들의 환대에 깜짝 놀랐다. 佛國寺 주지 스님께도 인사드리고 애동의 손위 큰 처남이라고 소개하자, 매우 반색하면서, 스님은 대관과 혜순이 살아생전 행한 선행은 佛國寺 사하촌의 전설이라는 말로 대변했고, 은식에 관한 이야기도 자세히 일러주었으며, 유식에게 천수경 한 권을 선물하고는 "의사로서 평생 사시게 될 때 도움이 될 것입니다"라고 하셨으며,

173

만일 어려운 일이 봉착되면 천수경 내용 중에 "신묘장구대다라니"를 일곱 번만 읽으시라고 당부 말씀도 했다.

저녁 식사 때 온 가족이 모인 자리에서 유식이 경주 여행에서 환대받은 사실을 얘기하였다. 유식은 한마디로 '경외심'이라고 표현했다. 경주 인심은 실로 넉넉함이라고 덧붙여 말하였다.

74년 3월 4학년 신학기가 시작되었다. 지난 10월에 S대 문리과 학생들이 유신반대 데모가 있었다. 이때 애동의 절친인 이재일과 안태호가 동참하게 되었는데, 재일은 학생회 간부로서 동참하고, 태호는 문리과 선배들의 강요로 동참하게 되었다. 두 사람은 경찰에 연행되어 조사받았으며, 유신반대 데모에 다시 가담하지 않는다는 각서를 쓴 후 훈방 조치 되었다. 경기고와 S대 절친인 송정섭은 선배들의 끈질긴 강요가 있었으나 동참치 않았다.

애동과 현정은 신학기를 맞이하여, 약혼 후 첫 등교를 위해 집을 일찍 나섰다. 현정은 애동의 팔짱을 끼고 연건동에 있는 S대 약대까지 동행하니 기분이 매우 좋았다. 창덕궁 앞을 지나 S대 병원 입구로 가는 길에서 약대 제약학과 동기생들과 조우하게 되었는데, "부럽다"라고 인사를 했다.

현정과 헤어진 애동은 S대 병원을 지나서 동숭동 캠퍼스에 들어서니, 송정섭과 안태호 두 사람이 애동을 기다리고 있었다.

"약혼식을 했으면서 초대도 하지 않느냐?"며 핀잔을 주었다.

서로 반갑게 인사한 후에 작년 10월 S대 문리과 학생들의 학생시위에 대해서 서로 의견을 나누게 되었는데, 태호는 애동에게 "차후는 데모에 가담치 않겠다"라고 말하며 악수를 청했다. "제발 태호야, 내 말대로 해"라고 하며 태호의 손을 잡아 주었다.

언제 저녁 시간 마련할 터이니 가회동 집을 방문하라고 한 후 문리과생 두 사람과 헤어졌다. 법학관에 다다르자 S대 절친인 이재일(경기고), 최민국(서울고), 박영조, 강현중(경복고), 김수철(경남고) 등 다섯 명이 애동을 기다리고 있어, 반갑게 인사를 나눈 후 애동은 이재일과 조금 떨어진 곳으로 이동하여, 유신반대 학생시위에 대해서 의견을 나누었다.

"재일아, 넌 학생회 간부이니만큼 주동은 가급적 회피하고 단순 가담만 해라"라고 신신당부하자, 재일도 공감한다고 하여 애동은 한숨 돌리게 되었다. 대학 졸업 후에도 정치활동은 얼마든지 할 수 있다고 하였다.

학생 정치활동에 대한 모순점을 애동은 지적했다. 한국 사회가 경력이나 이력 따위를 중요시하는 풍조도 잘못됐다고 하면서, 4.19학생 민주 의거 후, 학생시위는 반드시 학생 신분이라야만 야당에서 민주투사로 받아지는 풍토를 애동은 개탄하고 있었기 때문이다. 재일도 고시 공부를 하고 있었기에 애동은 충고했다.

점심시간에 법학과에 다니는 경기고 절친 김철규가 찾아왔다. 약혼 소식을 듣고 축하하기 위해 왔으며, 마침 법학과 2년 후배인 수한의 동생 수태가 철규에게 현정과 주혜에 관한 새로운 얘기를 많이 해주었기 때문이었다. 철규도 애동과 주혜가 코흘리개 어린 시절부터 좋아하는 사이로 알았는데, 애동이 현정과 약혼한 사실을 학기가 개강하여 수태로부터 들어서 알게 되었다. 애동은 경기고 5인방도 가회동 집에 초청하겠다면서 둘은 헤어졌다.

74년도 S대생에게는 10월 유신 반대운동에 동참하라는 정치적인 활동이 극도로 고조 되는 것이 요구되었다. 전년도 10월 문리과 대학생들의 데모로 야기된 유신반대에 따른 개헌 서명운동은 74년 4월 소위 민청학련(전국민주 청년학생 총연맹) 사건으로 엄청난 정치적 회오리바람이 불었다.

S대, K대, Y대 중심의 학생과 일부 야당 인사, 지식인, 종교계 등 많은 사람은 민주 헌정 회복 및 공화당 정부의 인권탄압(긴급조치권 발동)을 규탄하면서 100만 명 개헌 서명운동을 벌였다.

민청학련사건으로 1,024 명이 긴급 조치 위반으로 조사받았고, 이 중 180명은 구속되었고, 구속된 180명은 비상 군법회의에서 인혁당계 23명 중 8명은 사형을, 민청학련 주모자급은 사형 및 무기 징역을, 그 외는 징역 20년 내지 15년 형과 집행유

예 처분을 선고받았다.

사형 선고자 중 인혁당계 8명은 사형이 집행되었다. 사형 선고자 중 형집행정지로 이철(S대 사회학과 출신), 유인태, 김지하, 이현배 등 8명은 75년 2월 15일 대통령 특별 조치로 석방되기도 했다.

그 당시 민청학련사건으로 투옥된 사람은 윤보선 전 대통령, 김동길. 김찬국 교수, 지학순 천주교 주교, 장준하, 백기완, 함석헌, 박형규 목사 등 사회 지도급 인사도 많았다.

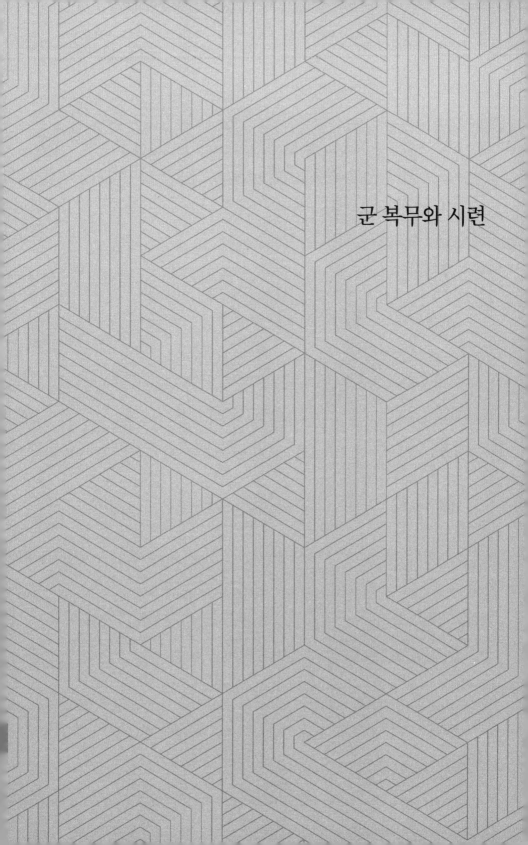

군 복무와 시련

애동의 대학 동기 중에서도 이철 선배와 가깝게 지낸 몇 사람은 조사받은 바 있었다. 애동은 이재일, 안태호, 송정섭, 김수철 등의 절친에게는 맨투맨 식으로 정치활동에 불참하도록, 이해 또는 설득하느라 바쁜 나날을 보낸 시간이 많았다.

대학 4학년 때 사법 고시를 패스하려고 했던 계획에 차질이 있을 수밖에 없었다. 그래도 사법고시 1차는 패스하였고, 2차 시험 준비를 위해 최선의 노력을 기울이었다. 현정과도 각방을 쓰면서까지 시험 공부를 했다. 시험 전날 밤 10시경 심한 복통이 시작되어 S대 병원 응급실로 후송되었다.

급성 맹장염으로 진단이 나와 시험 당일 맹장 절제 수술을 하게 되었다. 현정은 처음으로 불길한 예감이 들었고, 내년에 2차 사법 고시를 패스하면 된다고 스스로 위안도 하였다. 애동의 성격상 마음의 상처를 크게 받을 것으로 예상했기 때문이었다. 초등학교 어린 시절부터 지금까지 법관이 되는 것이 애동의 꿈이었기에, 그 기대에 대한 상실감이 클 것으로 느껴져서 현정의 가슴은 쓰라렸다.

수술 후 애동은 신체상의 안정은 찾았지만, 정신적으로는 상당한 충격을 받았다. 애동의 시험 불 응시에 대한 이재일, 안태호, 송정섭, 김수철 등 절친들은 병문안을 와서는 자신들의 잘못이라고 애동을 위로했다.

애동 자신도 'S대 법학과 진학 못한 것과 사법고시 2차 시험을 패스 못한 것은 본인의 운명(스님들의 예견)이 내재 되어, 자신을 고통 속으로 몰아넣는 것이 아닌가?'라는 일말의 불안감이 엄습해 옴을 느꼈다.

마산의 은식 부부도 장남의 입원 소식에 잰걸음으로 상경을 했다. 은식은 사법고시 2차 시험 불 응시에 대한 애동의 실망감이 지대할 것으로 여겨져 마음이 짠함을 느꼈다. 어젯밤 잠을 못 이룬 탓으로 고속버스에서 졸고 있는데, 꿈속에서 부친 대관이 나타나 "아들아, 너무 걱정하지 마라. 몇 년 후에 반드시 애동은 법관의 꿈을 이루게 된다"라고 하고는 환한 미소를 보냈다.

순간 은식은 "아버님"하며 잠을 깼다. 옆자리의 혜정이 놀라며 연유를 묻자, 은식은 꿈속에서 대관이 한 말을 혜정에게 들려주었다. 혜정은 아들 애동이 이 정도의 실패는 능히 극복할 수 있다고 생각했다.

S대 병원에서 애동을 간호하던 현정도 어젯밤을 뜬눈으로 지새운 탓인지 새벽에 애동의 침대에서 엎드려 잠이 들었다. 꿈속에서 한복을 곱게 차려입은 중년의 아리따운 여인이 환한 미소로 "애야, 걱정하지 말거라. 앞으로 수년 후에 고시 합격할 거다"라고 하면서 울고 있는 현정을 두 팔로 꼭 껴안아 주는 것이 아닌가! 순간 현정은 "할머니"하며 잠을 깼다.

조모 혜순이 꿈속에 나타나 자신을 위로하는 것이라고 생각하며, 애동을 쳐다보았다. 수술 후 마취에서 깨어나 고통을 호소하다, 곤히 잠든 애동의 모습에서 측은함이 깃들어서 살포시 일어나 애동의 이마에 뽀뽀하고는 잠시 기지개하여 저린 팔을 스트레칭하면서 병실 밖으로 나왔다.

병원 건물 창문에서는 방금 해가 떠올라서인지 연하고 가는 햇볕이 들어오고 있었다. 현정은 창가로 가 창문을 열고 햇볕을 양손으로 받아서 애동의 병실로 돌아와 햇볕 받은 양손을 애동의 얼굴에 발라주었다.

이런 행동을 몇 차례 반복하고 있는데, 정식과 유식이 맞은 편에서 큰오빠 유식이 "현정 아씨, 뭐 하나요?"라고 웃으면서 말했다. 애동에게 햇볕을 선물한다고 하니 두 사람과 동행한 많은 사람이 환하게 웃었다. 어젯밤의 긴장감이 다소 누그러지는 계기가 되었다, 두 사람은 수술 자국을 살피고 옆에 있는 간호사에게 뭔가를 지시했다. 현정도 약대 2년을 수료한 터라 고개를 끄덕였다.

회진 후 주혜, 소연, 주민 언니 세 사람이 문병을 왔다. 자는 애동을 현정은 세 사람에게 맡기고, 가회동 집으로 갔다. 간단히 샤워한 후에 경주에서 선물 받은 한복을 차려입고 다시 애동의 병실로 갔다.

현정이 손으로 애동의 이마를 집어면서 "이젠 기운 차려야지"라고 하자, "음"하면서 애동은 단잠을 푹 자고 일어난 사람처럼 눈을 떴다. 옆에 있던 세 사람이 조금 전 재잘거리는 소리도 하였는데, 깨지 않았던 애동이 한복 입은 현정의 손이 이마에 닿자 일어나니, 참으로 놀라울 따름이었다.

현정이 통증을 묻자 "괜찮다"라고 답변했다. 현정은 해 뜰 무렵 조모 박혜순이 꿈에서 한 말을 기억하며, 꿈에서 한 얘기를 애동과 모두에게 해주면서 병 치료에만 전념하라고, 또다시 애동에게 주지시켰다.

오후 3시경 은식 부부가 도착했고, 아들을 위로한 후에 은식은 정식의 방에서 담소를 나누었으며, 그 시간 혜정과 인선은 병실 휴게실에서 얘기를 나누었다. 퇴원 후에 안정을 찾게 되면 결혼식에 관한 얘기였고, 애동이 사법고시 불 응시에 대한 치유책으로 결혼식을 선택했다.

그 시간 병실에는 경기고 절친과 S대 절친 등이 문병을 와 북새통을 이루었다. 한바탕 소란이 끝나고 다들 헤어졌고, 마산 부모님도 자리를 떴다.

밤에는 현정 혼자만 병실에 남게 되었는데, 애동이 현정에게 "실망하게 해서 미안"이라고 말하자, 현정은 전화위복의 계기로 생각하고 조급한 마음을 버렸으면 한다고 말하면서, 병실 문을 잠그고 조명을 희미하게 한 후 애동의 왼쪽 옆에 누었다.

애동이 가장 즐기는 젖가슴 만지기를 위해서 한복 치마를 동여맨 것을 풀어주는 행동도 동시에 했다. 애동은 겉저고리 밑으로 손을 넣어 젖꼭지와 가슴을 한참 동안 두 눈을 감고 만지면서, 할머니 젖가슴 만질 때처럼 모든 근심 걱정이 사라지고 평온한 느낌으로 잠이 들었다. 애동이 깊은 잠에 빠지자, 현정은 일어나 시트를 얼굴만 나오게 하고 덮어주었다.

75년도에는 애동이 S대 졸업식이 있었으며, 중앙공무원 연수원에 입교하기로 했다. 차후 사법고시에 도전키로 했다.

75년 1월 말경 애동과 현정은 결혼식을 올렸고, 신혼여행은 제주도로 2박 3일만 다녀왔다. 신혼집은 현정이 77년 초 대학 졸업 때까지 가회동에서 계속 살기로 했으며, 약혼 기간이 1년 이상 지속되고 부부관계도 계속하였으므로 결혼식은 명목상에 불과했다.

현정이 졸업 시까지 아이는 낳지 않기로 두 사람이 각오하였으므로 배란기 때에도 관계하되 콘돔을 사용하는 등 세심한 주의를 기울였다. 중앙공무원연수원 교육 수료와 동시에 애동은 서울시청 총무과로 발령받았다. 유수는 자청해서 부산시청으로 발령받았다.

76년도 가회동 집에는 정식 부부, 애동 부부만 살게 되었다. 3총사인 부산의 유태는 부산대를 졸업 후 부산수협에 취직하였으며, 막내 외숙 성문의 큰딸 김민혜와 열애 중이었고, 민혜는 부산약대 재학 중이었다.

육사 생도 박수한은 75년 3월 1일 육군 보병병과 소위로 임관 후 육군 보병학교에 초군반 교육 수료 후 75년 6월에 강원 화천 북방 최전방 소대장으로 재직하였다.

애동의 경기고 절친인 이수만은 공인회계사 자격취득과 동시에 한국은행에 재직하였고, 김철규는 75년도 사법고시에 합격하여 76년도 사법연수원에 교육 중이었고, 박재호는 공인회계사 시험에 합격하여 회계 법인에 입사하였고, 경기고 학생회장 출신의 송정섭은 공화당에 입당하여 모 국회의원 보좌관으로 근무하였다.

S대 절친인 이재일, 박영조, 최민국, 강현중 네 사람은 행정고시에 패스하여 76년도 중앙공무원연수원 교육 중이었으며, 안태호는 행정고시 준비를, 김수철은 공인회계사 시험 준비를 하고 있었다.

76년도 마산 아버지 은식은 농협 중앙회 경남 지부장으로 자리를 옮겼으며, 어머니 혜정은 새마을 운동본부 경남지회장으로 승진 근무하고 있었다. 부산의 세 누나 진희, 진영, 진수는 초등학교 및 중등 교사로 재직하며, 시집을 가서 부산에 살고 있었다.

세 분의 외숙, 첫째 성호는 부산여고 교감선생으로, 둘째 성률은 서울우유 기술 이사로, 막내 성문은 부산 중구에서 약국을 운영하였다. 유태의 아버지 정엽은 부산 상공회의소 회장으로 왕성한 활동을 했으며, 수한의 아버지 박철재는 부산 서면에 건물을 지어 건물 임대업과 제과점, 제과제빵학원을 운영하였다.

소연의 아버지 최성수는 춘천고 교감으로 재직했고, 소연의 어머니 윤정희는 서울 광화문에서 계속 약국을 운영했다. 주연과 주민은 시집을 갔으며, 주연은 전업주부로, 주민은 S대 음대 박사과정을 이수하고 있었다.

75년도 전반기 주말에는 전남 광주로 수태, 주혜, 소연 세 사람은 박수한 소위 면회를 이따금 다녀오기도 했다.

76년도 애동은 군대에 다녀오기로 결심하였다. 병무청에 확인한 결과 76년 8월에 입교하여 77년 6월에 소위 임관하는 기술 행정사관 후보생 3기 모집에 응하기로 했다. 고시 출신은 별도 선발시험은 면제되고 신체검사 및 체력검정만 합격하면 입교할 수 있다고 해서 지원하기로 했다.

총 교육 기간은 44주이며, 임관 기본 보병학교, 교육 20주 이수 후 병과 교육 24주 교육이었다. 소위 임관 후 3년의 의무복무만 마치면 된다고 했다. 병으로 군대 생활을 하는 것과 비교해보니 군 복무기간은 길지만 모든 기간은 공무원 근무 기간으로 합산할 수 있다고 하여서 장교로 군 생활을 마치는 것이 향후 인생에 있어서 도움이 될 것 같았다.

현정과 정식에게 자기 뜻을 전한 후에 동의를 구하자 쾌히 승낙했다. 마산의 부모님에게도 전화로 말씀드린 후 동의를 구하자 역시 흔쾌히 승낙하셨다.

한편 현정은 남편이 군대 가고자 하니, 행여나 하는 마음에서 자식을 만들어 놓는 것이 옳다는 생각이 들어서, 76년 4월 이후에는 생리 후 배란 기간을 맞추어서 부부관계를 하였다. 새벽 4시에서 5시까지 시간을 맞추어서 심신을 맑게 하며, 애동을 꼭 빼닮은 아들을 얻기 위해서 최선을 다하는 부부관계를 하였다.

특히 현정은 도서관에서 아들을 가질 수 있는 서적도 찾아서 읽었다. 가급적이면 현정 본인의 식단은 채식 위주로 했으며, 잠도 조금 일찍 자고 새벽에 기상해서는 찬물로 몸을 씻는 등 몸과 마음으로 정성을 기울였다.

6월에는 정기적으로 발생하는 생리가 없으므로 직감적으로 5월 중에 임신이 된 것으로 확인되어 6월 말경 S대 산부인과에서 검진한 결과 5월 임신이 확실하였다.

내년 77년 2월에는 애동과 현정의 2세를 볼 수 있을 것으로 예상되었다. 이 소식은 마산 부모님에게 전하였고, 시아버지 은식이 매우 기뻐하여 어찌할 바를 몰랐다. 왜냐하면 77년 11월 본인의 회갑연 때 외손주 말고, 친손주도 볼 수 있었기에 매우 기뻐했다.

임신한 현정은 대학 4학년 2학기 학교생활도 조심조심하였으며, 애동과의 부부관계도 멀리하면서 애동이 원하면 손과 입으로 대신해 주었다.

1976년 8월 중순 애동은 전남 광주 육군 보병학교에 입교하였다. 20주 보병학교 교육은 육체적으로 상당히 힘든 것이었다. 그래도 체력이 좋은 애동은 잘 견디었고, 교육 8주 후는 일요일 외출이 허락되어 아내 현정과 가족의 얼굴을 볼 수 있었고, 12주 이후에는 토요일 외박도 시행되었다.

76년 12월 31일 육군 보병학교 20주 교육을 이수하고, 서울 남한산성 밑에 있는 육군 종합행정학교에 와서 24주기간의 병과 교육을 받게 되었다.

77년도 현정의 S대 졸업 시에는 이미 만삭의 몸이었다. 애동은 종행교 학생연대장의 특별 배려로 외출을 허가받아 졸업식에 참석할 수 있었다.

현정은 77년 2월 22일 건강한 사내아이를 출산하였다. 은식은 석동현(昔棟賢)이라는 이름을 지었다. 애동과 현정의 이름을 한자씩 떼어내어서 지었고, 한자는 다르게 하였다.

대들보(용마루 마룻대)와 같은 현자로 세상을 살아가라는 뜻이 내포되어 있었다. 또한 태어난 동현이 종손으로서 석씨 가문의 대학자로 살아가기를 희망한다고 두 가족이 모두 모인 자리에서 설명하였다. 애동과 현정에게 동현(棟賢)을 대학자로 키워 달라는 무언의 메시지였다.

석대관이 고향 경주에서 서당 훈장으로 일생 살아 온 것이, 은식에게는 매우 존경스럽게 느껴졌으며, 증손자 때에는 학자로 살았으면 하는 소망이 내포되어 있었다. 현정도 매우 동감하는 눈치였고, 빙의된 혜순의 생각이었다.

혜순은 남편 대관에게 큰 짐을 지우고 떠났음이 매우 미안했기에, 저승에서도 은식과 애동을 보살피려고 최대한의 노력을 한다고 여겨졌다.

상경한 은식은 정식 부부에게 애동과 현정의 살림집을 한창 개발 중인 강남 압구정동 아파트로 했으면 하고 제안하였다. 서울은 앞으로 강남이 중심이 될 것으로 보았고, 애동의 둘째 외숙 성률과 정식의 큰아들 유식도 개발 중인 여의도에 살고자 하는 얘기를 들은 바 있었고, 부산의 동생 정엽도 안국동 집을 여의도 쪽으로 옮겨 가겠다고 한 적이 있었다.

정식은 가회동 집을 떠날 수 없다고 하였으며, 세 아들은 내

보내더라도 딸 현정과 사위 애동은 함께 살고 싶다는 것을 은
식에게 말하며, 애동을 사위로 생각한 적은 결단코 없고, 아들
로 쭉 대해 왔다고 말했다.

은식은 압구정동 아파트를 분양받은 후 애동 명의로 하여 임
대하는 것으로 절충을 보았다. 상당 기간 가회동 집에서 애동
과 현정, 동현은 살 수밖에 없었다.

애동의 육군 종합행정학교 교육은 부관(현 인사행정)병과 장교
로서 육군 내에서 행해지는 인사, 행정 업무 전반에 관한 실무
위주의 교육이었다. 대학(행정학과)과 공무원(서울시 총무과 사무관) 직
책에서 배우고, 실제로 해왔던 것도 제법 많이 포함되어 있어
서 손쉬운 교육 이수였다.

애동은 3월 이후 매주 외박 시에는 가회동 집에서 정식 부부
와 현정, 동현을 위해서 자신이 해야 할 일은 찾아서 행하였다.

8개월 동안에 아내 현정은 홀로 S대 약대 4학년 2학기 수료
와 졸업 논문 준비, 동현의 출산과 육아, S대 약대 대학원 입학
과 대학원 과정 이수 등으로 매우 바쁜 나날을 보내고 있었다.

77년 4월 교육 중 토요일 외박 시 애동은 아내 현정에 대해
서 곰곰이 생각해 보았다. 처음 부산 정엽의 집에서 현정이 초
등학교 3학년 여름방학 때부터 줄곧 보아왔던 모습이 연상 되
었다. 주혜가 현정에게 애동을 처음 소개했는데, "애동 큰오빠
인데 미래에 내 낭군님이 될 거야. 니도 잘 해야 된다"라고 현

정으로 하여금 애동에게 인사하도록 했다.

애동이 보니, 주혜보다 신장이 크고, 얼굴은 희고 갸름했으며, 눈은 빤짝이었고, 몸집은 어깨가 넓었고, 엉덩이는 약간 컸고, 허리는 잘록했고, 머리는 뒤로 묶었다. 전통 동양 미인형이었다. 특히 10살 나이에 비해서 조숙한 느낌이었고, 주혜보다는 6개월 언니가 아니라 3살 정도의 언니로 여겨졌다. 서울 깍쟁이처럼 꾸벅 인사만 할 뿐 말이 없었다. 그래서 애동이 "처음 보면 악수해야지"라고 하며 현정 얼굴 앞으로 손을 내밀자, 그때야 애동을 쳐다보며 "김현정입니다"라고 인사하며, 애동의 손을 잡았다.

순간 애동은 10살 어린이 손이 아니라, 13살 애동 자신보다 9살 많은 둘째 진영 누나 손과 비슷한 느낌을 받았다. 손이 매우 따뜻하고, 포근함을 느꼈기 때문이었다. 처음 만난 현정의 손에서 이상한 감정을 가졌다.

그 이후 매사에 현정은 애동에게 절대 순종, 모든 것을 주려고만 했지, 그 무엇을 해 달라고 요구하는 일이 한 번도 없었으며, 딱 한 번 현정이 대학 입학 후 교제 허락으로 경주 조부모님 묘소 참배로 경주 여행 시 하룻밤 머물다가 상경하자는 것이었다.

13여 년의 긴 시간, 애동은 현정으로 받기만 했지, 준 것은 없었다는 사실을 이제야 깨닫게 되었다. 저녁을 먹은 후 애동

192

은 현정에게 외출준비를 하라고 하면서, 동현은 장모 정인선에게 맡겼다.

석동현은 모유와 분유 두 가지를 잘 먹는 특이한 아이였다. 현정은 애동의 팔짱을 끼고 집 밖에 나오자마자 "동현 아빠, 왜 그래?"라고 물었다. 평소와 다른 남편의 모습을 느꼈기 때문이었다. 애동은 묵묵히 걸어가며 "현정 마님, 소인만 따르세요"라고 하며 빙긋이 웃었다.

집 앞 도로에서 택시를 세우고는 남산으로 가자고 했다. 75년 8월 완공된 남산타워 전망대로 애동은 현정을 데리고 가서, 주스를 주문한 후 탁자 위로 손을 뻗어서 현정의 두 손을 끌어올려 두 손을 감싸 쥐고는 현정을 빤히 쳐다보면서 "현정아! 나의 아내로만 아니, 그림자로 쭉 살아왔는데, 앞으로 현정 자신을 위해 살고, 이 오빠에게 투정도 하고, 뭘 해달라고 요구도 해. 응석도 부리고, 화가 나면 화풀이 같은 것도 하면서 살아"라고 말하며 굳은 표정으로 애동은 현정을 바라보았다.

이 말을 들은 현정은 "오빠, 아니야! 난 운명적으로 오빠의 그림자로만 살아야 해. 그리고 이와 같은 나의 삶이 매우 행복하고, 마음이 너무나 편해! 어떤 땐 짜증이 난 적이 있지만, 불과 몇 초 사이로 '그러면 안 돼!'라는 생각이 불현듯이 일어나 마음을 되돌리곤 한 적도 있어. 오빠 마음 다 알아. 오빠의 미안함 그 생각 하나만으로 난 충분해"하고 하였다.

선녀가 따로 없고, 불평불만 따위 "김현정"이라는 정숙한 여인에게는 필요가 없는 단어이기 때문이다. 애동은 잡은 손을 아플 정도로 꼭 쥐며, 재차 "제발 현정아! 나에게 투정 좀 부려봐!"라고 하였다.

그러나 현정은 빙긋이 웃으면서 "동현 아빠, 난 절대로 그럴수 없어"라고 하며 용을 쓰며 잡은 손을 헤치고 빼냈다. 사람의 타고난 성품은 쉽게 고쳐지지 않는 법이다.

특히 현정은 어릴 때 주혜의 끈질긴 애동에 대한 구애를 보면서, '난 저렇게는 안 할 거야'라는 마음과 교제 허락 시간에 받은 먼 장래의 예시, 조모 박혜순의 빙의 등으로, 남편 애동의 머리에서 발끝까지의 모습은 사랑스러움으로 가득 차 있었고, 간혹 남편의 방귀 냄새까지 향기로움을 느끼는 여자이며, 현정의 눈에는 애동이 저만치 다가오면, 빛나는 광채가 오는 기분이 들었기에 열 번 죽었다 깨어나도 애동의 그림자, 선녀로서만 살겠다는 마음은 변할 수 없음을 본인 스스로 알고 있었다.

부부란 같은 방향으로 함께 보고, 생각하고, 느끼며 살아가는 것이 가장 이상적이다.

또한 애동은 아내 현정이 자기 생각과 행동보다는 365일 애동의 생각과 행동에 맞춰 살려고 하는 그 마음이 한편으론 고맙지만, 부담스러울 때도 간혹 있었다. 밤에 부부관계도 임신했을 때의 현정은 애동을 기쁘게 하려고 입과 손을 사용했으며, 애동의 즐거움이 곧 자신의 행복이라고 여겼다. 애동의 손만 몸에 닿아도 전류에 감전된 것처럼 짜릿함을 느끼고 행복해하는 여자임으로, 다시는 현정 본인에 대한 배려와 신경 쓰는 것은 접어 두라고 했다. 애동은 집으로 돌아오면서 현정에게 실망하게 하지 않는 남편이 되고자 최선을 다해야 함을 다짐했다.

그날 밤 출산 후 처음으로 부부관계 시 운우의 정을 만끽했다. 현정은 온몸으로 오르가슴을 느껴서 큰 소리를 지르고 싶었지만 참는 것이 역력했다. 유독 경주 여행 시만 오르가슴에서 오는 것을 큰 소리로 발산하기도 했고, 오래간만의 부부관계인지라 몇 차례로 이어졌다.

애동은 77년 6월 25일 육군 종합행정학교에서 육군 부관병과(현 인사 행정병과) 소위로 임관 했다. 임관식 행사에서 소위 계급장을 아내 현정과 아들 동현이 함께 애동의 왼쪽 어깨에 달아주었으며, 오른쪽 어깨 쪽 계급장은 은식 부부와 정식 부부 네사람이 달아 주었다.

많은 축하객이 와서 기념 촬영하였으며, 부산의 정엽 부부, 철재 부부, 소연의 부모 등 다섯 가족이 저녁을 함께하였다. 주혜와 소연은 장교가 된 애동에게 큰오빠 호칭 대신 "장교 오빠"로 호칭하여 웃음꽃이 피었다.

임관 휴가 기간 중 애동과 현정은 100일 지난 동현을 데리고 경주 대관, 혜순 묘소를 참배코자 佛國寺로 여행을 가게 되

195

었다. 저녁 무렵 경주역에 도착해 보니 부산시청에 근무하는 막내 오빠 유수와 전 경주박물관장 임철재 교수도 마중을 나와 있었다.

임철재 전 관장은 경주 모 대학 교수로 재직하고 있었다. 임교수는 몇 년 전에 제대로 여행 안내를 못한 것이 아쉬워했기에 이번에는 짬을 냈다. 불국사 인근 호텔에서 저녁 식사를 했으며, 명일 새벽 석굴암 일출을 본 후에 조부모 묘소를 참배하고자 했다.

경주에 처음 온 동현은 해맑게 웃으며 옹알이를 했다. 동현의 재롱은 호텔 직원들의 인기를 독차지하였다. 현정과 동현은 정든 고향 집에 온 마냥 즐거워하였고, 저녁 9시가 다가올 무렵 일찍 동현은 잠을 잤다.

현정은 매번 경주의 밤이 무척이나 설레고 흥분되는 것을 느꼈다. 서울, 부산, 창원과는 전혀 다른 그 무엇이 현정을 잡아당기는 기분이랄까! 혼전 첫날밤 행사를 치른 곳이 경주였던 것이 현정의 마음속에 깊이 자리하고 있었던바, 갑자기 몸이 후끈거리고, 달아오르는 감정이 솟구쳤다. 현정이 먼저 샤워를 하자고 애동의 손을 끌고 욕실로 향했다.

다음날 이른 새벽에 석굴암 일출을 보기 위해 호텔을 나섰다. 언제 보아도 황홀한 동해의 일출은 장관 그대로이며 아들 동현도 떠오르는 해를 보며 양손을 치켜들며, 무어라 소리를 지르며 무척 마음에 들어 하는 것 같았다. 동해의 태양은 세 사람을 환하게 맞이하는 미소처럼 반겼다. 임 교수도 숱하게 석굴암에서 일출을 보아 왔지만, 오늘과 같은 장관은 본 적이 없었다고 애동에게 설명했다.

일출 관람 후 천천히 조부모 묘소로 내려왔다. 진관 종조부께서 누군가에게 벌초를 부탁해서인지 묘소는 깔끔하게 정리되어 있었다. 애동은 가방에서 초와 향, 과일, 술(청주), 컵 등을 꺼냈다. 초와 향을 피워 묘소 앞에 놓으려고 하는데 현정의 품에 있는 동현이 엄마 품에서 내려오려고 발버둥을 쳤다. 향을 집고자 하므로 현정이 동현이 증조부모 묘소에 향을 바치도록 도와주고는 애동과 현정, 임 교수 모두 참배하였다.

그때 산비둘기의 무리가 묘소 인근 소나무에 내려앉으며, "구구" 소리를 내자 동현은 양손을 흔들며 화답했다. 임 교수와 동행해서 진관 종조부께 인사 여쭙고는 경주 남산으로 자리를 떴다.

경주 남산에 여기저기 산재 되어 있는 불교 유적지를 관람한 후에 마산으로 향했다. 부산에서 세 누나와 매형, 막내 기동도 마산 부모님 집에 와 있었고, 인사 후 창원 동면 과수원집에 저녁 무렵에 도착했다.

부산의 유태와 민혜가 저녁 식사를 하는 중에 도착하여 함께 식사했다. 유태는 체격조건 미달과 독자 사유로 군 복무를 방위 근무 18개월로 대체해서 마쳤으며, 민혜는 부산약대 졸업 후 모 대학병원 약사로 근무하고 있었고, 내년(78년) 1월경 결혼식을 할 예정으로 지난 5월에 약혼식을 마쳤다.

며칠 후에 애동이 강원도 최전방에 배치되어 간다는 소식에 유태와 민혜는 부산에서 창원 곡목 과수원집까지 달려왔고 과수원 내에 있는 외조부모 묘소 참배는 야간에도 할 수 있었다. 동현이 경주에서처럼 향을 집어서 묘소에 놓았다. 그다음 날 바로 서울로 향했다.

저녁 식사 후 애동과 현정은 동숭동 마로니에 공원을 찾았다. 내일 청량리역에 집결해서 춘천을 거쳐서 화천 칠성 부대로 가서 3년의 군 장교 의무복무기간을 해야 했다. 애동이 현정에게 처음으로 좋아한다고 고백한 곳이 마로니에 공원이며, 현정이 여고 2학년 때였다. 그 일을 회상하면 지금도 가슴이 콩닥거리는 것을 맛보게 된다.

77년 6월 말경 애동은 칠성 부대에 전입신고를 하고 자대 보충 교육 2주를 사단 보충중대에서 받고 있었는데, 7월 초 1주차 교육 수료 토요일 절친 박수한 중위가 찾아왔다. 두 사람은 감격의 포옹을 했다.

박수한의 여친 최소연은 77년 S대 졸업과 동시에 일본 동경대에 석사과정 유학을 떠났고, 가끔 편지로써 서로의 외로움을 달래고 있었으며, 소연의 외가는 일본에 있으므로 해서 일본 유학을 하게 되었다. 소연이 79년 석사학위를 받으면 결혼하기로 두 사람은 언약했다.

수한도 78년도 대위 진급을 하게 되면 고등군사반(OAC)을 수료하고는, 중대장 보직까지 최전방 부대에서 하고자 하여, 소연의 사진 보는 것이 유일한 낙이 되어버렸다. 이때 절친이자 3총사 리더인 애동이 한 사단에 배속받아 오는 것이 얼마나 기쁨인지 말할 나위가 없었다. 또한 1주 후부터는 매일 애동과 수한은 볼 수 있기에 이루 말할 수 없이 기뻤다. 수한은 사단 상황실에 최전방 연대 연락장교로 파견되어 근무 중이었다.

수한의 동생 수태는 77년 졸업과 동시 사법고시 시험 준비 중이며, 막내 수호는 부산공대 기계공학과 2년생으로 가끔 방학 때 철재 부부와 함께 수한을 면회하곤 했다.

2주간의 사단 실무교육을 이수하고 애동은 칠성 부대 부관참모부 인사과 인사 처리 장교로 77년 7월부터 근무를 시작하였다. 사단사령부 독신자 장교 숙소는 사단사령부 영내에 있었다. 박수한 중위 옆방에 애동의 방을 배정받았다.

애동은 현정과 동현이 보고 싶을 때 사단 군사우체국에서 전화 통화로 대신 하였다. 8월 중순 토요일 정식 부부와 현정과 동현이 화천 칠성 부대로 애동을 보기 위해 왔다.

화천댐의 파로호로 가족들을 안내해서 호수를 구경시켜 드리고, 아울러 6.25 한국전쟁 시 화천발전소 사수를 위해 치열

한 전투 상황에 대해서도 설명해 주었고, 중공군 3개 군이 섬멸되어 피바다를 이룰 정도로 한국군의 혁혁한 전공도 설명하면서 파로호의 명칭도 오랑캐를 격멸한 것이라고 덧붙여서 설명하였다.

2개월여 만에 본 동현도 잘 자라고 있었다. 9월 이후부터는 월 1회 정도 애동이 가회동 집으로 갈 수 있다고 하면서, 먼 곳까지 오지 말라고 당부했다. 애동은 현정에게 미안한 생각이 많이 들었다.

77년 11월 14일 은식의 회갑연은 창원 곡목 과수원집에서 행하게 되어 이때는 애동이 휴가를 얻었다. 5일 후 11월 19일은 애동의 생일이기도 했다. 은식은 감회가 남달랐고, 장인어른 김규현이 무척 그리워짐이 느껴졌기 때문이었다. 은식은 농협중앙회 경남지부장 직을 후배에게 물려주고, 새마을금고연합회 경남지회장 직을 맡고 있었다.

혜정은 계속해서 새마을 운동본부 경남지회장직을 하고 있었다. 아울러 혜정은 민주 공화당에 입당하게 되었다.

은식은 유정회 국회의원으로 몇 차례 천거가 있었으나 고사하였고, 대신 혜정을 추천하였다. 그래서 혜정은 78년도 유신 2기 유정회 국회의원이 되었다.

은식의 회갑 잔칫날 경주에서 반가운 손님이 두 분이 왔다. 佛國寺 주지 스님과 전 경주 박물관장 임철재 교수가 오셨다.

가끔 서로 안부 전화를 주고받았다. 임 교수는 둘째 외숙 성률과는 대학 동기였다. 대학 졸업 후 공무원을 마친 뒤에는 현재 경주 모 대학 교수로 재직한다고 해서 무척 반가워하였다. 일전에 경주여행 시 애동이 아버지 은식의 근황을 알려주었다.

佛國寺 주지 스님은 은식, 애동, 동현으로 이어지는 석대관 후손이 번창함을 보고는 매우 흡족해 하셨다. 스님의 일반 가정방문은 이례적인 일이라고 스님 스스로 말씀하시면서, 그 간에 은식이 쌓아온 공덕에 대해서 칭찬을 아끼지 않으셨다. 또한 애동에 대해서도 군 복무를 잘 마칠 수 있도록 축수 발원하기 위해서 오셨으며, 모든 사람에게 앞으로 3년 후 매사에 조심하고, 국가적으로 큰 액난의 조짐이 있다는 당부의 말씀도 아울러 하였다.

잔치 후에는 가회동 식구만 곡목 과수원집에 남고 서울, 부산, 마산, 경주 등으로 헤어졌다. 현정이 하룻밤 여기에서 보내자고 하였기 때문에 정식의 승용차로 서울에서 와서 함께 상경하기 위해서였다. 동현을 정식 부부에게 맡기고 현정이 옛날 추억을 되살리며, 애동에게 자신을 업어달라고 하였다.

현정은 남편 등에 업혀서 애동에게 당부했고, 군 생활은 조심조심 또 조심하라고 말했다. 낮에 불국사 주지 스님이 하신 말씀이 생각나서 애동에게 예기치 못한 일이 발생할 것 같다는 느낌 때문이었다.

애동이 현정을 자세히 보니 약간 얼굴이 야위어져 있었다. 공부(석사과정)와 동현의 양육이 꽤 힘들어서 얼굴이 상해있었던 것으로 보였기에 마음이 아팠다.

현정은 남편 애동이 76년 8월 보병학교에 입교한 후부터 새벽기도를 집에서 매일 1시간 정도하고 있었고, 佛國寺 주지 스님이 주신 단주를 굴리면서 관세음보살을 염하고 있었다. 애동이 보병학교 교육 중에 위험한 일이 몇 차례 있었다. 전술훈련 중 교통사고와 산악훈련, 유격훈련 중에 전우 몇 사람이 크게 다치는 일이 있었다.

칠성 부대에서도 북괴군의 총기 사격 도발로 인한 교전, 지뢰 및 폭발물 사고, 태풍, 산사태, 훈련 중 안전사고, 교통사고 등이 빈번히 발생하여 전사 내지는 순직한 장병이 몇 명 있었다. 애동이 무탈한 것은 현정의 기도와 염려 덕이라고 생각하니 가슴이 찡하게 느껴졌다.

1시간여 동안 현정을 업고 다닌 뒤인지라 두 사람은 땀으로 흠뻑 젖어 있었다. 11월의 경남 창원 기온은 그리 내려가지 않기도 했다. 건물 안으로 들어가서 두 사람은 동시에 샤워를 했으며, 옛 생각이 저절로 났고, 모처럼 오붓한 시간을 두 사람은 즐겼다. 애동과 현정이 함께 있는 시간이 되면 아들 동현은 깊은 잠에 빠져버렸다.

헤어져 살다가 오랜만에 만나는 아빠, 엄마를 생각하는 동현의 행실이 기특하다고, 인선은 가끔 얘기하곤 했다. 지난 8월 이후 월 1회 내지는 2회 정도밖에 부부관계를 못 가졌으며, 애동의 나이 27세, 현정의 나이 24세로, 한창 좋은 시기에 군 복무를 하고 있으니 인선이 안타깝게 여겼다.

애동이 목이 말라 물을 먹으려고 새벽에 잠에서 깨어보니, 한복을 곱게 차려입은 현정이 기도하고 있었다. 하강한 선녀의 자태가 느껴졌다. 현정은 일구월심으로 애동에게 향한 그 마음이 엿보였으며, 지극정성 그 자체로 행하고 있었다. 애동은 눈물이 핑 돌았고, 목을 축이고 현정의 기도가 끝나기를 기다렸다.

은식의 회갑연 후 닷새 뒤에는 애동의 생일(11월 19일)이었다. 5일간의 휴가로 애동의 생일상은 내일 상경해서 모레 아침에 미리 당겨서 차려지게 되었다.

재래의 풍습에는 같은 달 부모 생일과 자식 생일이 겹치게 되면 자식의 생일이 부모의 생일보다 먼저인 경우 자식의 생일상은 부모의 생일상과 같이 행하는 경우가 있었다. 그래서 애동의 생일이 은식의 생일보다 늦은 것이 다행이었다.

애동은 5일간이라는 많은 시간을 가족과 함께 지낼 수 있어서 매우 좋았다. 직업 군인들의 경우 잦은 이사와 파견근무 등 가족과 헤어져서 생활하는 고충을 이해할 수 있는 계기로 받아들여졌다. 애동은 11월 17일 칠성 부대에 복귀하였다.

77년도 말과 78년도 초에는 좋은 소식이 많이 발생하였다. 부산 남일 초등학교 3총사 중 1명인 유태와 외사촌 동생 민혜의 결혼식이 2월 첫째 토요일 부산에서 이루어졌으며, 애동과 수한은 결혼식에 참석하였다. 애동은 휴가를, 수한은 고등군사반 입교 차 휴가 기간 중이었다. 수한은 둘째 주 월요일부터 5개월간의 고군반(OAC) 교육을 광주육군 보병학교에서 받게 되어있었다.

주혜는 행정고시에, 수태는 사법고시에 각각 합격하였다. 경기고 절친 송정섭은 행정고시에 합격했다. 정섭은 1년 전 공화당을 탈당하여 고시 준비에 최선을 다한 결과였으며, 연수원 수료 후 문공부에 근무하는 것을 희망하였다.

절친 안태호는 중앙공무원 연수원에 77년에 입교했고, 김수철은 공인회계사 자격을 취득하였다. 경기여중 3총사인 소연도 방학 중이라 결혼식에 참석했다. 남일 초등교 3총사와 경기여중 3총사가 유태의 결혼식을 계기로 모이게 되었다.

중식 후 아들 동현은 부산 정엽의 집에 있는 인선에게 맡기고, 애동 부부, 수한과 소연, 주혜와 수태 등 6명은 창원 동면 곡목 과수원집으로 가서 주남저수지와 산남저수지 겨울 철새인 청둥오리 때의 군무를 관람하고자 이동하였다. 주혜와 수태의 고시 패스 기념, 수한과 소연의 78년 8월 약혼 축하, 동현의 첫돌 기념 등을 자축하는 파티가 벌어졌다.

술을 몇 잔씩 하게 되자, 옛 얘기로 꽃을 피웠다. 특히 현정, 소연, 주혜 세 사람의 경기여중 2년부터 S대 입학 시까지 애동의 과외지도에 대한 고마움이 주된 이슈로 떠올랐다.

그 순간 주혜와 소연이 동시에 합창하듯이 "동현 엄마! 큰오빠 한번 안아본다"라고 하며 현정의 동의를 구했다. 현정은 옛 생각을 회상하며 큰 소리로 "좀 뜨겁게 포옹해 봐"라고 말하니 좌중은 웃음바다가 되었다.

두 사람은 먼저 안는 순서를 정하기 위해 가위바위보로 결정하기로 하고 가위바위보를 했는데, 7번이나 무승부를 기록했다. 그러자 옆에서 이를 지켜보던 수태가 "주혜야, 양보해라"라고 했으며, 이를 본 수한이 "소연 씨가 양보해요"라고 하여 또 한 번 폭소가 나왔다.

드디어 현정이 나서서 중재를 하는데, "애동 큰오빠 포옹은 각각 2회로 하고 만난 순서대로 주혜가 먼저이며, 나중에는 장유유서로 소연이 먼저 하라"고 정리했다. 그리하여 애동과 주혜가 자리에서 일어섰고, 주혜는 애동 앞으로 걸어가서는 폴짝 뛰어서 팔과 다리도 함께 포옹하는 자세를 취했다. 10여 년 전의 모습이 연상되는 형국이었다. 다음 소연은 사뿐사뿐 걸어가서 얼굴을 애동의 가슴에 묻는 모양으로 포옹했다.

두 번째는 소연이 먼저 안기며 "애동 큰오빠, 사랑해"하며 애동의 오른쪽 볼에 가볍게 입맞춤을 하며 포옹했다. 다음 주혜는

"애동 큰오빠, 현정언니가 바가지 긁으면 나한테 일러"라고 하며 왼쪽 볼에다 입맞춤하며 포옹했다.

이를 보는 수한과 수태는 묘한 감정이 일어남을 느꼈다. 현정이 수한과 수태에게 각각 술을 따라주면서 "걱정 마이소"라고 말하자 한바탕 크게 웃으면서, 다시 화기애애한 분위기로 반전되었다.

78년 2월 하순 애동의 직책이 부관참모부 행정과장으로 보직 변경되었다. 인사과 인사 처리 계장에서, 서무행정, 문서수발 및 통제, 간행물 및 육군 양식관리, 군우체국 통제, 관인 관리, 야간당직 근무자 일일명령 발령, 의전행사, 사단 예하의 연대 이하 전 부대 행정업무지도, 문서 이관 등의 업무로써 사단 전체 행정업무를 총괄하는 보직이었다.

소위 계급의 업무로는 꽤 벅찬 업무였고, 대위 또는 고참 중위가 수행하는 업무였기 때문이다. 전임 과장 대위가 건강 이상으로 갑자기 후송을 하게 됨에 따라서였다.

사단 부관부에는 참모 중령 1명, 보좌관 겸 인사과장 대위 1명, 중위 1명, 소위 2명, 준위 2명 등이 근무하고 있었다. 행정과장 직의 대위 보충은 1년 후에나 가능했다. 중위(3사 출신)보다 나이, 학력, 민간경력 면에서 애동이 앞선다고 판단해서 부관참모가 보좌관 겸 인사과장과 상의해서, 애동을 행정과장으로 결정하였다. 애동은 참모(중령)에게 고사했지만 어쩔 수 없었다.

206

칠성 부대 부관부 창설 이래로 "소위가 부관부 행정과장 직에 보직된 것은 처음"이라고 행정과 선임하사관(현 주무관) 박상사는 말했고, 행정관 이 중사는 "석 소위님이 그간 수행한 업무능력이 탁월하다고 평가한 결과이다"라고 말했다. 인사과 선임하사관 김 하사는 "석 소위님은 완벽에 가깝게 업무 처리를 해서 매우 모시기 힘들었다"고 술회했다. 3년간의 의무복무 기간을 시간 때우기식의 근무는 애동의 성격상 용납이 안 되었기 때문이다.

78년 7월 1일 자로 애동은 중위 진급을 하였다. 78년 2월에서 79년 4월까지 14개월 칠성 부대 부관부 행정과장 근무 중에 황민수, 허성태, 박종수, 최우현, 최상진 등의 병사들이 기억에 많이 남게 되었다.

78년 8월 첫째 토요일 박수한의 약혼식은 칠성 부대 장교식당에서 행해졌다. 박수한 대위는 칠성 부대 수색대대 1중대장으로 보직되었고, 수한의 임무는 최전방 DMZ(비무장지대) 수색과 정찰이 주된 임무였고, 수한은 지난 3월 1일 자로 대위 진급했고, 6월 하순부터 중대장 직책을 훌륭히 수행하고 있었다.

약혼 여행도 화천과 춘천 내에서 지내도록 하였다. 그 후 수한은 독신 장교 숙소에서 아파트로 옮겼고, 애동은 계속해서 BOQ(독신 장교 숙소)에서 지냈다. 애동이 부관부 행정과장으로 재직 중에 Y대 신문방송학과를 졸업하고 입대 논산훈련소를 수료하고 전입해 온 황민수가 있었다. 민수는 55년생이었고, K대 법학과 4년에 재학 중인 허성태는 56년생이며, Y대 경제학과 4년에 재학 중인 박종수는 55년생이며, S대 영문과 4년 재학 중인 최우현은 56년생이며, S대 경영학과 3년 재학 중인 최상진은 56년생이었다. 입대순서는 최상진, 최우현, 박종수, 허성태, 황민수 순이었다.

대학 졸업은 황민수가 먼저이며 74학번이었고, 나머지 4명은 75학번이었고, 55년생 박종수는 대입 재수를 하다 보니 75학번이었다. 한 살 위인 황민수가 6개월에서 1년 정도 고참인 75학번들과 보이지 않는 갈등으로 마음고생이 많았고, 일과시간 부관참모부 근무 시에는 애동이 장유유서를 강조하다 보니 서로 존중하였다. 그러나 사단 본 부대 내무생활에서는 입대 고참 순으로 자리매김하다 보니 애로가 종종 발생했다.

사단 본 부대에는 지휘부, 참모부 본부소대, 경비소대, 수송부, 취사반 등으로 편성되어있으므로 입대 동기들과의 관계 때문에 나이를 고려하거나 학번을 참고할 수 없었다.

그래서 애동은 S대 후배인 최상진과 최우현에게 황민수와 박종수의 본부대 내무반 생활에 대해서 각별한 관심을 가지도록 지도하고 조언하도록 수시로 교육하고, 별도로 PX 같은 곳에서 부관참모부 행정과 병사 8명에 대해서도 당부를 여러 번 하였다.

애동이 S 법대 출신인데다, 대학 3학년 때 고시패스한 이력과 결혼까지 한 아기 아빠이며, 행정과장 직무수행에 의한 사령부 내에서 애동의 근무태도 등을 감안하여 최상진과 최우현은 부관부에 나이 많은 후배들에게 잘 지도해주었다. 부관부 전체 병사는 20여 명이었다.

79년 2월 말에는 석사학위 취득과 동시에, 최소연이 화천 여중 수학 선생으로 부임하여 3월 신학기부터 수업이 예정되어 있었다.

애동은 79년 4월 말경 육군 종합행정학교 교관 보직을 예정받아 놓은 상태였다. 현정은 78년도 임신하여 79년 4월 중순 무렵에 출산 예정이었고, 큰 아이 동현과는 26개월 차이가 났다.

수한은 78년도 년 말에 수색 중대장을 보직 받은 후 7개월이 경과되어 최선의 노력을 다한 결과로 연말 사단 주요 지휘관 회의 시 수한의 중대는 사단 직할대 최우수 중대로 선발되는 영예를 받았고, 중대 막사 앞에는 선봉 부대기를 계양 하였다.

79년 3월 첫째 주 토요일 13시 수한과 소연의 결혼식이 칠성 부대 장교식당에서 사단장의 주례로 행하여 졌다.

애동이 서울로 전출 가기 전에 수한이 결혼식을 하는 것이 좋다고 소연과 의견일치를 보았다. 만삭이 된 현정도 1년여 만에 큰아들 동현, 정식 부부와 함께 칠성 부대를 찾았다. 부산의 정엽 부부, 마산의 은식 부부, 혼주 부산의 박철재 가족과 친

209

척, 혼주 춘천의 최성수 가족과 친척 등 역시 다섯 가족이 한 자리에 모였다. 결혼식 후 하객들은 두 사람의 신혼집도 걸어서 구경했다.

수한과 소연의 신혼여행은 제주도와 경주로 7일 정도 갔다 왔으며, 신혼살림 집은 사령부에 인접한 사단 아파트에 차렸다. 애동이 기거하는 BOQ와의 거리는 가까운 위치에 있었다.

소연은 일본에서 석사학위를 이수하기 위해서는 차량이 필요했고, 외가에서 차량 1대를 선물 하게 되어, 2년여 동안 운전해서, 익숙한 운전기사였고, 화천 여중 수학 교사 재직 시에는 직접 운전을 하였다.

사단 아파트와 학교까지 거리는 20리를 초과하므로 도보나 자전거 이용으로, 출퇴근하기는 먼 거리였으며, 전방 지역이어서 버스도 자주 다니지 않았다. 그 당시 자가용 출퇴근은 평교사로서는 파격이었고, 또한 갓 결혼한 새색시의 운전 모습은 모든 이의 구경거리였다.

소연은 매우 당찬 여장부 모습의 기개가 있었고, 삼총사 중에서 요리 실력도 제일 나았다. 어머님과 서울에서 살면서 어릴 때부터 가끔 식사를 홀로 해결하는 경우가 있어서 관심이 많았다.

79년 4월 둘째 주 토요일 수한과 소연은 애동을 오후 5시 저녁 식사에 초대했고, 곧 서울 종행교 교관으로 전출 예정인 애동에 대한 석별의 식사를 겸해서였다. 소연이 그간의 갈고닦은 요리 솜씨도 큰오빠 애동에게 내심으로 자랑하고 싶었으며, 평소 먹던 반찬에다, 기름진 고기 요리 몇 가지 더 준비한 상황이었다.

수한의 주량은 소주 서너 병으로 말술인 데 반해, 애동은 소주 두세 잔 정도였고, 대신 양주는 조금 마셨다. 오래전 수한은 애동의 술버릇을 알고 있었다. 그래서 수한과 소연은 소주를, 애동은 PX에서 공급되는 면세 양주를 반주로 곁들여 두세 잔 먹으며, 그간의 회포를 풀면서 결혼 선배 입장에서의 애동이 당부 얘기를 나누고 있는 중에, 군 직통전화 벨이 울렸다.

수색대대 지휘통제실 전화였으며, 최전방에 이상 조짐 징후로써 북괴군의 귀순 시도로 추정된다는 내용이었다. 전년 78년도에도 북괴군 하 전사 1명이 귀순한 경우가 있었다. 식사도 하기 전에 수한과 애동은 사단 작전 지휘통제실로 황급히 자리를 옮겼다.

수한은 상황 파악 후 수색대대장과 통화하고는 사단사령부에서 곧장 전방 지역으로 출동하면서, 애동에게는 별도 상황이 있으면 연락한다면서 다시 아파트로 가서 소연도 안심시키고, 식사를 하라고 했다. 애동은 정확한 상황을 파악하기 위해 10여 분 지체한 후 사단 아파트로 왔다.

소연은 결혼식을 치른 지 4주 정도 되었으므로, 최전방 부대의 실정과 수색부대의 활동과 임무에 대해서 어렴풋이 알고 있는 정도였다. 소연은 상당히 놀란 기색이 역력했다. 애동은 소연을 안심시킨 후, 소연과 식사를 맛있게 먹게 되어서인지, 과식을 하였고, 조금 전 양주 두 잔과 다시 소연과 소주 두 잔을 마셨는데, 주체인지는 정확히 몰라도 애동이 갑자기 구토가 나오려고 해서 화장실로 가기 위해 일어서는데, 구토가 시작되어 입을 막다 보니 구토의 분비물이 애동의 군복과 거실 바닥에 튀어서 지저분했다.

애동은 처음 아파트로 올 적에는 사복이었지만, 사단사령부로 가기 위해 군복으로 환복 후 수한과 갔었고, 다시 작전 지휘 통제실에서 아파트로 올 적에는 군복차림으로 독신 장교 숙소(비오큐)를 가지 않고 곧장 왔다.

놀란 소연은 더러워진 군복을 벗으라고 하여, 애동은 속옷차림으로 화장실에서 재차 구토를 하자, 소연이 화장실까지 따라와 등을 두드려주고 쓰다듬어 주었고, 애동의 얼굴은 구토하기 전 붉게 되어 있었으나, 지금은 창백해져 있었다. 애동은 손과 얼굴을 씻으며 이젠 괜찮다고 소연을 안심시켰으나 속은 아직도 울렁울렁했다.

소연은 거실 마루를 정리하고는, 건넛방에 침구를 준비한 후 안정을 취해야 한다면서 애동을 부축해 건넛방에 뉘었다. 그리고 더럽게 된 군복을 빨기 위해 욕실에 와 거울을 보니 자기 옷에도 구토의 분비물이 묻어 있었고, 땀이 이마에 송골송골 맺혀 있었으며 한바탕 소란이 있었다.

소연은 보일러를 틀었고, 설거지를 한 후 안방에서 속옷을 준비하여, 욕실로 가 군복과 자기의 옷을 빨고는 거실 베란다 건조대에 널고, 샤워를 간단히 하는데, 웃음이 저절로 나왔다. 샤워 후 거실에서 브래지어와 팬티차림으로 머리를 헤어드라이어로 말리는 중에, 애동이 일어나 거실로 나와 물을 찾았다.

소연은 비상약 통에서 숙취 해소 알약을 물과 겸해서 먹이는 중에, 수한이 군 직통전화를 해서 먼저 소연이 통화하고는, 애동을 바꾸어서 통화를 했는데, 북한군 병사 1명의 귀순을 유도하기 위해서 수한의 수색 1중대 병력을 비무장지대 안 GP 지역에 투입하게 되었으므로 대대에서 GOP 통문이 있는 소초지역으로 출동한다는 내용이며, 상황이 끝나야 집으로 가게 됨을 말하며, 소연에게 알기 쉽게 설명을 부탁했다.

애동은 선 채로 브래지어와 팬티차림의 소연에게 설명하고는 수한의 운동복을 달라고 하여 숙소(BOQ)로 돌아가고자 했다. 아직은 속이 불편했지만 조금 전보다는 한결 나아졌기 때문이었다. 두 사람의 차림은 애동은 런닝, 팬티차림이고, 소연은 브래지어, 팬티차림이었다.

소연이 애동의 팔을 끌고 "큰오빠 안색을 보니 창백해. 한숨 자고 가"라고 하면서 건넛방으로 데리고 갔다. 애동이 팔을 빼려 하자 소연이 자고 가라고 하면서 품에 안기며 침구 위에 주저앉히고는 다시 애동을 넘어뜨린 후 애동의 팬티와 런닝을 벗긴 후, 자신도 알몸을 하고는 애무를 시작했다. 순간 애동은 소연의 행동을 멈추게 할 수 없었다. 주민 누나의 남자친구가 생긴 직후부터는 줄 곳 마음속으로 소연을 좋아했기 때문이었다.

현정을 품에 안아 본 지가 100일이 지난 뒤였기에 두 사람은 네 시간 동안 한방에서 지냈다. 소연이 "큰오빠, 이 일은 죽을 때까지 비밀이야"라고 하며 다시 뜨거운 키스를 한 후에 건넛방을 나간 뒤 수한의 옷을 들고 왔다. 시간은 밤 11시가 막 지나있었고, 그리고 내일 아침 일요일 해장국 끓여 놓을 테니 꼭 오라고 했다.

숙소에 돌아온 애동은 깊은 잠에 빠졌다. 아침에 눈을 떠보니 8시가 지나 있었고, 수한의 운동복은 종이가방에 넣고, 운동복 차림으로 9시경 아파트로 갔다. 소연은 한복을 곱게 차려입고는 아침 밥상 앞에 다소곳이 앉아있었다.

아파트 현관을 들어선 애동은 순간 현정이 앉아있는 것과 같은 환상이 들었고, 소연은 머리카락도 앞이마가 보이게 하고 뒷머리는 끈으로 살짝 묶고 있었는데, 신장과 체형은 현정이 컸으며, 두 사람의 얼굴형은 계란형으로 엇비슷했다. 애동이 손으로 눈을 비벼 보았고 그때야 소연의 모습이었다. 의도적으로 소연은 현정의 흉내를 내고 있었던 것이었다.

애동은 아침 식사를 맛있게 하였고, 군복도 다림질을 소연은 해 놓았다. 소연은 이른 새벽에 수한과 통화하면서, 춘천 조부모님과 최성수 아버지께 애동과 함께 인사드리고 오겠다고 말하였으며, 수한은 전방 상황으로 3일 또는 4일 정도 집에 못 들어가게 됨을 이야기했다.

애동도 서울로 전출가면 뵙기 어려울 터인데, 소연이 동행을 요구하므로 소연의 아버지 최성수는 토요일 서울에 가서 아내 윤정희를 만나고 일요일 오후에 다시 춘천으로 왔다.

식사 후 두 사람은 아파트를 나와서 독신 장교 숙소(비오큐)에 들러 애동이 사복 정장을 갈아입은 다음 춘천으로 향했고, 소연은 한복 차림이었다. 애동은 소연이 운전하는 차를 처음 타 보았으며, 일본에서도 운전했던 관계로 운전 실력은 군용 짚 차 운전병보다 나은 것 같았다. 그 당시 도로포장은 화천 시내 중심가에만 포장되었고, 화천에서 춘천까지는 비포장으로 흙먼지가 많이 났다.

춘천 조부모님에게 인사를 한 후 점심 식사를 하고 쉬고 있는데 아버지 성수도 서울에서 와 인사를 드리게 되었다. 춘천의 몇 곳을 여행한 후 춘천 시내에서 이른 저녁 식사를 하고 칠성 부대 사단 아파트로 왔고, 춘천 여행 중 두 사람은 흡사 부부처럼 보였다. 과일을 먹고 갈 것을 요구했기 때문에 과일을 먹은 후, 비포장도로를 달려와 몸에 먼지가 많으므로 소연이 샤워를 하고 가라고 하였다. 비오큐는 더운물이 나오지 않는 관계로 샤워를 하고자 하여, 사복 정장을 벗자 소연이 받아주었고, 애동이 런닝, 팬티 차림으로 욕실로 들어가 샤워를 하고 있는 중에 소연이 속옷 차림으로 욕실로 들어와 같이 샤워를 했다.

두 사람은 또 한 번의 성관계를 했으며 이것이 발단되어, 토요일에서 화요일까지 관계를 하고야 말았다. 수요일 저녁은 수한이 집에 돌아왔으며, 의도적으로 소연은 수한과의 부부관계를 초저녁부터 새벽까지 수차례 하였다.

애동은 4월 하순 칠성 부대를 떠나 종행교 교관 요원으로 서울로 왔으며, 79년 4월 30일 둘째 동근이 태어났는데 동근의 몸무게가 4.5kg으로 현정은 출산 시 매우 애를 먹었다.

현정은 석사학위 취득과 동시 S대 병원 약사로 재직하였기에 S대 병원 산부인과에서 출산하게 되었는데, 태아가 많이 커서 자연분만이 어려우니 제왕절개 하자고 권했으나, 현정은 죽기를 각오하고 자연분만을 고집했다. 왜냐하면 제왕절개수술을 하면 더 이상 애를 낳을 수 없었기에 자연분만하고자 했다.

애동은 서울 가회동 집에서는 출퇴근이 곤란하여, 종행교 독신 숙소에서 생활했으며, 주말에는 집에 왔다. 주중에도 급한 용무가 생기면 다녀올 수가 있었다. 종합행정학교에서 가회동 집으로 출퇴근은 대중교통으로는 매우 곤란하여 애동은 운전면허를 취득하고자 하였다.

주혜는 문교부로 발령이 났고, 수태는 79년도 중위로 임관 의정부 북방에 있는 26사단 예하 모 연대 검찰관으로 재직하였다.

애동의 명의로 구입한 압구정동 아파트에 어머니 혜정이 78년부터 사용하게 되었는데, 유정회 소속 국회의원이 되어서 의정활동이 있을 경우 서울에서 생활해야 하기 때문이었고, 애동은 가족을 데리고 혜정을 문안 인사 차 압구정동 아파트를 찾기도 했으며, 또한 아버지 은식도 새마을 연합회에 볼일이 있었기에 상경하는 경우가 종종 있었다.

애동이 운전면허를 취득하자, 둘째 외숙 성률이 현대자동차에서 생산한 국산 1호 차량 포니(75년 생산)를 구입해서 선물했다. 79년 9월부터는 애동이 가회동 집으로 와서 출퇴근하게 되었으며, 틈틈이 현정과 동현, 동근을 데리고 서울 시내 관광을 하게 되었고, 압구정 아파트로 부모님께 인사를 하곤 하였다.

큰아들 동현은 동생이 태어나자 더욱더 의젓해졌고, 잠도 혼자 잘 정도였다. 애동의 3년여만의 귀가로 가회동 집안은 활기가 넘치는 것을 느껴서인지 인선과 현정은 매우 만족해하였고, 또한 애동의 절친(경기고, 서울대)들도 가끔 방문하게 되므로 집안에는 사람들로 북적였다. 자연스럽게 은식 부부, 외숙, 부산의 정엽 부부, 유태도 가회동 집을 찾게 되었다.

정엽은 안국동 집을 처분하고 여의도에 새로 지은 아파트를 유태 명의로 구입하였으며, 시집을 가지 않은 주혜와 둘째 주민 부부가 살게 되었다.

강남은 개발되었으나 79년 초까지는 강북이 서울의 그 중심이었고, 과천 정부 청사는 82년 준공 목표로 건설 중이며, 현 광화문 뒤 중앙청과 세종로 정부청사뿐이었다.

애동과 현정은 장남 동현을 인선에게 맡기고, 79년 10월 첫째 주 토요일 오후 동근만 데리고 화천, 춘천을 1박 2일로 여행하였다. 소연의 임신 축하인사를 겸해서였고, 11월 하순부터는 눈이 오기 때문에 서둘러 강원도 여행하고자 했다.

소연은 5월 초순 생리가 없자 6월까지 기다렸다가 6월 중순 이후 산부인과에서 임신 사실을 확인하였다. 부산의 박철재 부부와 춘천의 최성수 부부, 수태와 주혜, 수한의 막냇동생 수호까지, 지난 7월에 화천 칠성 부대 아파트를 찾은 적이 있었다.

애동이 화천을 방문한 그다음 날 일요일 유태와 민혜도 수한의 집으로 올 예정이었다. 6개월 만에 다시 찾은 애동은 감회가 남달랐다. 사단사령부 독신 장교 숙소를 지나서 사단 아파트 앞에 다다르자 왠지 모르게 가슴이 뜨거워짐을 느꼈다.

소연의 임신 소식이 지난 7월에 처음 들었을 때도 이상한 감정이 생겼기 때문이다. 아파트 문을 들어서자 수한과 소연이 매우 반기며 수한이 둘째 동근을 번쩍 들어 올려보았다.

현정과 소연은 서로 포옹했으며, 소연의 배는 제법 부풀려 있었고, 3개월 후 80년 1월 하순경 출산 예정일이라고 했다. 애동과 소연도 가벼운 포옹을 했는데, 순간 소연의 뱃속 애기가 발길질하는 느낌을 애동은 받았으며, 쌍둥이 임신이 예상된다고 했고, 소연은 동근을 보면서 "내년에 이 뱃속에서 동생이 태어나면 잘 봐줘!"하니 좌중은 크게 한바탕 웃었다.

애동은 슬그머니 화장실을 찾았으며, 변기 물을 내리며 화끈거리는 얼굴을 잠시 찬물로 식혔다. 소연의 동생 애기가 예사롭지 않게 들렸기 때문이었다.

네 사람은 정답게 옛 애기를 나누었으며, 저녁은 화천 시내에서 먹고 내일 보자며 잠시 헤어졌다. 애동과 현정은 춘천으로 방향을 잡았고, 수한은 화천을 벗어날 수 없었다.

춘천 공지천 인근의 여관으로 들어가 자기로 했으며, 그날 밤 애동은 현정과 부부관계를 하면서, 지난 4월 화천을 떠나기 직전 소연과 성관계를 했던 것이 떠올라, 그 행위를 지워버리고자 현정과의 관계를 세 차례나 하자, 현정은 가회동 집이 아닌 다른 장소에서 관계하니, 애동의 기분이 매우 좋아서 그런가 보다며 생각하면서, 현정 자신도 의아해하면서도 매우 흡족해했다.

늦은 아침에 동근이 우는 소리에 두 사람은 잠에서 깨어나, 어젯밤의 정사가 모처럼 화끈하게 이루어졌다면서 겸연쩍게 웃었다. 두 사람은 가볍게 아침 식사를 한 후 수한의 아파트로 향했고, 도착 후 십여 분 뒤에, 부산의 유태와 민혜가 왔다.

삼총사는 무척 반가워했다. 그간 자주 보지 못했기 때문이다. 부산의 민혜도 임신 중이었고, 내년 1월 하순경 출산 예정이라서, 소연의 출산과 비슷한 시기였다.

최전방지역 구경 겸해서 점심 식사를 하자고 하여 화천 북방지역인 사방거리로 두 대의 차량에 분승하여 출발했는데, 애동의 차에는 삼총사가 탔고, 소연의 차에는 현정과 동근 민혜가 승차하였다. 화천 북방 사방거리에는 술집과 식당이 즐비했으며, 군인들과 면회하러 온 가족들이 일요일 점심시간에는 꽤많이 북적거렸다.

칠성 부대와 이기자 부대, 승리 부대, 군단 마크를 왼쪽 어깨에 붙인 2포병여단 부대원까지 각양각색이었다. 수한은 금년 79년도 말 중대장 보직이 만료되면, 80년 초에는 사단사령부작전참모처에 근무를 희망한다고 했다. 아울러 소령으로 진급하고 1개 보직을 만료한 후 육대 정규과정 입교 시까지 계속 전방 근무를 하는 것으로 말했다. 마침 소연의 직장도 화천 여중이므로 수한은 그렇게 하려고 했다.

현정과 소연, 민혜는 출산과 육아 얘기를 했다. 간혹 뱃속의 태아가 발길질하는 이야기로 웃음꽃을 피우기도 하고, 소연의 쌍둥이 예감에 대해서도 많은 얘기를 나누었다. 유태와 민혜는 사방거리 칠성회관에서 일요일 밤을 보내기로 하고, 애동

은 내일 출근하는 관계로 오후 3시경 작별 인사를 하고 삼총사
는 헤어졌다.

상경 길에는 화천에서 춘천, 서울까지 펼쳐져 있는 북한강의
맑은 물을 잠시 감상하니 기분이 상쾌했다. 강원도의 산과 강
은 그 풍광이 매우 아름답다.

애동의 머릿속에는 불룩 나와 있는 소연의 배 모습으로 가득
차 있었다. 79년 10월 26일 밤 대한민국은 청천벽력 같은 소식
에 온 나라가 침통해 버렸는데, 박정희 대통령 서거 소식이 대
한민국뿐만 아니라 미국, 일본, 중국, 소련, 유럽, 동남아시아 등
많은 국가에서 주요 뉴스로 다루어지는 큰 사건이 발생하였다.

애동도 비상 소집으로 종행교로 갔었다. 김재규가 박정희 대
통령 시해 사건을 궁정동 안가에서 저질러, 대통령은 서울지구
병원으로 후송했으나 이미 절명된 상태였다. 온 나라는 발칵 뒤
집혔고, 10월 유신 2기 정부는 막을 내리게 되었다.

이어서 79년 12. 12 사건으로 신군부의 출현이 있었다. 80년
이 시작되면서 국보위 상임위원장 전두환이 권력의 정점에 서
게 되었다. 유신헌법은 폐기되고, 국회는 해산되었으며, 입법
회의가 국회를 대신해서 새로운 헌법이 제정되고 새 헌법에 따
라 통일주체국민회의 대의원이 선출되고, 그 대의원들이 대통
령을 선출하게 하는 것으로서, 제5공화국은 81년 3월 3일 7년
담임제의 대통령에 전두환이 취임하였다.

애동의 어머니 김혜정의 유정회 국회의원직은 자동 상실되었고, 새마을 운동본부 경남 지부장직은 계속하였다.

압구정 아파트는 재차 임대하였다. 80년 1월 하순에는 수한의 쌍둥이 아들이 1월 25일 태어났으며, 유태는 첫 딸을 1월 22일 얻었다. 80년 5월 어느 날 오후, 갓 돌이 지난 둘째 동근이 없어지는 일이 발생하였다.

집 마당에서 큰아들 동현과 함께 놀고 있었는데, 할머니 정인선은 유식의 부인이 전화를 해서 거실로 들어가 전화 통화를 하고 있었고, 장남 동현은 갑자기 설사가 나서 별채 화장실로 가고 없는데, 동근 혼자 집 밖으로 나와서 두리번거리다가 큰길 방향으로 나와 길을 잃어버려서 실종된 사건이 발생하였다.

화장실에서 나온 동현이 동근이 보이지 않으므로 "할머니, 동근이 없어졌어요"라고 외치자, 전화를 끊고 인선은 동현과 함께 집 밖으로 나와 이 골목 저 골목을 다 뒤져서 동근을 찾았으나 없었다. 정식과 현정, 유식에게 급히 연락하여, 다 함께 가회동 인근을 샅샅이 찾아보았으나, 동근은 없었다.

저녁때쯤 애동이 퇴근하여 집에 오니, 집안은 엉망이었다. 현정과 인선, 동현은 오후 내내 울어서인지 눈이 퉁퉁 부어있었고, 정식과 유식, 유식의 아내 이민선은 안절부절하고 있었다. 자초지종을 들은 애동은 곧바로 종로 경찰서와 서울시청 및 종로구청, 서울지구 보안부대 등으로 동근의 인상착의 옷차림 등에 설명한 후 실종신고를 했다.

이후 애동은 동근의 첫돌 사진을 현정에게 달라고 해서 받은 뒤에 황급히 집을 나섰다. 사진을 전단지로 제작해서, 경찰서, 구청, 군부대(수경사 경비단), 보안부대 등에 배포한 후 정식 부부와 유식 부부에게 가회동 인근, 안국동, 연건동, 수송동, 창덕궁 앞 도로 종로 큰길 전봇대와 벽 등에 전단지를 붙이도록 이야기한 후, 애동은 현정과 함께 지하철 종각역 북쪽 출입구 앞에서 시민들에게 전단지를 직접 배포했으며, 이어서 지하철 종로3가역 북쪽 출입구 앞에서 두 사람은 눈물을 글썽이면서 전단지를 시민들에게 나누어주었다. 그다음 날 현정은 병원에 휴가원을 내고는 동근 찾기에 전념하였다.

유식은 신혼여행 때 佛國寺(불국사) 주지 스님으로부터 선물 받은 천수경을 현정에게 주면서, 스님 말씀 즉 "어려운 일이 생기면 신묘장구대다라니를 7번 독송하라"고 하셨다고 하였다. 현정은 잠도 자지 않고 천수경 독송을 계속하였고, 3일이 지나고 4일째 밤 9시경 현정이 천수경 독송 중에 쓰러졌다. 한복을 곱게 차려입은 조모 박혜순이 나타나 "애야! 며칠 후면 동근이를 찾게 되니 너 몸 간수나 잘 해라!"라고 했다.

현정이 "할머니"하고 큰소리를 외치며 벌떡 자리에서 일어났다. 이를 지켜본 애동과 동현, 인선은 크게 울었고, 정식도 눈물을 훌쩍였다. 현정이 방금 조모 박혜순이 현몽하여, 동근을

223

찾게 된다고 한 말을 가족 모두에게 전하자 다소 위안이 되었다. 그 이후 현정은 밤에는 잠을 잤으며, 계속해서 천수경 독송과 신묘장구대다라니를 암송했다.

애동은 소연과의 성관계로 인해서 죗값을 치르는 기분이었다. 동근이 실종 후 보름째 되는 날 오전 11시경 종로 경찰서에서 연락이 왔는데, 동근과 닮은 애를 30대 후반 여자가 데리고 왔다고 하여, 현정과 인선은 동근을 찾기 위해 경찰서로 갔다.

처음 집을 나갈 때 옷 그대로였고, 많이 울었던 흔적 외는 별 탈이 없어 보였으며, 동근을 S대 병원으로 데리고 가 검진 결과 건강에는 이상이 없었다. 동근을 경찰서로 데리고 온 30대 후반 여자 이야기로는 조계사 입구 길가에서 애가 엄마를 찾으며 울고 있어서, 마침 전봇대에 아이 찾는 전단지와 같은 얼굴이므로 종로 경찰서로 데리고 왔다고 했으며, 집에 돌아와서 동근에게 자세히 물어보니 큰길에서 울고 있는데 할머니 같으신 사람이 먹을 것을 주어서 먹고 따라갔다고 하며, 몇 밤 자고 나니 엄마, 아빠, 할머니, 형이 보고 싶어서 밤에는 울었다고 했다.

맛있는 과자나 빵을 주어서 먹고, 자고 했으며, 또 몇 밤 자고 나서 할머니를 따라 절에 와서 있다가 조금 있으면 엄마를 찾게 된다고 말한 후 할머니가 가려고 하여 뒤쫓아 따라갔는데, 절 입구 길가에서 할머니가 사라져서 울고 있었다고 한다.

애동은 동근의 말을 듣고는 가슴이 철렁함을 느꼈고, 소연과의 관계에 대한 천벌이라고 확신했다. 화천 수한의 아파트에는 수한의 어머니 김선혜가 쌍둥이를 돌보고 있었고, 소연도 6개월간의 휴직서를 내고 육아에 전념하고 있었다.

80년 6월 초 소연의 아버지 최성수가 서울로 가던 중 교통사고가 나서 전치 8주의 중상(왼쪽 다리 골절 및 오른쪽 팔, 어깨 부분 골절)을 입어 소연도 아버지 중상 소식에 매우 놀랐다.

80년 6월 수한은 칠성 사단 수색대대 1중대장 보직을 성공적으로 완수하고, 사단사령부 작전참모처 교육과 부대 교육훈련 장교로 보직 받아서 근무하게 되어 퇴근 후 쌍둥이를 돌볼 수 있어 매우 좋았다.

80년 6월 30일 애동은 3년의 육군 장교 의무 복무기간을 마치고 전역을 하였다. 80년 7월 중순 내무부 지방 행정관리과로 발령이 나서 10일간의 휴가를 받았다.

애동은 가족들을 데리고 먼저 경주로가 조부모 묘소를 참배했으며, 아울러 진관 종조부에게도 인사를 드렸다. 이어서 마산 부모님과 창원 곡목 과수원에 있는 김규현, 이연화 묘소도 참배하였으며, 과수원집에서 하룻밤을 보내게 되었는데 두 아들은 농촌 과수원에서 노는 것을 매우 좋아했다.

그다음 날 부산으로 이동하여 정엽 부부와 두 분의 외숙, 외종조부 김규태, 세 사람의 누나에게도 인사를 했으며, 유태의 집도 방문을 하였으며, 막내 기동은 학군장교로 군 복무 중이

225

었다. 휴가를 보낸 애동은 내무부 사무실로 출근을 시작하였다.

80년도 말 아버지 은식이 새마을 금고 중앙회 회장으로 당선되어 서울에서 근무하게 되어 다시 압구정 아파트를 사용하게 되었다. 또한 소연의 아버지 최성수는 서울에 있는 사립 모여자중학교 교장으로 발령이 나, 춘천에서 서울 효자동 집으로 와서 한 살 연상인 윤정희와 함께 살게 되었다.

그러므로 소연이 쌍둥이 육아 등의 이유로 서울 배화여중 수학 교사로 81년 신학기부터 근무하기로 결정되었으며, 수한의 어머니 김선혜는 1년 이상의 쌍둥이 육아로 무척 지쳐있으므로 부산으로 가고자 했다.

소연은 81년 2월 초 효자동 집으로 오게 되어, 효자동 집을 2층으로 증축하였다. 수한은 81년도 소령 진급 심사 년도이므로 부대 근무에 매진하기로 하여 당분간 주말부부로 지내기로 결심하였다.

81년도 애동의 내무부 근무는 매우 성공적으로 수행할 수 있었는데, 그 이유는 육군 장교 복무기간 즉, 칠성 부대에서 체득한 실무경험과 교관으로 다져진 교수법과 언변술은 매우 유용하게 공무원 근무와 접목되었기 때문이었다. 그리고 제5공화국 군부 실세들과 유신사무관 출신 공무원들과의 유대 면에서도 군 장교 출신의 애동으로서는 근무 이외의 인간관계 면에서 후한 점수를 얻을 수 있었고, S대 법대 출신과 대학 3학년 때 고시 패스라는 장점도 있었음도 말할 나위도 없었다.

지난번 홍역으로, 두 아들도 무럭무럭 잘 자라 주었다. 정식은 S대 의대 부학장 겸 병원 부원장으로 승진되어 집안 분위기는 매일 웃음꽃이 만발했고, 분위기 메이커는 둘째 동근이 차지했다. 애동은 현정과의 부부관계도 매우 좋았으며, 81년 초에 임신하여 11월 하순경 셋째를 출산할 예정이었다.

81년 후반기에는 어머니 혜정이 새마을 운동 중앙본부 여성몫의 중앙회 부회장으로 발탁됨으로써 은식, 혜정 두 사람이 동시에 서울 근무하게 되어 최소한 일주일에 한 번 이상은 아들 부부와 손자들을 만나게 되어 기쁨으로 가득 찼다.

수한은 81년도 가을 장교 진급 심사에서 소령 진급이 확정되어, 82년도 전반기에 소령 계급장을 달게 되었다.

81년도 후반기부터는 경기여중 3총사, 세 사람은 자주 만나게 되었는데, 근무지가 연건동, 사직동, 광화문(문교부)이고, 집은 가회동, 효자동, 여의도이기 때문이다. 세 사람이 모이면 과외 선생 애동은 자동 호출됐으며, 주혜와 소연은 동서지간으로 예정되어 있다 보니 자존심 강한 주혜가 농담으로 "나 결혼 않을 수 있어"라고 해서 폭소가 터지기도 했고, 소연과 주혜가 알코올이 들어가면 옛날 버릇이 나왔다.

"애동 큰오빠 포옹 한다"며 또 가위바위보를 하며 분위기를 뜨겁게 달구었다. 애동이 소연과 포옹하게 되면, 아내 현정과

227

포옹할 때와 똑같은 기분이 들어서 아랫도리가 후끈거림을 처음으로 느꼈고, 이와 같은 것은 이심전심으로 소연에게 전달되었다.

현정은 어릴 때부터 쭉 보아왔던 모습이므로 전혀 색다른 느낌은 없었다. 반면 소연은 외로움을 느껴서 쌍둥이를 차에 태워 화천을 다녀오기도 하지만, 사단 작전처 근무와 진급 심사 관계로 월 1회 화천을 오라고 할 정도로 수한은 81년도를 바쁘게 생활하였다.

수한의 진급 심사 발표 후 10월 하순 화천으로 소령 진급 축하를 하기 위해 애동은 부산의 유태와 함께 화천으로 향했다. 11월부터 강원도에는 눈이 많이 와 자가용으로 화천 여행은 내년 2월까지는 곤란한 지경이었다.

애동의 생일 11월 19일 이후 닷새 뒤인 11월 24일 첫딸 민정이 태어났다. 엄마 현정을 꼭 빼닮은 건강한 아이였다. 현정은 아이들이 첫돌이 될 때까지는 모유 수유를 원칙으로 하고, 직장생활로 인해서 분유도 동시에 먹이며 애들을 키웠다. 그래서인지 세 아이 모두 보통 또래 아이들 보다 신장과 체중이 큰 편이며, 건강 상태가 좋았다.

또한 민정이 100일이 되자, 약국 개업을 하였으면 하여, 약사 몇 명을 고용해서 약국도 운영하면서 육아도 전담하고, 박사학위 공부도 하고 싶어 했다. 애동은 79년 육군종행교 교관 시절부터 석사과정을 시작해서 81년 석사학위 취득과 동시에 박사과정을 밟고 있었다.

현정도 학문 탐구에 관한 열정이 대단하였으며, 82년 4월 1일 자로 서울지하철 종로3가역 세운상가 입구 방향 근처에다, '혜민약국'이라는 간판을 달며, 약국 개업을 개시하였다.

애동과 현정의 부모님, 부산의 정엽 부부, 유태 부부, 세 사람의 외숙 및 누나 부부, 현정의 오빠 부부, 소연과 성수 부부, 주혜와 수태, 애동의 경기고와 S대 절친, 현정의 S대 절친과 병원 선후배 등 많은 지인이 현정의 개업을 축하해주었다.

현정은 약국 개업 후 83년부터 박사과정을 지원키로 하였다. 수한은 쌍둥이 아들 생일과 현정의 약국 개업식에도 참석지 못했고, 그리하여 쌍둥이 생일날 소연이 애동에게 아빠 대행을 부탁해서, 퇴근과 동시에 쌍둥이 생일잔치에 갔으며, 부산의 철재 부부, 성수 부부, 수태와 주혜, 현정이 참석하였다.

애동의 큰아들 동현은 여섯 살로서 형 노릇을 톡톡히 하는 모습에서 칭찬이 자자했으며, 철재 부부는 수한의 불참을 못내 아쉬워했다. 82년 2월 초순 어느 날 중식 시간이 끝나가는 시각 애동의 사무실로 소연으로부터 전화가 왔다. 저녁을 먹자는 얘기였다. 그래서 일주일 후 2월 중순에 퇴근과 동시에 두 사람은 만났고, 소연의 차로 행주산성 인근의 한정식 식당으로 이동하여 오후 6시 전에 식당에 도착했다.

소연이 예약을 해두었고, 소연은 수한에 대한 서운함을 이야기를 했으며, 외로움까지 느낀다고 하는 등, 많은 하소연을 애동에게 하였다. 식사 중 반주로 두 사람은 자신들의 정량 수준을 초과하여 소주를 마시게 되어 차를 운전하기 위해서는 두세 시간이 필요로 했으며 소연의 푸념을 들어주기 위해 주거니 받거니 하면서 애동도 상당량을 마시게 되었기 때문이었다.

애동은 식사 전 현정에게 미리 귀가 시간이 늦을 것이라고 양해를 받은 상태였다. 저녁 7시경 차는 주차한 채로 두 사람은 행주 산성 주변을 부부와 같은 다정한 모습으로 술을 깨기 위해 산책을 했고 10여 분 산책 중에 두 사람의 눈에 모텔이라는 간판이 보였다. 소연은 저곳에서 샤워를 하게 되면 술이 빨리 깬다고 하면서, 애동의 팔을 끌다시피 하여 모텔로 두 사람은 들어가게 되었다.

이상하게도 소연은 수한과 결혼 후 2개월 경과 된 시점인 강원도 화천 칠성 부대 아파트에서 애동과의 성관계 뒤부터는 수한과 부부관계 시에도 애동과 관계하는 환상 속에서 관계를 하는 착각을 느끼게 되었다. 그리고 애동을 닮은 자식을 갖고 싶다는 얼토당토않은 소망을 가슴에 품고 있었다.

경기여중 3총사 세 사람의 이상한 공통점이 있었는데, 매월 초순경 생리현상이 있었으며, 배란기도 매월 중순으로 거의 비슷한 시기였다. 모텔 방에 들어가자마자 소연은 애동의 시선은 아랑곳하지 않고는 옷을 훌렁 모두 다 벗어 버리고 욕실로 직행 후 애동에게 빨리 들어오라고 성화를 내자, 애동은 술기운 때문으로 거절치 못해서 소연의 뜻대로 해 주었고, 애동도 소연을 현정인양 착각하여 관계를 두 차례 행하자, 술이 상당 수준 깨어버렸으며 주차장에서 시간을 확인하니 밤 11시 경이었다.

집에 귀가하자, 애동의 얼굴은 붉지 않은데 술 냄새가 풍기자 현정이 질문하자, 목욕을 하였다고 하니, 회식이나 술을 마신 다음부터는 반드시 사우나에 갔다가 집으로 오라고 했다.

제5공화국 출범 이후 야간통행금지가 해제되어 82년부터는 서울 변두리 모텔이 성업 중이었다. 현정은 애동이 술을 먹은 날에는 밤에 부부관계를 하지 않는 철칙이 있었는데, 그 이유는 맑은 정신에서 성관계를 하기 원했기 때문이다. 그리고 매일 밤 10시 정각부터 1시간 동안 동근의 실종사건 이후 천수경 기도와 신묘장구대다라니를 암송하고 있었다.

수한은 82년 소령 진급 예정자이므로 칠성 사단 수색대대 작전 과장 보직을 맡고 있었고, 매우 바쁜 직책이었다. 소연은 애동과의 저녁 식사 이틀 후 토요일 오후에 혼자 화천으로 운전하여 갔다. 쌍둥이는 어머니 윤정희와 보모(유아 돌보미)에게 맡겼다. 토요일 저녁에서 2박 3일간 수한과 달콤한 시간을 보낸 후, 월요일 새벽에 화천을 출발해서 학교로 곧바로 출근하는 시간 계획을 잡았다.

수한은 82년 전반기 소령 계급장을 달고는 하나의 보직을 마친 뒤에 83년 2월에 육대 정규과정에 입교하고자 하였으므로, 82년 말까지만 헤어져 지내게 됨을 소연을 이해시켰다.

소연의 새로운 임신 소식은 4월에 모든 이에게 알려졌고 3월에 생리가 없자 4월에 검사한 결과였으며, 11월 하순경 출산 예정이었고 2월에 임신된 것이 확실시 되었다. 82년 10월 하순 저녁 시간 무렵에 청천벽력의 소식이 소연에게 전하여 졌다.

박수한 소령의 순직 소식이었다. 그날 밤 9시 TV 정규시간 뉴스에도 방영된 사고 소식이었는데 강원도 화천 최전방 훈련 부대에 차량고장으로 인한 화물차가 훈련 중인 장병을 뒤에서 덮친 사고로 소령 1명과 병사 1명이 현장에서 즉사하고, 3명이 중경상을 당한 사고였다. 군단 수색대대 ATT 측정에 앞서 수색대대 병력 완전군장 구보 훈련 중 대대 작전과장 박 소령이 운행 중인 화물차량을 도로 좌측으로 서행할 것을 손전등으로 수신호하고 있는 중에 핸들고장으로 현장을 덮치는 사고가 발생되었다. 작전 과장과 무전병은 현장에서 즉사하고 대대 병력 3명이 크게 다치는 사고였다.

사고 후 사단에서는 헬기로 서울 수도통합병원으로 긴급 후송하였고, 수한의 유해는 수도통합병원 영현실에 안치되었다. 이 소식으로 소연과 부산의 김선혜는 혼절하였다.

애동과 철재의 가족은 병원 영현실에서 입관 시, 수한의 얼굴을 보니 매우 처참하였고 두개골 함몰로 인한 사망으로 판명되었다. 육군은 박수한 소령을 작전 순직과 동시에 중령으로 추서 진급시켰고 영결식 날 만삭의 소연의 모습은 매우 애처롭게 보였다.

철재 부부와 성수 부부는 수한의 순직이 믿기지 않을 정도였다. 나중에 알게 된 사실이지만 수한은 육사 하나회 회원이었고, 육사 졸업 성적도 3위였으며 육사 31기 동기생이나 선후배로부터 신뢰와 존경을 매우 많이 받고 군 생활을 하였다. 항상 힘들고 어려운 일은 자청해서 했으며, 매사에 적극적이고, 진취적이며, 솔선수범했다.

칠성 부대는 수색대대에 고 박수한 중령의 동상을 건립기로 했으며, 전 육군에 귀감이 될 만한 사건으로 대대적인 홍보를 하게 되었다. 수한의 사고 소식은 TV 뉴스에 3일 연속 방영되었다. 부산의 명문인 경남중학교와 부산고등학교를 졸업하고 육군사관학교에 지원 우수한 성적(3위)으로 졸업한 사실도 방송하였으며, 미망인 소연의 프로필도 함께 소개되었다. 많은 국민도 수한의 순직을 애도하기 위해 조문을 하였다.

애동은 3일 간의 휴가를 내고 유태와 함께 수한의 빈소를 지켰고, 쌍둥이들은 애동을 큰 아빠로 호칭했는데 수태가 그렇게 부르도록 교육했다. 육군 참모총장을 비롯한 많은 군 장성들도 조문을 하였다.

10월 말경 수한의 유해는 동작동 국립묘지(현 서울 현충원)에 안장되었으며 만삭의 소연의 모습은 TV 뉴스를 통해 또다시 전국에 방영되었다. 소연의 모습은 이제는 안정이 되어서인지 의연하게 보였다. 현정이 애동에게 "큰오빠로서의 역할을 해주라"고 하여 안장식에도 애동은 참석했다.

안장식 후 박철재는 정엽과 83년 1월에 수태와 주혜의 결혼식 얘기를 의논하였고, 성수와는 소연의 미래에 대한 얘기를 나누었으며, 애동에게는 그간의 노고에 대해서 고마움을 표시하기도 하였다.

동작동에서 효자동 집으로 오는 길에 애동이 운전하는 차에 소연과 쌍둥이가 함께 타고 가기로 하여 타기 직전에 쌍둥이를 품에 안아보니, 감회가 새롭게 느껴졌다. 동현이나 동근을 안고 있을 때와 똑같은 느낌이 들었기 때문이었다.

그래서 쌍둥이를 자세히 살펴보니, 둘째 동근과 닮은 점이 많음을 알게 되었다. 이를 지켜본 소연이 "큰 아빠 품에 안기니 좋아요?"라고 질문하니, "예! 좋아요. 엄마"라고 씩씩하게 말을 하였다.

소연은 그 말에 눈물이 볼을 타고 흘러내렸다. 저 코흘리개 쌍둥이와 배 속에 있는 애까지 아빠 없이 키울 생각을 하니 자신도 모르게 눈물이 났기 때문이었다.

애동은 쌍둥이를 양팔로 안고는 차량으로 이동하면서, 소연에게 "너무 걱정하지 말라"고 위로하였다. 안장식이 있은 다음 주 토요일 오후에는 화천 군인아파트 짐들을 효자동으로 이사했는데 애동과 성수 부부만 화천을 다녀왔다.

소연은 이삿짐 정리를 마치자, 애동과 현정을 효자동 집에 저녁 식사 초대를 하였다. 이 자리에서 소연은 84년 2월 일본에 가서 박사학위 공부에 전념하고자 한다고 했다. 수한을 잊기 위해서 좋은 결정이라고 애동은 말하면서 곧 태어날 애기와 쌍둥이도 일본에 데리고 가느냐고 질문하자, 소연은 당연히 그렇게 한다고 했다.

82년도 말 애동은 서기관 승진 심사에서 선발되어, 83년 1월에는 내무부에서 지방예산을 담당하는 과장으로 내정되었다.

82년도 11월에는 칠성 부대 부관참모부 행정과장 재직 시에 부하로 근무했던 황민수가 찾아와서 '화천 칠성 부관 전우회'를 조직하여 5명이 가끔 모여서 옛날을 회상하기도 하고, 또한 서로 상부상조한다고 했다. 그리하여 퇴근하면서 황민수와 동행하여 참석하니 황민수, 허성태, 박종수, 최우현, 최상진, 도합 5명의 옛 전우들을 만나게 되어 무척 기뻤다.

수한을 보내고 매우 허전한 마음이었는데, 이들을 만나니 다소 위안이 되었고 이들 5명도 수한의 영결식 때 참석했지만 워낙 많은 이들이 조문하는 관계로 경황이 없어 알아보질 못했다. 수한의 애기와 칠성 부대 이야기로 화기애애하게 모임을 마쳤다.

전역해서 제각기 길을 가고 있는 것이 매우 흐뭇했고 이중 허성태만 고시 준비한다고 해서 다음날 다시 애동을 만났다. 허성태는 K대 법학과를 졸업하고 고시 준비를 위해 돈을 마련키 위해 현재 아르바이트를 하고 있다고 하였다. 애동은 아내 현정과 상의해서 관악구 신림동 고시촌에 허성태를 입주시켰으며 1년간의 고시촌 비용을 선납했으며, 용돈도 일정 금액 허성태의 손에 쥐여 주었다. 이 소식은 칠성 부관전우회에 전해져서, 십시일반 허성태의 용돈으로도 염출해서 보탰다.

애동의 S대 절친 중 행정고시 합격자는 군 복무를 마치고 중앙부처에 배치 받아 각각 근무했고, 경기고 절친 중 사법고시를 패스한 김철규는 군검찰관 복무가 만료되어 모 지방검찰청 검사로 재직하고 있었다.

송정섭은 문화체육관광부에 근무하였고, 애동의 둘째 외숙 성률의 두 번째이자 맏딸인 김종혜와 결혼을 전제로 한 교제를 하고 있었으므로 애동과 정섭, 성률 외숙과는 종종 만나기도 하였고, 성률은 ㈜서울우유 부사장으로 재직하고 있었고, 종혜는 Y대 상대를 졸업하고 모 은행에 은행원으로 근무하고 있었으며, 83년 1월에 결혼식을 올리기로 예정되어 있었다.

애동의 생일인 11월 19일, 6일 후인, 82년 11월 25일 소연은 예쁜 딸을 낳았다. 눈망울이 맑고 예뻐서, 애동은 수한의 유복

녀인 딸이 수정처럼 맑고 빛나게 살기를 바라고, 수한의 '수'자를 기억하고자 수정이라는 이름을 지어서 소연에게 권하자, 소연과 성수는 매우 좋은 이름이라고 하며, 쾌히 승낙해서 수한의 딸 이름은 박수정이 되었다.

82년도, 애동에게는 좋은 일과 나쁜 일이 동시에 겹치는 해였고, 연말에는 어머니 혜정이 교통사고로 크게 다쳤다. 혜정의 나이 60대 중반이므로 상처가 더디게 나았다. 혜정은 건강을 생각해서 공직에서 물러나고 싶다고 해서 창원 고향으로 83년 봄에 은식과 함께 귀향하고자 하였다.

마산 집은 처분해서 기동이 있는 울산에다 기동 명의로 단독주택을 구입하였고, 마산 상가와 창원시에 있는 토지 일부도 처분하여, 덕산 과수원에다 방 3개 달린 농가주택을 지어서 83년 7월에 창원군 동면 덕산리 과수원집으로 이사를 했다. 은식은 창원군 동면 새마을 금고 이사장직을 유지하였고, 혜정은 창원군 동면 새마을 부녀회 회장은 계속하기로 하였다.

새마을 전국 중앙회(연합회) 회장과 국회의원까지 역임하신 사람이 시골 면소재지 금고 이사장과 새마을 부녀회장이라니, 세간의 사람들은 두 사람의 행보에 대해서 이해하지 못했다. 60대 중반의 두 사람은 고향 사람을 위해 봉사하겠다는 자세로 그와 같은 직책을 맡았기 때문이다.

김정식은 83년 9월에 S대 대학병원 병원장에 만 61세 나이로 임명되었다. 은식 부부의 행보를 정식과 정엽은 매우 존경한다고 하였다. 창원 동면 석산리 곡목 과수원집과 땅은 애동 명의로 했는데, 그곳에는 정엽이 상당 금액 희사되어 있었다.

83년 11월 23일 셋째 아들 동우가 태어나자 내무부에 근무하는 과원들이 "석애동 과장님은 부부 금슬이 짱"이라고 가끔 농을 했는데, 2년 터울로 4명의 아이가 태어난 것에 대한 부러움이기도 하였다

가회동에서 인선은 아이를 전담해서 돌봐주는 보육사 1명을 동근 실종 사건 이후 채용하여 출퇴근 식으로 근무케 했는데, 넷째인 동우가 태어나자 방을 주어서 24시간 함께 사는 쪽으로 방향을 선회하였다. 사실 인선도 23년생으로 83년에 환갑을 맞이하여 체력이 몇 년 전과는 다른 점을 느꼈다.

현정의 약국에는 현정 외 약사가 6명이 근무하고 있었는데, S대 후배들의 일자리 마련이라는 명분과 현정 본인의 박사학위 취득에 전력 경주하고자 했고, 혜민약국에 근무하는 약사는 전원 S대 출신이라는 입소문이 나자, 지방에서도 손님들이 몰려왔고, 제약회사에서도 관심이 매우 많았다.

수한의 1주기 행사와 수정의 첫돌 잔치가 끝나고 5일 후, 83년 11월 30일 소연은 쌍둥이 아들과 수정을 데리고 일본으로 박사학위 취득차 떠났고, 떠나기 전날 여중 3총사는 석별을 아쉬워했다. 소연은 애동과 작별의 포옹을 하면서 "방학 때마다

큰오빠 볼 거야"라고 하며 눈시울이 붉어졌다.

84년도 새해가 밝아오자 현정은 네 아이를 어머니와 보육사에게 맡기고 '석굴암 일출'을 보기 위해 84년 1월 첫째 주 토요일 애동과 함께 경주로 갔고, 동근 실종 사건 이후 매일 저녁 1시간 정도 신묘장구대다라니를 암송했다.

84년부터 부부가 헤어져 있게 될 것 같다는 좋지 않은 예감이 들었다. 대다라니를 암송하면서 현정은 예지력이 생기기 시작했다. 수한의 사고에 대해서도 어떤 감이 떠오른 적이 있었으나, 워낙 큰 사고라서 혼자만 알고 있었으며, 타인에게는 발설치 않았다.

아이들의 신상에 관한 일은 아침에 인선과 보육사에게 어떤 것을 조심하라고 몇 번 일러주었는데 신통하게 맞은 바 있었고, S대 병원 근무 중인 정식과 유식, 유종에게도 몇 가지 당부를 하였는데, 그것 또한 적중된 바 있었다.

현정의 예지력은 유독 애동에게만 통하지 않는다는 점도 느꼈다. '애동의 기는 나를 훨씬 능가하고 있었기에 통하지 않는구나!'라고 하며, '역시 서방님은 보통 사람이 아니야!'하고 내심 애동을 존경하였고, 철저히 믿었다.

그런데 84년도부터 무엇인가 불길한 조짐이 보였기에 예방 차원으로 단둘이 경주 여행을 하고 싶어했다. 진관 종조부도 75세 고령이라 기력이 많이 쇠잔해 있었고, 석굴암 일출 관람, 조부모 묘소 참배 후 佛國寺 주지 스님을 찾아뵙고자 했으나 출타 중이라 하여 일요일 상경을 조금 빠르게 하여, 저녁 시간 남산타워에 올라서 오랜만에 서울야경을 보면서 식사를 하였다.

예전에 애동이 현정에게 했던 말들이 새록새록 떠올라서 현정은 그때를 생각하니 귓불이 빨개지는 것을 느껴, 현정 자신은 애동만을 위한 여자임을 고백한 말이 생각이 나, 그때의 감정에 이끌려서 현정은 처음으로 애동에게 곧장 집으로 가지 말고 남산 인근 호텔에서 두 시간 쉬다가 가자고 하자, 애동도 대환영이라고 했고, 현정의 호텔 이야기를 듣게 되자 애동은 아랫도리가 뻣뻣해지며, 약간 흥분되었다.

이제 현정의 나이도 30대였는데, 옛말에 20대 과부는 수절하는 데 비해, 30대 과부는 수절이 어렵다는 말이 현정은 생각나 의미심장한 웃음을 가득 머금고 남산타워를 내려와 두 시간 호텔에서 흥분을 식힌 후 가회동 집에 와, 경주에서 잔뜩 사온 경주 빵을 보육사에게 주고는 정식 부부에게는 맛만 보시라고 조금 드렸으며, 네 명의 아이들은 이상하게도 벌써 꿈나라에 가 있었다.

현정은 가회동 집에서 관계를 하자고 하여 애동이 응해주었다. 84년 이번 일 이후 부부관계의 주도권이 애동으로부터 현정으로 완전히 이양되어 현정이 요구하면 애동은 100% 응해주었고, 지난 과거와는 180도 바뀌는 계기가 되었다. 애동도 부

240

부관계만큼은 자신만만했는데 새벽에 헬스장에서 체력단련을 시작했고 담배는 태어나서 지금까지 피우지 않았다.

84년 2월 애동은 내무부 지방조직을 관리 및 통제하는 과장으로 전보되어서 직책상 지방 출장이 빈번하였다. 주혜는 수태와 83년 7월 초 결혼하여 여의도 모 아파트에서 신혼생활을 시작하였는데, 수태는 서울남부지검에 근무하고 있었다. 주혜는 84년 3월에 문교부 순환근무 지침에 의거 부산시 교육위원회로 발령이 나서 부산 범내골 시댁에서 생활하게 되어 수태와 주말부부가 되었다.

84년 8월 10일 일본으로 유학을 떠난 소연이 딸 수정만 데리고 효자동 집으로 귀국하여 애동과 현정이 만나보니 상당히 밝은 얼굴이었다. 15일가량 한국에 머물면서 화천, 춘천, 부산을 방문코자 했다. 화천방문은 칠성 부대 수색대대에 수한의 동상 제막식이 8월 15일(광복절) 예정되어 있었고, 제막식행사에 부산의 철재 부부, 수태 부부, 유태 부부, 성수 부부와 애동과 현정이 동참하기로 하였다.

제막식행사에 소연은 의연하게 대처했고, 소복 입은 모습에서 아픔이 느껴졌다. 행사 후 애동 부부는 춘천의 소연 조부모께 인사드린 후 서울로 왔고, 소연은 5일간 수정과 함께 춘천에서 휴식하고자 조부모 댁에서 지내기로 하였다.

8월 16일 강원도청 모 국장이 국고보조금 횡령 사건이 발생하여 애동이 그다음 날인 17일 강원도청에 조사차 춘천을 방문하여 퇴근 시간 조부모 집에 전화하자 마침 소연과 통화를 하게 되었다. 수정을 할머니에게 맡기고 소연은 차를 운전하여 위도유원지 식당으로 이동했고, 애동은 택시로 위도로 향했다.

단둘만의 오붓한 시간을 가질 수 있다는 생각에 소연은 애동을 보자 얼굴빛이 환하게 바뀌었으며, 그간 애처로운 모습의 연속이었고, 일본에서는 공부에 전념했기에 잊을 수 있었지만 한국에서의 소연은 한숨뿐이었는데 이제 30세의 젊은 여인의 한숨은 한으로 바뀌어 가기 시작했다.

두 사람은 식사를 맛있게 한 후 위도에서 가장 좋은 모텔로 자리를 옮겼고 소연은 애동을 약간 원망하는 말을 했는데, 현정보다 자기를 더욱더 좋아하면서 수한에게 왜 양보했냐고 했다. 소연의 원망은 애동을 옴짝달싹 못하게 하는 마법의 주술과도 같았는데, 이 주술에 사로잡힌 애동은 소연의 노예가 될 수밖에 없었으며, 밤 11시 가까운 시간이 되어서야 두 사람의 애정행각은 끝이 났다.

소연은 헤어지면서 9월경 다시 만나자고 하였다. 소연이 떠나간 뒤에야, 애동은 현정의 얼굴이 떠올라 죄책감에 몸 둘 바를 몰라 했고 여관에서 현정에게 전화를 해서 내일 상경하게 됨을 설명하고는 "사랑한다"라고 하자, 현정은 애동의 이 한마디 말에 감격스러워 눈물까지 흘렸다. 결혼 후 처음 듣는 말이었기 때문이다. 애동은 소연과 관계 시마다 현정과 관계하는 것으로 착각에 빠져들기 때문에 그 순간만큼은 크게 죄의식을 느끼지 못하였다.

소연은 춘천에서 서울을 거쳐 부산으로, 부산에서 일본으로 돌아갔고, 소연이 일본에 도착 후 7일이 지난 날 소연의 조부모 두 분이 교통사고로 사망하게 되었다. 급히 소연은 귀국하게 되었고, 소연도 애동과 마찬가지로 어릴 때 할머니, 할아버지 손에서 자랐기 때문에 그 충격은 수한의 순직과 비슷하게 소연을 덮쳐 버렸다.

장례식 후 일본행 비행기 안에서, 소연은 '애동 오빠와 관계를 하게 되면 큰 사건이 일어나는 것이 아닐까?'라는 의구심이 생겼으며, 세 아이의 친부가 애동이라는 사실이 확연함을 느꼈다. 결혼 후 막연하게 '애동의 자식을 낳았으면 하는 바람이 현실로 이루어진 것이 아닐까?'해서 애동이 일본에 오게 되면, 친자확인 유전자 검사를 실행하는 것으로 정했다.

84년도 추석이 지난 후 내무부 국장 1명과 과장 2명, 실무진 5명 등이 일본의 지방자치에 관한 실태연구차 열흘간의 일본 출장에 애동이 포함되어 도쿄와 오사카 지역으로 2개 팀을 나누어서 선진 일본의 지방 자치에 대한 실태조사를 하여 보고하는 것이 주된 임무였다.

애동은 소연이 있는 오사카 지역으로 자청하여, 소연의 간절한 바람이 통했음을 느꼈다. 일본 체류 10일 중 7일은 소연과의 밀회를 즐길 수 있었다. 세 명의 아이들은 꽤 많이 자라나 있었으며 쌍둥이 아들은 외관상 동근과 거의 흡사했고, 딸 수정도 눈망울과 입맵시가 애동과 많이 닮았다. 소연은 유전자 검사를 할 필요성을 느끼지 못했다. 세 아이를 임신하기 직전 성관계를 배란기와 대비해보니 확실하게 애동이 얘들의 친부였기 때문이다.

그렇지만 소연은 유전자 검사를 위해 애동의 머리카락 두 가닥과 관계 시 입으로 애무하면서 성기 옆에 있는 체모 2개를 애동 몰래 확보해 두었다. 애동이 일본을 떠난 후 아이들의 머리카락을 뽑아서 유전자 검사를 의뢰했다.

애동은 일본 출장 시 소연과 함께 하지 않았던 3일은 동행한 국장과 심심풀이 땅콩 삼아서 오락실을 찾게 되어서 난생처음으로 슬롯머신 일명 빠찡고를 하게 되었고 한국 돈 1만 원 상당의 쿠폰을 구입해서 국장과 같이 호기심으로 해보게 되었는데, 국장은 슬롯머신 경험자였고, 애동은 별 흥미가 없었다.

84년 보직 변경 후에 집에서 잠을 자는 횟수로 보면 3일에 한 번은 출장이었고 그다음 달 10월에는 미국과 유럽으로 무려 25일간 출장을 떠나게 되었다. 84년도는 박사학위 취득 마지막 해이므로 이번 출장이 학위논문에도 참고자료로 활용할 수 있는 기회이므로 국장과 차관께 부탁해서 출장이 이루어졌기 때문이다.

귀국 시 애동은 머리를 묶을 때 사용하는 머리띠를 현정에게 선물했다. 75년 2월 약혼과 동시 부부로 살아온 지 어언 10년 만에 남편으로부터 처음 받은 선물이므로, 현정은 너무나 감격해서 애동의 목을 끌어안고 "엉엉" 큰 소리로 울었다. 거실에 있던 어머니 인선과 민정, 동우를 안고 있던 보육사가 방으로 쳐들어왔다. 눈물을 닦고 현정이 자초지종을 애기하자 한바탕 웃었다. 이 일 이후 애동은 장시간 출장이나 외국 출장 시 꽃 한 송이라도 현정에게 선물하는 버릇이 생겼다. 현정은 아주 적은 것에도 만족할 줄 알며 "범사에 감사하라"는 예수님 말씀대로 살고 있었기 때문이다.

애동은 84년 11월 하순 무렵 부산시청에 3박 4일간 출장을 갔다. 현정의 막내 오빠 유수는 부산시청 보건 복지국 과장으로 재직했고, 부산대학병원 의사와 82년 2월에 결혼하여 동래구 온천동에 살고 있었다. 유수는 애동의 손위처남이지만 친구와 같이 막역한 사이였다.

출장 당일 저녁 식사를 해운대 북쪽에 있는 청사포 해변 횟집에서 절친 유태, 주혜까지 4명이 함께 했다. 2차로 해운대 단란주점으로 이동해서 양주를 네 명이 추가로 마셨으며 주혜가 처음 시집살이하게 되므로 약간의 스트레스를 받는 느낌이 들었다. 애동은 단란주점 인근의 호텔에 3박 4일 쉬기로 하였으며, 밤 9시경 비교적 이른 시간에 4명은 각자 헤어졌다.

애동은 정장을 벗고 세수를 한 후 간편복으로 갈아입고 해운대야경을 보기 위해 방을 나와 호텔 현관 쪽으로 걸어가고 있는데, 현관문에서 지금 막 택시에서 내려 현관으로 들어오는 주혜와 마주쳤다. 주혜는 애동의 팔짱을 끼면서 "큰오빠, 어디 가?"라고 했다. "주혜야, 무슨 일이냐?"라고 애동이 반문하자 주혜는 다짜고짜로 호텔 지하에 있는 노래주점으로 애동을 끌고 갔다. 애동은 "무슨 일이냐?"라고 재차 말하면서 주혜로부터 이끌려서 노래주점 방으로 들어와 앉았다.

주혜가 갑자기 울기 시작했고 조금 전에 주혜는 술을 제법 많이 마셨으며 오빠들과 계속 건배하자며, 식사는 하는 둥 마는 둥 하면서 술만 냅다 들이키는 것을 애동은 목격했다. 노래주점에서 맥주 2병과 과일 안주를 주문 후 주혜의 우는 이유를 들어보고자 했다.

시어머니 선혜는 아이 가지는 것과 내조만을 하기 위한 공직생활 사표를 종용하는 등의 성화에 매우 고민하고 있었는데, 어릴 때부터 좋아한 애동을 보자 갑자기 옛날처럼 애동 큰오빠에게 안기고 싶은 마음에 택시를 되돌려 왔다고 했다.

83년 7월 결혼 후 수태와 의논하기를 아기는 천천히 가지자고 했다고 했고, 주말마다 수태가 부산에 오고 있다고 했다. 그래서 배란기 때 부부관계는 콘돔을 사용하기도 하였다고 했다.

또한 시어머니와 갈등으로 퇴근 후 광복동 친정으로 직행하여 저녁을 먹고 가기도 한다고 하였다. 애동은 부산시청 출장 기간은 화요일에서 금요일까지였다.

주혜는 내년 85년도부터 사법고시 준비를 하겠다고 했으며, 수태와 주혜는 동급생으로서 부부라기보다는 아직도 친구와 같은 감정으로 결혼 생활하는 것을 김선혜는 매우 못마땅하게 여기고 있었다. 선혜는 주혜의 성격이 직선적이고, 저돌적으로 밀어붙이는 남자와 같기에 아들 수태가 주혜의 비위를 맞추며 사는 모습에 화가 났으므로 매사에 주혜의 행동이 못마땅했다. 금년(84년) 3월 이후, 주혜 홀로 시댁에 살고 있는 주혜의 입장이 조금 애동은 이해가 되었다.

또한 주혜는 6월 이후 아침 일찍 출근해서 밤늦게 귀가해서, 범내골 집에서는 거의 저녁을 먹지 않는다고 했다. 광복동 친정이나 직장에서 저녁 식사를 하는 것에 대해서도 선혜는 매우 언짢게 여기고 있었다.

맥주 1병을 따서 두 사람은 천천히 마셨고 주혜는 조금 진정이 되는 것처럼 보였는데 2병째 따서 첫 잔을 한꺼번에 쭉 들이킨 주혜가 "욱" 하며 구토를 하려고 했다. 맞은편에 앉아 있다가 일어서는 애동의 발 앞에 구토하면서 손으로 입을 막다 보니 주혜의 상의와 치마에 구토의 분비물이 많이 묻게 되었다.

주혜의 얼굴은 하얗게 되었으며, 애동은 휴지로 대충 주혜의

얼굴과 옷을 닦은 후 바닥도 정리하고 카운터에서 계산을 하고
는 주혜를 부축해 호텔 방으로 올라갔다.

주혜는 검정 투피스 차림이었고, 애동은 주혜를 침대에 뉘어
놓고는 방을 나와 숙취 해소 음료 2병과 주체로 인한 소화제를
사 와서 먹이고, 주혜에게 속이 아직도 울렁거리냐고, 머리는
아프지 않으냐고 묻자, 주혜는 구토의 분비물이 묻은 옷을 처
리해 달라며 투피스 상의와 치마를 벗었다.

베이지색 블라우스 가슴 아래 쪽에도 얼룩이 져 있어서, 투
피스 겉옷은 젖은 수건으로 깨끗이 닦으면 될 것 같은데, 블라
우스는 빨아야 하겠다고 하자, 주혜는 블라우스를 벗었다. 다
행히 아래쪽 거들은 깨끗했으며 브래지어와 거들 차림의 주혜
의 모습에 애동은 별 반응이 없었는데, 친동생과도 같은 느낌
이어서 주혜를 침대에 쉬라며 눕게 한 후, 겉 이불을 살짝 덮어
준 후, 투피스는 젖은 수건으로 깨끗이 몇 차례 닦은 후에 옷걸
이에 걸어두고, 블라우스를 들고 욕실로 가 세탁한 후 머리 말
리는 드라이기로 블라우스를 말리는 중에, 주혜가 알몸상태로
욕실로 들어와서 애동의 등 뒤에서 안았다.

애동은 드라이기와 블라우스를 욕실 옷걸이에 걸고 주혜를
제지하기 위해 뒤돌아서자 주혜는 입맞춤을 강제로 하며, 떨어
지지 않을 기세였다. 주혜는 애동의 옷을 강제로 벗기기 시작
하여 두 사람은 알몸상태가 되었다. 애동이 주혜의 몸을 깨끗이

닦아 준 후 먼저 침대에 가 쉬라고 한 후 애동도 샤워를 했다. 이러는 동안 두 사람은 술이 많이 깨게 되었으며 샤워 후 애동은 자신의 런닝 상의와 팬티, 바지를 다시 입고 블라우스를 말리고 난 다음 욕실로 나왔다.

주혜와 관계를 하고 싶지 않았고 침대에 누워 잠이 든 주혜의 알몸을 다시 보니 주혜의 나신도 제법 볼륨이 있어 보였다. 마른 블라우스를 투피스 옷걸이 위에 걸고는 침대 옆 의자에 앉았고, 잠시 후 주혜는 침대에서 일어나 알몸상태로 애동에게 다가와서 찐한 키스를 하며, 애동의 허리띠를 풀어 바지와 팬티를 동시에 벗어 던지며, 애동의 하체 부위를 무릎을 꿇은 자세로 애무를 하기 시작했다.

애동은 주혜의 성격을 아는지라, 체념하면서 주혜를 번쩍 안아 들어 올려 침대에 뉜 후, 주혜가 아니라 현정이라고 생각하면서 주혜와는 처음으로 성관계를 하고 말았다. 주혜는 황홀감을 처음으로 맛보았고, '부부관계는 이런 것인가?'라는 생각을 했다.

땀에 젖은 몸을 닦기 위해 애동이 욕실로 들어와 찬물로 샤워를 했고, 시간을 확인하니 밤 11시 전이었다. 주혜를 집으로 보내면서 "회식 후 사우나에 다녀왔다고 하라"라고 시켰으며, 주혜는 호텔 방을 나가면서, 내일 저녁 식사는 단둘만 하자고 했다.

주혜와의 성관계는 3일 내내 지속되었으며, 밤 9시 전에 서둘러 관계 후 시댁으로 반드시 보냈고, 애동은 어쩔 수 없는 일은 즐기자고 마음을 고쳐먹었고 주혜는 수요일 늦은 시간에 집에서 저녁을 먹기까지 하는 등 변화하기 시작하자 선혜는 의아했다.

목요일 밤에는 관계 후 선혜와 잘 지내도록 신신당부했으며, 아이는 빨리 가지도록 수태와 다시 상의하도록 하였고, 85년 사법고시 공부는 2, 3년의 준비시간을 가지고 하도록 당부하였다. 금요일 주혜는 토요일 휴가 조치 후 서울로 상경해서 수태와 3일간 부부관계를 했고 얘기를 갖자는 주혜의 말에 수태는 대환영이라고 했으며, 철재 부부는 주혜가 마음 편하게 부부관계 하도록 그 이후부터는 주혜를 서울로 보냈다.

주혜는 주말에 상경해서 여의도 집에서 일요일 저녁 식사까지 한 후 밤 열차로 부산으로 가 곧바로 출근하기도 하였다. 주혜는 85년 말까지 2년 근무 후 86년 1월 문교부로 상경할 예정이었다.

애동은 84년 12월과 85년 1월에는 지방 출장은 없었다. 애동은 박사학위를 85년 초 졸업식 및 학위수여식에서 받았다. 학위논문 제목은 "지방자치에 관한 중앙정부의 역할과 기능"이었고 애동은 2개월간 현정과 단란한 시간을 즐길 수 있었다.

주혜가 84년 12월 둘째 주 일주일간 문교부 출장을 오게 되었고, 화요일 퇴근 무렵 주혜가 서울청사 애동의 방까지 찾아와서 행주산성 근처 한정식집에서 저녁을 하면서 필히 할 얘기가 있다고 하였다. 서울 세종로 정부청사에는 내무부와 문교부 사무실이 청사 내에 함께 있었다. 애동은 주혜가 있는 자리에서 현정에게 미리 전화로 저녁 식사 후 귀가로 늦어진다고 양해를 구했고, 수태는 야간 당직이었다.

이날 주혜는 배란기 첫날이었고, 지난 11월 부산에서 애동 큰 오빠가 아이를 가지라는 말에서 주혜는 애동의 자식을 갖고자 하였으며, 아이를 가지라고 권한 애동 오빠가 책임을 지라는 것이 주혜의 생각이므로, 당연히 애동 큰오빠가 만들어 달라는 것이 주혜의 판단이었다.

부산에서의 애동과 성관계 이후, 주혜는 남편 수태와 함께 하는 밤이 별로 만족스럽지 못한 것을 느껴 이상스럽기까지 했다. 83년 결혼을 하여 몇 개월 후, 부산근무로 시댁에서 살면서 시어머니와 갈등에서의 스트레스가 아직도 주혜에게 남아 있어서, 수태와의 부부관계도 영향을 미치게 됨을 알게 되었다.

행주산성까지는 각자 이동하여 한정식 식당에서 18시경 만났고, 식사하면서 주혜는 지난 11월 부산 해운대 오빠와의 만남이 30년 살아온 본인 인생에서 가장 행복한 3일이었다고 생뚱맞은 말을 하며 다시 관계를 하고 싶다고 했다.

애동은 '아차'라는 생각을 했고 조금 전 사무실에서 비장한 얼굴로 다급한 그 무엇이 있었는데, '꼭 할 말이 있다는 것이 고작 나하고 관계를 하고 싶다는 것으로 이렇게 말하는 구나'라고 하며 별로 신경 쓰지 않았는데, 반면 주혜는 반드시 애동의 자식을 가져야 하겠다는 절박한 심정이 있었다.

식사 중 반주로 소주 1병만 둘이 나누어 마셨고 한정식 식당 맞은편에 새로 지은 모텔이 있음도 주혜는 인지하고 있어, 식당과 모텔 예약도 주혜는 사전에 해 놓았다. 그래서 저녁 7시 10분경 식사를 끝내고 10분 정도 산책 후 둘은 모텔로 들어갔다. 애동은 주혜가 원하므로 그 요구를 들어주는 것이 별로 대수롭지 않게 생각되었다. 몸은 소연이나, 주혜와 관계를 하더라도 정신은 오직 현정하고만 성관계를 하고 있다고 자기 최면을 걸었기 때문이다.

그러므로 소연, 주혜와의 관계도, 현정과의 뜨거운 정사와 똑같이 하였으므로, 애동이 성행위를 할 때는 그 어떤 죄의식을 느끼지 못하였다. 한참 시간이 지난 뒤에야 본인의 잘못을 인정하곤 했다.

밤 9시경 모텔을 나와서 각자의 집으로 갔으며, 그다음 날 수요일 또한 어제와 똑같은 시간을 두 사람은 보내게 되었고, 헤어지면서 주혜가 "애동 큰오빠 2년에 한 번씩 3일만 나에게 줘"라고 하였다.

주혜는 85년 1월 생리가 없었고, 2월에도 생리가 없자 S대 병원 검진결과 첫 임신이었다. 철재 부부와 수태는 매우 기뻐하였고, 정엽 부부도 축하해주었다.

현정도 1월에 생리가 없으므로, 2월 초 확인하니 다섯째 임신이었고, 85년 새해에는 애동이 현정에게 사법고시를 도전해보겠다고 하였으며, 74년 맹장수술로 인하여 불발이 된 사법고시를 도전하기 위해서, 내무부 과장 자리가 아닌 심의관으로 보직 변경을 건의해서 이루어졌다.

애동은 출퇴근을 고시촌에서 했으며, 주 1회 가회동 집을 찾았고 필요한 의복은 갈아입기도 했다. 고시촌에서 화천 칠성 부관전우회 허성태와 소연의 사촌 언니 최가연(성수의 형 최치수 딸)을 만나게 되었다. 허성태와 최가연은 83년, 84년 실패하고 85년, 삼수를 하는 셈이며, 상당 수준 고시 공부가 진척되어 있었다.

최가연은 51년생으로 애동과는 동갑으로, S대 영문과를 졸업하고 영어 교사로 재직하던 중 75년 재벌 2세와 결혼하였으나, 남편의 외도로 결혼 1년도 채 안 되어 이혼하였고, 다시 교사로 재직하면서 사법고시를 준비하고 있었으며, 가연도 주 1회 청운동 집에 들르곤 했다. 소연이 재직했던 배화여고 영어 교사로 근무 중이었다.

가연은 미스코리아 선발대회에서 미스 강원 진에 뽑혔으며, 본선 8명에도 등극한 S대 출신 미스 코리아로서 인기가 대단했다. 진선미 모두를 갖추고 지식까지 겸비한 재원이었다.

애동보다는 1년 선배로 70학번이며, 소연과 가연은 사촌이 아닌 친자매라 해도 진배없을 정도로 가깝게 지내왔고, 소연의 큰아버지 최치수 역시 자식은 가연 하나밖에 없었으므로, 둘 다 무남독녀이다. 최가연은 소연이 경기여중 재학 중일 때 과외선생 애동을 예의주시하면서 보아왔고, 친구로 사귀어 보았으면 하는 바람을 68년 이후 줄곧 가지고 있었으며, 춘천 할아버지 집에서 스치듯이, 또는 효자동 집에서 얼굴만 몇 번 보아온 정도이지만, 가연의 마음속에는 애동이 자리 잡고 있었다.

허성태의 고시 제반 경비는 줄곧 애동이 책임지고 있었다. 84년도 고시에서는 성태는 석패하였으며, 합격점수에서 1점 미만의 점수로 패스를 놓쳐서 85년도에는 반드시 합격하겠다는 의지를 불태우고 있었다.

세 사람은 고시촌에서 야식을 할 경우 휴게실에서 고시에 대한 정보도 교환 하는 등 만나기도 하였다. 가연은 애동을 보면서 가슴이 설레는 감정을 느꼈고, 반면 애동은 소연의 언니로만 대했다.

애동은 고시촌에서의 고시 공부는 주로 저녁 시간에 국한되므로 대학 시절 노트와 석, 박사 학위취득 때 연구한 것을 참고로 하였고, 자신 나름의 고시 준비를 단계적으로 실시하였다. 내무부 근무 중 점심시간에도 틈을 내어 공부를 했으며, 시험 정보에도 최선을 다했다.

85년 10월 6일 현정은 다섯째이며, 네 번째 아들 동찬을 출산했고, 맏아들 동현과 닮은 점이 많았다. 그다음 날 주혜는 첫딸을 낳았고, 수한의 쌍둥이 이름이 태건, 태민이므로 태자를 사용하여 박태희라는 이름을 지었다. 하루 간격으로 출산을 한 사실에 대해서, 애동은 누군가 등 뒤에서 목덜미를 잡아당기는 기분이 들었다.

85년도 말 86년 사법고시에 애동은 패스하였고, 허성태와 최가연은 또다시 고배를 마시고 1년 후를 기약하게 되었다.

가회동에서 축하 기념 파티가 있었으며, 다섯 가족(은식 부부, 정식 부부, 정엽 부부, 철재 부부, 성수 부부)과 일본 유학 중인 소연, 유태 부부, 고교와 대학 절친, 화천 칠성부관 전우회 5명, 최가연도 참석하였다.

86년부터 87년말까지 사법연수원 교육을 받아야 했다. 87년 2월에 소연은 박사학위 취득과 동시에 쌍둥이 초등학교 입학으로 귀국하게 되었다.

애동이 초등학교 5학년 부산 용두산 공원에서 자신의 미래 꿈은 법관이었는데, 그 꿈을 이룰 수 있어서 내심 기뻤다. 현정도 그 해 박사학위를 취득하였다.

다섯째 동찬(4남)이 100일이 지나면 애동과 현정은 86년 1월에 일본 여행을 하고자 했다. 소연의 간곡한 청이 있었다. 약혼과 결혼 신혼여행도 간소하게 하였기 때문에, 연수원 교육 시작 전 7일간 일본 여행을 다녀왔으며, 이중 5일은 소연이 동행하여 안내해주었고, 현정은 소연이 고맙기도 하지만, 안쓰러운 느낌이 많이 들었다.

국가유공자(전사, 순직) 미망인이 재혼하게 되면 유족연금이 지급중단이 되는 경우가 발생하므로 평생 과부로 살아야 하는 것이 매우 안타까운 현실이었다. 그래서 현정은 헤어질 때면 애동에게 소연을 따뜻하게 안아주라고 했다. 오빠가 가여운 여동생을 안아주는 것은 매우 자연스러운 행동으로 현정은 받아들이고 있었다.

2년간의 사법연수원 교육에서 최선의 노력을 경주한 결과 장원으로 수료를 하게 되었다. 교육 중인 87년 2월 중순 주혜가 찾아와서 두 사람의 성관계를 하는 3일간의 약속을 지켰고, 그 당시 수태는 호남지방에 근무하고 있었다.

88년도부터 애동은 1963년 부산 남일초등학교 5학년 때 꿈인 법관임용이 꿈꾸어 온 지 25년 만에 이루어져, 부산지방법원 민사부 판사로 발령이 났다. 연수원 2년 차 교육 중에 허성태와 최가연이 입교하여, 세 사람은 연수원에서 종종 만나게 되었다.

가연은 마음속으로 애동을 그리워하는 소위 짝사랑을 하고 있었고, 89년 허성태는 검사로 임용되었고, 가연은 변호사를 하게 되어 서울에 제법 이름 있는 법무법인에 들어가 근무하게 되었다.

88년 부산근무로 애동과 현정은 주말 부부여서, 애동은 쉬는 시간이면, 창원 곡목 과수원집을 주로 찾았다. 가끔 시와 수필을 연습으로 쓰기 시작했으며, 또한 주남, 산남 저수지를 찾아 겨울 철새인 청둥오리에 대한 사진촬영도 하게 되었다.

현정이 주로 부산을 열차 편으로 내려와 애동이 픽업하여 창원 곡목 과수원집으로 동행하였고, 가까운 창원 동읍 덕산 부모님께 문안 인사도 했다. 88년 11월 29일 여섯째이자 둘째 딸 민서가 태어났고, 애동의 나이 만 37세인 점을 감안하여, 그만 출산했으면 여겼는데 현정은 계속해서 아기를 낳고자 하였다. 시아버지 은식은 막내 기동을 만 38세 이후에 보았다며, 현정은 40이 넘어서도 자식을 보자는 입장이었다.

70년대 후반 인구증가로 산아제한 정책이 있었는데, "둘만 낳아 잘 기르자"라는 내용이었고, 내무부 근무 시 과원들의 놀림을 받을 때 이를 역행하는 공무원이었음을 애동은 인지하였다.

88년 부산법원 재직 중 여름방학 때 소연과 저녁 식사 후 해운대 모 관광 호텔 오락실에 두 사람이 술도 깰 겸 해서 가게 되었는데, 처음 오락실에 방문한 소연이 잭폿이 터져서 상당한 금액의 시상금을 받게 되었는데, 그 이후 소연은 자주 오락실을 찾게 되는 계기가 되었다.

애동은 소연이나 주혜와의 성관계 시 밤 10시 이전에 끝내는 것으로 하였다. 89년 2월 중순 애동은 소연, 가연과 저녁을 먹게 되었다. 애동의 숙소는 법원 옆 아파트에 있었고, 잠은 반드시 숙소에서 자는 것으로 정했다. 소연, 가연과 함께 식사한 지 일주일 후 퇴근 시간 무렵 가연이 찾아와 저녁 식사를 함께 하자고 하여, 단둘이 식사하는 것이 쑥스러워서 유수를 합석하여 저녁을 먹었다.

　　가연과 유수는 동급생이고, 대학 시절부터 아는 사이였다. 가연은 애동에게 자신의 감정을 고백하고, 밀회를 나누려고 했었는데, 그다음 날 중식을 하자고 약속을 하여 애동이 응해 주었다. 애동과 가연 두 사람은 중식시간에 법원 인근 한정식을 먹게 되었는데, 가연이 어릴 적 얘기를 꺼내며, 소연과의 관계를 예단하여, "지금도 가끔 소연을 안아주느냐?"라고 했다.

　　애동은 가연의 얼굴을 자세히 살피니 애처롭게 여겨졌다. '이 여자는 나를 짝사랑하는구나!'라는 생각을 하면서, 그 옛날 현정의 표정이 연상되었으므로, 애동은 건너편 자리로 이동하면서 "가연 씨, 일어나요. 내 안아 드릴게"라고 하고 가연을 살포시 안아주자, 가연의 몸이 파르르 떨고 있는 느낌을 알았고, 내친김에 뜨거운 키스를 퍼부었는데, 애동은 깜짝 놀랐다. 키스 경험이 없는 여자였기 때문이었으므로 "결혼까지 한 여자가 왜 이래"라는 생각이 들어서 가연의 귀에다 대고 나직이 "가연 씨,

결혼생활 했나요?"라고 묻고는 가연을 자리에 앉히고 자신도
옆에 나란히 앉았다.

가연의 말로는 재벌 2세와 결혼을 하였는데, 그 남자는 첫날
밤부터 만취 상태로, 가연에게 창녀처럼 손과 입으로 자기만을
만족시켜달라고 하여 그렇게 해주니 조금 후 사정해버리고 난
후, 그 남자 손으로 가연의 가슴과 아래 성기를 만지는 행위가
전부였다고 했다. 한번은 억지로 관계를 하려고 그 남자 몸 위
에서 삽입을 시도하니 몸을 밀치고 뿌리치면서 방을 나가버렸
다고 했다.

매일 밤 만취 상태로 손과 입으로 자신만 만족시켜달라는 행
위만 요구하므로 싫다고 하자, 그러면 이혼하자고 해서 이혼을
했다고 했다. 변태와의 결혼생활이 제대로 될 수가 없었다. 이
혼 이후 남자들은 다 그런 줄만 알았는데 소연의 결혼과 현정의
다산을 보고는 생각이 바뀌었으며, 여고 졸업 후부터 애동을 짝
사랑했다고 수줍게 고백하는데, 애동은 난감했다.

애동은 상대방이 원하면 그 무엇이라도 거절할 수 없는 성격
을 가졌다. 그래서 애동은 가연의 몸을 돌려 앉은 자세로 재차
키스하며 윗옷 밑으로 손을 넣어 젖가슴을 만져보았다. 가연은
"음"하며 나직이 신음 소리를 내는데, 가연의 젖꼭지 크기가 약
혼 전의 현정의 젖꼭지와 거의 똑같음을 느낀 애동은 '가연도
나의 여자이구나!'라는 느낌을 받게 되었다.

259

오후에는 마침 휴식 시간이었다. 그래서 애동은 가연에게 먼저 해운대 모 호텔 방을 예약 후 연락하라며, 가연을 한정식 식당 밖으로 먼저 내보냈다. 애동은 사무실에서 가연의 전화를 받은 후에 호텔 방으로 직행했고, 가연은 옷을 입은 채로 앉아 있었다. 탁자에 양주 1병과 마른안주가 놓여있었고, 애동이 방에 들어서자 가연이 반갑게 웃으면서 의자에서 일어섰고 얼굴은 상기되어 홍조를 띠고 있었다.

애동은 가볍게 키스를 한 후에 가연의 겉옷을 모두 벗기고 브래지어와 팬티 차림으로 의자에 앉힌 후 자신의 옷도 벗어 팬티 차림으로 앞 의자에 앉아서 양주를 따 건배하면서, 가연을 쳐다보니 눈이 부실 정도였다. 미스코리아 출신 가연의 몸매와 얼굴은 37세의 나이가 전혀 아닌, 20대 중반으로 10년은 어리게 보였기 때문이었다.

약간의 수줍음을 느끼며, 다소곳한 자세는 애동을 흥분시키기에는 충분했으며, 양주 두 모금 후에는 애동은 팬티를 먼저 벗고는 가연의 브래지어와 팬티를 벗긴 후 욕실로 데리고 가서 젖가슴과 아랫도리 등 가연의 몸을 깨끗이 닦아주자, 숫처녀와 다름없는 가연은 연신 몸을 떨기도 하고 다리를 오므리거나 꼬기도 하였다.

가연의 몸을 먼저 씻어준 다음 "침대에 있어"라고 한 후, 자기 몸을 닦고는 침대로 가 충분히 애무를 한 뒤에 쿵덕 쿵덕 방아를 수없이 찧었다. 가연이 "악"하는 소리를 질렀고, 침대 카바에 선홍색 빛이 낭자했다.

현정과의 첫날밤과 너무나 흡사했다. 대충 가연의 몸을 씻어준 후 침대 시트커버를 벗겨놓고, 애동 자신도 샤워 후 잠깐 가연을 기다리게 하고 약국에 가 바셀린과 연고를 사 와서 가연의 아랫도리 깊은 곳에 발라주었고, 가연은 팔을 들어 애동에게 키스를 하는데, 두 번의 키스로 학습이 되어서인지 제법 잘했다. 혀를 내밀기도 하고, 빠는 것도 제법 했다.

애동이 젖가슴을 다시 한번 어루만져보니, 현정의 젖가슴과 매우 흡사하며 신장과 궁둥이는 현정보다 크고 다리는 허벅지 살이 없어서이지 매우 늘씬했다. 가연이 입으로 애동을 애무를 하자, 제지를 하며, 아프냐고 묻자, 약간 따갑다고 했으나 기분은 하늘을 나는 것과 같다고 했다.

나란히 누워서 애동이 팔베개를 대주며 가연에게 편안히 쉬라고 하며, 오른 손으로는 가연의 젖가슴을 쓰다듬기도 하고 만지작거리며, 할머니 젖 만졌던 그 옛날의 기억이 떠올랐다. 애동은 가연이 제2의 현정이라고 생각했다.

가연은 서울본부에서 부산지사로 자리를 옮겼으며 해운대에 숙소를 마련했다. 애동은 가연과의 첫 관계 후 열흘 뒤에 저녁을 먹었으며, 밤 10시까지의 정사는 일주일 서너 차례 이어졌고, 애동은 소연, 주혜, 가연과 관계 시 현정과 부부관계 하

261

는 것으로 자기 최면을 걸었으므로, 성관계는 황홀하게 이루
어졌다.

89년 3월에는 가연이 생리가 없자, 며칠 후 확인하니 임신
이었다. 두 사람은 고민에 빠졌다. 가연은 뱃속 애기를 끝까지
지키고 싶은 심정이라고 애동에게 말하였다. 그래서 가연은 부
산에서 개인 변호사사무실 개업과 동시에, 춘천 부모님에게는
부산에서 석사학위를 취득고자 하니 향후 2년간은 못 만날 수
있다고 미리 통보하였다. 앞으로 2년간은 장차 태어날 아기에
대해서만 집중하기로 하여 지인들에게도 일절 소식을 끊고 살
기로 했다.

가연의 행방을 아는 사람은 오직 애동뿐이었고, 변호사사무
실도 임신 6개월 후에는 잠정 휴업 상태로 하며, 해운대 아파트
에서 은거생활을 시작했다.

가연은 89년 12월 초순 어느 날 밤 11시 30분경 건강한 아들
을 아파트에서 조산원 산파를 불러서 낳았다. 출산 시 애동이
가연의 옆을 지켰는데, 현정이 여섯의 애를 낳을 때까지 출산
후에 현정을 위로했으므로, 출산의 고통을 처음 직면하게 되었
다. 가연의 산통이 초저녁 시작되어서 애동은 가연을 안심시키
는 데 총력을 기울였다.

가연이 낳은 아들 이름을 최동영으로 지었고, 이혼녀가 자식
을 얻고 싶어서, 정자 기증을 받아 체외수정으로 한 후 자궁에

안착시키는 신기술로 아이를 낳은 것처럼 두 사람은 입을 맞추었다. 새로 태어난 아이는 애동의 눈에는 큰아들 동현과 거의 똑같이 보였다.

애동은 90년 초 제주지방법원으로 발령이 났으며, 애동은 가연과 함께 제주도로 갔고, 가연은 제주시 모 아파트에서 은신하여 살게 되었다. 애동의 보살핌으로 마냥 행복에 겨운 생활을 하였다. 애동도 가연을 제2의 현정으로 여겨서인지 정을 듬뿍 쏟았다. 동영이 첫돌이 지나고 며칠 후, 90년 12월 중순에 가연의 아버지 최치수(1924년생)가 뇌경색으로 쓰러져 사망하였다.

가연은 동영을 보모에게 맡기고, 춘천 집으로 가서 아버지의 장례를 마치게 되었다. 치수는 춘천에서 알부자였으며, 건물과 토지 등이 제법 많이 있었고, 가연도 재벌 2세와 이혼으로 위자료를 제법 많이 받은 바 있었다. 장례식에는 소연과 애동 부부, 주혜도 참석하였다.

장례식 후 애동과 현정, 주혜는 화천 칠성부대 수색대대 수한의 동상에 헌화 및 분향을 하였으며, 애동은 칠성부대 근무에 대한 옛 얘기를 두 사람에게 해주었고, 도로는 포장이 잘 되어있었다.

87년 이후 소연은 효자동 집에서 모 여대 전임강사로 재직하고 있었고, 88년 여름방학 이후 호텔 오락실에 출입하면서 외로움을 달래기도 하였으며, 월 1회 정도 애동과 밀회를 즐기곤

263

하였다. 88년도 말경 복강경 수술을 하여 임신에 대한 염려에서 해방되기까지 하면서 애동과의 관계를 지속하기를 원했다.

가연은 91년 1월 동영을 데리고 춘천 어머니 박연수를 만나러 갔다. 제주에서 1년간 변호사 개업을 하고자 했으므로, 노후에 자식이 필요하여 정자 기증을 받아 시험관아기 시술로 동영을 낳았다고 말했다. 또한 가연은 만 40세(91년) 이전에 아이를 하나 더 만들겠다고 연수에게 말하였으며, 가연은 실제 나이보다 10년 정도의 젊음을 유지하였다.

경주 가문의 몰락

90년 1월 애동이 제주로 떠나기 직전, 7일간의 휴가를 득하여 현정과 경주 여행을 하였는데, 이때 전 경주박물관장 임철재 교수를 만나게 되었다. 임 교수는 경주에 있는 모 대학 총장을 역임하고, 명예교수로 재직하고 있었는데, 현정에게 약대 교수직을 제안하여 상의를 했다.

현정은 현재 S대 약대 시간강사를 하고 있었는데, 임 교수는 전임강사가 아니라 조교수 1년 후, 부교수 자리를 확정해주겠다는 파격적인 제안을 했다. 임 교수는 현정의 둘째 오빠 유종에게도 대학병원 정교수 및 과장 자리도 제의하였는데, 유종은 S대 부교수로 1년 전 보직 받아서 정교수가 되려면 향후 5년 정도 기다려야 했다. 현정의 아버지 정식은 S대 병원장 역임 후, 국립 보훈병원장을 2년 임기 마지막 해 근무를 하고 계셨다.

경주의 모 대학은 불교재단의 대학이었고, 애동과 현정은 심사숙고하여 결정해서 통보하기로 하고 임 교수와 헤어졌다. 현정은 유종만 허락한다면, 애동이 제주에 2년간 체류하게 되므로 경주의 대학 교수 자리도 괜찮다고 여겼다. 약혼 전 경주에 대한 추억이 매우 크게 각인되어 있었기 때문이다.

현정은 애동을 경주 시내 첫날밤 호텔로 동행케 하여 그 옛날 첫날밤 추억을 되살리며, 모처럼 뜨거운 밤이 되었다. 현정의 부부관계 주도권에 애동은 보조를 맞추어 주었다.

2년의 부산 객지생활로 애동의 정력이 전과 같지 않음을 느꼈으며, 40대에 곧 진입하게 되는 남자의 힘은, 한창 절정기에 다다른 현정과는 다소 거리감이 있어, 경주에서 대구로 가, 용한 한의원을 수소문하여 보약을 구입해 제주에서 꼭 챙겨 먹도록 했다.

현정은 80년대 초반부터 강남 테헤란로 주변과 이면도로에 인접한 토지를 돈이 마련 되는대로 여러 곳을 사두었는데, 그중 5년 이상 경과한 토지의 가격이 몇십 배 정도 급등한 토지를 팔아서 경주에 7층 건물을 구입, 수리해서 1층은 약국으로, 2~6층은 임대하고, 7층은 살림집으로 하는 것을 애동과 상의했다. 현정은 어머니 혜정과 재테크 면에서는 많이 닮았다.

혜정도 오래전부터 마산시장 상가에서 나오는 수입으로 꾸준히 창원역 주변과 창원 신도시 택지 지역, 경남 도청청사 후

보 예정지역 주변 상업지로 예상되는 토지를 주로 구입하게 되어 창원 신도시 토지를 많이 보유하게 된 사실을 은식에게 들은 바 있었다.

현정은 나름대로 재테크의 고수로 약국 개업으로 인한 손님들과의 대화에서 정보를 얻을 수 있었고, 제약회사 주식에 투자해서 몇 해 전 제법 재미를 본 적도 있었다.

지금까지 약혼 후 살면서 금전(가계 재정) 문제는 전적으로 현정의 몫이었는데, 애동이 월급날 봉급 봉투를 현정에게 주면, 약국 개업하기 전에는 받았지만, 약국 개업 후는 도로 애동에게 돌려주면서 "모자라면 더 줄 터이니 공직생활 하면서 횡령이나 금품수수 따위는 절대 하지 말고, 월급은 부하직원들을 위해 사용하라"라고 강한 어조로 말했다.

또한 내조는 자신의 책임이라며, 집안 문제 특히 시댁에 금전에 관한 것은 애동 모르게 현정은 세 사람의 누님 자식과 시동생 기동에게 금전 문제나 기타 애로사항은 시어머니 혜정과 상의해서 모든 것을 처리하였으므로, 장남의 역할을 줄곧 현정이 하고 있음을 경주 여행 때 애동이 인지하였다. 노후 대책과 여섯 명의 자녀교육에 대한 대비도 교육보험과 연금보험으로 사전에 철두철미하게 준비하고 있었다는 점도 경주에서 알게 되었다.

애동이 공직생활 함에 있어서 용돈은 다른 이보다 풍족하게 쓰게 되어, 부하나 상관으로부터 신뢰와 존경을 받아왔고, 점심, 저녁 식사 대금은 꼭 애동이 지불했으며, 공금을 쓰게 되는 출장 여비도 개인 사비로 충당하는 경우도 있었다. 그래서 출장은 애동과 동행하려는 사람이 많았다.

판사 생활도 항상 국가관에 투철한 판결과 어려운 사람의 처지를 먼저 생각하는 판결로 평판이 좋았으며, 이 모든 것이 현정의 내조와 군 장교 생활에서 체득한 산 경험이라고 애동은 느꼈다.

90년 1월 애동이 제주로 떠난 후, 현정은 종로 혜민약국에 관한 운영 및 재정적인 면을 어머니 정인선이 관여할 것이라는 점을 6명의 약사에게 주지시키고, 유종 오빠 부부와 다섯째 동찬과 여섯째 민서, 가회동 보육사를 데리고 경주로 내려갔다. 보육사도 함께 기거하도록 7층 살림집을 개보수하였고, 3월 신학기 시 유종 오빠와 함께 출근하게 되어 매우 흡족하였다.

90년 1월 말경 소연이 제주로 와 애동과 함께 지내다 갔다. 주혜는 2월 중순 배란기를 맞이하여, 지난 87년과 마찬가지로 약속이행과 제주 출장 이유로 3일 내내 애동과 관계를 흡족하게 한 후 돌아갔다. 가연과의 관계는 주로 중식 시간이나 낮 시간을 이용하여, 소연이나, 주혜와 마주치는 일이 없도록 세심한 주의를 기울였다.

90년 2월 하순 경주 모 대학 개강에 앞서서 현정이 제주로 와 법원 옆 숙소에서 5일간 함께 지내게 되었는데, 3개월 치의 보약과 손수 개발한 건강식품까지 챙기는 세심함을 보였다. 애동은 역시 정실 아내는 다르다고 여겨져 모처럼 현정과 뜨거운 밤이 되었고, 현정도 경주 때와는 다른 느낌을 받았다.

가연은 현지처와 같은 입장이어서 매우 자연스럽게 행동하였으므로 매일 매일 행복감에 젖어 지냈고 90년 9월 둘째를 임신하여, 91년 6월 중순 가연의 둘째 아들 동수가 태어났다.

꼬리가 길면 밟힌다는 속담이 있듯이 애동과 가연의 관계는 소연의 지인 중 제주에서 사는 여자 한 분의 목격으로 발각이 나고야 말았다. 내용인즉 가연이 동수의 출산과 더불어 몇 주간의 산후조리원 기간을 마치고, 산후조리원 현관 입구에서 앞장서서 동수를 안고 나오는 애동과 그 뒤이어 가연이 따라 나오는 모습과 마주치게 되었는데, 가연은 인지 못했지만 소연의 지인은 소연과 많이 닮은 점을 상기되어 사촌 언니 최가연을 인지하였다.

소연과 애동이 몇 차례 만나는 것을 목격한 바 있어서 소연의 남자 친구의 부인이 사촌 언니 가연인 것으로 간주하여 제주에서 사는 것으로 여겼다.

그런 일이 있고 난 뒤 91년 8월 하순경 소연이 애동과 관계하기 위해서 제주를 방문하게 되었는데, 소연을 만난 지인이 "사촌 언니 가연이 제주에 살며, 그 남편(형부) 되는 사람이 소연 씨

애인이냐?"라는 질문을 했고, 소연이 자초지종을 들은 후 제발 비밀로 할 것을 신신당부하였다.

소연은 그날 밤 애동과 호텔 방에서 만나 조금 전 알게 된 가연과의 관계를 확인하니, 모든 것은 사실이었고, 가연의 두 아들의 친부가 애동임을 확인 후 놀라면서, 소연이 쌍둥이 태건, 태민, 딸 수정의 친부가 애동임을 울면서 말했다.

애동은 어렴풋이 짐작은 하고 있었지만, 소연으로부터 직접 듣고는 정신이 아득해 버렸으며, 일어나 호텔방 창가에 서성이면서, 제주의 야경을 멍하니 한참 정신 나간 사람인 양 바라보고 있다가, '주혜의 아이도 내 애가 아닐까?'라는 생각이 들자, 털썩 그 자리에 주저앉고 말았다.

순간 소연이 울음을 멈추고, 애동의 등 뒤에서 조용히 팔로 애동을 감싸 안았다. 소연의 뇌리에 한복을 곱게 차려입은 20대 초반의 현정이 온아한 미소를 띠며, 창원 곡목 과수원집에서 "애동 큰오빠, 안아 봐"라고 했던 현정의 말이 떠올랐다.

"애동 오빠 왜 그래?"라고 하며, 감싸 안은 팔을 풀어 애동을 마주 보게 돌려 앉혀 놓은 후 소연도 마주 앉았다. 애동도 회한의 눈물을 흘리고 있었고, 소연은 소매자락으로 애동의 눈물을 천천히 닦아주었다. 두 사람은 잠시 고개를 떨군 채 그냥 앉아있었다.

소연은 애동의 행위에 무어라고 할 수 있는 처지가 아니라는 생각이 들었으며, 앞으로 어떻게 하는 것이 더 중요하다고 여겨졌고, 애동 오빠와의 관계를 청산하기도 그리 쉬울 것 같지는 않다고 생각했다.

10년 이상의 성관계 중인 관계로 어떨 때는 그 생각만 해도 아랫도리가 축축해지는 경우가 몇 번 이나 있었기에, 소연 자신의 몸은 애동의 여자로 완전히 탈바꿈된 것을 지금, 이 순간도 확인되고 있으며, 그냥 애동에게 안기고 싶다는 충동만 일어나고 있는 자신의 몸이 스스로 반응을 하고 있었기 때문이다.

'가연 언니는 그대로 오빠와 관계하고, 나는 나대로 관계하면 그것으로 족하다'라는 결론을 스스로 내렸다. 그래서 소연은 애동을 부축해서 의자에 앉힌 후 그 앞에서 자신은 무릎을 꿇은 자세로 자기의 생각을 말하기 시작했다.

"애동 큰오빠"라고 부르며, 손으로 애동의 양 볼을 잡아 위로 치켜올리며 눈을 마주치게 하면서, 자신은 애동 오빠를 진정으로 사랑한다고 했으며, 수한과 부부관계 시도 애동 오빠와 성관계하는 것으로 최면을 걸었다고 했고, 세 아이도 오빠의 자식으로 만들기 위해 배란기 때부터 계획적인 관계를 하였다고 했다.

한번 오빠와의 관계를 맺다 보니, 자연스럽게 10년씩이나 관계를 이어왔으며, 오빠가 원하든, 원하지 않든, 현재 상태로 자기나 가연과의 관계도 쭉 이어서 하는 것 외에는 선택의 여지가 없다고 잘라 말했다. 서로 만나는 일정만 잘 고려해서 만난

273

다면 전혀 문제가 없으며, 가연 언니도 나와 오빠가 만나서 관계하는 것을 알고 있기에, 세심한 주의가 필요한 부분을 강조해서 말했다.

애동도 소연의 말을 듣고 곰곰이 생각해보니 소연과 가연의 자식은 내 자식이 아니라, 두 사람의 의지대로 난 정자만 제공한 것으로 판단했다. 주혜가 낳은 아이도 마찬가지로 생각하자, '만약에 세 여자가 동물적인 성관계를 요구할 시 응해주되 서로 모르게 죽는 순간까지 비밀로 하자'라는 이런저런 생각을 하고 있는 중에 소연이 다가와 뜨거운 키스를 원했다.

'그래 이것이야. 죽은 사람 원도 들어준다는데, 이것쯤이야' 라고 하며 소연을 일으켜 세움과 동시에 허리와 궁둥이를 어루만지며 찐한 키스를 한 후 소연의 옷을 벗기기 시작했으며, 관계 후 몸을 깨끗이 씻고 난 후 소연이 종전과 동일하게 가연과의 관계를 지속하되 발각되지 않도록 재차 당부하며 호텔 방을 나갔다.

애동은 숙소에 돌아오자마자 현정과 가연에게 전화를 해서, 두 사람에 대한 애정을 확인하였다. 애동의 마음엔 현정은 조강지처이고, 가연은 첩실로 자리 잡고 있었고, 소연과 주혜에게는 몸만 빌려주는 사람으로 입장 정리를 하였다. 며칠 후 가연을 만났는데 가연은 둘째 동수가 100일이 지나면 복강경 수술을 하고자 해서, 소연의 복강경 수술이 생각이 나 그렇게 하라고 했다.

　가연은 애동에게 매우 헌신적이었는데, 이점도 현정과 많이 닮아있었고, 부부관계도 현정보다 더욱더 뜨거웠으며 나이는 세 살 위이지만 오히려 신체나이는 현정보다 7살이나 어린 몸을 가지고 있었기 때문이었다.

　그동안 미스코리아로서의 몸 관리에 매우 투철했다고 여겨지며, 30대 후반 늦게 남자를 알게 되므로 매우 적극적인 자세로 임하였기 때문이었고, 가연은 애동을 대할 땐 낮에는 친구같이 의연했으며, 밤에는 20대의 어린 여자처럼 애교가 참 많았다. 가연이 제주에서 낳은 동수를 어머니 박연수가 91년 겨울방학 때 춘천으로 데리고 갔다.

　현정이 91년 7월 말경 여름방학 때 막내 민서만 데리고 제주로 왔다. 큰딸 민정과 둘째 민서는 약간 대조적이었는데, 민서는 아빠, 엄마의 장점만 빼닮았고 성격은 진취적이며, 고집이 세고, 양보도 잘하는 편이고, 음식도 가리질 않고 잘 먹으므로 자연히 신장은 또래 얘들보다 훨씬 큰 편이었으며 자주 울지는 않지만, 막상 울기 시작하면 완전히 분이 풀릴 때까지 실컷 울었다.

　그래서 달랠 필요가 없이 그냥 두면 혼자 실컷 울고는 스스로 잘 놀며 현정이 보는 천수경을 그냥 책장을 넘기듯이 하며 잘 본다고 했다. 제주에 와서도 현정은 신묘장구대다라니를 7

번 암송했다.

현정은 주혜의 출산 소식을 전하며, 지난 90년 12월 하순경 둘째 아들 태영을 낳았으며, 2남 1녀로 마감하고, 주혜는 복강경 수술을 했다고 했다. 현정은 "나도 복강경 수술할까?"라고 하자, 애동은 절대 사절이라고 하였다.

수태는 서울 중앙지검으로 자리를 옮겼으며, 부산의 절친 유태도 2남 1녀로 마감하여, 유태가 정관수술을 하였다고 했다. 이번에는 애동이 "나도 정관수술 해볼까?"라고 말하자, 현정이 눈을 부라리며, "수술하면 다시는 날 못 봐!"라고 하면서 두 사람은 크게 웃었다. 민서가 옆방에서 혼자 놀다가 크게 웃는 소리에 달려 나와서 아빠, 엄마와 같이 히죽이며 함께 웃었다.

애동과 현정은 산아제한정책에는 결단코 반대였는데, 능력 있으면 자식은 열 명 정도 되어야 한다는 것이 현정의 생각이었다. 불현듯이 현정은 '민서의 동생을 만들까?'라는 마음이 생겨서, 서울과 경주로 전화해, 앞으로 4주 정도 제주에 머물다가 돌아간다고 하면서 필요한 것은 어머니 정인선과 경주 유종 오빠가 잘 처리하도록 부탁하였다.

그 이후 8월 초 어김없이 생리가 있었고, 둘째 주 배란기 때는 첫 아이 동현을 가질 때처럼 몸과 마음을 오직 임신에만 집중했다. 8월 1일부터는 예전과 같이 새벽 3시에 기상해서 찬물로 목욕하고, 채식 위주로 식사하는 등, 꼭 아들을 얻기 위한 현정의 노력은 시작되었다.

배란기 이전에는 부부관계도 절제하였으며, 생리 후 배란기 때는 5일간 지속해서 시간을 맞추어 정성껏 부부관계를 하였다. 그 이후는 몸 컨디션을 맞추며 좋은 마음가짐으로 10여 일을 흐뭇한 생각으로 가득 차 있도록 한 후 4주간 제주에 머물다 민서와 함께 상경하였다.

현정이 떠난 다음 날부터는 애동은 가연과의 만남이 5일 연속 이어졌는데, 미리 두 사람이 조우 되지 않도록 세심한 주의를 기울인 결과였다.

91년 10월 초 현정으로부터 임신 소식이 전해져왔다. 애동은 현정에게 "동쪽에서 제일이라는 의미로 동일"이라는 이름을 지어 임신 직후 알려주었다.

92년 일본 연수를 위해 년 초 애동은 가연과 함께 떠났다. 일본 연수 중, 소연이 2월 하순 무렵 저녁 시간에 찾아와서 호텔에서 정사 후 지하에 있는 오락실로 동행하게 되었는데, 이날 둘 다 잭폿이 터져서 제법 재미를 보게 되어, 둘은 공짜 돈을 기분 좋게 사용했다.

애동은 밤 10시 이전에 관계를 끝내는 철칙이 깨져버렸고 숙소에 도착하니 밤 11시경이었다. 현정이 마산에서 숙소로 전화가 왔다고 하여, 확인하니 아버지 은식이 뇌출혈 증세가 있어서 마산에 병원으로 응급 후송해서 수술하였으며, 상태가 매우 호전되었다고 했다. 현정도 유종 오빠와 함께 경주에서 마산에 왔다고 하였다.

애동이 마산병원으로 어머니 혜정과 통화한 후, 현정에게 당부했으며, 유종과도 통화를 했고, 부산에서 정엽도 유태와 함께 마산 병실에 와 계셨다. 75세의 고령을 감안하시라고 애동은 당부를 드렸다.

92년 5월 20일 일곱째 동일이 태어났는데, 체중이 4.5kg의 우량아였으며, 현정은 3kg 대의 아이들을 대부분 출산했는데 둘째 동근과 일곱째 동일은 4kg을 초과하는 체중이었다. 현정의 출산 고통은 매우 컸고, 서울 S대 병원에서 출산하였다.

인선은 5남 2녀가 되었으니, 이젠 그만 낳았으면 했고 동일을 출산할 시 산고가 지대하였기 때문에 현정에게 권유했다. 현정은 대답 대신 빙긋이 웃기만 하는데, 현정은 아이를 낳을 수 있을 때까지 열이든, 열다섯이든 낳겠다는 입장이었다.

이틀 후 애동은 현정의 출산 위로차 귀국하여, 오랜만에 S대 병원을 찾게 되었다. 산모와 동일은 건강상태가 매우 좋았다. 현정은 타고난 다산 체질이었으며, 또한 신묘장구대다라니를 10여 년 독송하여 얻어진 정신력의 결과였다. 현정은 환하게 미소 지으며 남편을 맞이했다.

산후조리를 잘할 것을 당부하고 모처럼 가회동 집에서 첫째 동현(77년생), 둘째 동근(79년생), 셋째 민정(81년생), 넷째 동우(83년생), 다섯째 동찬(85년생), 여섯째 민서(88년생)를 차례대로 포옹하고 뽀뽀한 후 여섯 애를 나란히 앉힌 다음에 아버지가 멀리 계시는 동안 엄마, 외할머니, 외할아버지, 보육사 누나 말씀 잘 듣고 건강하게 잘 자라도록 당부했다.

장남 동현이 초등학교 6학년이 되어서인지 동생들을 매우 잘 보살피고 있었다. 동현은 애동에게 아빠, 엄마 대행을 잘하고 있으니 염려 놓으라는 말까지 했다. 역시 첫째 동현은 남달랐다. 1월 초부터 4월 중순까지 100일간 새벽 3시에 기상을 하여, 쌀쌀한 기온에도 불구하고 찬물로 목욕하며, 아들을 갈구한 현정의 지극정성으로 만든 장남이 아니었던가!

자식을 만들 때(배란기)부터 부모가 정성을 듬뿍 쏟아야 한다고 여겨지는 부분이고, 임신 후 태교와 조신한 언행은 태어날 아기에게 결정적인 영향을 미친다는 과학적 근거는 애동과 현정의 자식 모습에서 여실히 나타났기 때문이다.

애동은 월요일 대법원을 다녀온 후 곧바로 일본으로 건너갔다. 애동은 부산으로 전학 가기 전 초등학교 5학년 때까지 한자 공부는 천자문, 명심보감, 논어 일부에 대한 교육을 외조부 김규현에게 받은 바 있어서 92년도 일본 연수 가기 위해 미리 일본어 회화를 준비하였다. 애동의 일본 연수 1년은 가연에게는 부산, 제주를 거쳐서 5년이라는 긴 시간을 애동과 늘 가깝게 지낼 수 있기 때문에 매우 행복해하였다.

애동은 92년 연수 중 여름휴가 기간에는 경주에 있는 현정에게 달려갔고, 민서와 동일은 경주에서 엄마와 함께 지냈으며, 다섯 아이는 서울 가회동에서 학교에 다니고 있었다. 동일의 100일 기념을 위해 가회동 집으로 현정과 민서, 동일, 유종 부부와 함께 상경했다. 창원의 부모님도 상경해서 상봉하게 되었고, 동일은 출생 시 체중이 4.5kg로 둘째 동근의 체중과 똑같았다.

은식 부부와 정식 부부는 애동과 현정에게 "5남 2녀"면 충분하므로 애기 낳는 것을 그만했으면 좋겠다고 말했다. 애동은 말이 없었으나, 현정은 "두 분 아버님, 어머님! 저희는 정관수술이나 복강경 수술은 안 합니다"라고 웃으면서 말하였다. 은식이 "몇 명이나 낳으려고?"라고 하자, 현정은 "한 타스 정도까지입니다"라고 하자 모두 크게 웃었다. 애동의 나이는 만 40이 넘었고, 현정도 2년 후면 만 40세의 나이가 되는 점을 은식은 고려해서 한 말이었다.

은식은 대관의 나이 38세, 혜순의 나이 39세 때 자신이 태어난 점에 대해서 좌중에 모인 사람들에게 말하면서 현정이 동일을 낳은 나이와 박혜순이 자신 은식을 낳은 나이가 똑같은 점에 대해서 얘기를 하였다. 고령의 출산은 부모가 나이가 많을 때까지 자식 뒷바라지하느라 고생이 되는 점과 경제적인 이유 등으로 바람직하지는 않다고 보았다.

가회동 집에서 애동은 휴가를 즐기게 되었고, 고교 절친, 대학 절친, 화천 칠성 부관전우회 등과도 만났다. 현정에게 92년 말까지 헤어져 살게 됨을 이해시키며, 미안한 마음이 들어서인지, 휴가 기간 내내 현정이 흐뭇한 밤이 되도록 최선을 다했다.

애동은 낮에 주혜가 연락이 와 행주산성 인근 식당과 모텔에서 함께 시간을 가졌다. 부산의 선혜가 상경하여 세 아이를 여의도 집에서 돌봐주고 있었고, 수태는 부장검사로 승진하여 지방에 근무하고 있었다.

애동은 여름휴가를 보내고 일본으로 돌아갔다. 92년 9월 중순 어느 날 자정이 막 지난 시간에 경주 현정으로부터 전화가 왔는데, 수한의 아버지 박철재가 뇌출혈로 쓰러져서 만 65세 나이로 사망했다는 소식이었다.

저녁 식사를 부산대 절친들과 하고는 밤 9시도 안된 시간에 귀가하였으며, 집에서 쉬고 있다가 밤 10시 10분경 목욕탕에서 샤워 중 뇌출혈 증세가 발생했다. 밤 10시면 가사도우미는 퇴근하는 관계로, 밤 10시 30분경 서울 여의도 주혜의 집에서 선혜가 철재에게 전화했으나, 전화를 받지 않는 관계로 이상하게 여겨 가사도우미에게 집에 방문토록 하여, 가사도우미가 밤 10시 40분경 집에 도착, 목욕탕에서 철재의 쓰러진 것을 확인 후 선혜와 수태, 수호, 소연에게 긴급 전화 후 119구급차를 호출하였는데, 이미 사망상태에 있었다고 한다. 부산대 병원에 시신을 안치하고 5일장을 하게 되었다는 청천벽력의 소식이었다.

수한의 막냇동생 수호도 결혼하여 현재 창원에 살고 있었고, 철재와 선혜는 줄 곳 부산 범내골 집에서 함께 살아왔는데, 수태와 주혜의 막내이자 둘째 아들 태영이 90년 12월 태어나자 선혜가 상경하여 여의도에서 세 아이를 돌보아 주고 있었다. 그 이전에는 주혜의 어머니 강영자가 상경해서 두 아이를 돌봐 준 적이 있었으며, 유태와 민혜의 아이들은 초등학교에 다니게 됨으로, 지난 90년 12월 이전까지 3년간 강영자가 여의도 집에서 주혜의 아이들을 보살폈다.

그래서 김선혜가 1년 10개월째 2남 1녀를 봐주고 있었고, 주혜의 큰딸 태희는 초등학교에 다니고 있었다. 청천벽력과 같은 소식에 애동은 전화를 받고는 연수 관계자에게 양해를 구하고 즉시 부산으로 향했다. 수한과 철재의 죽음은 10년 만이다.

창원의 은식, 혜정 부모님도 장례식장에 와 계셨고, 아버지 은식은 철재보다 10년 연상이었다. 철재의 사망은 집안에 사람만 있었으면, 막을 수 있는 일이 발생 되었다고 한탄하였다. 선혜와 수태, 주혜는 할 말을 잃고 정신 나간 사람처럼 있었다.

철재가 사망하는 날 함께 저녁을 먹은 부산대 절친들 모두가 찾아왔었고, 막내 외숙 성문도 그 자리에 있었는데, 철재는 술도 조금밖에 먹지 않았다고 하며, 외로움을 철재가 많이 호소하였고, 빈집에 홀로 가는 뒷모습이 매우 안쓰럽게 여겨졌다고 하면서, "그 모습이 마지막이 될 줄이야"라고 하면서 "인생 무상, 인생무상"을 중얼거리며, 절친들과 동석한 자리에서 눈물을 흘리고 있었다.

또한 정엽도 철재의 사망이 믿기지 않는다는 얼굴이었다. 애동은 선혜와 수태, 수호, 소연, 주혜 등을 위로했다. 소연의 아버지 최성수도 27년생으로 죽은 철재와 동갑이고, 사돈인 관계로 장례식에 참석하여, 오랜만에 보는 애동을 반갑게 손을 잡아주었다. 애동은 은식과 혜정에게 고령(76세, 74세)이므로 건강에 유의 하시라고 신신당부를 드렸다.

현정도 경주에서 도착해 있었고 막내 동일만 데리고 왔으며 수한과 소연의 유복녀인 수정(82년생)이 5개월 된 동일을 꽤 많이 좋아하는 것을 애동은 곁눈질로 보게 되었다. 이제 열 한 살인 수정은 현정에게 "이모, 동일이 한번 안아 보게 해 주세요"라고 하며, 동일을 안아주는데 동일도 매우 반기는 모습이었다.

순간 애동은 "피는 물보다 진하다"란 말이 떠올랐다. 철재의 영결식까지는 애동은 참석지 못하고 일본으로 갔고, 숙소에서 저녁 식사 후 부산대 장례식장에서 눈여겨본 소연과 주혜의 각각의 세 아이의 얼굴을 떠올려보면서, 가회동 아이들 얼굴과 대조해 보면서 깊은 한숨을 지었다.

숙소에 있는 일본산 정종을 물 마시듯이 연거푸 마셨으며, 취기가 오르자 가연에게 만나자고 한 후 숙소로 나와 호텔로 향했다. 호텔은 가연이 있는 곳과는 가까운 데 있어서 가연이 겉옷만 입고는 먼저 기다리고 있었으며, 술에 취한 애동이 택시에서 내렸다. 비틀거리는 애동을 부축해서 자주 이용하는 호텔 방으로 두 사람은 들어갔고, 애동은 가연을 선 채로 안고는 흐느적거리며 울기 시작했다. 가연은 절친의 아버지인 박철재 사망이 애동에게 큰 슬픔이라고 여겨서, 애동이 실컷 울 수 있도록 등을 쓰다듬어주며 선 채로 가만히 있었다.

애동은 수 분간 운 뒤에 가연과 떨어지면서 샤워하겠다고 하자, 가연은 애동을 의자에 앉히고는 욕실로 가 따뜻한 물을 채우기 위해 욕조 온수 꼭지를 열고 난 후 재빨리 돌아와 애동의 옷을 벗긴 후에는 자신도 옷을 벗고는 애동을 부축해서 욕실로 들어가 애동을 깨끗이 목욕시키고는 애동 몸의 물기를 닦은 후에 침대에서 쉬라고 내보낸 후 가연 자신도 몸을 깨끗이 닦고 나왔다.

애동은 침대에서 자고 있었으며, 알몸으로 애동의 왼쪽에 누워서 애동이 깨기만을 기다렸는데, 한 시간가량 자고 난 애동이 깨어나 물을 찾았고, 물을 마신 후 욕실로 들어가 찬물로 샤워를 한 후에 나와 술이 제법 깬 탓인지, 애동은 조금 전의 회한을 잊기 위해서 가연과의 관계를 미친 듯이 하였고, 가연도 슬픔을 잊기 위한 행동이라고 맞장구를 쳐주었으며, 두 사람은 관계를 마치고 목욕 후 40분 정도 쉰 후, 재차 뜨거운 관계를 하였다.

이젠 애동도 30대 때와는 체력이 다른 것을 느꼈고, 샤워 후 애동은 속옷을 입고는 가연에게 긴히 할 말이 있다고 해 속옷 차림의 가연을 의자에 앉게 하였다.

애동은 비장한 얼굴을 하며, "오늘 이 시간 이후부터 죽을 때까지 두 아들(동영, 동수)이 소연의 아이들과 서로 만나지 못하도록 하라"고 두 번씩 강조하며 말했으며, 가연에게 이 말에 대한 확답을 하라고 다그쳤다.

순간 가연의 뇌리에, 여 중고 시절부터 소연이 애동을 매우 좋아한 것이 지금까지 지속되어 왔던 것이 떠올랐고, '장례식 때 소연의 아이와 현정의 아이들이 닮은 점을 애동이 느끼고 왔구나'라는 생각이 들었다. 가연은 두 아들이 소연의 아이들과 서로 만나지 않도록 하겠다고 굳게 약속했다.

또한 애동은 동영, 동수가 가회동의 동현, 동근, 동우, 동찬, 동일과도 절대 만나는 일이 없도록 하자고 두 사람은 다짐하였다. 가연은 가급적이면 효자동 소연의 집에 방문하지 않기로 했다. 이런저런 대화를 하는 동안 가연은 '애동과 헤어지는 것이 아닐까?'라는 불안감이 엄습해왔다. 가연이 의자에서 일어나 애동에게 다가가 "동영 아빠, 나 버리면 안 돼!"라고 하며, 눈가에 눈물이 맺혔다.

가연은 애동을 친구로 호칭하다가 동영이 태어난 후부터는 동영 아빠라고 부르고 있었고, 이 말을 들은 애동은 일어나 뜨거운 포옹을 하며, "가연, 당신은 현정의 분신이므로 안심해!"
라고 가연의 귀에다 대고 말했다. 가연은 감격의 눈물을 흘리
자, 애동은 찐한 키스로 이에 답을 했다. 조금 후에는 호텔 방에
있는 맥주를 따서 두 사람은 마셨다.

애동은 일전에도 생각했지만 나 하나만 의지하고 있는 가연
을 절대로 버리는 일은 없을 것이라고 다짐했다. 가연 또한 애
동이 "달면 삼키고 쓰면 뱉는" 그러한 사람은 결단코 아니라고
굳게 믿고 있었다.

애동은 물과 음료수를 마시면서 조금 전에 먹은 정종의 술기
운을 지워버리려고 애썼고, 진정이 어느 정도 되자 애동이 "안
심의 한탕 먹을까?"라고 했다. 이 말은 오래전에 현정에게 말
한 부부관계 의미의 애동만의 은어였다.

가연과도 부산에서 만나면서 "한탕 먹자. 한탕 먹을까?"라
고 쭉 은어를 사용해오고 있었다. 이와 같이 애동은 가연을 현
정과 같이 취급 내지는 대우를 해왔다. 가연도 안심이 아니라,
이 세상 사람 모두가 손가락질해도 절대 애동을 놓지 않겠다는
각오로 "안심 좋지!"라고 하며 환하게 웃었다. 웃는 모습도 현
정과 거의 똑같았다.

이 모습에서 애동은 현정의 분신으로 착각해서 부산에서 첫
관계를 하게 된 동기가 바로 환한 웃음이었다. 두 사람은 재빨
리 옷을 벗고 간단히 씻은 후 침대에 나뒹굴면서 기분 좋은 웃

음과 함께 천천히 몸을 달구면서 세 번째 관계를 매우 흡족하게 하였다. 호텔 방을 나오면서 시간을 확인해보니 자정 전이었다.

숙소로 돌아온 애동은 모든 것을 잊기로 하며 잠에 푹 빠졌다. 철재 장례식 7일 후, 현정에게 전화했는데, 철재의 장례식 그 이후 소식이 궁금했기 때문이다. 김선혜는 여의도 생활을 접고 부산으로 가 철재의 영혼을 달래기 위해 부산 범어사에 49재를 지내고 있으며, 주혜는 충격으로 공직 사표를 내고는 태희, 태준, 태영 세 아이 보육에만 전념하면서, 사법고시 시험 준비를 하고자 했다.

소연은 효자동 집에서 나와서 부산 범내골 시댁으로 가, 선혜와 함께 살기로 하면서, 부산 모 대학 강사 자리로 옮기려고 하며, 맏며느리 역할을 자청해서 하겠다고 하였다. 애들도 부산으로 전학시키고자 했는데, 이 일로 최성수 부부가 많이 서운해한다고 하면서, 소연의 춘천 큰 어머니이자, 가연의 어머니인 박연수에게 서울 청운동 집에 와서 사는 것이 좋겠다고 의논 중이라 했다. 연수는 최동영, 동수 형제의 장래를 위해서 서울행을 고민하던 중이었다.

청운동 집은 가연이 중학교 다닐 때 구입하였고, 성수 부부는 가연의 두 아들에 대해서는 자세히 모르고 있었다. 애동은 현정과의 통화 후 곧바로 가연과 통화를 했다. 가연도 연수와 통화를 했는데, 어머니 연수는 서울 청운동 집으로 갔으면 한다고 하여, 가연은 두 아들이 초등학교 입학 전까지는 춘천에서 계속 살아야 하며, 93년 1월 말 귀국 시까지는 반드시 춘천에 있으라고 연수와 통화했다고 했다.

애동은 20분 후 호텔에서 가연과 만나 간단히 목욕하고 관계를 가진 후 의논했는데, 연수는 두 아이에 대한 출생에 대해서, 시험관 아기 시술의 결과 그대로만 인지하고 있다고 가연은 말했고, 일본 거주에 대해서도 단순한 연수로 알고 있다고 했다.

애동은 곰곰이 생각해보니, 소연의 조부모 초상 때나 치수의 장례식 시에 소연의 쌍둥이나 수정을 박연수가 보았을 것이라고 여겨져서 이에 대한 것을 가연에게 질문하니, 몇 차례 소연이 세 아이를 어머니 연수에게 보인 적이 있으며, 효자동에서 수 차례 보게 됨을 얘기하자, 애동은 정색하면서 가연의 눈을 똑바로 마주치면서 "내 말대로 할 것을 맹세하라"라고 하였다. 가연은 비장한 애동의 얼굴을 보면서 "동영 아빠가 이 자리에서 죽어라 하면 죽을게"라고 말했다.

애동은 가연의 말에 "이 여자 봐" 하면서 찐한 키스를 하면서, "나를 위해서 죽을 수 있다"라고 했던 말은 일전에 현정도 했던 적이 있었는데, 소름 끼치도록 현정과 닮은 이 여자를 나는 어떻게 대해야 하나하고 생각하자 가슴 한가운데서 뜨거운 그 무엇이 치밀어 오르는 것을 느꼈다. 한참 동안 키스를 한 후에 애동은 "죽기는 왜 죽어!"라고 하면서 빙그레 웃었고, 가연도 애동의 웃음에 안도하며 따라서 웃었다.

애동은 가연에게 "이 세상에서 진실만큼 위대한 것은 없다" 라고 전제한 후 조근조근 다음과 같이 설명을 하였다. 며칠 후 주말에 귀국해서 연수 어머니께 여고 시절부터 소연의 과외선 생 애동을 눈여겨보며 짝사랑하게 되었으며, 사법시험 준비로 고시원에서 재회했을 때는 짝사랑의 강도가 매우 깊어져 상사 병 수준으로 되었고, 그 후 고시 패스 후 사법연수원에서 만났 을 때 자신의 마음이 확고하다는 것을 느꼈으며, 연수원 수료 후 변호사로 근무 시 부산근무를 지원하여, 그 후 관계를 맺어 동영, 동수 아빠는 현정의 남편 석애동이라고 하며, 애동의 말 로는 나(가연)를 현정의 분신으로 여기고 있으며, 웃는 모습과 마음 씀씀이도 현정과 너무 흡사해서 외로운 객지 생활(부산, 제주)로 서로의 정이 깊어져서, 이곳 일본까지 동행하게 되었 고, 소연의 세 아이 친부도 애동이라는 사실도 덧붙여 얘기하 도록 하였다.

그래서 어머니(연수)도 효자동 성수 부부와 소연과는 절대로 만나지 말아야 하며, 특히 동영, 동수를 성수 부부나, 소연, 소 연의 세 아이가 보지 않도록 해야 하며, 그러므로 춘천에서 서 울 송파구 지역으로 이사를 하는 것이 바람직하다고 애동이 말 했다.

두 아들만 잘 키우고, 애동과 관계하기 위해서 복강경 수술도 하였다는 이야기도 하라고 애동은 가연에게 말했다.

가연은 애동과 대화하면서 호텔 방에 있는 메모지에다 차례대로 적었다. "왜 임자 있는 남자를 사랑하게 된 점과 결혼 실패에 관한 이야기"도 연수께 하라고 애동은 가연에게 가르쳐 주었으며, 변태적인 결혼생활에 염증이 나 다시는 남자를 만나지 않겠다고 한 점과 처녀성 상실에 대한 이야기도 하라고 했다. 애동이 사실상 나(가연)의 첫 남자임을 강조하라고 하였다.

또한 79년 이후 화천에서 군 생활 시 소연과의 관계도 소상하게 일러주어, 지금까지의 관계도 지속하고 있음도 말하여서, 연수가 청운동 집에 가서는 안 되는 것도 강조해서 말해주었다.

애동은 '가연이 나를 위해 죽을 수 있는 여자이므로, 무엇을 숨기겠는가?'라고 생각하고, 일어나서 가볍게 심호흡을 한 후, 도쿄의 야경을 구경하면서, 가연이 연수께 두 아들 친부 얘기를 하게 되면, 상당히 놀라서 충격을 받을 것을 대비해서 어떤 묘안을 애동은 생각해내고 있었다.

가연에게 잠깐 호텔에 있으라고 하면서, 애동은 급히 숙소를 다녀와서 가연 앞에 봉투를 내미는데, 그 속에 동일이 100일 기념 가족사진이 2장이 있었다.

애동 부부와 동현, 동근, 민정의 얼굴 사진 1장과 애동 부부와 동우, 동찬, 민서의 얼굴 사진 1장, 2장의 사진을 연수께 보여주라고 하며, 춘천 집에 도착해서 최근 가연의 가족사진을 달라고 해서, 그 사진과 대조하여 보라고 권하면 충격이 완화될 것이라고 하였다. 미리 귀국 일시를 전화하라고 하며, 그 사진은 연수가 본 후 불태워 없애라고 주도면밀하게 말했다.

애동의 이마에 땀방울이 맺혀있는 것을 가연은 보았으며, 나에게는 적극적이고, 헌신적이며, 자상한 이 남자를 사랑할 수밖에 없다는 생각이 미치자, "동영 아빠, 이마에 땀 봐!"라고 하며, 애동의 옷을 벗기며 목욕할 것을 권하자, 애동도 가연의 옷을 벗기면서 묘한 미소를 지으며, 두 사람은 알몸으로 욕실로 갔다.

가연은 돌아오는 주말에 귀국하여 춘천에 며칠은 머무르면서, 어머니 연수와 두 아들을 만나 그간의 회포를 풀면서, 가슴 찡한 숱한 얘기를 연수와 주고받았다.

춘천의 건물과 토지는 천천히 팔면 되고, 서울 청운동 집부터 최우선으로 처분하고, 가연이 위자료로 받은 주식을 처분해서 서울 송파구 가락시장 건너편 훼미리 아파트 40평형대를 구입하기로 잠정 결론을 내렸으며 12월에 이사하기로 했다.

애동이 수개월 후 연수께 인사드리고, 두 아들을 만나겠다는 가연의 말에 연수는 기쁨의 눈물까지 흘렸다. 그리고 부산에서 큰 애 동영의 출산 때 애동이 옆에서 지켰던 이야기에도 연수는 눈물을 훌쩍거렸다.

92년 11월 초순 어느 날 애동과 가연은 도쿄 외곽에 있는 사찰을 찾았다. 가연의 아버지 치수와 춘천 조부모님, 수한과 철재, 애동의 외조부모인 김규현과 이연화, 조부모인 석대관과 박혜순의 명복을 빌기 위해서였다. 이젠 두 사람 모두 일본어가 능숙하였으며, 無常戒(무상계) 한 권을 주지 스님께 부탁해서 획득하여, 그 이후 애동은 무상계 독송을 자주 하게 되었다.

철재 사망 2개월이 지난 11월 하순경 소연이 오사카에 왔다면서 만나게 되었는데, 소연의 얼굴이 매우 수척해 있었고, 세 명의 아이도 일본에 데리고 왔다고 했다. 시어머니 선혜와 함께 살면서 스트레스를 많이 받은 것이 역력했던 것으로 여겨졌다.

쌍과부(고부지간 동시과부)가 되었으니, 중재자가 없기 때문이었고, 소연은 스트레스 해소 차 호텔 오락실을 자주 찾는다고 하였다.

93년 신학기가 되면 일본 모 대학에서 강의를 할 수 있다는 얘기도 하였고, 오사카 외가에서 성수 부부와 함께 살기 위해 사전답사를 왔다는 이야기 등 비교적 마음의 갈등을 매우 많이 겪고 있었다.

애동 큰오빠를 안고 싶은 마음도 없다고 하면서, 호텔 오락실에서 두세 시간 즐기다가 다시 오사카로 돌아가겠다며 자리에서 일어섰고, 애동이 소연의 뒤를 밟아서 오락실을 따라 들어갔다. 슬롯머신(일명 빠찡고)만 소연은 한다고 하였으며, 소연의 옆자리에 앉아서 같이 게임을 하게 되었고, 소연의 옆모습에서 새로운 것 하나를 발견하게 되었는데, 수한과의 사별에서 오는 외로움과 미래 세 아이 양육에 대한 두려움 등을 오직 오락에 집중해서 잊어버리려고 애쓰는 소연이 매우 안타깝게 여겨졌다.

애동은 소연에게 게임을 중지토록 하고, 인접해있는 노래주점으로 끌다시피 하며 데리고 가 옆자리에 앉힌 후 양주 1병과 과일 안주를 주문했다. 둘은 양주 한 모금을 같이 마셨고 소연의 주량은 전에는 애동보다 두세 배 많은 양이었는데, 소연의 주량은 현저히 줄었다.

일본 유학 때부터 술을 마시지 않아서 주량이 줄었다고 했고, 양주 2잔을 비우고는 그만 마시고 다시 오락실로 가겠다고 소연이 일어서자, 애동은 일어나 소연의 몸을 돌려 안아 주었는데, 애동의 품에 안긴 소연은 그제야 제정신이 돌아온 사람인 양, 애동을 살짝 밀치며 고개를 들어 애동의 입을 덮쳐 키스를 요구했다.

애동은 두 손으로 등과 궁둥이를 어루만져주면서 소연이 흥분되도록 유도해주었고, 소연이 키스를 끝내고 방으로 올라가자고해서 둘은 호텔 방으로 왔다. 애동은 욕실에서 소연의 몸을 닦아 주면서 놀랐다. 체중이 5kg 정도 줄어서인지 탄력 있는 몸매가 아니었는데, 5개월 전 소연과 관계 시 만졌던 몸과는 전혀 딴판이었고, 침대에 뉘어 놓고 애무를 한참 동안 하자 그제야 "음" 하는 신음 소리와 동시에 보조를 맞추며, 즐기려는 행동으로 바뀌었다.

관계 후 처음으로 소연에 대한 실망감이 싹트기 시작했다. 소연은 샤워도 생략하고 잠이 온다며 그냥 잠에 빠져들었다. 하는 수없이 애동은 소연의 깊은 부분과 배꼽 근처와 젖가슴 밑에 묻어있는 물기를 수건으로 깨끗이 닦아 준 후에, 이불로 소연의 알몸을 덮어주었고, 욕실에 들어가 찬물로 샤워하면서, '갑자기 변한 소연에 대한 처리를 어떻게 할까?' 궁리를 했다. 소연의 말대로 일본행이 좋겠다는 판단이 섰다.

샤워 후 옷을 입고는 소연에게 잠시 나갔다가 온다고 한 후 방을 나왔다. 애동은 수태에게 전화를 걸자 회의 중이므로 수태가 전화하겠다고 해서 기다리고 있었는데, 30분 후 수태와 통화를 하였고, 선혜의 근황을 묻자 제법 문제가 심각함을 얘기하는데, 철재의 죽음이 자신의 탓으로 돌리면서, 자책이 심화되어 우울증 초기증세가 아니냐는 의심이 들 정도이며, 소연과는 말다툼이 자주 발생한다고 했다.

억센 경상도 사투리에 익숙하지 않은 소연이 재빨리 선혜의 말귀를 못 알아듣는 점과 시어머니와 처음 살다 보니 성격 차이, 생활 습관 차이로 인해서 제법 심각한 문제점이 대두되고 있었고, 심지어 수한의 죽음이 소연의 탓으로 여기는 말을 하게 되어 두 사람의 갈등이 상당히 깊은 상태로 전개되어 폭발 직전의 상황이라는 말을 듣고는 애동은 크게 낙심하게 되었다.

수태의 해결책으로는 선혜와 소연 두 사람을 갈라놓는 방안을 모색하고 있다고 한다. 첫째 방안은 막내 수호가 93년 1월에 둘째 애를 출산하게 되는데 선혜를 창원으로 보내어 산후조리 및 육아에 힘쓰도록 하면 새로운 활력소가 되어 철재의 죽음을 잊어버리게 될 것으로 생각한다고 했다.

둘째로는 범어사 인근에 요양원을 설립해서 그곳에서 선혜가 요양원 운영에 몰두해서 '심리적인 안정감을 취할 수 있지 않을까?'하는 것으로 판단하였으며, 셋째로는 소연의 일본행을 고려해서 두 사람을 떨어지게 하는 방안이며, 현재 소연이 일본에 세 아이를 데리고 갔다고 했다.

수태는 "애동 큰형님은 이 세 가지 방안 중 어떤 것이 좋아요?"라고 질문했다. 애동은 안별로 비교분석을 해서 수태에게 전화한다고 하고 통화를 마쳤다.

애동은 다시 절친 유태에게 전화하여, 선혜, 주혜, 소연에 대한 근황을 파악해 보았다. 유태 또한 선혜와 소연은 한 지붕 아래에서 살 수 없는 입장이라고 잘라 말했다. 유태는 주혜에게 부산으로 다시 내려오라고 하자, 주혜는 이혼을 했으면 했지 시어머니 선혜와는 함께 살 수 없다고 잘라 말했다고 전했다. 선혜는 정신병 초기증세를 나타내고 있음이 확인되었다.

조금 전 소연과의 만남에서도 알 수 있듯이, 불과 3개월 정도 기간 선혜와 함께 살면서, 의지가 강한 소연이 저 정도면 "물으나 마나 갑자생"이었다.

애동은 유태와 통화를 마치고 심호흡을 몇 번 하고는 물을 벌컥벌컥 마신 연 후에, 아내 현정에게 전화하여 창원과 가회동 부모님 건강 상태와 5남 2녀 아이들의 근황을 살피게 되었다.

현정도 선혜와 소연의 관계가 심상치 않음에 대해서 얘기를 하며, 잠시 애동이 귀국해서 두 사람의 관계를 해결해주고, 또한 사랑하는 남편의 얼굴도 볼 겸해서 애동이 한국을 다녀갔으면 하였다. 현정은 경주에서 다시 서울로 가고 싶다는 얘기도 덧붙여 말하며 자식들이 한 곳에 있는 것이 바람직하다는 의견을 내비쳤다.

경주는 유종 오빠만 있으면 된다고 하면서, 애동이 귀국할 때까지 경주에 머무르고자 하였다. 사실 현정은 쉴 틈 없이 바쁘게 생활했고, 주말에는 창원으로, 서울로, 가끔 부산으로, 평일에는 강의와 약국 일로 곧 40이 되는 나이도 있으며, 우량아 동일의 육아에 지치는 경우가 많았기 때문이다.

약혼 후 지금까지 힘들다는 얘기를 결단코 입 밖에 내지 않았던 현정의 입에서 지친다는 얘기를 애동이 처음으로 들었기 때문에, 애동은 현정에게 "미안하고, 고맙고, 사랑한다"라고 하면서 전화를 끊었다. 애동의 눈에는 그리움의 눈물이 핑 돌았다. 잠시 후 무상계를 펼치고 천천히 암송하였다.

無常戒(무상계)

夫無常戒者(부무상계자) 入涅槃之要門(입열반지요문)

越苦海之 (월고해지) 慈航是故 (자항시고) 一切諸佛(일체제불)

因此戒故(인차계고) 而入涅槃(이입열반) 一切衆生(일체중생)

因此戒故(인차계고) 而度苦海(이도고해) 某靈(금일영가)

汝今日逈脫根塵(여금일형탈근진) 靈識獨露(영식독로)

受佛無上淨戒(수불무상정계) 何幸如也(하행여야) 某靈(금일영가)

劫火洞然(겁화통연) 大千俱壞(대천구괴) 須彌巨海(수미거해)

磨滅無餘(마멸무여) 何況此身(하황차신) 生老病死(생로병사)

憂悲苦惱(우비고뇌) 能與遠違(능여원위) 某靈(금일영가)

髮毛爪齒(발모조치) 皮肉筋骨(피육근골) 髓腦垢色(수뇌구색)

皆歸於地(개귀어지) 唾涕膿血(타체농혈) 津液涎沫(진액연말)

淡淚精氣(담루정기) 大小便利(대소변리) 皆歸於水(개귀어수)

煖氣歸火(난기귀화) 動轉歸風(동전귀풍) 四大各離(사대각리)

今日亡身(금일망신) 當在何處(당재하처) 某靈(금일영가)

四大虛假(사대허가) 非可愛惜(비가애석) 汝從無始已來(여종무시이래)

至于今日(지우금일) 無明緣行(무명연행) 行緣識(행연식)

識緣名色(식연명색) 名色緣六入(명색연육입) 六入緣觸(육입연촉)

觸緣受(촉연수) 受緣愛(수연애) 愛緣取(애연취) 取緣有(취연유)

有緣生(유연생) 生緣老死憂悲苦惱(생연노사우비고뇌)

無明滅則行滅(무명멸즉행멸) 行滅則識滅(행멸즉식멸)

識滅則名色滅(식멸즉명색멸) 名色滅則六入滅(명색멸즉육입멸)

六入滅則觸滅(육입멸즉촉멸) 觸滅則受滅(촉멸즉수멸)

受滅則愛滅(수멸즉애멸) 愛滅則取滅(애멸즉취멸)

取滅則有滅(취멸즉유멸) 有滅則生滅(유멸즉생멸)

生滅則老死憂悲苦惱滅(생멸즉노사우비고뇌멸)

諸法從本來(제법종본래) 常自寂滅相(상자적멸상)

佛子行道已(불자행도이) 來世得作佛(내세득작불) 諸行無常(제행무상)

是生滅法(시생멸법) 生滅滅已(생멸멸이) 寂滅爲樂(적멸위락)

歸依佛陀戒(귀의불타계) 歸依達摩戒(귀의달마계)

歸依僧伽戒(귀의승가계) 南無過去寶勝如來(나무과거보승여래)

應供(응공) 正遍知(정변지) 明行足(명행족) 善逝(선서) 世間解(세간해)

無上士(무상사) 調御丈夫(조어장부) 天人師(천인사) 佛(불) 世尊(세존)

某靈(금일영가) 脫却五陰殼漏子(탈각오음각루자) 靈識獨露(영식독로)

受拂無 上淨戒(수불무상정계) 豈不快哉(기불쾌재) 豈不快哉(기불쾌재)

天堂佛刹(천당불찰) 隨念往生(수렴왕생) 快活快活(쾌활쾌활)

西來祖意最堂堂(서래조의최당당) 自淨其心性本鄉(자정기심성본향)

妙體湛然無處所(묘체담연무처소) 山河大地現眞光(산하대지현진광)

이로다.

　무 상 계

오호라 무상계(無常戒)는 열반으로 가는 문이요, 고해를 벗어나는 자비의 뱃길일세. 고로 모든 부처님도 이 계로서 열반에 드시었고, 일체 중생 또한 무상계로서 고해를 벗어났네.

영가시여, 오늘 이제 심신의 괴로움과 사바(인간세계)의 그늘을 벗어나사 맑은 심령 오롯이 하여 부처님의 위없는 깨끗한 가르침을 받게 되었사오니 어찌 기쁘다 하지 않으리오.

영가시여, 세월이 흐르면 이 사바세계는 불타고 무너질 새, 수미산도, 큰 바다도 모두가 닳아 없어지니, 항차 이 육신이 나고, 늙고, 병들고, 죽어가는 근심과 슬픔과 괴로움을 어찌 벗어날 수 있으리오.

영가시여, 뼈와 살 굳은(단단한) 것은 흙으로 돌아가고, 피와 침 맑은 것은 물로 돌아가고, 몸속의 따뜻했던 기운은 불이 되어 돌아가고, 움직이던 힘의 바탕은 바람 되어 돌아가니, 사대(지수화풍: 地, 水, 火, 風)가 각각으로 돌아갈 새, 금일의 영가 몸은 어디에 있으리오.

영가시여, 사대(地, 水, 火, 風)는 허망하고, 거짓된 모습이니, 애석타 하지 마소서. 영가의 모든 것은 끝없는 옛날부터 오늘에 이르기까지, 무명으로 행을 짓고, 행으로 식을 짓고, 식으로 명색 짓고, 명색으로 육입을 짓고, 육입으로 촉을 짓고, 촉으로 수를 짓고, 수로써 애를 짓고, 애로써 취를 짓고, 취로서 유를 짓고, 유로써 생을 짓고, 생으로써 늙고 죽는 근심 슬픔의 고뇌가 이루어짐을 살피소서.

무명을 멸해야 행이 없어지고, 행을 멸해야 식이 없어지고, 식을 멸해야 명색이 없어지고, 명색을 멸해야 육입이 없어지고, 육입을 멸해야 촉이 없어지고, 촉을 멸해야 수가 없어지고, 수를 멸해야 애가 없어지고, 애를 멸해야 취가 없어지고, 취를 멸해야 유가 없어지고, 유를 멸해야 생이 없어지고, 생을 멸해야 늙고 죽는 근심 슬픔의 고뇌가 없어짐을 알아지소서.

모든 존재는 본래부터 스스로 적멸한 모습을 지녔나니, 이 법을 행하여 내세에 불도를 이루소서. 제행은 무상이라. 나고 죽음이 모두 이 법 속에 있도다.

태어나고 죽는 것이 모두 멸해지면, 비로소 열반의 즐거움을 가져다줍니다.

귀의 합니다. 부처님께,

귀의 합니다. 가르침에,

귀의 합니다. 스님들께,

과거의 보승 여래이시며, 마땅히 공양 받을 성인이시며, 모든 것을 바르게 다 아는 성인이시며, 밝은 지혜와 바른 행을 고루 갖추셨으며, 거룩한 열반에 드셨으며, 세상사 모든 일을 아시며, 인간 중 가장 높으시며, 스스로 잘 다스리는 대장부이시며, 하늘과 땅의 스승이신 불, 세존께 귀의 하소서.

영가시여, 심신의 굳은 껍질을 벗어나사 맑은 심령이 오롯하야 부처님으로부터 무상의 깨끗한 계를 다행히 받으셨으니 어찌 기쁘고 기쁘지 않습니까?

천당이나 극락정토에 마음 따라 왕생하소서. 그리고 기쁘고 즐겁고 환희롭게 이 계송을 들으소서.

서쪽에서 조사 오시니, 그 뜻이 당당하고 마음을 맑게 하니 성품의 고향일세, 오묘한 본체 해 맑아 머무는 바 없을 새, 산하 대지 모든 것이 참모습 보이네.

암송을 마친 애동은 수한과 철재의 영혼을 달래주었다. 애동은 다음 달 귀국해서 선혜의 문제를 처리하기로 결정한 후 소연이 있는 곳으로 가면서 소연과 주혜에 대한 관계를 청산하기로 마음먹었다.

호텔 방문을 노크하자 그제야 소연이 잠에서 깨어나 문을 열어주며, 알몸상태로 애동에게 안기며 입맞춤을 요구했다. 소연은 모처럼 단잠을 잤다고 하였고, 애동은 옷을 벗은 후 욕실로 소연을 데리고 가 소연의 몸 구석구석을 깨끗이 닦아 준 후에 자신도 씻은 후 침대로 가 입과 손으로 충분히 애무를 한 후에 삽입하니 몇 분여 만에 소연이 오르가슴에 이르렀다. 애동은 사정하지 않았으며, 차후에도 소연과 관계 시는 소연만 만족시키기로 결심했다.

호텔 내 한식당에서 저녁 식사를 한 후에 애동은 소연을 데리고 도쿄 인근 사찰에 가 수한과 철재의 영령에게 기도하라고 일러주었다. 소연에게 앞으로 세 아이의 보육에만 전념토록 신신당부하고 며칠 쉬고는 한국으로 돌아가라고 소연을 설득했다. 다음 달 선혜를 만나서 해결책을 마련하겠다고 하며 헤어졌다.

애동은 조금 전 소연과 관계에서 생소한 여자에게 봉사했다는 느낌마저 들었다. 이제는 소연으로부터 해방될 수 있겠다는 자신감이 생겼다.

숙소에 돌아온 애동은 귀국해서 처리할 사항을 정리하고는 시간을 확인하니 밤 11시 전이므로 아내 현정이 그리워서 전화기를 들었다가 이내 놓았다. 내일 아침에 전화하고자 했는데, 지친다는 현정의 말이 생각나서, 곤히 자는 현정을 깨우고 싶지 않았기 때문이다.

애동은 단잠에 빠졌는데, 꿈속에서 이연화가 나타나서 "할미 찌찌 만져 봐"라고 하며, 저고리를 풀어 헤쳐서 애동의 손을 젖가슴에 가져다 만지게 했다. "할매!"라고 하면서 잠에서 깨어났다.

부산에 전학 가면 외할머니 젖을 만지지 못하게 되므로, 학교 갔다 오면 대청마루에 앉아서 겉저고리 고름을 풀어서 젖을 내어놓고 애동에게 여한이 안 생기도록 만지게 하였던 이연화의 모습이 꿈속에서 재현되었다. 30여 년 전 일이었다 .

애동은 여태껏 외조부모 꿈을 꾸게 되면 좋은 일이 많이 생겼다. 새벽 5시가 채 안 된 시간에 애동은 꿈에서 깨어나 숙소 마당에 나와서 새벽하늘의 북두칠성을 찾아서 합장배례를 하면서 이연화의 극락왕생을 기원하였다.

점심시간 전에 경주 현정의 연구실에 전화했는데 자리에 없어 13시경 전화한다고 메모를 남겼고, 서둘러 중식 후 부모님에게 다음 달 찾아뵙겠다고 하며, 건강에 유의하라고 당부 드렸다.

13시 5분 전에 현정과 귀국에 관한 내용에 대해서 통화를 했다. 저녁에는 가연과 대화를 하게 되었는데, 연수와의 대화 내용과 서울 송파구 이사 문제, 연수 완료에 대한 대비를 의논했다.

가연은 애동과 포옹하며 찐한 키스를 하였고, 연수의 말대로 애동만한 남자는 흔치 않은 사람이므로 첫째도 조신, 둘째도 조신하며 처신에 유의하려고 했고, 첩실로 살아가는 것이 매우 어려운 삶이라는 점을 알게 되었다.

연수는 애동의 마음을 잡는 길은 가연 스스로가 애동의 입장에서 생각하고, 행동하며, 처신토록 재차 강조하였고, 보고 싶어도 가능한 애동이 먼저 연락이 오기까지 기다리는 것도 하나의 방법이라고 하며, 기다리는 즐거움을 가지라고 하였다.

연수 자신이 남편 최치수의 서울 사업과 딸 가연의 서울 공부 등으로 춘천에서 항상 기다림에 익숙 되어 살아왔었다. "암 탉이 울면 집안이 망한다"라는 옛말이 있듯이, 애동 앞에서는 큰 소리의 말도, 심한 말도, 화내는 말은 하지 말 것을 연수는 거듭 강조하였다. 그래서 가연은 애동 앞에서는 항상 자신을 낮추었다.

부부관계에서도 애동 위주로 하였고, 모든 면에서 애동만을 위한 언행으로 가연이 곧 현정이라는 공식이 애동의 뇌리에 깊이 각인되게끔 하였다. 애동이 선혜의 일로 귀국해서, 가회동 집에서 현정의 경주 생활에 대한 것부터 의논하였다.

93년 신학기부터 S대 강의를 다시 맡는 것으로 확인하고, 경주약국은 존속하되 운영은 유종 오빠 부부에게 맡기기로 하고, 건물 임대료만 받는 것으로 가닥을 잡았고, 종로 혜민 약국은 다시 현정이 맡아서 운영하며, 그동안 고생한 인선에게는 약국 회장으로 추대하고 일정 지분을 평생 드리기로 결정했다.

아버지 정식은 은퇴해서 자서전과 의학 관계 서적을 출판하기 위해 서재에서 집필에 몰두하고 계셨다. 작년에 칠순 잔치를 한 노인이라고 믿기지 않을 정도로 건강은 매우 좋은 편이었다.

다음 날 일곱 아이를 인선과 보육사 누나에게 맡기고, 창원 동읍 덕산 집 부모님께 인사드리기 위해 현정과 함께 출발했다. 현정의 운전 실력도 많이 발전됨을 알게 되었으며, 경주 생활하는 동안 장거리 운행을 많이 한 탓으로 애동보다 운전 실력이 더 나은 것 같았다.

은식은 1차 뇌출혈 증세 이후 건강관리에 매우 유념하여, 만 75세 이상의 나이답지 않은 노익장을 과시했다. 어머니 혜정(1919년생)의 건강이 오히려 좋지 않은 느낌이었다.

은식이 75세에 새마을 금고 이사장직에서 물러났기에, 혜정도 75세까지는 부녀회장직을 고수하고자 하였으며, 조금은 신경을 써서 생활하는 것이 삶의 활력소가 됨을 혜정은 알고 있었다. 혜정의 얼굴이 조금 상한 것으로 보이는 것은 지난 3일간 성주사에서 영가천도 기도를 한 결과라고 은식이 귀띔해주었다.

규현과 연화, 대관과 혜순, 철재와 수한, 치수에 대한 극락왕생 기도를 3일 내내 성주사에서 기거하며 기도드리고 왔다고 한다. 은식도 선혜와 소연의 갈등이 꽤 심화되어 있음을 막내외숙 성문을 통해서 잘 알고 있었다.

애동은 창원에서 성문 외숙, 수태와 수호, 소연과 주혜, 절친 유태 등과 통화하면서 내일 저녁 부산 범내골 철재 집에서 상의 할 것이 있으니 반드시 참석도록 통보하였다.

저녁 식사를 창원 동읍 덕산 부모님 집에서 하고는 3km 떨어진 곡목 과수원집으로 애동과 현정은 향했다. 두 사람은 규현과 연화 묘소참배 후, 둘만의 오붓한 시간을 오랜만에 가질 수 있었다.

현정에게 한복을 입도록 권유한 후에, 애동은 75년 약혼 때와 같이 현정을 업고 과수원 이곳저곳을 누비며 다녔다. 현정의 몸무게는 약혼 당시보다는 늘었고, 애동의 체력은 전(만 41세)과 같지 않았으므로 한 시간이 채 안 되어서 멈추고 말았다. 약혼 때는 거의 두 시간을 업고 다녀도 힘이 남았었는데, "세월 앞에는 장사 없다"라는 말처럼 되고 말았다.

두 사람은 정답게 손을 잡고 집 거실로 향했고, 애동이 거실로 들어오자마자 눈을 찡긋하자, 애동의 눈짓을 현정은 알아차리고 욕실 문 앞에 멈추자, 애동이 치마 밑으로 기어들어 가 속치마와 팬티를 벗겨 내리고 현정의 깊숙한 곳과 궁둥이를 입과 손으로 애무하기 시작했다. 그리고 자기 옷을 벗어서 치마 밖으로 내밀었다.

현정은 윗옷을 벗고 치마끈을 풀자 두 사람은 알몸이 되어 욕실로 들어가 서로의 몸을 깨끗이 닦아주었다. 목욕 후 애동이 현정을 안고 안방 침대로 가, 오래간만에 뜨거운 정사를 자정이 넘도록 계속하였다.

아침밥은 부모님과 함께하고는 곧이어 부산으로 가 두 외숙, 외종조부 규태, 세 누님 등에게 인사했다. 유태 부부와 중식을 함께 했고, 식사 후에는 막내 성문 외숙, 유태와 선혜 문제에 대해서 의논했고, 이어서 광복동으로 가 정엽 부부께 인사를 했는데, 정엽(24년생)도 이제는 노인의 풍모가 엿보이지만 강영자

(26년생)는 나이에 걸맞지 않게 팽팽하였고, 얼핏 보면 회갑도 안 지난 나이로 보였기 때문이다.

영자는 "큰아들 왔다"라고 하며 맨발로 현관에 뛰어와 애동을 뜨겁게 포옹하고는 이어서 현정도 안아주었다. 유태와 민혜에게 큰아들 애동처럼 부부 금실이 좋아야 한다고 가끔 잔소리를 한다고 했다.

애동의 외사촌 동생인 민혜가 영자에게 싹싹하게 잘하여서, 딸 주혜보다 열 배나 낫다고 칭찬하면서, 사돈인 성문 외숙과도 주 1회 정도 만나서 식사도 함께한다고 했다. 이 모든 것이 "큰아들 애동 덕"이라고 하면서 연신 싱글벙글하였다.

정엽은 몇 해 전 부산상공회의소 이사장직을 그만두고 백화점 운영에만 전념하고 있었고, 주연, 주민 누나 부부들은 월 1회 또는 두 달에 한 번은 부산에 온다고 했다. 주연은 전업주부이고, 주민은 서울 모 대학 음대 교수로 재직하고 있었다.

영자의 얘기로는 선혜와 주혜 사이도 예전과는 많이 다르게 서먹서먹하게 지낸다고 했고, 주혜가 부산 근무 시 시댁에서 고부간의 갈등이 시작되었는데, 큰 아이 태희 출산 후에는 두 사람 관계가 좋아졌는데, 다시 철재의 죽음으로 갈등이 재현되어 거의 폭발 직전이라고 했다.

애동은 선혜와 소연, 주혜 사이가 파국으로 치닫는 데 대해서 가슴이 아팠고, 강영자가 주혜의 여섯 살 큰아들 태준이 나이에 걸맞지 않게 매우 의젓해서 '애동 큰아들 같다'라는 생각이 들곤 한다고 하였다.

애동은 이 말을 듣는 순간 머리가 하얗게 되는 느낌이 들었고, 옆에서 듣고 있던 현정이 "언제 태준이 한번 봐야겠네!"말하자, 이 말에 애동은 정신 차리고 일어서면서 현정에게 용두산 공원에 가서 초등학교 시절 삼총사에 관한 얘기를 해주겠다며, 현정을 일어나도록 재촉했다.

영자는 "큰아들 아직도 그 얘기 색시한테 안 했나?"라고 하면서 용두산 구경하고 저녁 선혜에 관한 일이 끝나면 광복동 집에 다시 오라고 했다. 애동과 현정은 부산 대청동에 있는 용두산 공원 194계단(194계단의 용두산 엘레지 유행가)을 오르면서, 옛 얘기를 소상하게 들려주었고, 공원 전망대에 올라가서 탁 트인 부산 앞 바다를 구경하는데, 그날 기상이 좋아서 일본 대마도를 볼 수 있었다.

공원에서 나와서 삼총사가 다녔던 남일 초등학교와 옛날 애동이 살던 집 위치와 수한이 살던 집 위치를 설명했으며, 현 광복동 유태의 집과는 가까운 거리에 있음도 알려주었다. 매일 순회하면서 뛰어놀던 30년 전 얘기와 진영 누나의 과외지도, 철부지 주혜의 애동 바라기 등도 이야기해주었다.

수태와 주혜가 좋아한 것은 애동을 쫓아서 다니다 보니 미운 정 고운 정이 들어서 수태와 주혜가 결혼하게 된 것도 다 애동 때문이라는 말도 했다. 저녁 식사는 부산 국제시장에서 했는데, 어릴 때 삼총사는 국제시장도 이틀에 한 번꼴은 다녔음을 들려주었다.

철재의 집으로 애동이 호출한 사람들이 모여들고 있었고, 애동 부부와 성문 외숙은 주차장에서 만나 동행하여 집으로 들어갔다. 선혜는 애동을 보자 "큰아들, 왜 이제 와?"라고 하면서 품에 안았다. 그리고 울기 시작했다. 애동은 실컷 울도록 선혜를 안고는 그대로 서 있었는데, 이 광경을 지켜본 가족 모두는 눈물을 훔쳤다.

울음을 그친 선혜는 "큰아들, 저녁은?"이라고 하면서 손바닥으로 눈물 자국을 닦았다. 애동은 "어머니, 먹고 왔어요"라고 하며 선혜를 자리에 앉게 한 후 인사를 하고는, 일전에 구상한 내용에 대해서 자세히 설명했다. 이어서 성문 외숙이 구체적인 내용을 설명한 후 선혜의 동의를 구하자, 선혜도 요양원 이사장직에 대해서 크게 공감하면서 즉시 실행하고자 했다.

수태는 93년 정기 인사 시 서울 지역 지검으로 발령 예상되는 것을 다시 부산 지역으로 조정하는 희망원을 내기로 하였고, 막내 수호는 93년 초에 창원 본사에서 부산지사로 발령을 받아서 전 가족이 부산 범내골 집으로 이사하겠다고 했으며, 주혜는 주 1회 정도는 선혜를 방문코자 했으며, 소연은 일본으로 가, 세 아이의 공부에만 전념하도록 하여 순조롭게 마무리되었다.

유태는 수한을 대신해서 선혜를 주 1회 만나서 요양원 사업에 지원하기로 했다. 성문 외숙은 부산대 절친들을 총동원해서 선혜의 사업에 적극 동참하고자 했다.

그다음 날 선혜와 성문은 부산 지하철 범어사역 인근의 건물이나 모텔 구입과 인허가 등 제반 사항을 확인하였다. 애동과 현정, 유태는 광복동 정엽의 집으로 다시 이동했고, 애동과 유태는 자갈치 시장으로 가, 두 사람은 모처럼 술을 마셨는데, 수한의 빈자리가 크게 느껴져 매우 서운하였다.

현정이 운전하여 해운대 밤바다를 구경하였는데, 현정은 선혜의 일이 애동의 뜻대로 잘 처리되어서 기뻐하며 존경과 사랑의 표시를 애동에게 하고 싶은 마음이 생겼다. 영자가 광복동 집에서 자고고 하는 것을 마다하고 해운대 밤바다 구경을 핑계 삼아 해운대 호텔로 오게 되었다.

애동은 술기운이 많이 남아 있어서 현정은 욕조에 따뜻한 물을 가득 채워놓고 애동을 욕조에 들인 후 정성스럽게 몸을 씻어 준 뒤에 존경과 사랑의 표시를 많이 해 주었다. 해운대 호텔에서 아침을 먹고 상경하여 5남 2녀 아이들과 오후 시간을 즐긴 후 저녁 시간, 애동은 일본으로 건너갔다.

93년 초 애동이 귀국하기 보름 전에 소연이 만나자는 전화가 왔는데 오사카로 와달라는 내용이었다. 애동이 토요일 기상과 동시에 오사카로 갔고, 그곳에는 성수 부부와 세 아이도 함께 있었는데, 세 아이는 1년간 일본어 연수 후 94년 신학기에 쌍둥이는 중학교에, 수정은 초등학교 5학년에 편입 예정이라고 했다.

성수 부부는 서울 효자동 집만 남겨둔 채 모든 재산은 정리하고 향후 여생을 일본에서 보내기로 했다고 했으며, 효자동 집은 최소연의 명의로 했고, 국가유공자 배우자로서, 한국에 가끔 다녀야 하며, 소연의 방은 그대로 빈방으로 남겨두고 그 외의 방은 임대했다고 하였다.

소연의 어머니 윤정희 친정은 오사카에서 제법 부유하게 살고 있었다. 세 아이가 차례로 애동의 품에 안기며, "큰아빠, 안녕하세요?"라고 하면서 인사를 하자, 윤정희는 이 광경을 보면서 "큰아빠가 아니라 아빠였으면..."라고 말꼬리를 흐리면서 훌쩍이자, 옆의 성수가 "아들로서 우리에게 잘하고 있지 않소!"라고 하며 정희의 등을 가볍게 두드려주었다.

호텔에서 식사를 하게 되었는데 성수 부부는 세 아이와 애동이 정답게 얘기하는 모습을 유심히 살피고 있었다. 그 이유는 쌍둥이 아들과 애동이 제법 닮았다는 사실을 발견했기 때문이다. 수한이 생전에 쌍둥이 돌 때 가족사진을 찍은 바 있었다.

아빠 사진이라며 소연이 세 아이에게 보여 주었고, 딸 수정에게는 엄마의 임신 사진을 보여 주곤 하면서 국가 보훈 가족으로서의 명예를 인식시키기 위한 노력을 하는 것을 성수 부부가 많이 보아왔다. 쌍둥이 방에 수한의 군 정복 차림의 사진과 돌 사진이 함께 진열되어 있었는데, 특히 정희는 태건, 태민이 자라면서 수한과는 별로 닮지 않았음이 느껴져 의아심을 가지고 있었는데, 약사답게 예리한 눈썰미 소유자였다,

식사하면서 세 아이가 무척이나 애동을 잘 따르는 점에 대해서도 예의주시하였으며, 식사가 끝나고 소연이 부모에게 세 아이를 데리고 먼저 가시라고 하며, 애동과 도쿄에 볼일이 있다면서 두 사람은 일어섰다.

도쿄로 온 소연은 호텔 오락실로 동행할 것을 요구하였고, 애동이 낮에 오락이냐면서, 호텔 주변을 소연을 데리고 산책하였다. 소연은 앞으로 일본 모 학교에서 강의를 하고자 했고, 인생을 즐기면서 살겠다고 했으며, 수한은 없는 사람이므로 세 아이를 잘 키워서 수한에게 진 빚을 갚고자 했다. 한 시간 정도 산책 후 방으로 올라와 낮의 정사를 하게 되었지만, 소연만 만족시키고 애동은 일전의 각오대로 사정은 하지 않았고, 차후에도 소연과 관계 시 봉사만 하고자 했다.

오후 급한 용무를 핑계 대고 먼저 호텔을 나왔다. 소연은 낮잠을 잔 후 간단히 중식을 해결한 뒤에는 오락실에 가 밤늦도록 오락을 즐긴 후 오사카로 되돌아갔다.

애동은 숙소에서 가회동 아내 현정에게 전화하여 가족의 근황에 대해서 자세히 확인하고, 창원과 부산의 사항도 통화를

했다. 수태와 수호는 매주 선혜를 만나게 되므로 선혜의 상태는 매우 좋아져서, 93년 2월 말경 요양원 개원을 할 것으로 여겨졌다.

주혜는 사법고시 준비를 개시하였고, 소연은 전 가족이 일본으로 갔으며, 소연의 언니 최가연의 소식이 끊어졌다고 하면서 "춘천에서 어디로 이사 갔다"라고 하였다.

애동은 현정에게 "미안하고, 고맙고, 사랑한다"라고 하며 통화를 마쳤다.

최가연은 이름도 최가혜로 개명하고, 서울 송파구 가락동으로 이사를 해 모처럼 이사한 집에서 두 아들과 어머니 박연수와 행복한 시간을 보내고 있었다.

애동은 현정과 통화 후 주혜에게 전화했고, 지난번 어머니 강영자의 얘기인, 즉 태준이 애동처럼 의젓하며, 왠지 모르게 닮은 것 같다는 느낌에 대해서 주혜에게 확인코자 했다. 주혜는 조심하고 있었지만, 철재의 장례식과 49재 때에 어쩔 수 없었다고 하면서, 주혜의 세 아이인 태희, 태준, 태영이 부산의 정엽 부부나 유태와 민혜, 가회동의 현정, 5남 2녀, 정식 부부 등과 만나지 않도록 유의하겠다고 말했다.

애동은 주혜의 세 아이 모두가 자신의 자식이 아니길 바라고 있었는데, 이것은 큰 낭패임이 분명하며, 소연과 가혜(가연)의 경우와는 전혀 달랐다. 주혜는 엄격히 말하면 사촌 처제이므로, 정식 부부나 정엽 부부 그 밖에 친척들과 살아가면서 필연적으로 조우하게 될 터인데, 이것이 차후 큰 문제로 야기될 것으로 애동은 생각되었다.

주혜의 요구를 끝까지 들어주지 말아야 함을 이제 후회한들 무슨 소용이 있겠는가? 전화 통화를 마친 연후에 예방책을 찾아야 하겠다고 생각하며, 묘안을 찾고자 노력했다.

93년 신학기 시작과 함께 소연은 일본 생활을 바쁘게 하며, 조금씩 옛 모습을 찾아가고 있었고, 오락실 가는 것도 뜸하게 이루어졌다.

가혜는 애동보다 일주일 전 먼저 귀국하여 변호사 개업과 영어, 일어 어학원 운영을 위해 건물을 구입 또는 임대코자 시장 조사를 하였다. 연수를 마친 애동은 한국으로 귀국하게 되었고, 서울 남부 지방 법원에 발령이 났으며, 공항에 현정, 인선이 5남 2녀 아이들을 데리고 마중을 나왔다. 1년여만의 귀국이고 부산 제주법원 생활을 합하면 5년이라는 긴 기간을 떨어져 살았었다.

일곱 아이는 곱게 자라 있었고, 간혹 잠시 잠깐 본적이 있지만 이젠 장남 동현과 차남 동근은 여드름이 나오기 시작하여 사춘기에 접어들었고, 막내 동일만 첫돌이고, 그 외 아이들은 초등학교, 유치원에 다니고 있었다.

현정은 S대 약대 조교수로 근무하며, 종로 혜민 약국은 약사

10명으로 확장되었고, 강남역 인근에 분점도 있었는데, 약사 전원이 S대 출신이라는 강점으로 강남 분점도 문전성시를 이루었다. 가회동 집은 기와집 그대로인데 내부 수리를 하여 불편한 점이 없도록 개조하였다.

귀국 후 금요일 오후 애동과 현정은 경주, 창원, 부산으로 출발하였고, 경주는 조부모님 묘소참배와 유종 오빠 부부를 보기 위해서였고, 창원은 부모님께 인사하고, 연화 묘소를 참배하였다.

현정은 부산에서 정엽 부부와 세 누나께 인사를 한 후에, S대 강의 때문에 일요일 오후 열차로 먼저 상경을 하게 되었다. 애동은 부산에서 철재 묘소와 선혜의 요양원, 법원, 유태, 외숙과 외종조부 인사, 유수 방문 등으로 며칠 지내기로 했다.

수태는 부산지검 형사부 부장검사로 재직 중이고, 주혜는 격주 간격으로 부산을 내려오고 있었다. 애동은 철재 묘소를 참배하면서 용서를 빌었고, 극락왕생하기를 간절히 기원하는 의미로 무상계를 암송하였으며, 선혜의 요양원도 방문하였고, 일요일 저녁 식사를 범내골 집에서 하게 되었으며, 금요일 저녁부터 주혜는 부산에 와 있었다. 애동은 잠을 광복동에서 자기로 했다.

선혜의 건강은 철재 사망 이전보다 더 좋아져서, 체중이 3kg 정도 늘어나 60대 중반의 아름다운 여인으로 확 바뀌었고, 9개월 전 모습과는 전혀 딴판이었다.

주혜와의 관계도 고부지간이 아니고, 엄마와 딸과 같은 관계로 다시 복원되어 있었으며, 두 아들 및 손주들과 살면서 외로움을 잊고 사는 것이 매우 중요함이 실감이 났다.

애동은 저녁 식사 시, 기분이 좋아 양주를 많이 마셨고, 광복동으로 가기 위한 운전은 곤란할 지경이었다. 그래서 택시로 이동하려고 하자, 수태가 주혜에게 "큰형님을 당신이 모시고 가, 친정에서 자고 내일 곧바로 상경해요"라고 하여, 애동의 차는 범내골 집에 두고 내일 법원 방문 시 사용하기 했다.

수태의 말대로 주혜는 본인의 차로 애동을 광복동 집으로 모시기로 했다. 그 옛날 주혜의 음주 때문에 애동과의 관계가 처음 이루어졌는데, 이번에는 애동의 음주 때문에 단둘만의 시간이 만들어졌다.

주혜는 범내골 집에서 구조선 방직 터 방향으로 운전하여 가면서 가까운 공중전화로, 영자에게 애동의 술을 깨기 위해 광안동 바닷가에 들렀다가 간다며, 미리 전화하고는 차를 운전하여 구 조방 앞 인근 호텔로 직행하였다. 만취한 애동을 부축해 호텔 방으로 가 몸을 씻어 주었으며, 9년 전 빚을 갚는다는 핑계를 대었으며, 주혜는 찬물로 애동의 가운데 부분을 여러 차례 비누질하며 씻으며 생각하기를 애동의 물건은 30대 그것처럼 전혀 녹슬지 않았음을 확인하고는 묘한 흥분을 느꼈다.

자신의 가운데 깊은 부분도 찬물로 깨끗이 씻고 침대 쪽으로 갔고, 애동은 주혜의 의도를 알아차리고 주혜를 극도로 흥분되도록 입과 손으로 많은 노력을 한 다음, 나바론 거포를 삽입하자 얼마 후 주혜는 오르가슴에 이르렀고, 땀이 비 오듯이 하여 술이 거의 깨어버렸다. 두 사람은 샤워 후 태희, 태준, 태영에 대한 얘기를 진지하게 했다.

여의도 집 보육사에게 단단히 주의를 주고, 가능하면 부산방문을 자제토록 하고 유태, 정엽 부부와는 짧게 만나도록 할 것과 특히 가회동은 어떠한 경우라도 방문치 말도록 하였다. 수태는 형 수한의 쌍둥이 태건, 태민과 태준, 태영이 많이 닮아서 전혀 눈치를 못 채고 있다고 주혜는 말했다.

애동과 주혜가 동시에 광복동 집 현관을 들어오는 모습을 본 영자는 순간 자신도 모르게 한숨이 터져 나왔다. 코흘리게 때부터 삼총사와 한 덩어리가 되어, 주혜는 항상 애동의 왼편에서 팔짱을 끼고 현관문을 들어오는 모습이 30여 년 만에 재현되고 있어서 가슴 한가운데 깊은 곳에서 뜨거운 그 무엇이 치밀어 오르는 느낌이었다.

영자는 고개를 좌우로 흔들면서 "주혜야, 큰오빠 밤바다 구경 잘 시켰나?"라고 하며 애써 태연한 척하였다. 30여 년 전부터 두 사람의 모습이 지금도 계속되었으면 하는 바람이 영자는 환상으로 만족해야만 했다.

주혜는 "예"라고 대답하고는, 큰오빠 방 잠자리를 자신이 챙겨주고자 2층으로 올라갔다. 애동과 정엽은 음료수를 마시면서 그간의 일에 대해서 담소를 나누었으며, 애동은 정엽을 대할 때도 처삼촌이 아니라 아버님으로 깍듯이 30여 년 전부터 예우하였고, 정엽 부부도 조카사위가 아니라 한 살 많은 유태의 형으로서, 큰아들로 대우해 주었다.

애동은 명일 부산지법과 검찰청 방문이 예약된 관계로 서둘러 인사 후 2층으로 올라가 유태가 사용했던 방으로 들어가자, 주혜는 방 정리 정돈과 잠자리를 챙긴 후 옆방 자신이 사용하던 방으로 가지 않고, 침대에서 기다리고 있다가 애동이 들어오자 애동의 품에 안기며 짧은 키스 후에 잘 자라고 하며, 묘한 미소를 띤 후 자신의 방으로 갔다.

애동은 감회가 남달랐고, 잠이 쉬이 오질 않았는데, 먼 옛날 삼총사의 추억이 떠올랐으며, 또한 주혜와의 관계를 어떻게 정리하는 것이 가장 좋을까를 고민했다. 가혜의 두 아들에 대한 처리, 고령의 부모님 건강 문제며, 5남 2녀 자식들에 대한 미래 진로 문제와 일본의 소연에 대한 연민 등으로 깊은 상념에 빠져 있었다.

시간을 확인하니 새벽 2시경이었고, 그때 방문이 찰칵 잠기는 소리가 났는데, 속살이 훤히 보이는 엷은 잠옷 차림의 주혜가 방에 들어온 후, 문 잠그는 소리였다. 재빨리 잠옷을 벗고는 알몸상태로 애동이 덮고 있는 이불 속으로 들어와, 애동의 속옷을 벗기기 시작하였다. 상상할 수 없는 대담한 주혜의 행동을 제지할 수 없어 그냥 주혜의 뜻대로 따라주었고, 주혜는 한 시간가량 실컷 즐긴 후 방을 나갔다.

후회와 시험관 아기

주혜와의 관계 후 애동은 잠이 들었고, 다음날 주혜는 서울로 아침 일찍 떠났다. 애동은 범내골 철재의 집에 세워둔 차를 운전하여 부산 일정을 마치고, 창원으로 다시 이동하여 부모님께 인사드리고, 수요일 낮에 가회동 집으로 출발했다.

　93년 봄 애동은 서울 남부 지방 법원으로 첫 출근을 하였다. 중식 시간 전 경기고 절친 김철규와 송정섭이 찾아왔는데, 철규는 바로 옆 남부지검 부장검사로 근무하고 있었고, 정섭은 문광부 과장으로 근무 중이었는데, 철규와 중식을 1주 전에 약속하여 애동이 첫 출근 시에, 세 사람이 함께 식사하기로 둘은 미리 시간을 비워 놓았다. 세 사람은 청사 인근 한정식 식당에서 점심을 하게 되었다. 정섭은 2명의 자녀를 보았는데, 철규는 아이가 없다고 했다.

철규의 부인은 사법연수원에서 만나 연애 결혼하게 되었는데 철규보다는 한 살 위이고, S대 법대 학번도 1년 선배였다. 철규는 대학 졸업과 동시에 합격하였고, 철규 부인은 사법고시를 재수하여 합격하였으므로 연수원 동기생이었고, 가혜와는 S대 동창이었다. 철규의 장인은 저축은행 경영과 부동산임대업을 하는 현금 부자였다.

철규 부인의 이름은 최여진이며, 2남 2녀 중 장녀였고, 현재 서울 동부법원 민사부 부장판사였다. 결혼생활 10년이 지났는데 아기가 없으므로 걱정이 이만저만이 아니라고 하였다. 철규의 부친은 장관과 국회의원을 지낸 분이며, 철규는 2남 3녀 중 장남이며, 위로 누나 3명이고, 남동생은 5년 전 결혼해서 딸 2명이 있다고 했다.

철규와 여진은 병원에서 확인해본 결과 정자의 개체수가 보통 사람의 절반 수준으로 적고 활동성이 미약하다고 했다. 철규는 장남인 관계로 처음 결혼해서 1년간 부모님과 함께 살았으며, 현재는 압구정동 아파트, 애동 소유의 아파트 바로 옆 동에 살고 있었다.

철규의 부인 최여진에 대해서는 애동은 S대 재학시절 두세 차례 본적이 있었으며, 고시원에서 가혜(가연)와 몇 차례 만나는 것을 본 적이 있는 사람임을 기억해냈고, 철규의 말로는 여진은 애동을 기억한다고 하였다.

법학과와 행정학과 차이점으로 매번 볼 수는 없었지만, 동숭동 법대라는 지역이 좁았기 때문에 오다가다 몇 번 보았던 것이 새삼 기억이 떠올랐다. 여진의 신장은 보통 평균보다 약간 적었고, 얼굴은 둥글고, 웃을 때 보조개가 깊이 쏙 들어가는 귀여움과 애교 만점의 여대생 최여진이 확실히 기억났다. 애동이 고시원 공부 시는 공무원 근무 관계로 눈여겨볼 틈이 없었기 때문이다.

철규는 5남 2녀의 아빠인 애동에게 자식 가지는 특별한 방법에 대해서 많은 질문을 쏟아내었으며, 철규(52년생)는 올해 안으로 임신이 안 되면, 내년부터는 인공수정에 의한 시험관 시술로 아기를 갖기로 여진과 의견일치를 이루었다고 했다. 경기고 절친 세 사람 혈액형은 O형이고 여진 또한 같다고 했다.

철규는 아버지가 24년생이고, 어머니가 25년생으로 70세 고령으로 장남 철규가 자식이 없는데 대한 초조함을 보이며, 집안의 대가 끊어지게 되었다고 걱정이 이만저만이 아닌 점에 대해서도 얘기를 하였다.

철규 아버지와 부산의 정엽과는 S대 동창이며, 상당히 친분이 있었다는 것을 나중에 알게 되었다. 우선 애동은 철규와 여진의 관상을 봐주기로 했는데, 아주 어릴 때 외조부 김규현에게 가장 기본적인 몇 가지 즉 수명과 자식 운에 대한 것을 배운 적이 있었다.

송정섭은 철규의 고민은 애동만 귀국하면 해결될 것이라고 여러 번 철규에게 말했다. 여진은 박사학위 취득을 위해 대학원에 다니며, 새로운 삶의 목표를 가지기 위해서였으며, 애동은 얼마 후 압구정동 아파트 방문을 약속했다.

애동은 현정에게 경기고 절친 정섭(외사촌 동생 종혜의 남편)과 철규에 대해서 얘기를 하자, 현정은 결혼한 지 10년 이상이 되었는데 자식 하나 점지 못 받은 철규가 안되었다고 말하면서 "동일이 동생 하나 만들까?"라고 하면서 환하게 웃었다.

애동은 일곱도 부족해서 여덟 명 타령하는 현정을 이해하기 쉽지 않았다. 사실 현정은 자식을 많이 낳고 싶은 나름의 두 가지 이유가 있었다. 약혼 전 첫날 밤 이후에 시어머니 혜정으로부터 들은 애동의 형 주동의 죽음과 애동이 단명할까 봐 창원 곰 절 노스님께 질문하니 스님은 너덧 명의 자녀 출산에 대한 예언 등으로 현정은 가능한 많은 자식을 보고자 했다. 본인 스스로 열 명까지는 낳아 기르겠다는 심산이었다.

93년 5월 초순 금요일 애동 부부는 저녁 식사 초대를 받아 철규의 압구정동 아파트를 방문하게 되었다. 여진을 본 애동은 자식을 가지지 못하는 이유는 애교가 매우 많은 여진을 철규가 감당 못하는 점이고, 또 하나는 두 사람의 상이 평행선을 긋고 있는 점으로써, 크로스가 되어야 만나는 점이 생기는데 부부관계도 각자대로 평행선을 이루는 경우로, 예로 오르가슴에

326

맞추어 사정이 되어야 금상첨화인데, 오르가슴 전 일찌감치 사정으로 짜증만 생기고, 너무 많은 애무를 하여 힘이 빠져버린 경우였다.

처방은 두 사람의 체질 개선과 정해진 시간에 맞추어 부부관계를 해야 하는 점, 철규의 정자 수를 대폭 양산 등이 선결되어야 했다. 여진의 나이 만 42세, 철규는 만 41세로써 처방에 대한 가능성이 희박하게 판단되었다.

식사 후 애동 앞에 나란히 앉힌 다음, 사주 관상학적으로 두 사람에 대한 분석을 해본 결과 자식은 분명 있고, 아들도 있는 것으로 나왔다. 이어서 현정은 여진을 안방으로, 애동은 철규를 건너 방으로 각각 데리고 가서 두 사람의 몸을 살펴보는 시간을 가졌다.

애동은 철규에게 바지를 내리게 하고 물건을 살폈고, 철규에게 크게 한번 만들어 보라고 한 후에 살펴보니 크기는 제법인데 힘이 없어 보이며, 쌍방울이 문제인 것 같았다. 쌍방울이 많이 축 처져 있었다. 60대 중후반 노인의 그것 모양이었다. 쌍방울이 물건 쪽으로 짝 달라붙어 있어야 정자가 힘차게 나아가 난자를 덥석 물어야 임신이 되는 이치인데 이것이 문제였으므로 아이가 생기질 않았다.

애동은 철규의 바지를 올려주면서 쌍방울이 언제부터 축 처져 있었냐고 질문하자, 결혼 후 부모님과 1년 동거가 끝날 무렵부터 쌍방울이 힘없이 처져 내려가는 것을 느꼈다고 했다.

'10여 년 전부터 제대로 된 부부관계가 없었구나'라고 애동이 생각하니 철규의 남성 능력이 못내 아쉬움이 남아서 측은했다. 네 사람은 다시 거실로 나왔으며, 애동이 철규 부부에게 사주 관상으로는 자식이 있는 것으로 얘기하고, 더구나 아들도 분명히 얻을 수 있다고 말하자, 철규와 여진은 매우 밝은 표정을 지었는데, 문제는 두 사람의 신체적인 조건과 능력이 문제였다.

애동이 여진의 몸매와 얼굴을 찬찬히 살펴보니 전혀 문제가 없으며 다만 철규가 문제였던 것으로 나왔다. 애동은 차마 철규 자네의 정자 능력으로는 난자에 접근할 수 없다는 결론이 나온 사실에 대해서 너무나 실망감이 클 것 같아서 말하지 않았다. 애동은 내년에 시험관 시술하지 말고 올해 안으로 즉시 병원으로 두 사람이 찾아가 보도록 권했다.

철규는 검사 출신이라 두뇌 회전이 빨라서, 축 처진 쌍방울이 문제라는 것을 본인 스스로 알고 있었다. 장남으로서 사법고시 준비와 S대 법학과 출신의 검사로서 완벽함을 추구하는 개인 취향으로 검사초임 시 야근을 밥 먹듯이 하였고, 고위 공무원 아버지에게 실망감을 주지 않기 위해서 경기고 학생 시절이나 S대 재학시절 오직 공부 공부에만 매달린 결과로 신체 이상이 온점에 대해서 본인이 어느 정도 느끼고 있었다. 발기 후 1분여 만에 사정이 되어 버리는 사실도 본인이 잘 인지하고 있었으며, 결혼 후에 여진의 만족에만 신경을 쓰는 입장이었다.

아기를 만드는데 일가견이 있는 애동의 생각은 씨받이의 반대 씨 내림을 권하고 싶은 입장이었다. 애동 부부는 두 사람에게 부부관계에 관한 몇 가지 조언을 한 후에 가회동으로 돌아오면서, 안타까운 생각에 짠한 마음이 들어서 가슴이 아팠다.

철규는 돈과 명예 두 가지를 다 가졌지만, 자식이 없었다. 8월 하순 철규가 다급하게 전화하여, 점심을 함께하게 되었는데, 중식 후 철규는 애동이 권하는 대로 시험관배양 시술코자 정밀검사를 수차례 하였는데, 난자는 아무 이상이 없는데 정자의 개체수 부족도 문제이지만 정자 운동의 힘이 미약하여 인공수정도 수차례 실시했으나 인공수정에 실패하였다고 통보받았다고 했다.

잠시 말이 없던 철규가 심호흡을 크게 한 후에 정자 기증을 받아서 수정을 성공하는 경우에 대해서도 설명을 들은 바 있어서, 애동에게 정자 기증을 부탁했다. 애동은 즉답을 피하고 철규의 정자 활동에 대해서 여진에게도 설명했느냐고 확인하니, 차마 얘기를 못 했다고 했다.

여진은 현정의 처방으로 매일 새벽 5시에 기상하여 찬물 목욕을 하는 중임을 말했고, 육식은 거의 하지 않고, 생선 섭취와 채식 위주로 식단을 바꾸었다고 했으며, 부부관계도 배란기에 맞추어서 하자고 여진이 말했다고 했다.

자식을 얻고자 노력하고 있는 아내 여진에게 철규의 정자 상태가 임신 불능이라는 얘기는 도저히 할 수 없다고 했다. 잠시 후 철규는 무릎을 고쳐 세우고 꿇은 자세로 정중히 애동에게 정자 기증을 재차 부탁했다.

경기고와 S대 절친 철규로부터 이러한 부탁을 받을 줄은 애동은 상상도 못 했다. 일본 연수 시에 일본 상류층 젊은 부부들이 스와핑(부부 체인지 성관계)을 하면서 즐기는 것을 확인 한 바도 있었는데, 애동은 정자 기증을 여진이 평생 모르게 해야 하므로 잠깐 상념에 잠겼다.

가혜와 여진은 S대 동기이므로 여진과는 자주 만나게 될 것이라는 예감도 떠올리면서, 며칠 기간을 달라고 했다. 애동은 헤어질 때 용기를 내라며 철규를 다독여 주었다. 철규는 다른 이의 정자는 기증받지 않겠다고 하였고, 오직 애동의 정자만 필요하다고 거듭 말하면서 헤어졌다.

애동은 새벽에 기상하여 헬스장에서 체력단련과 찬물 목욕을 시작했는데, 현정은 빙긋이 웃으면서 "동일이 동생 빨리 볼 수 있겠네!"라고 생각하며 반겼다. 아울러 현정은 여진의 임신에 대해서 관련된 서적을 도서관에서 찾아 읽은 후에 메모해서 가끔 전화로 여진에게 도움이 되도록 알려주었다.

이러한 아내 현정의 노력을 애동은 보면서 정자 기증을 결심하였고, 철규로 부터 부탁받은 지 1달 후 정자 활동이 왕성

하게 몸을 만들고는 철규와 동행하여 정자 기증을 하였다. 그 다음 날 여진의 난자를 채취하여 인공수정을 시도한 결과 곧바로 수정이 되었음을 연구소에서 철규에게 즉시 통보했다. 철규는 애동의 사무실로 와 눈물을 글썽이며 감사의 인사를 하였다.

연구소 담당 의사의 말로는 정자의 활동이 매우 활발하여 곧바로 수정에 성공했다는 얘기도 철규에게 해주었고, 몇 주 배양 후에 여진의 자궁에 안착시키는 시술을 하게 됨도 알려주었다. 애동과 철규 둘은 죽을 때까지 비밀을 지키기로 맹세했다.

애동은 철규가 방을 나간 후 창가에 서성이며, 손을 꼽아보았다. 일곱 명, 두 명, 여섯 명, 또 한 명 추가로 합이 열여섯 명의 친부가 됨을 확인하고는 멍하니 창밖에 시선을 고정하였다.

93년 10월 하순 여진의 자궁에 배양된 수정체가 안착에 성공함으로써, 94년 1월 여진의 쌍둥이 임신 소식은 양가의 부모님에게는 기적과도 같은 엄청난 사건으로 기뻐서 어쩔 줄 몰랐다. 철규 부부도 기쁨의 눈물을 흘리면서, 애동과 현정에게 고마움을 표시하고자 했고, 여진은 휴직계를 내고 오직 건강한 아기 출산에만 전심전력을 다했다.

철규는 애동의 정자 기증 후 자주 찾아와서 수시로 얘기를 나누었으며, 1월 중순에 애동과 현정은 철규 아파트를 방문해서 임신 축하를 하였고, 여진에게 마음가짐과 태교에 대한 것을 일러주었으며, 철규에게는 아내 여진이 마음 편히 가지도록 집안일(청소, 빨래, 설거지)은 철규 스스로가 알아서 하도록 조언했다.

애동은 내심으로 현정이 여진의 출산 이후에는 만나지 않도록 해야겠다고 생각했다. 철규도 애동과 같은 생각으로 출산이 임박하면 여진을 친정으로 보내서 산후조리와 100일 정도 자란 이후에 압구정동 집으로 데리고 와야겠다고 마음먹었다.

94년 1월 말경 애동은 가혜(가연)의 아파트에서 저녁을 먹기로 하여, 연수와 동영, 동수에게 처음 인사를 하고, 아들에게 줄 선물을 잠실 롯데 백화점에서 구입한 후 가혜의 가락동 아파트로 갔다.

애동은 연수에게 큰절을 올리자 연수는 애동의 두 손을 잡으며, 기뻐서 눈물을 글썽이며 할 말을 잊은 채 고개만 끄덕였다. 가혜는 두 아들에게 "이모부께 인사드려야지"라고 했다.

연수와 가혜는 아이들이 아빠라 호칭하게 되면, 차후 장성하여서 현정이 낳은 자식과 마찰이 있게 됨을 사전에 예방코자 했다. 두 아들에게는 아빠는 머나먼 외국에 있다고 하였다. 애동은 약간 서운한 생각이 들었지만 동영, 동수를 안아주며, 즐거운 시간을 보냈다.

가혜는 잠실 석촌 호수 주변에 4층 건물을 사서 영어와 일어 어학원을 운영하고자 하였고, 어학원 운영이 자리를 잡으면 그때 변호사 개업을 하고자 했다. 그리고 건물 4층을 살림집으로 개보수하여 살기로 하였다. 두 아들이 아파트에서 다른 집 아빠, 엄마와 함께 동행하는 것을 여러 차례 목격하는 것이 신경 쓰여서 어학원 건물에 살고자 한다고 애동에게 설명하자, 애동은 눈물이 핑 돌았다.

어학원은 2월 중 모든 준비를 마치고 3월 신학기와 더불어 개원하려고 최선을 다해 원어민 강사는 이미 채용했으며, 가혜 본인도 강의를 맡아 하기로 했다. 낮에는 일반주부나, 퇴직자, 재취업자 위주로 운영하겠다는 내용도 가혜는 애동에게 설명하였으며, 저녁 식사 후 애동과 가혜는 가락시장 건너편 모 호텔에서 귀국 후에 처음으로 달콤한 시간을 만끽하고는 헤어졌다. 애동은 밤늦게 가회동으로 오면서 가혜와 현정이 매우 많이 닮아있음을 느꼈다.

94년 2월 초순 소연이 일본에서 잠시 귀국하여 효자동 집에서 저녁 식사 및 밀회를 나누게 되었고, 소연은 서울시청 뒤편에 있는 모 호텔 오락실에서 낮 동안은 슬롯머신을 하게 됨을 이야기했다. 그래서 그다음 날 오락실이 있는 호텔에서 소연이 관계를 요구하였다. 저녁 식사는 가회동 현정과 함께 하라는 것이 소연의 뜻이었다. 3일 정도 머무르다 일본으로 건너갔다.

그때 소연 따라서 가끔 애동도 오락(슬롯모신)을 하게 되었다. 2월 중순에는 주혜와 행주산성 한정식 식사 후 관계를 가졌으며, 3월부터는 고시촌에 들어간다고 하였고, 세 아이는 영자 어머니가 돌봐 주기로 했으며, 94년도 검찰 정기인사 시 수태는 서울 근무를 희망하였다고 하였다.

94년 2월 이후 애동은 현정과의 부부관계 시 미안한 마음이 들곤 하여 뜨거운 밤이 되도록 최선을 다하자, 현정은 여덟째 아이를 가지는 것으로 생각해 종전의 찬물 목욕과 채식 위주 식사를 재개하였다.

3월 이후 애동은 오후 쉬는 날에는 가혜를 만나기 위해 석촌 호수로 가기도 하였으나, 가혜의 갑작스러운 보충수업 관계로 2시간 정도 여유시간에는 슬롯머신을 하게 되었는데, 무료함을 달래는 데 안성맞춤이었다. 오후 또는 초저녁에 주로 가혜를 만나는 경우가 많았기 때문이었다. 저녁 식사는 가능한 현정과 함께하도록 했다.

애동은 결혼제도에 대해서 깊은 상념에 빠졌다. 일부 중동국가에서의 일부다처제에 대해서 귀족이나 왕족은 많은 여자를 아내로 맞이하여 살고 있다. 이와 반대로 일처다부제에 대한 것으로 히말라야산맥 부근의 어떤 부족은 한 여자와 형제가 동시에 관계를 가지며 살고 있으며, 아마존의 여인 천국, 모계 중심 사회의 동물적인 인간으로서의 성에 대한 개방으로 아버지가 누구인지 모르기 때문에 어머니의 성을 가지는 경우, 일본 전국시대에 여성의 출산 장려로 일본인의 성씨는 성관계 장소에 의해서 부쳐지는 경우가 발생했다.

여성의 활동 범위가 증대에 따른 새로운 모계 중심 사회로 변화가 있을 수 있을 것으로 예견되었다. 앞으로 일부다처제와 일처다부제의 혼용으로 외로운 남자나, 외로운 여자가 생기지 않게끔 하는 것도 새로운 결혼 풍습이나 제도에 맞는 법률적인 보완 장치를 마련하고, 위자료 문제, 이혼 문제, 바람피우는 문제만 고려하면 된다. 예를 들면 정보통신과 I.T 산업, 미래 산업 등에서 능력 있는 여성이 차후는 많아지게끔 되어 있으므로, 여성 1명이 4명의 남자와 한집에 산다고 가정을 해보자, 일부다처제도 하에서 여성이, 일처다부제도 하에서 남성과 똑같이 취급 내지는 대우하면 하등 문제의 소지가 없다.

이에 대한 법적조치와 사회적 규범과 국민의 성 의식에 대한 인식변화, 일처다부제에 대한 가부장적인 남성우월주의에 대한 인식변화, 유교적인 부부유별의 타파와 조선시대 칠거지악이나 삼종지도 따위의 낡은 관습 등 케케묵은 사고에 대한 혁신 등 인식의 대전환이 필요하다.

일처다부제에 따른 여성의 권위, 여성의 재산, 여성의 능력, 출산에 따른 성씨 부여와 양육권에 대한 호적법이나, 민법, 미성년자 보호법, 아동에 관한 법률 등 개정 내지는 정비만 한다면, 일부일처에서 일부다처제 및 일처다부제로 전환하는 것은 법의 문제를 벗어난 관습이나 통념의 문제이며, 재산이나 사회적 지위가 문제이다.

일부다처제나 일처다부제의 상대 여성이나 남성의 수를 4명 정도로 제한하고, 주거의 제한, 부부의 신뢰 문제, 부부 외 이성과의 성관계에 대한 제재 범위, 위자료, 이혼, 고령으로 사별에 대한 제반 문제에 대한 조치만 이루어진다면, 일부일처에 따른 잦은 이혼으로 발생하는 제반 문제점도 어떠한 경우는 해소될 것으로 여겨진다.

결혼은 본인 당사자 간 신뢰와 합의가 최우선이다. 집안이나 옛 관습을 바꾸어 나가면 된다. 일처다부제에 있어서 남성들이 상호 이해와 신뢰를 쌓아간다면, 즉 한 여자를 중심으로 역할을 분담해서 각자의 영역만 지킨다면 하등 문제가 되지 않는다.

일처다부제에 대한 남성 본인이 수용 못하면 결혼하지 않으면 되고, 결혼 후에도 서로 성격이나 입장 차이가 발생하면 이혼하면 되고, 자식이 있으면 양육권 문제만 협의하면 되며, 우선권은 임신과 출산의 몫인 여성에게 있다.

94년 여름방학 때 소연이 귀국하여 부산 철재의 집에서 1박을 하고는 효자동 집으로 왔고, 오후 2시 10분 전 애동의 사무실에서 통화를 하는데 철규가 와 있었다. 소연과 시청 뒤 K 호텔에서 만나기로 했으며, 철규는 6월 말경 쌍둥이 출산 예정으로 이란성 쌍둥이로 아들과 딸을 한꺼번에 본다고 하였다. 다음 정기인사 시 지방검찰청 지청장 발령이 예상된다고 했으며, 철규에게 애동은 화천 칠석부관전우회 회원인 허성태 보직을 부탁했다.

철규가 방을 나간 후 애동은 오후 2시 30분경 소연을 만나기 위해서 법원을 나왔다. 애동이 청사를 나간 직후 정섭이 전화했으며, 여직원이 출타 중이라고 하자, 정섭은 철규에게 애동의 행방을 확인하였는데, K 호텔 약속을 알게 되었다.

정섭이 전화 한 것은 애동 부부와 정섭 부부의 저녁 식사 약속이 있어서 미리 확인코자 했다. 정섭의 부인은 애동의 둘째 외숙 성률의 둘째이자 맏딸인 김종혜인데, 종혜는 55년생으로 경기여고 졸업 후 Y대 상대 경영학과를 졸업해서 모 은행 차장으로 근무하고 있는 은행원이었고, 정섭이 여자 친구를 애동에게 부탁하여 성사되어 3년 정도 사귄 후 결혼해서, 여의도 모 아파트에 살고 있으며, 2남 1녀의 어머니이다.

현정은 학교 회식이 갑자기 발생해 불참하고 애동만 정섭 부부와 저녁을 먹기로 되었는데, 바로 그날 소연이 만나자고 하였다. 저녁 식사 장소는 안국동 한정식 식당이었다.

정섭은 광화문 사무실에서 오후 6시 일과 종료 후 애동과 함께 식당으로 가고자 하는 생각으로 도보로 무작정 서울 시청 뒤 K 호텔 커피숍으로 향했고, 정섭의 생각은 애동도 차를 법원에 주차한 다음 대중교통을 이용할 것으로 섣부른 판단을 했다.

K 호텔 로비에서 오후 6시 20분경, 정섭은 저만치서 낯이 많이 익은 여자가 애동의 옆구리에서 팔짱을 낀 채 다정한 연인의

모습으로 걸어오는 것을 보고는 슬금슬금 걸어가 두 사람 앞에서 깜짝 놀랐는데, 정섭도 경기고 시절부터 소연을 잘 알고 있었고, 수한과 결혼 후 미망인이 된 사실도 알고 있었다.

그 시각 애동은 오락 중인 소연을 호텔 방으로 데리고 가서 한 시간 가량 소연을 만족시킨 다음 봉사 의미의 관계를 마친 뒤 소연을 저녁 식사시키고 효자동 집으로 보내기 위해서였다.

소연은 정섭과 반갑게 인사한 후 "애동 큰오빠 팔짱 끼는 것 보고 놀랐어요?"라고 묻는다, 이어서 "여고 시절부터 지금까지 현정 앞에서 포옹도 하는 사이"라고 웃으면서 말한 다음 방금 전 뜨거운 정사를 하고 나온 직후여서 매우 유쾌하고 밝은 표정의 소연을 보고는 정섭은 놀라는 기색이 역력하였다.

서둘러 애동이 저녁 식사 선약관계로 혼자 뷔페 식사 후 효자동 집으로 가라고 말하면서 소연을 보냈다. 애동은 차 열쇠를 벨보이로부터 받아서 정섭을 옆자리에 태우고 안국동 한정식 식당으로 향했으며, 종혜에게 방금 소연과 만났던 사실에 대해서 비밀로 할 것을 말하고는, 가회동 집에 주차한 후 저녁 식사 장소로 갔다. 정섭은 비밀로 할 것을 약속하면서도 두 사람의 관계가 심상치 않음을 직감하게 되었다.

애동은 꼬리가 길면 밟힌다는 속담이 생각났다. 저녁 식사 후 정섭은 집에 와 종혜에게 경기여고 삼총사에 대해서 질문했다. 종혜는 애동 오빠가 처음 이성으로 좋아한 사람은 주혜의 언니 주민이었고, 여고 삼총사 중에는 소연을 많이 좋아했는데, 수한의 적극적인 구애로 애동이 양보를 하게 되었고, 주혜는 애동이 주민을 좋아하는 사실을 알게 된 후에는 주혜 본인을 좋아하는 수태와 결혼하게 되었으며, 애동이 소연 다음으로 현정을 좋아하여 둘은 결혼하게 되었다고 하였다.

여고 삼총사는 경기여중 재학생 때부터 똑같이 애동을 이성적으로 좋아하였다는 이야기와 소연과 주혜는 애동을 큰오빠로 여기며, 오빠 애동의 품에 안기는 행위는 매우 자연스럽게 받아들이고 있으며, 현정 앞에서도 소연과 주혜는 애동의 품에 안기는 정도로 친밀감 있다는 얘기를 종혜는 하였으므로 정섭은 종혜의 말을 듣고 애동과 소연에 대해 의심하지 않기로 했다.

집에 돌아온 애동은 현정을 찾았으나 보이지 않았다. 대학 교수들 모임이 길어진다고 판단하여, 효자동 소연에게 집에서 대기토록 하고, 애동은 효자동으로 가서 정섭의 목격에 대한 앞으로의 행동으로, 가능하면 한국에 오지 말라고 하고, 애동이 일본에 가겠다고 하자, 소연은 효자동과 애동이 그리워서 곤란하다고 했다. 젊은 여자 홀로 빈방에 있는 것은 청승맞게 느껴졌고, 방 안에 욕실이 준비되어 있었다.

저녁 식사 때 먹은 술기운이 애동에게 조금 남아 있었고, 소연은 방을 나가서, 소주와 캔 맥주, 안주 거리를 사와 거실 주방에서 주안상을 만들어서 방으로 들어왔다.

소연은 소주를, 애동은 캔 맥주를 마시면서, 화천 사단 아파트에서 애동의 주체에 대한 얘기를 하게 되었으며, 모처럼의 음주로 소연은 소주 몇 잔에 상당한 취기가 올랐고, 또한 여름철 날씨 탓인지 샤워를 하겠다며, 일어나 옷을 다 벗어 침대에 놓고 알몸으로 욕실로 들어가, 욕실에서 등을 밀어달라고 애동을 부르자, 내키지는 않았지만, 여태껏 계속해왔던 일이라 방을 정리하고는 애동 역시 알몸으로 욕실로 들어가 소연의 몸을 오후와 마찬가지로 다시 깨끗이 닦아주었다.

소연은 애동의 가운데 다리와 등을 씻어주어, 애동의 물건은 빳빳해졌지만, 마음은 별로 흥분되지 않음을 느끼고는, 오후와 같이 소연만 만족시키는데 열중한 후, 땀이 범벅된 몸을 찬물로 샤워하고 욕실을 나오자, 소연은 알몸 상태로 침대에서 잠이 들어있었다. 이불로 덮어준 뒤에 옷을 입고는 가회동 집으로 왔는데, 아내 현정도 집에 지금 막 왔다고 하여서 사우나하고 왔다고 둘러대었다.

현정의 얼굴이 붉게 물들어 있어 의아해 물으니, 소주 2잔, 맥주 2잔에 얼굴 빨개지는 것은 본인도 처음 있는 일이라고 웃으며 말했다. 현정은 잠옷 차림으로 욕실로 들어갔고, 애동도 팬티 차림으로 뒤따라가 현정의 몸을 씻어주었다.

현정이 양치질을 마치고는 손을 꼽기 시작했다. 7, 8월 생리가 없자, 6월 임신이 된 것 같다고 하며, 내년 3월 중하순에 여덟째 아이가 태어난다고 했다.

애동은 기쁨 반, 우려 반으로 현정과 뜨거운 임신 축하 키스를 했고 정성스럽게 아내의 몸을 씻어 주었으며, 현정은 욕실에서 애동을 만족시켜 주고자 했으나, 임신초기이고 술을 먹은 상태이므로 내일로 미루자고 했다. 현정의 몸매는 탄력이 탱탱했다.

그다음 날 오전 중에 막내 기동으로부터 전화가 왔는데, 경주 진관 종조부의 사망소식이었다. 만 84세 나이였으며 새벽에 기상해서 물 몇 모금 마시면서, 먼 길 가야 하므로 잠을 주무신다고 하면서 그 길로 저승으로 가셨다고 한다.

은식 부부는 경주로 아침 식사 전에 출발하셨다고 했고, 애동은 오후 2시 재판을 마친 연후에 출발하기로 하고, 현정도 경주 유종으로부터 소식을 듣고, 열차 편으로 경주로 내려가 유종 오빠가 픽업하기로 했다고 하며, 애동에게 운전 조심하라고 하였다. 은식과 혜정은 장례식과 삼우제 이후까지 경주에 머무르기로 했으며, 애동과 현정은 그다음 날 오후에 상경하였다.

94년 6월 말경 철규와 여진은 드디어 아빠, 엄마가 되었는데, 아들딸 쌍둥이가 태어났기 때문이며, 아기는 3.3kg으로 건강 상태가 매우 좋았다. 철규는 출산 시 춘천지검 원주지청장으로 재직하고 있었고, 쌍둥이는 저녁 8시경 태어났다.

애동도 현정과 함께 축하 방문을 하였는데, 철규 부부는 진심으로 애동 부부에게 감사했으며, 현정이 쌍둥이를 보면서 건강하게 자라도록 기도하였다.

다음날부터 철규는 3일간 휴가 조치 후, 남부법원으로 와 애동과 중식을 하였고 아내 여진이 임신하면서 건강이 더욱더 좋아졌다고 하며 출산도 정상 분만으로 했다고 한다. 현정의 말대로 임신 5개월까지 찬물 목욕을 지속하며, 육식은 거의 하지 않고, 채식과 생선 섭취, 콩으로 만든 음식으로 단백질을 보충하였다고 했다.

두 쌍둥이는 여진의 친정에서 100일 정도 키운 후 압구정동 아파트에서 두 어머니가 동시에 키워주겠다고 하면서, 여진에게 쌍둥이 100일 이후에 출근하라고 두 어머니는 합의를 보았다는 얘기도 했다. 그래서 육아 휴직을 했으며, 94년 10월에 출근하기로 하였다고 한다.

94년 9월 하순 주혜와 행주산성 한정식 식당에서 점심 식사를 하고 모텔에서 관계를 했으며, 수태가 부산지검 관하 지청장으로 전보되어 상경한 것이 두 달이 지나서 매우 적적하고 외로워서 애동을 만나게 되었다. 애동과 만난 지가 6개월 이상 경과 되었으므로, 주혜는 한낮의 정사를 매우 흡족하게 즐겼는데, 애동이 모텔에서 먼저 나오고, 주혜는 두어 시간 낮잠을 잔 후 떠났다.

94년 12월 겨울방학 기간 중 애동은 가혜를 만나기 위해 석촌 호수 인근 가혜의 어학원 건물 옆 N 호텔에서 전화를 하자, 두 시간 후에 만날 수 있다고 해서 N 호텔 오락실에서 슬롯머신을 하게 되었다.

일전에 이어서 개인적으로는 두 번째 오락실 입장이었으며, 5분 만에 잭폿이 터져 1시간여 지속 후에 현금으로 환산 후 봉투에 넣고는 예약된 호텔 방으로 올라가 샤워를 한 후 가혜를 가운 차림으로 기다리자, 조금 후에 가혜가 방으로 들어왔다.

한 달 만에 관계를 하고는 자리에 앉아서 둘은 얘기를 나누게 되었는데, 어학원은 1년 정도 가혜가 최선을 다한 결과로 제법 자리가 잡혀서 동부법원 인근에 변호사 사무실을 내고자 했고, 동영은 내년에 학교에 입학하게 되고, 동수도 어린이집에 다니게 되는 등, 두 아들도 아무 탈 없이 잘 자라주어서, 많이 행복하다는 가혜는 환한 미소를 지으며 말했다.

애동이 최여진에 대해 묻자, 여진과 가혜는 강릉 최씨 친척이고, 경기여고, S대 동창으로 상당히 가까운 절친이라고 했다. 애동이 여진이 절친 철규의 부인이라는 얘기와 정자 기증으로 아들, 딸 쌍둥이 출산에 대해서 얘기를 하자, 가혜도 여진의 친정에서 쌍둥이를 본적이 있었는데, 여진의 아들이 둘째 동수의 어릴 때 모습과 상당히 닮은 점이 많아서 의아해하였는데, 친부가 애동이라는 사실에 깜짝 놀랐다.

철규의 간곡한 부탁으로 정자 기증 사실에 관해서 설명하며, 여진의 아들과 동영, 동수가 서로 만나는 일이 생기지 않도록 조심할 것을 촉구하였다.

가혜는 사랑하는 이 사람에게 왜 이다지도 여자들이 앞다투어 씨를 받아 가겠다고 아우성치니 이해가 되질 않았고, 한편으로 이 남자의 능력에 대해서도 감탄이 나왔다. 한 달여 만의 정사로 매우 기쁨을 느꼈고, 애동 역시 만족하였으며, 큰애 동영의 입학선물로 써달라며 봉투를 내밀고는 먼저 호텔을 나와 가회동 집으로 왔다.

애동은 저녁 식사를 마치고 T.V를 시청하고 있었다. 고속도로에서 다중 추돌사고로 2명이 사망하고 10명이 중경상을 입은 사고가 발생했다는 뉴스였다. 제법 배가 불룩이 나온 현정도 뉴스를 보고는 "동현 아빠, 운전 조심해요"라고 하고는 이어서 "서울 시내만 운전하고 장거리는 열차 편을 이용 하세요"라고 했다.

밤 11시경 애동과 현정은 서재와 침실로 가 신묘장구대다라니와 무상계를 독송하고 있는데, 어머니 인선이 두 사람을 급히 찾아서 거실로 나가자 부산 동서 영자로부터 전화가 왔는데, 수태가 고속도로에서 교통사고가 나 중상이며, 서울 삼성병원으로 응급 후송 중이라는 것이었다.

현정은 임신 8개월 중이므로 내일 문병하기로 하고, 애동은 대중교통을 이용해 삼성병원으로 향했다. 수태는 3일간의 휴가를 득하고, 어머니 선혜와 중식 후 헤어져서 상경 중 경부고속도로에서 다중 추돌사고가 났는데 애동과 현정이 본 뉴스에 난 사고 피해 당사자였다.

주혜를 만난 지도 2개월 이상인 관계로 휴가를 내고 여의도 집으로 오는 도중 사고가 났으며, 척추와 목, 오른쪽 어깨, 왼쪽 다리 부분을 많이 다쳤으며, 에어백으로 인해 머리와 얼굴은 경미한 부상이었다고 했고, 앞차가 추돌하였던바 수태는 급제동하였으나 뒤따라오던 20톤 화물차의 충격으로 중상을 입었다고 하였다.

몇 시간 후 수태는 깨어났으나, 목과 허리, 오른쪽 어깨, 왼쪽 다리는 깁스를 하였고, 주치의 얘기로는 척추 신경계를 다쳐 하반신 마비 상태로 휠체어 신세를 져야 하는 경우가 발생할 것이라고 했다. 부산 선혜는 수태의 상태를 확인하고 혼절하였다.

장남 수한과 남편 철재의 죽음도 한스러운데, 하반신 마비 상태의 차남 수태의 몸 상태를 보고는 그 자리에 쓰러졌던 것이다. 주혜와 세 아이도 수태의 중상을 직접 보고는 눈물바다를 이루었고, 영자 또한 마찬가지로 울음을 멈출 줄 몰랐다.

애동은 병원에 도착하여 영자와 주혜, 세 아이를 위로하고 안심시킨 후 주치의를 만나보았다. 척추신경을 살리고자 하는 노력을 최대한 하겠다고 하며, 척추뼈 골절로 인한 신경조직이

345

파괴된 것을 찾아서 봉합수술을 재차 시도하고자 하였다. 두 다리 중 한쪽 다리라도 쓸 수 있기를 바라며 최선을 다하는 중이라고 주치의는 애동에게 설명을 한 후, 2차 수술을 하기 위해 수술실로 들어갔다.

애동은 수술실 앞 복도 한쪽 의자에서 무상계를 암송하기 시작했으며, 최초 7 독을 하고, 다시 7 독을 마치고, 재차 7 독을 하는데, 수한이 눈에 어른거리는 것을 느꼈으며, 이어서 또다시 7 독을, 합계 28 독 암송을 마치고 의자에 기대어 잠시 눈의 피로를 풀 겸 눈을 감고 있었다.

그로부터 한 시간 정도 지난 시각에 수술실에서 주치의가 나오면서, 주혜와 영자, 수호에게 오른쪽 다리 쪽으로 향하는 신경조직을 봉합했다고 하며, 기적 수준이라고 했다.

차후 왼쪽 다리는 의족이나, 목발로 의지하면 불편하겠지만 보행은 가능하다고 설명하였고, 애동은 수한의 영령에게 감사의 기도를 했으며, 척추골절로 인한 하반신 마비는 피할 수 없는 입장이라고 하면서, 그나마 엄청난 행운임을 재차 주치의는 가족들에게 설명했다.

영자와 주혜는 애동이 간절히 기도 하는 것을 보았고, 두 사람도 애절하게 기도하였다. 애동은 내일 다시 문병하러 올 것을 말하고는 가회동 집으로 출발하면서, 수태의 사고는 하늘이 벌주는 것으로, 주혜와의 관계를 청산하라는 신호임을 느꼈다.

집에 새벽 3시에 온 애동은 정식 부부와 현정에게 수태의 상태에 대해서 설명한 후, 선잠을 자고는 출근하였다.

오전 중 주혜로부터 전화가 왔는데, 수태는 깨어났고, 오른쪽 다리는 느낌이 있다고 하여 안심이 된다고 말하며, 영자 어머니는 아이들을 학교와 유치원에 보내기 위해서 여의도 집에 보냈다고 하였다. 선혜는 아침에 깨어났으며 기력을 회복했다고 하며, 일본에서 소연이 오후에 도착한다는 말도 했다.

애동은 퇴근과 동시에 수태의 병문안을 했고, 현정도 S대에서 곧바로 병원으로 왔다. 수태는 깁스를 했고 감사의 인사말도 하는 것으로 보아 다행이었고, 애동은 2차 수술 중에 수한이 보였기에 좋은 결과가 있을 것으로 판단됨을 가족들에게 설명하고 한쪽 다리라도 사용할 수 있다는 것에 감사하라고 수태에게 일러주었다. 수태 자신도 평생 휠체어 신세 지는 것으로 낙담했는데, 그나마 다행임을 느끼고 있다고 했다.

주혜는 사법시험 2차 시험까지 치르고 결과만을 기다리는 중이었으며, 2년간 최선을 다해 준비하였다고 했다. 얼마 후 주혜는 사법시험에 패스를 하였고, 수태는 목발을 짚으면서 퇴원하였다.

95년 초에 애동은 서울중앙지법 민사부로 발령이 났으며, 철규의 부인 여진도 중앙지법 민사부 부장판사로 발령이 났는데, 애동의 인접부서 부장판사였다. 주혜는 사법연수원에 입교하였고, 수태는 서울 서부지검 부장검사로 발령이 났다.

가혜는 서울 교대역 중앙지법 건너편에 개인 변호사 사무실을 개업하였다. 애동과 가혜는 법원 변호사 접견실에서 가끔 만나게 되었으며, 이때 여진도 동석하는 경우가 종종 있었다. 두 사람은 자연스럽게 여고 시절 얘기와 S대 시절 이야기, 시험관 아기 인공수정 시술에 관한 얘기가 주된 화제였으며, 세 사람이 함께 식사하는 경우도 제법 있었다.

수태는 왼쪽 다리를 절단하지 않고 목발로 대신하다 보니 불편한 점이 매우 많았지만 감수하며 살았다. 부부관계 시는 예전과 같지 않음을 느꼈다.

95년 3월 말 여덟째이자 6남인 동만이 태어나 6남 2녀가 되었다. 3월 하순 애동과 가혜는 오후나 저녁 시간대에 석촌 호수 인근 N 호텔이나, 고속 터미널 P 호텔 등에서 밀회를 즐겼으며, 두 사람의 다정한 모습은 여진에게 포착되었는데, 여진도 애동을 마음속에 품고 있었다.

여진은 출산 후 건강 상태가 오히려 좋아졌고, 여자로서의 기능이 많이 향상되어 밤에는 몸이 뜨거워짐을 느꼈는데, 철규와의 부부관계가 신통치 않아서 불만이 쌓여가고 있는 시기이기 때문이기도 했으며, 애동이 6남 2녀의 아버지임이 감안되었다.

여진은 가혜가 개명을 했고, 소연의 언니라는 사실을 알게 되었다. 결혼은 했으나 1년도 채 안 되어 이혼하였고, 애동이 소연의 여중, 여고 과외교사를 했으며, 가혜가 고시 준비 시 애동과 함께 고시원을 다녔으며, 사법연수원도 1년간 함께 다닌 점, 가혜가 변호사 생활도 부산에서 한 것과 제주, 일본에도 애동을 뒤쫓아 갔던 사실도 확인하게 되었다.

여진은 내심 두 사람의 관계가 내연관계임을 직감하고, 가혜의 두 아들 사진을 보고자 심부름센터에 의뢰하여, 학교 앞 사진과 어학원 건물 앞에서 가혜와 함께 있는 사진을 확보하였다.

여진은 일과 후 본인 사무실에서 가혜의 두 아들 사진을 보면서, 자기의 쌍둥이와 비슷한 점이 있어, 항상 수첩에 넣어서 다니는 쌍둥이 사진과 가혜의 아들을 대조하여보니 매우 많이 닮은 것을 확인하였다.

자신에게 정자 기증을 한 사람이 애동인 것을 알게 된 여진은 온몸에 힘이 쫙 빠져나가는 것을 느꼈으며, 남편 철규가 인공수정에 의한 시험관아기 배양을 할 것을, 애동 부부가 다녀간 이후로 얼마간 지난 후였던 점을 생각이 났고, 임신에 관한 제반 안내에 대해서 현정이 지도한 점을 머리에 떠올리며, 차근차근 생각을 정리해보았다.

철규와 결혼 후 1년간의 시댁 생활과 그 이후 신혼생활과 임신 전 부부관계에 대해서도 곰곰이 되새겨보았다, 제대로 된 느낌이 오기도 전 사정해 버리고는, 그다음 손과 입으로 애무하는 철규의 행동이 새삼 뇌리에 떠올랐다.

여진 자신은 채식 위주와 찬물 목욕을 출산 후에도 지속하다 보니, 밤에는 왠지 허전한 느낌이 여러 차례 들기도 했었다. 남편 철규는 원주 지청장으로 앞으로도 3개월 주말 부부로 얼굴을 보아야 했으며, 여진은 홀로 고민에 빠졌고 쌍둥이 친부에 대해서 철규에게 확인하게 되면 남편은 죽을 때까지 무능력한 남자로 자책하면서 살게 될 것으로 판단되었다.

여진은 가혜에게 사진을 보여준 후 내연관계를 빌미로, 자기의 쌍둥이 친부도 애동임을 주지시켜서, '애동을 내 남자로 만들면 어떨까?'라는 생각도 해보았으나, 가혜는 친척이고, 절친이며, 이혼의 아픔을 잊고 살고 있으므로 그냥 그대로 즐기면서 살아가도록 모르는 척하는 것이 좋을 것으로 여겨졌다.

'그러면 애동과 담판을 짓자.' 나의 남자가 되어주면 좋겠다고, 또한 쌍둥이의 생물학적 친부인 점을 둘만 알고, 철규에게는 비밀로 할 것으로 명세하고자 했다.

여진은 애동과의 담판에 성공하는 방법으로 시간, 장소를 면밀히 검토해보았다. 먼저 쌍둥이 사진을 자연스럽게 애동이 보도록 한 후에 그 표정을 살피고는, 2단계로는 저녁을 약속하고 식사 후에 가혜의 두 아들에 관한 질문으로 옴짝달싹 못 하게 한 후 자기의 남자가 되어 달라고 애원하고자 했다.

먼저 가혜의 두 아들 친부에 대한 확인으로 가혜와 점심 약속을 하였고, 식사 후 인공수정 얘기를 하면서, 여진이 가혜에게 두 차례 인공수정에서 왜 쌍둥이 임신이 되지 않음에 대해서 질문을 하자, 가혜는 순간 직감적으로 여진이 가혜 자신과 애동이 매우 다정한 모습에서 무엇인가를 느낀다는 것을 알아차렸다.

가혜는 인공수정이 실패해도 좋으니 꼭 1개의 정자만으로 수정이 되도록 부탁하였다고 했다. 그 이유는 이혼녀로서 혼자 쌍둥이 양육이 힘든 점을 강조해서, 1개의 정자만 채취하여 인공수정이 되었다고 설명하였다.

여진은 가혜의 말에 동조하는 척하면서 대화의 화제를 어학원 운영과 연수 어머니에 대한 안부 이야기로 바꾸었고, 여진이 연수 문안 인사차 가혜의 집을 방문하고자 하였는데, 연수는 시골 먼 곳에 계신다고 얼버무리는 것을 여진은 느끼게 되어 두 아들의 친부가 애동임을 확신했다.

이와는 반대로 가혜는 '여진이 자기의 쌍둥이 아들, 딸의 친부가 애동임을 인지하고 있는 것이 아닌가?'라는 생각을 하였다. 여진은 애동과 가혜의 관계가 내연의 관계를 넘어 첩 수준임을 간파하게 되었다.

가혜는 여진과 헤어진 후 애동과 저녁 식사를 함께 하자는 통화를 했는데, 그 당시 애동의 사무실 소파에는 여진이 앉아 있었다. 애동이 가혜의 전화였다고 설명을 여진에게 하자, 여진이 노트에서 9개월 된 쌍둥이 사진을 꺼내어 애동 앞으로 내밀며 "애동 씨 부부 덕택으로 쌍둥이가 이만큼 자랐어요"라고 하며, 자랑삼아 얘기했다.

애동은 쌍둥이 사진을 보면서 환한 미소를 지으며, "훌륭하게 자랐구나!"라고 감탄했다. 여진은 약간 놀랐다. 애동이 친부임을 인정하는 웃음으로 보였기 때문이다.

이어서 여진은 "애동 씨와 저녁 하려고 했는데 가혜와 약속하는 것 같은데..."라고 하였다. 그러면서 내일 저녁 시간을 여진 자신과 함께 할 수 없느냐고 하였다. 애동은 시간 계획을 확인하고는 그렇게 하자고 대답하자 여진이 그제야 애동의 방을 나갔다.

애동의 방을 나간 여진은 곧바로 내일 논현동 안세병원 사거리(현 을지병원) 인근 S 호텔 한식당과 방을 예약해 두었다. 저녁 시간 애동과 가혜는 점심시간에 여진이 쌍둥이 사진을 보여준 것에 대해서 의논하였는데, 가혜에게는 당분간 법원에서 만나지 말 것과 조심하자고 했으며, 여진이 자기의 쌍둥이 친부가 애동임을 알아차린 이상, 이에 대한 대비가 필요한 점에 대해서 가혜에게 얘기하였다.

애동은 몇 해 전 소연과 가혜에 대한 것이 생각이 났고, '피하면 안 되고 진흙탕에 빠져 발버둥 치면 더욱더 깊숙이 들어간다'라고 생각했다. 애동의 판단은 여진이 어떻게 행동할 것이라는 내용에 대해서 이미 꿰뚫고 있었다.

조금 전 오후에 애동의 방에 들어올 때 이미 느꼈는데, 쌍둥이 사진은 미끼에 불과했고, 나(애동)를 원한다는 것이 얼굴 표정과 몸의 교태에서 농익은 40대 초반의 여인 냄새를 풍기는 것을 애동은 맡았기 때문이었다. 여진의 보조개는 가히 일품이며 애교쟁이였다.

사실 여진은 출산 후 여자의 몸으로 완전히 탈바꿈되었다. 결혼 후 10여 년이라는 긴 시간 동안 부부관계에 대한 즐거움을 까마득히 잊고 살았는데, 엄마가 되면서 자기 몸이 한층 더 뜨거워짐을 스스로 체득이 되었다.

그다음 날 약속된 저녁 식사를 위해 두 사람은 각자의 차량으로 S 호텔로 이동하였는데, 여진이 먼저 기다리고 있었고 한식을 먹으면서, 두 사람은 표정으로 서로의 마음을 읽고 있었기 때문에 별 말없이 식사하였다.

애동이 맞은편 여진의 등 뒤로 이동하여, 여진의 가슴을 만짐과 동시에 일으켜 세우고는 여진의 몸을 돌려 뜨거운 키스를 시도하자, 여진의 몸은 파르르 경연이 일어났고 애동은 오른손으로 여진의 궁둥이를 만지면서 손을 밑으로 내려 투피스 치마 밑으로 손을 뻗어 팬티 안쪽까지 넣어 손가락으로 깊은 곳을 만지작거리고 또한 살짝 눌러보기도 하자, 제법 흥분되어 있음을 알게 되었다.

키스를 마치고 서둘러 예약한 방으로 올라가, 방안에 들어서자, 여진은 애동의 목을 끌어안으면서 "고마워요. 애동 씨"라고 했다. 애동은 여진의 옷을 벗겨서 겉옷은 걸고, 속옷은 탁자 위에 가지런히 두었고, 여진도 애동의 옷을 벗겨주는 것이 마치 오랫동안 함께 살아온 부부와 같았고, 서로가 상대의 원하는 것을 잘 알고 있기에 행동이 무척이나 자연스러웠으며, 알몸으로 두 사람은 욕실로 들어가 서로의 몸을 씻어주었다.

여진의 신장은 현정보다 적었으며 매끄러운 피부와 탄력 있는 몸매를 가져 40대 초반의 몸이 아니라 30대 초중반의 몸이었으며, 2시간 가량 여진은 꿈나라를 한없이 여행하게 되었다.

새로운 신천지 낙원에서 발가벗은 몸으로 마음껏 자유를 누리는 기분, 바로 그와 같았으며, 삶의 즐거움, 바로 그것으로 부부가 살면서 티격태격하며 싸우다가 부부관계 한 번으로 모든 것을 이해하고 용서하는 바가 이것이라고 여진은 생각했다.

"부부싸움은 칼로 물 베기인 것이다."

처음으로 맛보는 운우의 정, 오르가슴, 이것은 말로 설명할 수 없고, 매일 이 느낌과 즐거움을 가졌으면 하고 싶었다. 여진은 샤워 후 옷을 다 입고는 다시 애동의 품에 안기면서 일주일에 한 번은 이와같이 해달라고 애원하였다. 그리고 정자 기증을 받아 또다시 애동의 아기를 갖고 싶다고 하며, 정상적인 임신도 가능하지만, 쌍둥이 선례로 보아 재차 시도하고 싶은 마음이 용솟음쳤다. 단 한 번의 성관계로 여진은 몸과 마음이 애동의 여자로 탈바꿈하게 되었다.

여진은 애동과 만난 지 1개월 후 철규와 상의를 하였는데, 쌍둥이 돌잔치 이후에 인공수정으로 재차 임신하려고 하자, 철규도 동의했다. 철규는 다시 애동에게 부탁해서 두 사람은 동행하여 정자 기증을 하게 되었다.

쌍둥이 아들 태수, 딸 태진의 돌잔치에는 많은 사람이 축하해주었고, 행사 후 일주일 뒤 인공수정을 하였으며, 그 후 배양 기간을 마친 뒤에 여진의 자궁에 다시 안착시켰다. 여진은 매번 감사하는 마음으로 즐겁게 생활하였다.

가혜은 애동의 마음이 여진에게 기울지 않도록 더욱더 세심하게 처신을 하게 되었고, 애동도 가혜의 마음을 알았기에 가혜를 많이 사랑해 주었다. 95년 여름방학 때 둘째 동근이 지방 여행을 친구와 다녀오겠다며 집을 나간 후 열흘이 되어도 집에 오질 않았다. 동행한 친구의 이야기로는 경남 양산 通度寺(통도사)에서 동근이 템플스테이를 하고 있다고 하였다. 둘째 동근은 서울 曹溪寺(조계사) 동자승 출가 경험이 두 차례나 있었는데, 5세와 6세 때 100일간 동자승 경험을 한 적이 있었다. 템플스테이 행사를 마친 동근이 통도사에서 현정에게 전화했는데, 고교 1학년인 동근은 출가를 결심하여 부모님 허락을 받고자 전화했다고 한다. 동근이 通度寺(통도사) 방장 스님(조실 스님)께 동근이 출가하고자 면담하니, 조실 스님은 주지와 상의하라고 해서 주지 스님께 출가코자 한다고 하자, 주지 스님은 부모님 허락을 받는 것이 좋다고 하여 동근은 서울에 올라가지 않고 계속 通度寺(통도사)에 머물러 출가하고 싶었다.

그다음 날 애동과 현정은 경남 양산 通度寺(통도사)로 향했다. 차남 동근은 전교 석차 10위 이내이며, 장남 동현은 전교 1위를 하고 있으며, 동근은 반에서는 1등을 하는 수재였다.

2살 많은 형 동현보다 키가 3cm 더 컸다. 어릴 때부터 고집 세기로 첫째였다. 그다음은 둘째 딸 민서가 고집이 셌다. 동근과 민서는 한번 하기로 마음먹으면 반드시 하고야 마는 성격이며, 동근이 조계사 동자승 출가도 한 번이면 족한 법인데 두 번 하고는 세 번째 일곱 살 때 또 출가하려고 하여, 만류하는데 무진 애를 먹였던 적이 있는 아이였다.

애동은 동근의 뜻대로 출가시키고자 했고, 반면 현정은 고교 졸업 및 대학교 졸업 후에 출가하는 것도 늦지 않다고 하여, 동근을 겨우 설득해서 집으로 데리고 왔다. 애동은 현정에게 동근은 결국 승려가 될 팔자를 타고났다고 했다.

그 후 동근은 4년 후인 S대 2학년 때 통도사로 출가하였고, 이어서 7년 후 민서도 청도 운문사로 출가하게 되며, 애동의 다른 아들딸들도 출가의 봇물이 터지게 되었다.

95년 겨울방학 때 소연이 귀국해서 가회동에 와, 주혜도 주말에 오도록 하여, 여중 3총사가 한방에서 하루를 지내게 되었다. 이제는 40대 초반 불혹의 나이가 되어, 여중 시절을 회상하면서 현정은 애동에게 소연과 주혜를 뜨겁게 포옹해주라고 하나, 별 감흥이 나질 않았다.

가혜와 여진을 안을 때와는 전혀 딴판임을 느꼈고, 현정이 재차 따뜻이 안아주도록 명하지만, 현정도 애동이 전과 같지 않음을 알게 되었다. 사실 애동은 주혜와의 관계는 청산했고, 소연과는 봉사만 하는 입장이므로 별 느낌이 없었다.

96년 1월 초에 10일간 일본, 태국, 홍콩으로 출장을 가게 되었다. 이때 소연과는 일본에서 만나 동행하게 되었는데, 소연은 방학 기간이므로 강의가 없었고, 소연은 오락에 거의 중독되다시피 되어 있었다.

애동도 소연에 이끌려서 오락실에 출입하게 되는데, 일전의 경험으로 약간의 흥미를 느끼게 되었다. 출장 기간 10일 중 7일은 소연과 함께 오락실을 들락거렸으며, 성관계도 몇 차례 했으나 예전과는 딴판이었다. 소연의 몸은 몇 달 사이에 50대 몸으로 변모되어있었다.

10일간의 출장 기간이 끝나면서 소연과의 관계는 종말을 고하게 되어, 애동은 홀가분한 기분이 들었으나 소연의 도박중독에는 안타깝게 여겨졌다.

귀국 시 현정의 속옷 한 벌을 선물로 사서 주자, 현정는 매우 만족하여 두 사람은 뜨거운 밤을 만끽했다.

여진은 96년 서울동부지방법원으로 발령이 났고, 애동은 서울중앙지법 민사부에 그대로 있었다. 여진은 시험관 수정 시술로 인한 태아를 확인하니 쌍둥이 아들로 판명되어 양가 부모님의 극진한 환영을 받게 되었고, 출산 예정은 96년 5월 하순이었다.

애동과 가혜의 만남은 석촌 호수 인근의 N 호텔에서 주로 이루어졌고, 약속 시간이 이르면 애동은 오락실에 가게 되는 등 조금씩 흥미를 느꼈다.

96년도 애동은 부장판사로 승진심사에서 발탁이 되었고, 96년 11월 14일 은식의 팔순 잔치를 창원 동읍 덕산 과수원집에서 하게 되었다. 정식 부부, 정엽 부부, 선혜, 세 분의 외숙 부부 등이 참석하여 축하해주었다. 은식은 창원군 동읍 새마을금고 명예 이사장 직을 맡고 있었다.

96년 12월 초순 어느 날 애동과 여진은 안세 병원(현 을지병원) 사거리 인근의 S 호텔 방에서 초저녁 정사를 매우 흡족하게 즐긴 후 저녁 식사를 하려고 다정한 모습으로 한식당으로 향하던 중 절친 송정섭과 마주치게 되었다. 서로 잘 아는 관계로 인사를 하고는 한식당에서 저녁 식사를 하게 되었는데, 정섭은 관광호텔 업무 협의 차 호텔 총지배인과 저녁 식사 약속이 있었던 관계로 조우하게 되었다고 한다.

애동은 정섭에게 법원 업무 때문에 저녁 식사를 하게 되었다고 설명했다. 여진은 식사 후 압구정동 아파트로 향하였고, 애동은 기다렸다가 정섭과 대화를 하였다.

정섭은 철규의 네 쌍둥이와 애동이 제법 닮은 점이 매우 궁금하던 참이었다. 애동은 정자 기증으로 여진이 두 차례 출산했으며, 철규의 간곡한 부탁으로 정자 기증이 됨과 여진 본인도 네 아이의 친부가 애동임을 알고 있다고 정섭에게 설명해 주었다.

순간 정섭은 조금 전 생기발랄한 여진의 모습과 결혼 10여 년이 지나도 임신이 되지 않아서 초조했던 지난 3년 전 모습과 극명하게 대조되는 얼굴을 기억해 냈다.

방금 행복한 여진의 표정을 첫 쌍둥이 돌잔치와 두 번째 쌍둥이 100일 때를 떠올려 보면서, 20대 후반, 30대 결혼 직후 당시 여진의 얼굴과 지금 40대 초반의 얼굴도 다시 대비해 보면서, 애동과의 관계를 의심할 수밖에 없었다.

가끔 정섭이 철규와 만났을 때 철규의 한숨이 뇌리에 박혀 있었는데, 그 이유를 애동과 여진의 다정한 모습에서 알 수 있었다. 사실 철규는 아내 여진의 밝은 모습에서 애동과의 관계를 느낌으로 인지하고 있었고, 밤에 부부관계 시 애무만으로 겨우 여진을 달래고 있었는데, 오히려 여진이 손과 입으로 조루가 심하며, 60대 남성의 능력을 가지고 있는 철규 자신을 만족시켜 주고 있는 중이었다.

그래서 얼마 전에 철규는 아내 여진에게 애동과는 가끔 저녁 식사를 하도록 권하는 입장이었고, 여진이 새벽마다 찬물 샤워를 할 때 철규는 자격지심에서 통한의 마음속 눈물을 흘렸다. 여진의 몸은 두 번의 출산이 있었지만, 임신 전보다 더 좋은 탄력을 유지하는 것을 느끼고는 매우 놀랐기 때문이었다.

정섭은 철규로부터 이러한 이야기도 들었는데, 즉 여진에게 애동과 함께 가끔 저녁 식사를 하라는 말도 기억이 났다. 또한 정섭은 철규 스스로가 여진더러 애동과 가끔 만나라고, 권장하였음을 오늘 자기의 눈으로 목격했기 때문이었다. 그래서 정섭은 철규가 "아내 여진에게 애동을 만나서 저녁 식사를 하라"고 했다는 말을 애동에게 해 주었다.

이 말을 들은 애동은 머릿속이 텅 비는 느낌을 맛보았다. 몇 년 전 철규의 가운데 다리와 쌍방울이 60대 중후반의 그것과 흡사한 점이 생각났고, 철규야말로 진정 아내를 사랑하고 있기에 친구와 즐기는 것을 권장하고 있으니 말이다.

정섭 스스로 자문자답하기를 '만약 내가 남자로서 기능이 없다면, 아내 종혜에게 직장 동료나 후배와 가끔 즐기고 그 대신 집안의 화평을 유지해 달라고 할 수 있을까?'라고 생각했다. 정섭은 철규와 같이는 못 할 것 같다는 결론을 내렸다.

두 사람은 호텔 주점으로 자리를 옮겼고, 철규의 고뇌에 찬 결단에 대해서 두 사람은 양주를 마시면서 다시 곰곰이 곱씹어 보았다. 애동은 철규 얼굴을 다시 못 볼 것 같다고 정섭에게 말하였고, 한강 둑의 작은 구멍 하나가 새기 시작하여 대홍수가 나 온통 물바다를 이루는 것과 마찬가지로 수습이 불가한 점에 대해서 얘기하며, 현재 여진의 몸은 온통 물바다를 이루고 남을 정도로 탱탱하며 뜨겁다고 정섭에게 설명하였다.

또한 여진은 두 번째 쌍둥이 태기, 태구를 출산 후 1달 만에 복강경 수술을 했다. 만일에 애동과의 성관계에서 임신이 될까 하는 염려와 동시에 계속 성관계를 지속하겠다는 뜻이 내포되어 있었다.

정섭은 여진이 철규와 부부로 살지만 실제로는 애동의 여자가 되었다는 것을 알게 되었다. 정섭 자신이 철규에게 아이를 가지도록 애동을 소개한 것이 여진에게 철규의 여자에서 애동의 여자로 향하게 한 죄인이 된 기분이 들어서 만취하였다.

애동은 외사촌 동생 종혜에게 전화하여 정섭을 데리고 가도록 했고 자신은 대리기사를 불러 가회동으로 왔다.

애동이 생각해보니, 소연, 주혜의 경우 수한이나 수태는 전혀 모르고 있으며, 임신을 위해서 주로 배란기에 맞추어서 성관계했고, 여진의 경우는 남편의 성 무능력으로 내연의 관계로,

결국은 일이 이 지경으로 변모되었다.

'철규를 대인이라고 해야 하나? 아내의 불륜을 눈감아 주고 가정의 평화를 얻은 소인배라고 해야 하나? 부모님과 부인의 뜻대로 자식을 보게 됨을 만족해야 하나? 커가면서 자신과 닮지 않았음을 느낄 때 본인 스스로는 어떻게 대처해야 하는가?'

96년도 12월 애동은 정섭을 만난 직후부터는 가혜를 주 1회 정도 만나 가혜만 만족시켜 준 후, 자책하는 의미로 오락실을 매일 출입하는 계기로 바뀌어 버렸다.

가끔 애동은 주혜와의 정사도 먼저 요구해서 즐겼고, 가회동 집에는 주 4회 정도 자정 10분 전쯤 만취 상태로 귀가해서 강제로 현정의 옷을 벗기고 강간 수준에 버금가는 행위로 부부관계를 하는 등 현정이 상상도 못 할 정도로 달라진 애동의 모습에서 현정은 겁이 크게 났다. 술이 깬 상태에서만 부부관계 하는 현정의 규칙도 깨져 버렸다.

96년 12월 하순까지 3주간 이러한 애동의 행동은 지속되었다. 다행스럽게도 정식 부부는 애동의 행동을 몰랐고, 연말연시와 부장판사 승진 턱으로 귀가가 늦어지는 줄로만 알았다.

현정은 신묘장구대다라니 기도를 통해서 무언가를 알아내려고 했으며, 오랜 옛날 스님이 준 보왕삼매경을 꺼내서 읽기 시작하였고, 애동의 방황에 대한 이유를 찾고자 했다.

술을 먹고는 사우나를 반드시 하지 않는 점과 담배를 피우지 않는 사람이 옷과 몸에서 담배 냄새가 나는 점과 가끔 속옷에서 여자의 화장품이나 향수 냄새가 나는 점에 대해서 착안이 되었고 술 냄새는 맥주 냄새가 많았다.

현정은 1차로 룸살롱에서 마시고, 2차로 호프집에서 맥주를 마시고 집에 오는 것으로 여겼다. 애동은 실제로 초저녁 가혜나 여진과 정사 후, 식사 후에, 오락실에서 밤 11시까지 있다가 집 근처 호프집에서 소주나 맥주를 마시고 귀가하였다.

현정은 룸살롱에서 술집 여자와 성관계를 하게 되면 성병에 걸릴 우려가 있으므로 콘돔이 필수라고 말하면서 애동의 양복 안주머니에 콘돔을 매일 챙겨주는 세심함도 있었다. 술집 접대부와 성관계를 묵인하는 뜻이기도 했고, 이러한 현정의 지극정성으로 애동의 방황은 20여 일 만에 종료되었다.

철규의 여진에 대한 배려 차원(애동과 여진의 성관계)으로 비롯된 애동의 혼돈과 방황은 끝나게 되어 현정은 기뻤다.

97년 초 법관 정기인사에서 애동은 부산지방법원 민사부 부장판사로 발령이 났고, 가혜는 두 아들을 연수에게 맡기고 부산으로 가 변호사 개업을 하게 되어 해운대에 오피스텔을 얻었다.

여진 또한 부산지법을 자청하여 발령받았고, 철규는 서울 중앙지검으로 자리를 옮겼고, 주혜는 97년 검사로 임용되어 부산지검으로 발령이 났으며, 수태는 부산지검 동부지청장으로 발령이 나서 박태희, 태준, 태영은 부산으로 전학하여 범내골 집에서 선혜와 함께 살게 되었다.

여의도에서 주혜의 세 아이를 보살펴 온 강영자는 부산 광복동 집으로 복귀하게 되어 정엽이 매우 반겼다.

애동은 3월 이후에는 주말에 격주제로 상경을 하고, 반면 현정은 격주제로 창원 곡목 과수원집으로 내려오기로 하였다. 97년 초 방학 기간에는 법원 관사(아파트)에서 현정은 지내고 있었다.

애동의 부산지법 부장판사 취임 기념행사를 취임 다음 주 토요일 창원 동읍 곡목 과수원집에서 하게 되었는데, 일본에서 소연도 귀국 중이라 참석하였다. 철규 부부, 유태 부부, 수태 부부, 서울의 정섭 부부 등이 참석하게 되어, 경기고 절친과 부산 남일 초교 3총사, 수태, 주혜, 소연, 종혜는 서로 얼굴을 아는 사이였으나, 철규의 부인 여진과 소연, 주혜, 민혜만이 첫인사를 하게 되었다.

여진은 애동의 절친들이 외숙의 딸들과 연결되어 있음과 소연, 주혜 두 사람이 자기의 연인인 애동을 큰오빠라고 호칭하면서 자연스럽게 포옹하는 것을 보고는 매우 놀랐다. 민혜나 종혜는 외사촌 오빠로서 포옹하는 것이므로 자연스러웠다.

이를 느낌으로 알아차린 현정이 "친구 부인 여진 씨도 애동을 안아 보라"라고 하면서, 현정도 철규와 정섭을 자연스럽게 포옹하며 안아주었다.

현정은 이상하게도 곡목 과수원집에만 오게 되면 넉넉한 시골 인심과 아웅다웅하는 세상 풍파로부터 자유스러움을 만끽하게 되었다. 애동과 철규는 과수원집에서 저 멀리 떨어진 곳으로 이동해서 네쌍둥이 친부가 애동임을 여진이 인지하고 있음에 대해서 서로 얘기하게 되었다.

여진이 친척이자 경기여고, S대 절친 가혜(가연)를 만나면서, 가혜의 두 아들과 여진의 첫 쌍둥이 아들과 닮은 점을 확인하게 되어, 가혜의 내연남이 애동인 것을 여진이 알게 되었다.

이를 확인하면서 여진이 낳은 네 아이의 친부가 애동임을 알게 되었고, 그 이후 철규 본인이 여진으로 하여금 애동과 저녁식사를 하토록 권고한 점에 대해서 애동이 철규에게 미안함을 말하자, 철규는 애동을 포옹하면서 "친구야, 정말 고맙다. 그리고 여진을 꼭 잡아 줘라"라고 했다. 애동은 철규에게 "내가 죄인이다"라고 하면서 울먹이자, 철규도 울부짖으며 "못난 나를 대신해주는 애동, 네가 진정한 친구다"라고 울음을 터트렸다.

두 사람은 서로 얼싸안고 꽤 오랫동안 울었으며, 눈물을 거두고 진정한 후, 과수원 야외 수도꼭지를 틀어 세수하고는 거실로 들어왔다. 정섭은 두 사람이 함께 들어오는 것을 보고는 빙그레 웃었고, 여진도 의미심장한 웃음을 띠웠다.

애동이 부산으로 오기 전 여진과 관계 후에 둘의 관계를 철규가 알고 있는 것 같다고 하자, 여진도 철규가 방조 내지는 묵

365

인해서 이러한 관계가 지속되고 있다고 하였다. 여진은 애동과 관계한 날 밤에 철규와 부부관계 시 더욱더 헌신적으로 철규를 대하고 있다고 했고, 또한 철규는 여진의 행동으로 관계함을 인식하고, 너무 힘들게 자신에게 봉사하지 않아도 된다고 할 정도로 말한 적이 있었다. 철규와 여진이 잠자리 침대에서 주고받은 말은 곧바로 애동에게 전하여졌다.

여진은 압구정동 두 어머니(시댁, 친정) 눈치 때문에 가능한 저녁 식사는 밖에서 하지 않고 애동과 초저녁 관계만 했다. 철규는 부산으로 여진이 자청하여 발령되도록 한 것도 서로 상의를 하였다. 부산에서는 여진과 애동이 마음껏 즐겨도 좋다는 의미가 내포되어 있었으므로, 자기의 신체를 한탄하는 눈물이었고, 애동은 친구에 대한 연민과 죄책감(미안함)의 눈물이었다.

두 사람의 눈물은 면죄부가 아니라, 자식을 얻기 위한 정자 기증에 대한 혹독한 대가를 치르는 것이라고 여겨졌다.

과수원집에는 방이 많은 관계로 부부 별로 방 배정을 해주었으며, 여중 3총사는 한방을 사용했고, 애동과 수태는 한방에 자면서 불편한 다리에 대한 것과 소연과 세 조카, 선혜의 건강, 요양원 사업 등에 대해서 많은 이야기를 큰형 입장에서 하였다.

일요일 아침 정섭 부부는 서울로 상경하고, 나머지 사람들은 부산으로 갔으며, 애동과 현정은 남게 되었는데, 내일 이른 새벽 법원으로 곧바로 출근이 가능하기 때문이었다. 점심 식사는 덕산으로 가 부모님과 함께하였고, 식사 후 다시 곡목 과수원집으로 왔다.

저녁 식사 전 애동은 현정을 업고 과수원 이곳저곳을 다녀보았는데, 약혼한 지 20년의 세월이 흘렀고, 지난 12월 방황에 대한 일을 진심으로 사과하고 용서를 구하였다.

현정은 "동현 아빠, 부장판사가 되었으니 용돈을 계좌 입금합니다"라고 하자, 애동은 "용돈은 부장판사 봉급으로 충분해요"라고 했으나 막무가내였다. 약국 강남 분점도 잘 운영되고, 경주건물 임대료도 잘 받고, 종로 혜민 약국 건물도 몇 년 전에 현정 명의로 구입해서 임대료가 나가는 것도 없을 뿐만 아니라, 건물 다른 점포 및 사무실 임대료가 많이 들어와서 서울 부도심 지역에 토지를 몇 군데 사두었다고 했다.
현정은 토지를 구입할 때마다 佛國寺(불국사) 주지 스님 말씀 "장차 큰일!"을 위해 쓰임새로 토지를 구입하고자 했다.

애동은 가혜와 여진의 관계에 대해서 말을 하려고 했으나 하지 않았다.

"모르는 게 약이다. 아는 것이 근심(識字憂患:식자우환)인 경우가 있는 법이다. 남녀관계는 철규의 말대로 그냥 알면서도 모르는 척이 약이다."

367

현정은 3월 신학기까지는 부산 아파트와 곡목 과수원집에서 지내기로 작정했고, 작년 12월 악몽에 대비하고자 아홉 번째 자식을 얻기 위한 노력을 시작하기로 마음먹었다.

새벽 3시에 기상해서 찬물 목욕과 채식위주 식단으로 바꾸고, 마음을 정결히 하고 언행에 신중을 기하였다. 2월 초 생리 기간이 지나 중순 배란기 시기를 맞추어서 부부 관계도 애동과 협조로 이루었고, 애동도 배란기 일주일은 일찍 퇴근하여 현정을 기쁘게 하여 줌과 동시에 현정이 신경 쓰이는 일은 하지 않도록 하였다.

현정은 2월 하순까지 마음의 평정심을 유지하는 데 최선을 다했으며, 3월 개학을 대비해 2월 말 상경을 하였다. 2월 중 애동은 가혜나 여진과 관계를 하지 않고 참을성 있게 기다렸고, 현정이 상경 후 3월 이후 주중에는 격일제로 가혜의 오피스텔이나 여진의 숙소에서 주로 초저녁 관계를 마치고, 숙소로 돌아와서 식사하는 것으로 치밀하게 행동하였다.

현정이 3월 초에 생리가 없자 애동에게 전화를 해 아홉 번째 임신을 알렸다. 그러자 주말마다 애동이 계속 상경하였다.

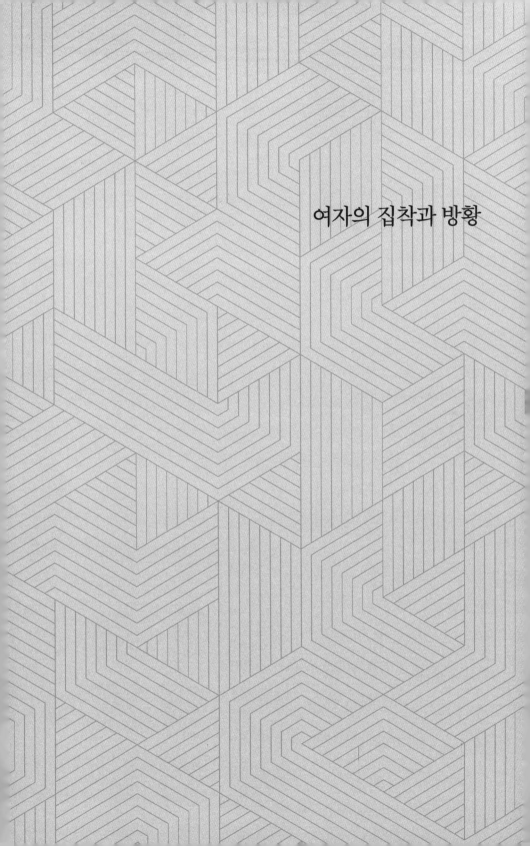

여자의 집착과 방황

여진과 수태의 부산 동부 지원 부산 동부지청 청사는 부산 해운대구에 있었고, 애동과 주혜의 부산지법 부산지검 청사는 부산 연제구 부산시청 청사에 인접해 있었다.

점심 식사를 애동이 주혜를 불러서 함께하는 경우가 종종 있었으며, 주혜는 선혜와의 관계가 원만히 되었다. 주혜의 세 아이도 부산 생활에 차츰 적응해 가고 있었으며, 수태의 다리가 불편한 것과 밤의 부부관계 빼고는 별문제가 전혀 없었다.

애동이 3월 하순 무렵 가혜와 관계 및 저녁 식사를 끝내고 숙소인 아파트에 저녁 9시가 되기도 전에 들어와 양복을 벗고 평상복으로 환복하는 중에 주혜가 전화를 했고, 숙소 주차장에서 기다리고 있는데 숙소로 올라오겠다고 하면서 한 시간만 여유를 달라고 하였다. 긴급한 일이 아니면 내일 중식 시간에 만나서 얘기하자고 주혜의 숙소 출입을 거절했다.

다음날 애동과 주혜는 12시 10분경 서면 모 호텔 중식당에서 만나 식사하면서, 주혜가 부산지법 동부지원장인 최여진과의 관계가 친구 부인 이상이라는 얘기를 하였다.

애동이 여진의 숙소에 몇 차례 들락거리는 현장을 주혜의 검사실에 근무하는 여수사관이 인지했음을 보고받고는 이를 알려주기 위해서 어젯밤 만나자고 했으며, 또한 주혜는 수태의 교통사고 이후 부부관계를 소홀히 하게 되었으나, 갑자기 여진과 애동의 관계를 보고 받고는, 애동 오빠를 남에게 빼앗기는 기분이 들었으며, 옛날 세 아이를 가질 때와 비슷한 감정이 3일 전 여진과의 관계 확인 순간부터 용솟음쳐서 견딜 수가 없어서 어젯밤 주차장 차 안에서 잠복근무를 3시간 이상 했다고 하였다.

주혜의 생각은 오빠와의 성관계를 다시 하고 싶어 한다는 말이었고, 애동은 주혜와 소연의 관계는 청산했다고 여기고 있었다. 애동은 주혜에게 여진의 숙소에는 식사 초대를 받아서 갔다고 둘러대었고, 수태의 교통사고는 단순한 사고가 아니라 우리 두 사람의 부적절한 관계에 따른 하늘의 벌로 이해하라며, 관계 청산을 하고자 주혜를 설득하였다. 식사 후에 그냥 포옹으로 대신하고 사무실로 돌아가고자 했다.

주혜는 2주에 한 번은 성관계하는 것을 요구했고, 만약 이 요구를 들어주지 않으면, 현정이 부산에 오면 자신의 세 아이를 현정에게 보여주겠다고 협박 수준의 말을 하였다. 아울러 여진 같은 여자에게 오빠를 빼앗기는 일이 없을 것이라고 하였고, 둘은 헤어졌다.

애동은 주혜의 요구에 대해서 곰곰이 생각하게 되었고, 주혜의 성격을 감안하면 필시 뒷조사를 할 것이 자명했다. 여진과의 관계는 그렇다 치더라도 문제는 가혜와의 관계를 주혜가 알게 된다면 문제는 심각하게 야기될 것으로 판단하였다.

주혜의 뜻을 받아들이되 더 이상 협박을 못 하도록 구실을 만들어야 하겠다는 묘안이 머리에 떠올랐고, 주혜의 올케인 민혜(유태의 부인) 외사촌 동생이 생각이 났다. 주혜와 관계 후, 다정한 모습을 민혜에게 보여줌으로써, 민혜가 주혜와 애동의 관계를 알게 하여, 역으로 애동이 민혜에게 당부를 한 후 민혜가 주혜에게 애동과의 관계를 청산하는 쪽으로 하는 것으로 가닥을 잡았다. 민혜가 유태와 수태에게 만큼은 비밀로 한다면 이 방법이 가장 좋을 것으로 여겨졌다.

주혜와 민혜는 동갑이면서 어릴 때부터 주혜를 애동의 짝으로 인식하다 보니 두 사람은 매우 친하게 지냈다. 또한 민혜는 애동이 현정과 약혼한 이후에는 현정과도 친밀한 사이가 되었다. 둘 다 약사라는 공통점이 있었고, 현정이 외숙의 자녀들과도 매우 살갑게 지내왔기 때문에 돈독한 관계가 유지되고 있었다. 민혜의 약국은 구 조방 앞 자유시장 건너편 큰 도로에 접해 있었고, 집은 남천동에 있었다.

애동이 93년 봄 부산방문 시 음주운전을 핑계로 구 조방 앞 인근 호텔에서 주혜와 성관계를 했던 일이 기억을 하게 되었고, 그 호텔과 민혜의 약국과는 불과 50미터 이내로 가까운 거리였다.

우선 애동은 주혜와 중식 이후, 수태와 저녁 식사를 약속한 후 퇴근하면서 호텔 위치와 민혜의 약국 위치에 대한 사전답사를 하고 해운대 가혜의 오피스텔로 가, 저녁 식사 전 행사를 하지 못함을 알리고, 주혜가 중식시간 방문해서 여진과의 밀회에 대한 것과 주혜의 요구사항에 대한 협박에 대해서 알려주면서 가혜에게 당분간 조심하고자 했다.

가혜는 오피스텔보다 변호사 사무실용으로 건물을 새로 구입하여 그곳에 욕실을 겸한 내실로 리모델링 하는 것으로 하였으면 했다. 수태는 부산지검 동부지청장으로 근무하고 있었다.

수영동 로터리 인근 한식당에서 애동과 수태는 처음으로 단둘만의 저녁을 함께하면서 집안 얘기, 법조계 얘기, 왼쪽 다리 의족에 관한 얘기 등을 했다. 의족은 무릎 위 허벅지 밑 부분을 절단 후 인공다리를 착용해서 바지를 입으면 정상 다리처럼 목발이 필요 없는 것이 된다. 수태가 몇 년 후 검사장으로 승진된다면 외관상으로는 의족인지 구분할 수 없게 되는 장점이 있다.

그리고 주혜와의 부부관계도 은근슬쩍 확인해보니 수태가

한숨부터 먼저 내뱉으며 주 1회 정도 관계를 하는데, 손과 입으로 의존하는 경우가 많으므로 주혜에게 미안한 생각을 하고 있다고 했다. 친형과도 같은 분이라서 이러한 얘기도 할 수 있으니 속이 다 풀린다고 했다.

애동은 수태와 헤어져 숙소에 돌아와 현정에게 전화하여 수태와 저녁 먹은 이야기, 임신 얘기, 6남 2녀 아이들 얘기 등을 하면서 주말에 상경하겠다고 하자, 현정은 열차 편을 이용하라고 했다. 수태의 교통사고로 인한 집안 분위기를 현정은 직감적으로 감안해서 그와 같은 말을 했다.

애동은 현정에게 임신 초기 몸조리 잘하고, 사랑한다고 말한 후 전화를 끊었다. 시간을 확인하니 밤 11시가 조금 지났는데 갑자기 현정을 안고 싶어서, 분신인 가혜를 불러 부산시청 인근 호텔에서 초저녁 생략한 행사를 새벽 2시까지 한 후 숙소로 왔다.

애동은 주말 열차 편으로 상경하여 현정의 임신을 축하해주었으며, S대 법학과에 재학 중인 장남 동현과 장래 진로에 대화를 나누면서 체력관리에 특히 유의하라고 당부하였다. 둘째 동근은 고3이므로 S대 상대를 지원했으면 하고 애동이 말하자, 동근은 S대 인문계열 철학과를 지원하겠다고 했다.

이유인즉 종교철학을 공부하고 싶다고 했으며, 셋째이자 맏딸 민정은 고1인데 어머니처럼 약대를 지원코자 했고, 동우, 동찬은 외할아버지처럼 의사가 되고자 했다. 민서와 동일은 아버지처럼 법조인이 되겠다고 했으며, 동만은 두 돌이 지난 3살이었다.

애동은 둘째 동근이 출가하여 스님이 될 것 같은 예감이 들었다. 이어서 동생들이 본받아서 추가 출가자가 예상됨으로써, 동근과 자주 대화하도록 현정에게 숙제를 주었다.

현정이 천수경 신묘장구대다라니를 암송할 때면 가끔 문밖에서 어머니의 기도 소리를 엿듣는 경우가 종종 있었다고 했다. 아주 갓난아기 시절 애동이 관세음보살 탱화가 있는 방에서 홀로 잘 놀았다는 외조모 이연화의 얘기가 생각났으므로, 현정이 둘째 동근은 불제자의 인연이 있는 것으로 판단되었다.

애동의 말대로 다른 자식이 추가로 출가할 경우는 문제가 다르다. 민서, 동일은 어리지만, 본인의 소신이 매우 확고한 편이었고, 현정은 동근 외 추가 출가자가 이어진다면 배 속 아이 포함 아홉에서 여섯이나 다섯 명으로 줄어든다.

애동이 부산으로 출발 후에 현정은 기도 시 동근 하나만 출가하도록 하고, 나머지 자식은 제가 데리고 살도록 도와달라고 관세음보살님에게 기원했고, 일요일 초저녁에 애동은 부산역에 도착하여 해운대 가혜의 오피스텔로 가 동영, 동수에 대한 장래 진로 문제를 상의했다. 가혜는 금요일 상경했다가 일요일 오후 3시경 부산에 내려와 애동과 함께 먹을 저녁 식사 준비를 하였다.

가혜 생각으로는 동영은 인문계열이 적성이 맞을 것 같았고, 동수는 자연 계열 내지는 예체능 계열이 합당하다고 여겼으며, 동영은 아빠를 닮았고 동수는 엄마를 닮아 신장도 크고 얼굴이 잘생겼다.

애동은 두 아들의 사진을 한참 쳐다보면서, 가회동 6남과 비슷한 모습이 많은 것에 대한 연민을 느껴 눈시울이 붉어졌다. 가혜도 현정이 낳은 6남 2녀 사진을 매우 보고 싶어 했으며, 둘째 동근이 출가할 것 같다는 얘기에 가혜는 매우 놀라며, '동영, 동수 중 1명이 출가하겠다고 한다면?'라는 아찔한 생각을 했다.

애동은 사진을 본 후 서글픔에 잠겼다. 아빠의 존재를 그림자로 알고 잘 자라고 있는 동영, 동수에 대한 부정이 깊이 느껴졌기 때문이다. 애동은 좋지 못한 버릇이 하나 있는데, 그것은 기분이 슬플 때나 우울할 땐, 아주 코흘리개 어린 시절부터 할머니 젖을 만지는 것이었다.

애동은 저녁상을 차리고 있는 가혜 뒤로 다가가서 상의를 위로 올리고 양손을 안으로 넣어 껴안은 자세로 젖꼭지를 슬그머니 만지자, 가혜는 저녁상 차림을 멈추고 젖은 손을 앞치마에 닦고는 뒤로 돌아서서 키스하고는, 애동의 옷을 다 벗긴 후 자기의 옷도 벗고는 욕실로 애동을 데리고 가 정성껏 몸을 닦아 주었다.

애동에게 먼저 침대에 가도록 하고는 자기의 몸을 씻고 나왔다. 여기까지 가혜의 행동은 엄마의 손길이고, 침대의 모습은 요부의 행동으로 변했다. 둘은 관계 후 샤워를 하고 저녁식사를 맛있게 하였다. 애동은 가혜가 매우 애처롭게 느껴져 마음이 아팠다.

가혜는 부산법원 인근에 4층 건물을 구입해서 1층은 커피 전문점, 2, 3층은 변호사 사무실, 4층은 살림집으로 개보수하고 있는데, 5월 초 입주 예정이었다. 해운대 오피스텔은 방학 기간 중 휴가 용도로 사용하고자 했다. 애동은 가혜와 헤어진 뒤 숙소로 가지 않고 해운대 모 호텔 오락실에 들러서 2시간 오락게임을 하고 자정에 도착했다.

애동은 월요일 중식을 주혜와 하면서 이틀 후 수요일 저녁 시간 구 조방 앞, 93년에 즐겼던 적이 있는 A 호텔에서 만나서 관계를 하겠다고 약속하였고 A 호텔에는 예약을 하였다.

월요일 저녁은 여진과 화요일은 가혜와 하도록 계획되어있었다. 월요일 퇴근 시간에 구 조방 앞 민혜의 약국에 도착하여 수요일 오후 약국 인근의 A 호텔에서 중요한 일로 민혜와 만나자고 하면서 시간을 비워 두라고 하고는 민혜의 약국을 나왔다.

애동은 여진의 숙소에서 초저녁 관계와 식사를 서둘러 마친 후 숙소로 돌아왔고 여진도 주말이면 상경해서 가족과 시간을 보냈으며 주로 교통수단은 열차 편을 이용하였다.

수요일 오후 퇴근 시간, 애동은 주혜와의 관계 시간 2시간 전에 먼저 민혜를 만나서 간곡히 부탁하게 되었는데, 주혜와의 성관계와 세 아이의 친부에 관한 일을 세세히 설명했다. 이제는 주혜와의 관계를 청산하고자 하는 애동 본인의 뜻을 민혜에게 전달하였다.

이와 같은 내용은 무덤까지 유태와 수태에게 비밀로 해 달라고 당부하니, 민혜는 평소 주혜의 성격과 애동에 대한 집착을 잘 알고 있는 터라, 엄청난 큰 사건에 대해 매우 놀라면서, 사려 깊은 애동 오빠가 십 수년간 지속되어온 주혜와의 성관계를 청산하고자 하는 뜻에 동조하기로 굳게 결심하고 또한 비밀도 지키겠다고 약속했다.

호텔 방 호실과 관계 후 문밖으로 나오는 시간과 중식당 예약 시간까지 민혜에게 상세히 알려준 후, 다시 그 시간대에 도착하여, 애동과 주혜의 밀회 장면을 직접 목격하는 것에 대한 계획을 숙지시키고 조금 후 다시 A 호텔에서 보기로 하고 민혜는 약국으로 되돌아갔다.

주혜는 약속 시간에 도착하여 곧바로 예약된 방으로 둘은 올라가, 간단히 샤워만 하고는 주혜를 매우 만족시킨 후, 애동은 민혜와 약속 시간 정각에 주혜와 다정한 모습으로 호텔 방을 나왔는데, 이 순간 복도에서 민혜와 마주쳐서, 두 사람은 매우 당황했다.

주혜는 애동의 팔짱을 낀 팔을 풀며, 민혜에게 비밀로 해 줄 것을 애원했으며, 애동도 모르는 척해달라고 부탁하며, 예약된 중식당으로 이동해서 다시 이야기를 계속하기로 하여, 세 사람은 중식당으로 갔으며, 민혜는 주혜의 세 아이와 가회동 6남 2녀가 닮은 점이 많아서 의문이 생겼는데, 이제야 그 해답을 찾았다며 흥분해서 애동에게 "세 아이 친부가 오빠가 맞느냐?"라고 호통을 쳤다.

애동은 짐짓 민혜에게 차분히 이야기할 것을 종용하자, 더욱더 민혜는 화를 내면서 사람으로서는 못 할 짓이라면서, 매우 심한 말을 연거푸 토해내고는, 두 사람에게 십 수년간 이어온 불륜을 앞으로도 계속할 것인가에 대해서 따지기 시작했다. 잠시 자리를 떠났다가 다시 와 종이와 펜을 내밀면서 각서를 두 사람에게 받겠다고 했다.

차후 성관계 시 수태, 유태, 현정에게 모두 폭로하겠다고 하며, 심지어 주혜의 세 아이와 현정의 아이에 대한 유전자 검사를 통해서 친부가 동일인임을 밝혀내겠다고 했다. 애동과 주혜는 끽소리 못 하고 각서를 써서 민혜에게 주면서 차후 관계는 일절 하지 않겠다고 맹세하였다. 식사 후 세 사람은 A 호텔에서 각자 헤어졌고 숙소에 돌아온 애동은 현정에게 전화해서 미안하고, 고맙고, 사랑한다고 하였다.

애동은 본인 스스로가 미워서 어�쩔 줄 몰라 하고 있는데, 유태가 전화로 광안리 해수욕장 해변에서 술 한잔하자며, 차로 태우러 갈 터이니 숙소에 대기하라고 했다. 숙소에 도착한 유태는 민혜가 애동 오빠와 꼭 오늘 저녁 술 한잔하라는 명령을 받았다고 했다.

민혜는 수태에게 전화해서 주혜와 술 한잔하도록 조치하였다. 애동은 이 사건으로 주혜와의 성관계는 청산하였지만, 오락실 가는 횟수는 많아졌으며, 여진과의 성관계 시간이 초저녁에서 한밤중 12시 전후로 바뀌어졌다. 가혜와의 초저녁 시간은 그대로 지켰고, 애동은 술도 마시기 시작했다.

밤늦은 시간 만취 상태로 여진의 숙소에 불쑥 들어가 강간 수준의 성관계를 몇 차례 하자 여진도 매우 당황해하였다. 애동이 밤늦은 시간 여진의 숙소에 출입한 사실을 현정의 귀에 들어가고 말았는데, 이것은 주혜가 현정에게 귀띔을 해주었다. 주혜는 본인과의 성관계는 청산하면서 여진과의 성관계 지속에 대한 불만이 터졌던 것이었다.

97년 5월 초순 현정은 여진의 쌍둥이 네 명에 대해서 먼저 확인하고자 압구정동 아파트를 찾아가서 먼저 태어난 쌍둥이 딸의 머리를 쓰다듬으며 머리카락과 96년 5월에 태어난 태기, 태구를 안으면서 머리카락을 획득하여, 쌍둥이 머리카락과 6남동만의 머리카락을 유전자 검사를 한 결과, 철규의 네 아이 친부가 애동임을 알게 되었다.

현정은 그 사실을 확인한 이후부터는 애동에게 주말마다 상경치 말라고 하면서, 1개월 후에 곡목 과수원집에 가려고 하니 마산역 열차 도착시간에 차량으로 마중 나오라고 하였다.

애동은 현정의 전화를 받고는 퇴근 시 주혜를 찾았고, 여진과의 관계를 주혜가 현정에게 일러 줌을 알게 되었고, 주혜는 애동의 행동에 대해서 역으로 되묻자, 애동은 민혜가 알게 된 두 사람의 성관계에 대한 죄책감으로 밤늦게 술을 먹고는 여진의 숙소로 가 외로움을 잊으려고 하였다는 변명 아닌 해명을 했다.

여진은 밤늦은 시간 애동이 숙소에 출입한 것에 대한 죄책감을 느끼고, 철규와 상의한 후 사직서를 쓰고자 했다. 현정은 주혜와 통화하면서 여진을 만나서 차후 문제에 대한 조치를 어떻게 할 것인가에 대한 여진의 생각을 알고 싶으며, 여진과 애동의 성관계에 대해서 현정이 인지하고 있다는 말을 반드시 할 것을 부탁했다.

주말에 주혜가 상경해서 저녁 시간 가회동 집 근처에서 현정을 만났다. 주혜는 애동과 여진의 관계에 대해서 자세히 현정에게 말하였다. 97년 초에는 초저녁 식사만 가끔 하였는데, 최근부터는 밤 11시에서 새벽 1시에 만취 상태로 여진의 숙소를 찾았다고 하였다.

그리고 여진은 주말(오늘) 상경해서 철규와 상의 후에 사직서를 쓰겠다고 했고, 앞으로는 애동을 만나지 않겠다는 약속을 하였으며, 심지어 애동이 찾아오면 되돌려 보내겠다고 하는 말을 현정에게 전하였고, 주혜 자신과 애동의 관계 이야기는 하지 않았다.

현정은 주혜에게 애동은 매우 여린 마음을 가진 사람이므로 필시 다른 이유가 있어서 밤늦게 만취 상태로 여진을 찾게 되었을 것이 확실하다고 했다. 현정은 주혜에게 나를 대신하여 애동을 위로 차 따뜻이 안아주고, 다독거려 줄 것 오히려 부탁하며, 여진이 사직서를 쓰는 것은 반대 입장이라고 했다. 보통 사람으로서는 상상도 못 할 얘기를 현정이 하고 있어서 주혜는 깜짝 놀랐다.

'바로 현정이 관세음보살이구나! 옛날 선녀 김현정'라는 생각이 났으며, 내심 주혜는 뜨끔함을 느꼈다. 애동이 주혜 자신과의 관계가 민혜에게 들통이 나서 괴로워하고 있는데, 애동을 다시 안아주라고 하니 이 무슨 경우인가 싶었다.

현정은 남편 애동이 육체는 다른 사람에게 가 있어도 마음(정신)은 오직 나, 현정에게 있다는 애동의 마음을 헤아리고 있었기 때문이다. 룸살롱 아가씨와 성관계 시 콘돔을 챙겨주고 용돈도 다시 두둑이 챙겨주는 아내 현정이었다. 주혜와 헤어진 다음 여진과 일요일 오전 중 압구정동 아파트 인근에서 만나기로 통화를 했다.

다음날 현정은 여진을 만나자마자 깊은 포옹부터 먼저 했다. 여진은 매우 당황스럽게 여겼고, 포옹 후 현정은 허리를 깊이 숙여 정중히 사과를 드린다고 인사했다. 남편이 만취 상태로 여진의 숙소로 찾아간 점에 대한 사과임을 말하였고, 여진은 몸 둘 곳을 몰라 하며 자신도 모르게 눈물이 나오기 시작했다.

　주혜에게 들은 바로는 자신과 애동의 성관계를 알고 있는 현정이 보통 사람으로는 상상이 되지 않았기 때문이다. 이어서 현정은 네쌍둥이 친부가 애동 임을 알고 있으므로 잘 키워서, 정자를 기증한 애동이 보람을 가질 수 있도록 해달라고 또 정중히 허리 숙여 인사했다.

　여진은 "엉엉"하는 소리로 울고 말았고, 현정은 다가가서 손수건을 꺼내어 눈물을 닦아주자, 커피숍 다른 손님들이 힐끔힐끔 쳐다보았다. 현정은 나직이 여진의 귀에다 대고 철규 씨와 사직서 쓰는 것을 상의한 것을 어떻게 결론지었냐고 말하면서, 대답도 하기 전에 절대로 사직서를 쓰지 말라고 했다.

　현정은 또한 여진은 가여운 사람이고, 애동은 객지에서 외로운 사람이므로, 같은 처지의 두 사람이 몇 차례 관계하는 것이 뭐 대수라고 호들갑을 떨며 야단이냐고 했다. 이 말에 여진은 소리 내지 않고 울었고, '현정이라는 이 여자는 사람이 아니라 선녀구나'라는 생각이 들었다.

　여진 자신 생각으로는 철규의 무능함을 애동이 대신해주고 있는 것을 현정이 알고 하는 말이었기에, 더욱더 슬프고 기쁘기도 하여서 눈물이 났고, 여진은 더 이상 애동과 만나지 않겠다고 현정에게 말하자, 현정은 다른 사람 모르게 만나서 즐겨도 좋다고 하면서 먼저 자리에 일어섰다.

보왕삼매경과 천수경 독송에서 얻은 보살행을 실천한 결과로, 주혜나 여진이 진정으로 회심하도록 현정은 기회를 주었다. 남편 애동이 어려운 사람이나 딱한 처지에 있는 사람에 대해서 매몰차지 못하는 것에 대한 처리 문제이었다.

애동이 성에 목말라하는 여자를 안아주거나, 성적으로 만족시키는 문제는 당사자인 애동은 자비를 베푸는 것으로 여기지만, 다른 사람에게는 불륜이고 도덕상 용납이 되질 않기 때문이다.

현정은 여진과 애동의 관계는 남편 철규가 암시적으로 용인을 한 상태임을 알게 되었고, 정작 법조계 좁은 바닥에서 유부남과 유부녀의 성관계는 법적으로 처벌의 대상이므로 현정은 한 달간 애동에게 자숙의 시간을 주고자 했던 것이다.

여진은 현정이 떠나간 후에도 그 자리에서 한참 동안 소리 내지 않고 울었다. 현정의 말과 태도에서 자신을 견주어 보았는데, 사법고시를 일찍이 패스하고 부잣집 맏딸로 자라면서 아쉬울 것 없이 살아왔으며, 십 수년간 결혼생활 동안 성에 대한 것을 잘 모르고 지내다가, '출산 후 40세의 늦은 나이에 성에 대한 만족감을 알게 되어서, 성의 기쁨에 노예가 되어 살아온 몇 년간의 삶이 제대로 된 삶이라고 할 수 있을까?'라고 자문자답했다.

남편 철규가 남자로서의 무능한 것도 자신이 극복해야 할 문제이며, 현정의 말대로 네 아이를 훌륭하게 키워야 함은 철규에 대한 미안함을 해소시키기 위해서도 최선을 다해야 하겠다고 생각했다. 더 이상 애동과의 관계를 지속한다면 다른 사람에게 발각되는 것은 시간문제라고 인식했다.

여진은 커피숍에서 철규를 나오라고 한 후 화장실로 가 세수를 했는데, 눈이 조금 부어있었다. 여진은 커피숍에서 철규에게 직전 현정이 다녀갔으며, 현정이 애동과의 관계와 네 아이 친부에 관한 것도 알고 있으며, 절대 사직서를 쓰지 말도록 애기한 것과 어려운 처지에 두 사람이 잠깐씩 만나 회포를 푼 것이 뭐 대수라고 떠든다는 말까지 포함해서 현정이 말한 내용을 철규에게 모두 알려주었다.

철규도 깜짝 놀라면서 "현정은 선녀임에 틀림없다"라고 하였고, 아울러 여진은 남편 철규에게 앞으로 최선을 다하겠다고 했다. 철규는 자신도 모르게 눈물을 흘렸다. 자신의 무능함도 있었지만 애동과 현정 두 사람이 너무나 큰마음을 가진 것하며, 이러한 절친이 철규 자신에게 있음이 한편으로 기쁘기도 하였다.

지난 창원 곡목 과수원집에서의 두 사람이 뜨거운 눈물로 우정을 맹세하였는데, 현정이 여진을 감싸 안아준 것 또한 보통 사람들과는 전혀 다른 판단으로 사람을 감동케 하고 마음을 바꾸게 하는 능력을 가지고 있다고 철규는 생각했다.

철규가 여진에게 가회동으로 인사드리러 가자고 했다. 현정의 6남 2녀 자식도 만나 볼 겸해서였다. 철규와 여진은 인근 사우나에서 목욕한 후 집으로 갔다.

애동은 가회동으로 전화했으나 현정이 없었고, 중식 전 숙소에 있는데 현정이 전화상으로, 앞으로도 몇 주간 상경치 말고, 곡목 과수원집에도 당분간 가지 말며, 부산에서 지내라고 했다.

현정이 이번에 처음으로 애동에게 고맙고 사랑한다고 하며 전화를 끊었다. 약간은 울먹이는 목소리가 나, 여진과의 관계로 현정의 마음이 아프다는 것을 느꼈다. 애동은 양주를 한 모금하고는 가혜의 서울 집으로 전화하자, 아침 식사 후 곧바로 부산으로 출발했다고 하여, 애동은 주혜나 여진이 부산에 도착하면 현정이 어느 정도까지 인지하고 있는지가 궁금했다.

새로 구입한 가혜의 건물은 애동의 숙소와 법원에서는 가까운 거리에 있었다. 애동은 천천히 걸어서 가혜의 건물 4층 살림집 문 앞 계단에 앉아서 기다렸다. 멍하니 정신 나간 사람처럼 고개를 숙이고 30여 분 앉아 있었는데, 발걸음 소리에 고개를 들어보니 가혜가 놀란 표정으로 애동 앞에 섰다.

순간 애동은 벌떡 일어나 왼팔로는 가혜를 껴안고, 오른손으로는 상의를 위로 걷어 올리고는 브래지어 밑으로 손을 넣어 젖가슴을 만지기 시작하자, 가혜는 직감적으로 애동에게 좋지 못한 문제가 발생하였다는 것을 알아차렸다.

시간상으로는 어제 상경치 않고, 계속 부산에 머무른 것으로 여겨졌으며, 애동이 충분한 시간 동안 젖꼭지를 만지도록 그대로 서 있었고, 애동이 손을 빼자, 가혜는 4층 계단 출입문을 열고는 살림집으로 들어가 애동을 소파에 앉힌 후, 외출복과 속옷을 모두 벗고는 알몸 위에다 엷은 원피스 잠옷을 입고 거실로 나와 애동 맞은 편 소파에 앉으면서, "동영 아빠, 무슨 일이에요?"라고 물었지만, 애동은 말이 없었다.

가혜도 애동을 만난 지가 10일이 지났고, 지난주 화요일에 보고 오늘 일요일에 만나고 연락이 없어서 궁금했었다. 가혜는 두 아들의 신변이상이 발생하는 이외는 먼저 연락하거나 애동을 찾아가지 않도록 맹세한 사람이며, 변호사 일 관계도 애동과 관계되면 수임하지 않았다. 그림자 여인처럼 숨겨진 여인과 같이 애동이 올 때까지 기다리는 여인이었다.

애동이 1월 초 부산에 부임해서 3일 내지 5일 안에는 반드시 가혜를 찾거나 연락하였는데, 이번처럼 10일 이상 연락 두절은 처음 있는 일이었기에 무척 의아해하고 있었다.

가혜는 애동 앞에서 원피스 위쪽 단추를 풀어서 통통한 젖가습을 내놓으면서 애동의 손을 끌어다 만지도록 하며, 얼굴을 살펴보니 약간 술 냄새가 났다. 점심 식사도 하지 않았는지 배에서 "꼬르륵" 소리가 들려서, 식사 준비를 하겠다며 가혜가 일어서자, 애동도 덩달아 같이 일어서면서 찐한 키스를 시도 했다.

애동 스스로 바지를 벗으려고 하자, 재빨리 가혜가 옷을 벗겨주었고, 두 사람은 알몸으로 욕실로 들어가 가혜가 애동의 몸을 씻어주자, 애동이 울음 섞인 목소리로 현정이 오지 말라고 했다면서 울기 시작했다.

가혜는 품에 꼭 껴안으며 애동의 등을 토닥거려 주었고, 순간 가혜는 외조모 이연화가 상상이 되었는데, 100일 지난 손자를 키우면서 애동이 슬플 때 젖가슴을 드러내놓고 만지고 빨기도 하라고 했던 것을 애동이 말한 바가 있어서 그 모습을 생각했다.

또한 어린 애동이 어머니 김혜정이 보고 싶을 땐 틀림없이 꼭 껴안아 주었을 것만 같은 느낌이 들었다. 울음을 그친 애동은 가혜의 몸을 씻어주었고, 샤워 후 두 사람은 오후의 정사를 한 후에 애동은 차분히 생각을 정리해서 가혜에게 말했다.

가혜가 차려준 늦은 점심을 먹은 애동은 낮잠을 한 시간 남짓 자고는 저녁 식사 때에 다시 방문하기로 하고 숙소로 돌아왔다. 숙소에 온 애동은 일본 소연에게 전화를 하여 세 아이의 근황과 성수 부부의 건강을 확인했으며, 소연이 이제는 오락실 출입을 하지 않는다고 하며, 여름방학 때 부산에 방문한다고 했다.

애동은 차량을 운전하여 광안리 해수욕장 인근 해산물 직판장에서 해산물을 사서 가혜의 살림집으로 와, 해물 매운탕을 준비시키고 차량을 다시 숙소에 주차한 후 걸어서 가혜의 집으로 가 저녁 겸 반주로 양주 몇 잔을 마신 후 가혜의 집에서 처음으로 외박하고는 새벽 6시에 숙소에 돌아와 조금 쉬었다가 출근했다.

애동은 현정이 자신을 멀리한다면, 가혜와 살기로 마음을 먹었다. 그 이유는 가혜는 현정의 분신이기 때문이다. 혼돈의 일요일은 지나고, 월요일 점심 식사는 여진과 약속했고, 애동은 여진과 점심 식사를 하면서 여진이 일요일 현정을 만난 일과 현정이 네 쌍둥이를 10여 일 전에 만났다는 얘기를 하였다.

현정이 차후에 다른 사람의 눈에 띄지 않게 둘의 관계를 계속해도 무방하다는 내용의 말을 하였다는 것에 애동은 매우 놀랐다. 여진은 앞으로 애동 당신과는 관계를 하지 않는다고 했으며, 사직서 제출 문제도 현정이 한사코 반대하므로 제출치 않는 것으로 철규와도 상의를 하였다고 했다. 애동은 여진에게 네 아이 양육에만 온 힘을 쏟으라고 했으며, 두 사람은 작별의 포옹과 함께 짧은 키스를 하고는 헤어졌다.

저녁 시간 주혜와 첫 관계를 한 호텔에서 주혜를 만나 식사

하면서 그동안의 일에 대해서 이야기를 나누었는데, 민혜에게 두 사람의 밀회 장면이 들통이 난후에 애동이 여진과의 계속 관계하는 것이 질투심이 발생하여 현정에게 귀뜸을 하게 된 얘기와 현정이 애동은 외롭고 가여운 사람이므로 현정 대신 안아주고 위로해 주라는 말에 애동은 놀랐다. 주혜는 세 아이 친부에 관한 것은 아직 현정이 모르고 있는 것으로 여겨진다고 하며, 둘의 성관계에 대해서는 약간 의심하고 있는 것으로 간주된다고 말했다.

애동이 주혜에게 현정의 말대로 "나를 안아주고 위로해 줄 수 있느냐?"라고 묻자, 주혜는 "좋다"라고 했다. 그만큼 주혜의 집착은 대단했다. 그래서 애동이 민혜에게 준 각서 얘기를 하자, 그때야 주혜는 한 발짝 물러서면서 참고 이겨내겠다고 했다.

애동은 식사 후 곧바로 숙소로 와 현정에게 전화해서 여진과 주혜를 만나 관계 청산 얘기를 하였다. 현정은 여름방학 때까지 상경치 말라고 하며, 현정 자신이 부산이나 창원 곡목 과수원집으로 내려오겠다고 했다.

애동은 아내 현정이 너그러운 면과 과단성의 양면을 느끼고 적이 당황하였고, 심지어 현정은 여진과 주혜와의 관계를 계속해도 좋으나 다른 사람 눈에 띄지 않게 하라는 얘기도 하므로 무서운 여자라고 느꼈다.

순간 애동은 20여 년 전 현정이 20대에 한복 입은 모습에서, 40대 조모 박혜순의 모습으로 연상됨을 느낀 것이 생각이 나, 남편 바람피우는 것은 막지 않지만, 남이 모르게 하라고 했다.

현정은 여자들이 애동 앞에서 치마를 벗어 요구하면 응해주는 사람이 애동 임을 알기에 하는 말이었다. 거절을 못 하는 애동의 성격을 알고 있었는데, 현정은 여자들이 안기고 싶다면 응해주는 남자가 애동임을 먼 옛날 초교 시절부터 알고 있었고, 초교 졸업 시까지 할머니 젖가슴 만지는 일에 익숙 되어온 애동이, 다른 여자와 관계를 하더라도 정신은 오직 부인인 현정 자신에게 있다는 것을 둘은 이심전심으로 느끼고 있었다.

'남녀의 성에 대한 인식은 정신이 먼저이지, 동물적인 관계는 단순히 즐기는 것뿐이다'라고 애동은 생각하므로 아무 여자에게 봉사한다고 여겨지는 것으로서 본인의 판단에 따라 관계를 하였으므로, 현정은 이와 같은 애동이 견지하고 있는 여자에 대한 성의식에 대한 인식을 이제는 버렸으면 하는 바람이 있었다.

애동은 전화기를 내려놓으면서 현정의 속마음을 알기에 매우 자책하기에 이르렀다. 숙소를 나와 오락실로 가 밤 11시까지 오락을 한 후 포장마차에서 소주 한 병을 마시고 가혜에게 전화하고는 자정 무렵 가혜의 집에 도착해 거실에서 옷을 모두 벗고는 욕실에서 찬물로 샤워하는데, 밤늦은 시간에 애동이 찾아온 것이 처음 있는 일이라 가혜는 매우 당황스러워서 욕실로 따라 가 등 뒤에서 "무슨 일이냐?"라고 물었으나, 애동은 찬물로 머리를 식히고 술이 깨도록 그대로 서 있었다.

가혜는 수건에 비누를 묻혀 목, 등, 궁둥이, 다리까지 몸 뒷부분을 닦아주고는 몸을 돌려 가슴과 가운데 부분을 깨끗이 씻은 후 몸에 물기를 닦고는 애동을 데리고 나와 술이 깨도록 마실 것을 컵에 따라주고, 음료수병은 그대로 두어 다시 마시도록 하고는 자신도 샤워를 했다.

가혜는 샤워 후 잠옷 차림으로 애동 옆에 앉으면서 어제, 오늘 있었던 일에 대해서 질문하였다. 애동은 알몸 상태에서 가운데 부분만 수건으로 덮었으며, 다시 음료수를 컵에 따라 마시고는 가혜에게 여진, 주혜, 둘을 중식, 석식 시간에 각각 만난 얘기와 현정과 통화 후 술을 먹고 왔던 이야기를 하자, 가혜도 매우 놀라면서 현정이 보통 여자는 아니라는 것을 진작부터 알고 있었지만 '선녀 수준'의 사람이라는 것을 느꼈다.

몇 주 동안 상경치 말라고 한 현정의 말에 애동이 마음고생 많았던 것이며, 어젯밤 처음으로 자신과 외박하였던 것과 오늘 자정 무렵 찾아온 것은 애동이 무척 괴로워했을 것이라고 여겨져 가슴이 쓰라렸다.

가혜 본인도 애동과의 관계를 현정이 곧바로 알게 될 것 같은 불길한 예감이 들었는데, 그렇지만 애동이 찾아오는 것에 대

393

해서는 자신이 막을 수도 없을 뿐만 아니라 막는다고 애동이 아니 올 사람도 아니며, 사실은 오지 말라고 하고 싶지 않기 때문이었다. 가혜 생각은 정실은 아니지만, 소실은 된다고 여겼고, 자신은 애동을 위해 죽을 각오가 되어 있기 때문이었다.

가혜는 현정이 부산을 방문하게 되면 직접 만나서 지난 과거에 대해서 용서도 빌 겸, 자신의 처지도 말하기로 마음먹었다. 가혜는 애동이 술을 빨리 깨도록 과일과 음료수를 먹였고, 새벽 무렵까지 정사를 하고는 애동이 숙소로 돌아와 두세 시간 눈을 붙인 후 출근하였다.

애동은 중식 직후 곰곰이 생각해보니, 현정의 말대로 들키지 않도록 하면 될 것으로 작정해서, 현정에게 전화로 주말에 창원 곡목 과수원집에서 만나기로 해 창원역까지 마중을 나가기로 하였다. 저녁 식사는 모처럼 유태와 함께하고는 유태의 집을 방문해, 차 한 잔 마시면서 주연, 주민 누나의 근황에 대한 얘기와 진희, 진영, 진수 누나 얘기, 성호, 성문 외숙 얘기도 자연스럽게 나누었다. 민혜의 말로는 주혜와 수태 사이가 한층 좋아지고 있으며, 선혜는 이젠 아무런 문제가 없다고 하였다.

현정의 막내 오빠 유수는 부이사관으로 승진해서 부산시청 모 담당관으로 6월 중 근무 예정이라고 하며, 유수의 부인은 계속 부산대학병원 의사로 재직 중이었다.

밤 10시경 애동은 유태의 집에서 곧장 가혜의 집으로 가 관계를 하고는 11시 30분경 숙소로 돌아왔다. 그다음 날 이후부터는 종전대로 초저녁 시간 가혜와 관계 및 식사를 했고, 가끔 오후 시간에 여유가 있으면 점심시간을 이용해 가혜와 즐거운 시간을 가졌다.

두 아내와 아들

애동은 주말 창원역에서 현정을 태우고 마산으로 가 식사를
하고는 곡목 과수원집으로 향했고, 두 사람은 정답게 포옹은 했
으나 별말이 없었다. 과수원집 거실에 들어서자 현정은 애동이
보는 앞에서 알몸을 한 후 안방으로 들어가 한복(경주 진관 종조부
가 선물한 한복)을 입고 나와서 애동의 옷을 모두 벗긴 후, 알몸 위
에 티셔츠와 반바지를 입도록 했다.

그리고 과수원집 현관 밖으로 나와 현정을 업고 한 시간 동
안 과수원 주변을 걸으라고 했다. 임신 3개월이라 배는 그렇게
표시는 나지 않았다. 모처럼 애동은 현정을 업어 보았는데, 조
금 무겁게 느껴졌다. 그러자 현정이 어깨 앞쪽으로 팔을 늘어
뜨려 가볍게 해주었다.

몇 분 후에 현정이 먼저 입을 열었다. "동현 아빠, 여자들이

관계하자고 덤벼들면 응해줘. 반면에 절대로 다른 사람이 모르게 하면 해. 주혜도 똑같이 안아 주면 될 걸 여진만 안아 주니, 주혜가 질투가 생겨서 그런 사단이 발생한 거야. 나는 룸살롱 여자와 관계하려면 반드시 콘돔을 사용하라고, 콘돔 챙겨준 거 알지! 난 동현 아빠가 열 명, 스무 명 여자와 관계해도 개의치 않아. 단 다른 사람이 모르게만 하고, 질투심을 내지 않도록 골고루 해 주면 돼"라고 했다.

애동은 아무 소리 없이 현정을 위로 쳐올려 업는 자세를 취할 뿐이었다. 30분이 지나자 애동의 이마에 땀이 났다. 현정이 손바닥으로 땀을 닦아주었다.

그 후 10분이 지나자 애동의 등에 땀이 나기 시작했으며, 초여름의 날씨 탓도 있었지만, 맨살에 얇은 옷이 스치면서 서로의 체온이 더해져 20분이 더 지나자, 애동의 상체 부분이 땀이 났고, 현정도 가슴 부분에 땀이 났고, 계속해서 10분만 더 지속하라고 했다.

애동의 몸은 땀이 범벅이 됐고, 현정도 상체 부분과 허리 쪽에도 땀에 젖었다. 현관 앞에서 현정은 멈추게 하고는 현관문 안으로 들어가서는 욕조에 따뜻한 물과 찬물을 틀어 놓은 후, 다시 거실로 나와 겉저고리를 벗고는 애동의 옷을 모두 벗기고 앉히고는, 치마를 애동의 알몸을 덮자, 애동이 현정의 깊은 부분과 궁둥이를 손과 입으로 애무를 했다. 치마끈을 풀어주자 자연스럽게 애동이 일어서서 젖가슴을 만졌다. 현정은 젖을 빨기 쉽게 자세를 고쳐주었다.

몇 분 동안 그러는 시간에 욕조에 물이 채워지자 둘은 욕조에 들어가 찐한 키스를 하고 상대의 몸을 씻어준 후 방에 들어와 뜨거운 사랑의 시간을 보냈다.

샤워 후 둘 다 잠옷 차림으로 거실로 나왔고, 현정이 다시 강조하며, 일본에서 방학 때 소연이 오면, 외로운 여자이므로 안아 주어도 좋고, 주혜도, 여진도, 똑같이 골고루 공평하게 사랑해주라고 하면서, 심지어 현정 본인과도 관계 시, 애동은 현정이 오르가슴에 이르도록 하고 사정하지 않는 경우도 있었던 예를 들면서, 여자들만 만족시켜주고 사정은 하지 말라는 얘기까지 구체적으로 지적하였다. 열이든 스물이든 다 안아줘도 좋으니 제발 모르게 하고, 가능하면 사정하지 말라고 했다.

애동은 꿀 먹은 벙어리 신세가 되었고, 현정은 뱃속 아홉 째 아기가 느끼고 있으니, 모든 것을 이해하고 용서한다고 했다. 현정은 앞으로 다른 이로부터 내 귀에 여자 문제로 더 이상 좋지 않은 얘기가 들리지 않도록 할 것을 애동에게 맹세하라고 해서 애동은 맹세하였다.

두 사람은 거실에서 대화를 한 후 침실로 들어와 단잠을 푹이루었으며, 다음날 외조부모 규현과 연화 묘소를 참배하고는 창원 동읍 덕산 과수원집 은식과 혜정에게 아홉째 임신 소식을 전하고, 점심 식사를 부모님과 함께 먹고 부산으로 이동해서 세 분 누나와 정엽 부부께 인사드린 후, 현정은 일요일 오후 열차 편으로 상경했고, 다음 주는 애동이 상경하는 것으로 현정이 말하였다.

현정이 화가 난 것은 주혜의 고자질이었고, 애동과 주혜의 성관계는 천수경 기도를 통해서 인지하고 있었다. 작은어머니 영자가 주혜의 큰아들 태준 이야기 때 이미 현정은 태준의 친부가 애동일 것이며, 또한 철재의 장례식 때 주혜의 아이들이 자신의 아이들과 닮은 점이 많아서 기도를 통해서 알게 되었다.

주혜의 큰딸 태희가 동일을 안아보고 싶어 하여, 안는 행동과 동일을 잘 데리고 노는 것을 확인한 현정은 느낌으로 알고 있었는데, 이 엄청난 사실을 혼자 알고 지내면서 오직 기도의 힘으로 인내하고, 슬기롭게 대처하고 있었다.

씨앗의 도둑을 질투하는 주혜가 몹시 미웠지만, 애동의 성격을 이해했으므로 여태껏 참고 살았으며, 며칠 전 주혜를 만났을 때 세 아이의 친부가 누구냐고 되묻고 싶었지만, 꾹 참으면서, 애동을 감싸 안아 보듬어주고 위로하여 주라고까지 말했던 현정이다.

애동은 현정의 큰마음을 느꼈고, 소연, 주혜, 여진에 대한 성관계와 그 자식들의 친부가 애동 자신임을 현정이 이미 알고 있다는 생각이 들자, '가혜의 두 아들에 대해서 미리 현정에게 고백하는 것이 어떨까?'라는 마음이 생겼다.

그래서 숙소에 차량을 주차하고 걸어서 가혜의 집으로 가, 저녁을 먹고 난 다음 어제 창원 곡목 과수원집에서 현정과 함께 지내며, 현정이 말한 것을 가혜에게 알려주었고, 애동은 처음으로 주혜와의 성관계와 세 아이 친부도 애동 자신임을 밝혔으며, 이 내용도 현정이 인지하고 있다고 말했다.

가혜는 "동영 아빠의 자식이 현정이 낳은 8남매와 배 속 아이, 소연의 세 아이, 주혜의 세 아이, 여진의 네 아이, 나의 두 아이, 합하면 스물한 명이 되느냐?"라고 물었다.

애동은 말없이 고개만 끄덕였다. 이 중에서 현정이 모르는 경우는 소연과 가혜의 자식이며, 소연과는 성관계만 하는 정도로 알고 있는 것으로 애동은 가혜에게 말했다. 가혜는 현정이 사람이 아니라 보살 수준이라고 했다.

애동과 가혜는 "둘의 관계와 두 아들에 대한 얘기를 현정에게 말하는 것이 바람직하지 않을까"라고 의논했다. 가혜는 여름방학 때 현정이 부산에 오면 이실직고 하고자 했으나, 애동은 현정의 출산이 11월 26일 예정이므로 그 이후 겨울방학 때 하자고 제안했다.

98년도 1월 중순에 가혜와 연수, 동영, 동수가 모인 자리에서 현정과 큰아들 동현이 함께 만나서 그간의 사정을 소상히 설명하자고 애동이 제안했고, 만나기 최소한 한 시간 전에 애동이 현정, 동현에게 말한 후, 그다음 가혜 가족과 현정, 동현과 만나도록 하며, 가혜는 동영, 동수에게 현정과 동현에 대해서 이야기를 사전에 하는 것으로 가닥을 잡자고 했다.

애동은 다음 주 상경하면 석촌 호수 인근의 살림집으로 가서 동영, 동수에게 친부임을 이야기하기로 결심했다. 애동은 여러 차례 동영, 동수를 보았으므로 두 아들도 이모부가 아니라 친부임을 눈치로 아는 것 같다고 가혜는 말했다. "피는 물보다 진한 법"으로 스스로 당기기 때문이다.

두 사람은 현정에게 알리고자 하는 생각도 이심전심으로 통하는 바가 있었다. 샤워 후에 애동은 가혜를 만족시키고는 자신은 사정하지 않았으며, 다시 몸을 씻고 숙소로 돌아와 가회동으로 전화하니 아직 현정이 도착 전이라고 했다.

애동은 "아는 것이 근심"이라는 말은 소인배에게 통하지만, 대인이나 보살에게는 맞지 않는 말로 여겨져, 事必歸正(사필귀정)이 생각이 나, 세상에는 비밀이 없음을 다시금 느꼈다.

'현정이 주혜에 대한 감정은 어떠한 것일까?'라고 곰곰이 생각해보았다. '세 아이 친부가 나라는 것을 알았을 때 그 분노는 얼마나 컸고, 또한 삭이는 데 얼마나 힘이 들었을까? 본인 같으면 용서했을까?'

이와 같은 현정에게 여진과 성관계한 것을 질투심으로 고자질한 주혜를 이해하고, 용서하고, 다시 안아 주라고까지 말한 아내 현정의 그 마음은 '관세음보살님의 자비심'이라고 느꼈다.

상상하기조차 어려운 결단을 한 현정이 보통 사람들과는 전혀 다르다는 것을 새삼 알게 되었는데, 그것은 천수경 독송에서 나오는 힘이라고 애동은 생각했다.

애동이 거실에서 T.V 시청을 하는 중에 현정으로부터 잘 도착했다고 전화가 왔는데, 제시간에 식사와 보약을 챙겨 먹고 술은 조금만 마시고 건강에 유의하라고 말했다.

월요일, 애동은 여진과 점심을 하면서 철규의 근황과 네 아이의 발육 상태에 대해서 확인한 후, 현정이 주말 창원 곡목 과 수원집에 다녀간 얘기를 하자, 여진은 매우 긴장하면서 현정의 반응에 대해 질문했다.

애동은 두 눈을 크게 뜨고 여진을 빤히 쳐다보면서 "아직도 나와 관계를 하고 싶어요?"라고 되묻자, 여진의 얼굴이 빨개지면서 "애동 씨와의 지난 3년여 기간은 46년 제 인생에서 가장 행복한 시간이었어요"라고 말하며 수줍음을 애써 참았다.

애동은 일어나 여진의 옆자리로 가 앉으며, 가볍게 포옹하며 키스를 하고는 여진의 귀에 대고 "앞으로 요 정도만 합시다"라고 하고는 여진을 일으켜 세워 안아 준 후 두 사람은 방을 나왔다. 여진은 애동의 행동을 보아서는 현정이 용서해준 것으로 믿었고, 자신의 운명을 받아들이고자 했다.

애동이 저녁 식사를 주혜와 하고는 노래주점으로 데리고 가 주혜에게 현정이 어제 다녀간 사실과 세 아이의 친부가 누구냐고 몇 년 전 주혜에게 묻고 싶었으나 지금껏 알면서도 내색하지 않은 점에 대한 얘기를 했다.

주혜는 크게 놀라며 되묻자, 현정은 지난 부산 방문 시 영자 어머니의 태준에 관한 얘기와 철제 장례식 때 태희가 동일을 안아 주고 데리고 놀아주는 모습에서 알게 되었음을 주혜에게 애동이 말했다.

주혜는 완전히 넋이 나갔다. 부산근무 시 잠깐 만나 성관계 정도로만 현정이 인식하고 있었지만, 태희의 출생 연도를 계산하면, 오랫동안 두 사람 성관계를 확인하였지만, 전혀 내색지 않았는데, 여진과의 성관계를 고자질하는 것에서, 현정은 몹시 분하고 언짢아하기까지 하면서도 애동을 안아주고 위로하라고 얘기한 것은 주혜 스스로 반성의 기회를 현정이 준 것이라고 말했다.

주혜는 소리 없이 눈물을 줄줄 흘리며, 애동 오빠를 주혜의 것 인양, 주혜의 뜻대로 받아준 애동의 잘못이 있지만, 주혜 본인 마음대로 애동을 개인 소유물인 것처럼 본인 의지대로 얘기를 만들고 만 것이, 회한의 눈물이 되었다.

이 엄청난 사실은 여진의 경우와는 전혀 다른 문제이며, 여진의 경우는 철규가 방조 내지는 권하는 입장이었고, 주혜는 일

방적으로 배란기에 맞추어 성관계를 하여서, 애동의 자식을 얻고자 한 주혜의 크나큰 착오 내지는 환상의 결과이므로 문제의 근본 차이는 엄청나다고 하겠다.

애동이 주혜의 눈물을 닦아주자 주혜는 "큰오빠, 나 어떻게 하면 좋아요?"라고 하면서 계속 울었다. 애동은 "앞으로 수태에게 전념하고 세 아이를 잘 키우면 돼"라고 하면서 주혜를 가볍게 안으며 등을 쓰다듬어 주자, 주혜는 "현정을 볼 수 없을 것 같다"라는 말을 했다.

순간 애동은 '주혜가 극단적인 생각을 혹시 하지 않을까?'라는 생각에 염려가 되었으며 또한 주혜의 성관계에 대한 인식상태를 점검하고자 주혜를 일으켜 세워 꼭 껴안아 주면서 "주혜야 오빠는 너를 동생이자 친한 친구같이 생각하겠다"라면서 계속 달래었고, 울음을 멈추자 애동은 의도적으로 찐한 키스를 퍼부었다.

주혜를 무릎에 앉히면서 손수건으로 다시 눈물 자국을 닦아준 후, 상의 블라우스 단추를 풀고는 브래지어 밑으로 손을 넣어 젖가슴을 만지면서 흥분을 유도하자, 주혜의 젖꼭지는 반응을 하나 주혜는 흥분을 억제하려고 애썼다. 애동은 치마 속으로 손을 깊숙한 곳에 찔러 넣고자 안쪽으로 손을 뻗자 주혜는 애동의 손목을 잡으면서 그만하고 했다.

애동은 손을 빼내어서 상의 블라우스 단추를 다시 채워주자 주혜는 애동의 옆자리에 앉으면서, 앞으로 다시는 관계를 아니하겠다고 하며, "내가 아무리 떼를 써도 오빠는 응하지 마요"라고 했다.

애동은 마음속으로 쾌재를 불렀다. 민혜에게 각서를 쓰고 난 후에도 관계를 하고 싶다고 하였던 주혜가 완전히 달라졌기 때문이었다. 두 사람은 맥주 한 잔씩 마시고 노래주점을 나왔고, 애동이 범내골 집으로 도착 확인 전화를 한다고 하자 주혜는 고개를 끄덕였다.

애동이 숙소에 도착하여 가혜에게 내일 만나자고 하고, 범내골 집으로 전화를 하니 수태가 받아서, 선혜의 안부와 세 아이에 대해서, 수태의 다리에 관한 얘기 등을 하였고, 주혜는 샤워 중이라고 했다. 며칠 후 수태, 유태, 셋이 저녁 약속을 한 후 통화를 마쳤다.

애동은 여진과 주혜와의 관계를 청산하였다.

가혜를 하루 먼저 상경토록 하고는, 애동은 주말에 상경하면서 잠실 석촌 호수 인근 가혜의 집에서 동영, 동수에게 친부임을 밝혔는데, 두 아들은 아빠임을 알고 있었지만, 연수 할머니께서 입단속을 단단히 하여 이모부 호칭을 계속 사용했다고 했다. 두 아들에게 아빠라고 불러 보라고 하자, "아버지, 아빠"라고 나직이 또렷하게 불렀다.

애동은 두 아들을 껴안고 눈시울이 붉어졌고, 이를 본 연수와 가혜는 감격의 눈물을 흘렸다. 만 8년, 6년의 세월이 지난 후였다. 가혜는 어젯밤 아빠 애동의 얘기, 큰엄마 현정의 얘기, 가회동 그곳에 현재 6남 2녀가 살고 있는 얘기, 창원에 계시는 석은식, 김혜정 조부모 얘기, 삼촌, 고모, 가회동 큰엄마 현정의 부모님과 현정의 오빠 얘기, 등 친부 석애동에 관한 이야기를 글로 써가면서 설명해 주어서, 매우 밝은 표정을 지었다.

동영과 동수는 동현, 동근, 동우, 동찬, 동일, 동만과는 닮은 점이 많았으며, 매우 의젓하고 예의범절이 또렷했다. 학교에서 "아빠가 외국에 나가 있다"는 얘기를 할 때 애동의 눈에서 눈물이 주룩 나왔다. 그러자 가혜가 얼른 다가와 애동 옆에 앉으며 눈물을 닦아 주자, 두 아들은 흐뭇한 표정을 지었다.

애동은 가회동 집에 오자, 현정이 매우 밝은 표정으로 반겼다. 정식 부부께 인사드리고는 6남 2녀 자식들과 일일이 포옹하며 인사를 건넸다.

둘째 동근은 별도로 불러서 대화하는데, 대학 입시 희망 학과를 철학과로 선택해야 하는 이유에 대해서 설명하라고 하자, 동근은 종교 철학을 공부하고 싶다고 했다. 애동은 동근의 결심을 격려하고 용기를 북돋우기 위해 "어려운 학문이지만, 끝까지 정진해라"라고 하였다.

동근은 아버지 애동이 자신을 인정해 줌으로 최선을 다해서 뜻하는 바를 얻고자 다짐했다. 저녁 식사 후 장남 동현을 밖으로 불러내어, 최근 몇 주간 어머니 현정의 심기에 대해서 질문을 하자 "아버지가 부산에서 바쁜 일이 생겨 집에 오시지 못하게 되었다"라고 현정이 아이들에게 말해주었고, 다른 표정 변화는 전혀 없었다고 했다.

동현이 "아버지, 바쁜 일은 잘 해결되었어요?"라고 질문했다. 애동은 동현의 손을 맞잡으며 "그래! 우리 장남은 역시 의젓해"라고 하며 크게 웃었다.

애동은 동현의 사법시험 준비와 여자 친구에 대해서 질문하자, S대 불교 동아리에서 처음 보게 된 1년 후배를 관심 있게 지켜보고 있다고 얘기하며, 전공은 행정학이고, 1남 2녀 중 장녀이고, 위로 오빠가 있고, 아버지의 직업은 외교관이라고 했다. 후배가 더 관심을 많이 가지고 있으며 적극적이라고 하였다.

애동은 잠시 뜸을 들인 후, 장남 동현에게 매우 중요한 얘기를 지금 하고자 한다면서 아직 어머니 현정에게도 하지 않은 얘기를 장남인 동현에게 먼저 할 것인데 비밀을 지킬 수 있느냐고 했다. 동현은 신중히 생각하고, 반드시 비밀을 지키겠다고 약속했다.

애동은 "만약에 어떤 남자가 결혼 후에 자식을 낳고 살면서, 뜻하지 않게 이혼녀를 알게 되어 그 여자와 관계를 맺어서 그 이혼녀가 아이를 낳게 되었다. 이러한 경우 법률적으로 간통죄가 성립이 된다. 어떤 이 남자를 용서해야 하나? 처벌해야 하느냐?"라고 동현에게 먼저 질문을 하자, 동현은 아버지 애동의 심중을 헤아리게 되었고, 동현은 용서해야 할 경우도 있고, 처벌해야 할 경우도 있다고 답변했다. 용서의 경우는 직계가족의 경우이고, 처벌의 경우는 제3 자의 경우라고 말했다.

흠칫 애동은 놀랐다. '만약'이라는 표현을 하였는데, 장남 동현은 벌써 알아차렸다. 애동은 심호흡을 한 후에 동현에게 차분히 듣고 판단할 것을 강요하며 천천히 말하기 시작했다 .

동현도 알고 있는 소연 이모의 언니 최가혜(가연)와 고1 때부터 오랫동안 알고 지내 온 얘기며, 10여 년 전 고시원에서 다시 우연히 만났고, 사법연수원에서 또다시 만나 1년간 알고 지냈고, 부산에서 재직 시 재차 만나게 되어서 그때 정이 싹트기 시작하여 정이 깊어져 관계를 하고, 두 아들이 태어났으며, 이름은 동영, 동수이고 호적은 어머니 최가혜에게 입적하였고, 동영은 89년 12월생이고, 동수는 91년 6월생이며, 현재 서울 잠실 석촌 호수 인근 영어, 일어 어학원 건물에 살고 있다고 말했다.

애동은 양복 안주머니에서 이복동생인 동영, 동수 사진을 꺼내어 동현에게 보여주었다. 사진을 본 동현도 자신과 닮은 점에 놀랐다. 애동이 "아버지를 용서할 수 있느냐?"라고 질문하자, 동현은 조금 생각하다가 "용서보다는 어머니가 아세요?"라고 했다.

애동은 현정이 11월 출산 후에 말하기로 동영 엄마와도 상의

411

했다고 하자, 동현이 애동에게 "아버지, 제가 두 동생을 먼저 만나 보고 싶어요"라고 하여, 이유를 묻자 동현은 애들에게 듬직한 형이 있음을 알려주고 싶다고 했다.

첩의 자식들은 항상 의기소침하고 눈치를 많이 살피는 경우가 많으며, 범죄자가 되는 경우도 많이 발생하는 것을, 동현은 범죄피의자 심리에 관한 서적을 보면서 알고 있었기 때문이다.

애동은 오늘 처음으로 아버지 호칭을 써도 좋다는 얘기도 동현에게 하였고, 종전에는 이모부라고 불렀으며, 동영, 동수는 아버지가 외국에 가 있다고 친구들과 학교에 말하였다는 이야기도 동현에게 하였다.

아버지의 말을 들은 장남 동현은 아버지의 존재를 8년, 6년이라는 긴 세월을 알지 못하고 살아온 동영, 동수가 갑자기 측은한 생각에 지금 당장 만나보고 싶은 충동이 일어났고, 가혜작은 엄마도 어떠한 분인지 무척 궁금해졌으며, 아버지의 오랫동안 객지 생활로 기인한 외로움을 달래 주신 분이며, 이혼녀의 아픔을 아버지 애동이 감싸 줄 정도의 분이라는 점과 영어교사를 하시다가 사법고시를 준비해 패스한 사람이면 그 의지또한 대단할 것이라고 여겨서 만나보고 싶은 호기심이 났다.

애동은 동현을 데리고 근처 호프집으로 가서 아버지가 아들에게 주법을 가르쳤고, 이어서 동현이 일요일 오전 중에 가혜의집을 방문할 것임을 전화로 통보했다. 약도와 전화번호 사진을 동현에게 주었으며, 어머니 현정이 출산 시까지 비밀로 할 것을 다짐하면서, 두 부자는 제법 술에 취한 상태로 집에 들어오자, 현정은 이러한 모습을 처음 겪는 것이라 기분이 무척 좋았다.

장남 석동현은 성격과 외모, 아이큐, 체격 등이 애동과 흡사한 점이 많았다. 동현이 "어머니, 아버지랑 처음 술 한잔했습니다"라고 넙죽 절하고는 자기 방으로 갔다.

애동도 장남과 처음 술을 먹어 기분이 좋은데다, 또한 가혜의 두 아들 동영, 동수로부터 아버지 호칭을 쓰도록 한 것이, 마음에 무거운 짐을 내려놓은 듯이 홀가분한 심정이었다. 방에 들어오자 술 냄새가 난다며 현정은 다시 사우나하고 들어오라고 밖으로 보냈다. 술 취한 상태로는 부부관계를 하지 않는 현정의 규칙이 있었다.

그다음 날 일요일 아침 식사 후 동현이 도서관에 다녀온다며 집을 나서자, 애동이 장남에게 용돈을 주겠다며 대문 밖까지 동현을 뒤쫓아 가, 10분 전에 전화하고 방문하라고 했고, 동현이 꽃바구니와 케이크를 사서 전화한 후 11시경에 가혜의 집에 도착하자, 연수, 가혜, 동영, 동수 모두가 현관에 마중 나와서 있었다.

연수와 가혜에게 큰절을 드린 후 동 동생과 악수하고 포옹했으며, 동현이 아버지께서 사진을 미리 주어 얼굴을 보았다고 하자 모두 놀랬다. 동현을 처음 본 연수와 가혜는 젊은 날의 애

413

동과 같아서 첫눈에 알 수 있었다.

동현은 어제 아버지로부터 처음 얘기를 듣고, 두 동생과 가혜 어머니를 보고 싶다고 하여 방문하게 된 요지를 설명했고, 동영, 동수에게 "큰형"이라고 불러보도록 한 후, S대 법대 법학과 2년 석동현의 학생증을 지갑에서 꺼내어 두 동생이 보도록 내밀었다.

대한민국 최고의 명문대학 법학과 2년 형이 있다는 것을 두 동생이 알고, 앞으로 초등학교, 중학교, 고등학교에 진학해서 자부심과 자신감을 가질 수 있는 수단으로 활용하고자 했다.

동현은 가혜를 처음 보면서 미스코리아 출신답게 미모가 뛰어남은 말할 것도 없고 행동의 조신함이 어머니 현정과 비슷함을 느꼈다. 특히 환한 웃음도 어머니와 너무 흡사하다는 것을 알았다. 나이는 아버지와 동갑인데 세 살 아래의 어머니보다 더 젊게 보이며, 출중한 미모와 신장이 조금 큰 것 빼고는 거의 어머니 현정과 비슷한 점이 매우 많다는 것을 알게 되었다. '아버지 애동이 현정과 비슷한 가혜를 좋아할 수밖에 없겠구나!'라고 여겨졌다.

동현이 가방에서 가족사진을 꺼내어 연수와 가혜 두 동생에게 보여주며 설명하였다. 아버지 애동의 얘기로는 어머니 현정이 아홉째를 11월 하순 출산 후에 가족 인사를 하게 되었다는 말을 네 사람에게 전했다.

가혜는 점심을 준비했으며, 그동안 동현은 두 동생의 방으로
가 함께 지냈는데, 처음 본 형제이지만 많이 닮은 덕택으로 금
세 친해졌다. 동영이 "아버지는 부산에 계시므로 큰형이 대신
자주 오세요"라고 했다. 순간 동현은 동영, 동수 머리를 쓰다듬
으며, 눈시울이 붉어졌다.

"핏줄은 못 속인다. 피는 물보다 진하다"라는 말이 생각이
나, 아버지의 정을 무척 그리워 한다는 것을 알 수 있었다. 그래
서 동현은 "사법시험 준비로 자주는 못 오지만 가끔 올게"라고
하면서 말꼬리를 흐렸다. 12살, 14살 나이 차이가 나는 두 동생
이 나름대로 의젓함이 느껴졌고, 아버지 대신이라는 그 한마디
말에 동현의 가슴이 아련함을 맛보았다.

동현은 점심 식사를 하고 도서관으로 떠났다. 가혜는 동현을
보면서 애동이 젊을 때의 모습이 연상되었고, 동영, 동수에게
동현 형 다음으로 동근 형이 있는데, 명문 모 외고 전교 5위 이
내로 S대 인문계열에 지원하고자 한다고 말했다.

훌륭하신 아버지와 자랑스러운 형과 누나 동생들이 있는 관
계로 절대 기죽지 말라고 했으며, 연수도 동현 형을 본받아서
최선을 다하라고 했고, 가혜는 부산으로 출발 준비를 하였다.

애동과 현정은 아침을 먹고는 남산타워를 올라갔다. 지난 주
말 현정의 큰마음을 알았기에 두 사람만의 시간을 가지기 위해
서였다. 서울 시내 전경을 보면서 40대 중후반의 삶에 대해서

415

뒤돌아보는 계기가 되었다.

애동이 오래전에 꿈꾸어왔던 법관 생활을 하면서 객지와 외국 생활이 길어졌다. 부부가 떨어져 있는 시간이 많아짐에 따라서 외로움과 그리움만 남게 되었으며, 좋은 남편, 좋은 아빠의 구실을 못 하고 소홀한 점에 대해서 사과하고 용서를 빌자, 현정은 빙그레 웃으면서 "동현 아빠는 앞으로 세계사적인 일을 할 사람인데"라고 하면서, 또한 현정 자신은 "여중 시절부터 오빠를 기다리며 살아왔다"라고 했다. 기다림에는 일가견 있다고 웃으면서 말하는데 그 모습이 너무나 예쁘고 사랑스러웠다.

주혜로부터 애동 오빠가 자기 자신에게로 돌아오기를 수없이 기다리면서 기도했고, 나중에는 소연에게서부터 다시 돌아오기를 기도했다고 지난 일을 회상하면서 정신은 나 현정에게 있고, 육체는 소연이나 주혜에게 가도 좋다고 다시 한번 강조하여 말했다.

애동은 현정의 마음을 느끼고 소연, 주혜에게 정신과 육체 모두 주지 않기로 했다. 부부란 살을 맞대고 살면서 미운 정 고운 정이 들며, 전생 업에 따라 선업은 선업대로 행하고, 악업은 서로 풀면서 살아 가야 되고, 악업을 풀지 않으면 원수로 다시 만나게 된다.

또한 부부로 살면서 원결을 풀지 아니하고 이혼이나 사별하는 경우 다음 생에 부부로 만나든지, 부모 자식 간으로 만나서 원결을 풀어야 종결이 된다.

석가모니 부처님이 연등불 시대에 연등 부처님께 꽃을 공양하고자 하였으나, 꽃이 없어서 망설이고 있는데, 한 여인이 한 송이 꽃을 주어서 그것으로 공양을 올리게 되었는데, 그 꽃을 준 여인이 석가모니 부처님이 출가 전 부인 야수다라 태자비였다. 나중에 야수다라 태자비도 출가하여 비구니가 되었다.

부부의 인연은 매우 지중한 것이므로 함부로 이혼해서는 아니 되며, 참고 인내하고 기다리면 저절로 해결된다. 돈이나 명예 때문에 정략결혼이나, 계약 결혼, 불가항력적인 결혼, 임신으로 인한 강제 결혼, 돈 때문에 원하지 않는 결혼, 부모의 강요에 의한 결혼 등 당사자의 합의가 우선이 되지 않은 조건 등이, 원만한 결혼생활보다는 마지 못해서 함께 사는 결혼생활 등이 종국에는 이혼, 황혼이혼으로 원결이 맺어지고, 그 원결은 세세생생 다시 만나 반드시 풀어야 한다.

현정이 어머니 정인선과 보육사 언니께 아이들의 점심, 저녁 식사를 부탁하고, 밤 열차표를 예매하고는 남산타워 아래 식당에서 중식을 먹은 후에 워커힐 호텔로 이동해서 오후의 정사를 만끽하고, 오침을 하고는 안국동 한정식집에서 저녁을 먹고는 가회동 집에 들러, 애동은 정식 부부와 아이들에게 인사를 하고는 밤 열차 편으로 부산으로 갔다.

97년 여름방학에는 현정이 여고 1년생인 장녀 민정과 막내

인 6남 동만 둘만 데리고 부산으로 내려왔다. 부산 숙소에 며칠 있다가 주말에는 창원 곡목 과수원집으로 가 애동과 함께 지내다가 다시 부산에서 일주일간 머무르다 상경을 하였다.

이 기간에 현정은 정엽 부부, 유태 부부, 막내 오빠인 유수 부부, 두 분의 외숙, 세분의 누나, 범내골 집에서 선혜와 수태 부부, 해운대 부산지법 동부 지원장 관사에서 여진을 만났으며, 창원 동읍 덕산 부모님과 울산의 기동 부부도 만났다.

그 이후 애동은 매주 상경하게 되었다. 주혜는 장녀 태희와 현정의 맏딸 민정이 다정하게 지내는 모습과 아들 태준, 태영이 6남 동만과 매우 잘 어울리며 노는 모습을 유심히 바라보면서, 수태나 선혜가 아이들의 닮은 점에 대해서 아는 체할까 싶어서 안절부절못했다. 애써 태연한 현정이 두렵게 느껴지기도 하였다.

현정은 여진을 만났을 때는 가끔 저녁 식사 정도는 애동과 함께해도 좋다고 했고, 여진이 상경하면 가회동 집에 부부 동반 식사 초대를 하겠다고 했다.

애동은 현정과 함께 있는 2주 동안은 숙소와 과수원집 외는 일절 외출하지 않았고, 가혜와는 사무실에서 통화만 했었다.

현정이 서울로 상경한 다음 날 여진이 애동에게 중식을 함께하자고 하여 한정식 식당으로 갔는데, 방에는 병풍이 가려져 있고 병풍 뒤에는 조그만 방이 마련되어 있었다. 식사 전후에 마음 맞는 기생과 손님이 즐길 수 있는 공간이 마련된 고급 식당이었다.

여진은 현정으로부터 애동과 가끔 식사해도 좋다고 허락받은 바 있으므로, 수소문해서 이 식당을 예약했으며, 상을 차린 후 종업원 출입을 금하도록 조치해놓았다.

여진은 식당에 먼저와 대기하고 있었고, 병풍 있는 상석에 애동에게 앉으라고 권한 후에 자신은 맞은편에 앉아 식사를 하겠다고 하였고, 여진을 만난 지 2개월 정도 경과 되었는데, 불과 두 달 사이에 여진의 얼굴은 꽤 수척해져 있었다. 여진은 식사 중에 5일 전 현정을 만났고, 가끔 식사를 함께하도록 권했다고 했다.

여진과 현정이 대화한 내용에 담긴 뜻을 이해한 애동은 식사를 적당히 하고는 일어나 병풍 뒤를 살피며, 문을 열어젖히니 침대가 보이고 칸막이 쪽에는 샤워 꼭지가 달려있으며, 침대 옆에는 옷장이 있었다.

애동은 밥상으로 돌아와 여진의 옆에 앉으면서 귀에다 "나를 원하느냐?"라고 묻자, 그때 서야 여진은 화색을 띠며 고개를 끄덕이자, 반주로 술을 조금씩 잔에 따라서 둘은 마신 후 뜨거운 키스를 하면서 애동은 손으로 여진의 몸 여기저기를 어루만져주면서 여진을 일으켜 세워 병풍 뒤로 데리고 갔다.

두 사람은 알몸이 되어 서로의 몸을 씻어주고는 침대로 이동하여 손과 입으로 충분히 애무를 하고는 삽입하여 절구통 질 수 분 사이에 여진은 오르가슴에 이르게 되었다. 몇 차례 여진을 꿈나라에 보낸 후 땀에 젖은 몸을 씻고 여진의 몸도 씻어주었다. 애동은 사정을 하지 않았다.

옷을 다 입은 여진은 주 1회 만이라도 이같이 해 줄 것을 애원 조로 부탁하여서 애동은 그렇게 하겠다고 답했다.

저녁 식사는 가혜와 함께하며 2주간 만나지 못해 서운했느냐고 묻자, 가혜는 2주가 아니라 두 달이라도 괜찮다고 했고, 지난 일요일 오전 동현이 서울 잠실 집에 와서 점심을 먹은 후 오후 3시까지 동영, 동수와 함께 지내다 갔다고 했다.

아버지 대신 자주 와 달라는 약속을 동현은 2주째 지키고 있으며, 동현이 매주 일요일 아니면 토요일에 오겠다는 말을 두 동생에게 하였다고 전했다. 다시 애동은 가혜와 초저녁 정사만 하고는 숙소로 들어왔다.

주말 상경해서 가회동 집에서 철규와 여진을 초대해서 일요일 오찬을 하게 되었는데, 6남 2녀 아이들을 일일이 철규 부부에게 소개하였고, 식사 후 여진과 현정은 단둘이 대화하면서 웃음소리가 거실까지 나올 정도로 박장대소를 하여 애동과 철규는 매우 흐뭇해하였다.

현정은 헤어질 때 여진에게 천수경을 선물하면서 신묘장구대다라니 부분을 하루에 7번은 암송하라고 했다.

동현은 토요일 석촌 호수 가혜 집에 다녀왔다. 철규와 여진은 네쌍둥이를 데리고 다시 방문하기로 하고 돌아갔고, 애동은 오후 5시 열차 편으로 부산에 도착해, 가혜 건물에 들렀다가 숙소로 왔다.

초판 1쇄   2025년 5월 20일
지은이 _ 김정동
펴낸이 _ 김현태
디자인 _ 장창호
펴낸곳 _ 따스한 이야기
등록 _ No. 305-2011-000035
전화 _ 070-8699-8765
팩스 _ 02- 6020-8765
이메일 _ jhyuntae512@hanmail.net

따스한 이야기 페이스북
https://www.facebook.com/touchingstorypublisher
https://www.instagram.com/touchingstory512

따스한 이야기는 출판을 원하는 분들의 좋은 원고를
기다리고 있습니다.

가격 16,000원